내 마음에 캔디

내 마음에 캔디 2

초판 1쇄 찍은 날 | 2018년 02월 23일
초판 1쇄 펴낸 날 | 2018년 03월 05일

지은이 | 김선정
펴낸이 | 서경석

편 집 책 임 | 조윤희
편 집 | 이은주
이예진
디 자 인 | 신현아

펴 낸 곳 | 도서출판 청어람
등록번호 | 제387-1999-000006호
등록일자 | 1999. 5. 31
어람번호 | 제11-0078호

주소 | 경기도 부천시 부일로 483번길 40 서경B/D 3F (우) 14640
전화 | 032-656-4452 팩스 | 032-656-4453
http://www.chungeoram.com
E—mail | chungeorambook@daum.net

ISBN 979-11-04-91626-7 04810
ISBN 979-11-04-91624-3 (SET)

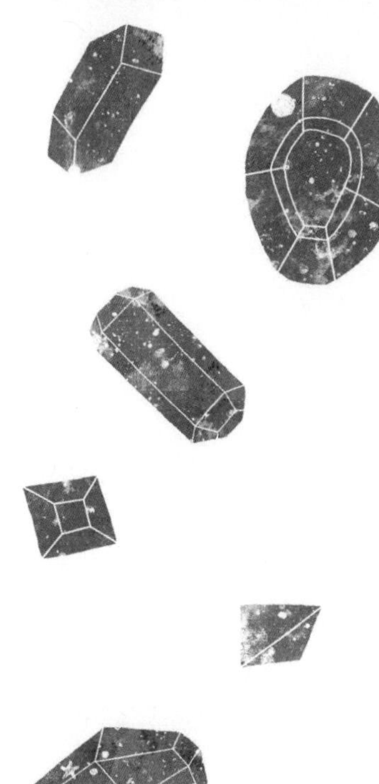

내 마음에 캔디 2

김선정 장편소설

◆ 목차 ◆

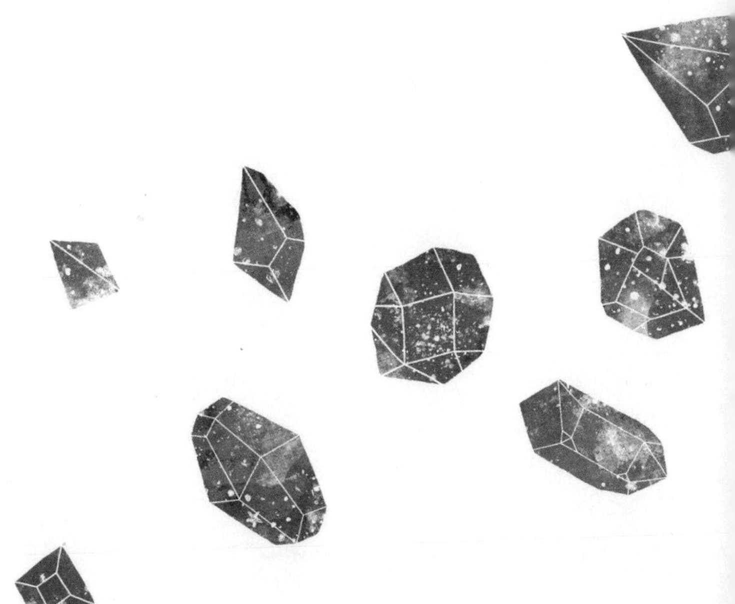

캔디 다섯.
마음의 구멍

“언니, 잘 다녀왔어요? 오늘 밥 괜찮죠?”

“응, 괜찮더라.”

“아, 언제 퇴근하냐.”

효영은 수미와 함께 옷 정리를 하며 우는소리를 냈다. 그런 두 사람을 힐끗 쳐다보던 아리가 흠흠, 기침하며 목을 가다듬었다.

“효영아, 너 M브랜드 강 매니저님 알지?”

효영은 고개를 끄덕였고, 온지 얼마 안 된 수미는 고개를 갸웃 기울였다.

“네. 알죠. 준호 오빠 말하는 거죠?”

“으응, 조만간 준호 오빠 소개팅 자리 만들려고.”

“준호 오빠 소개팅해요?”

효영의 목소리가 쩌렁쩌렁했다. 얼마나 큰지 매장 앞을 지나던 손님들도 깜짝 놀라 어깨를 움찔거렸다. 하하, 아리가 어색하게 웃으며 효영에게 조용히 하라 손짓하자 그제야 목소리를 낮추었다.

“언니, 진짜 준호 오빠 소개팅이에요?”

“응. 왜?”

“아니, 왜…… 내가 이 소문이 진짜인지 아닌지 모르겠는데요.”

어쩐지 효영이 말하려는 소문의 정체를 알 것 같았다. 준호에게 들었던, 모란과의 지난 이야기겠지. 아직도 그 이야기가 떠도는 게 영 찝찝했다. 이래선, 서로 호감이 있다 해도 쉽게 맞부딪칠 수 없잖아.

“준호 오빠가 모란 언니 이용했다는 소문이 있어요.”

하지만 들려오는 말은 전혀 예상하지 못했던 말이었다. 이용? 누가 누굴?

“언니 혹시 처음 들어요? 하긴 언니는 매사에 관심이 없었지…….”

“아니, 잠깐. 이용했다고?”

아리만큼이나 효영도 놀란 모양이었다. 쉿! 검지를 입술에 가져다 대고 주변을 살폈다.

“자세히는 몰라요. 제가 아는 건.”

“빨리 말해봐.”

이래서 소문이라는 게 무섭다는 거다. 진실은 쏙 빼놓고 저들끼리 좋은 것만 뭉쳐 퍼지게 된다.

“준호 오빠네 브랜드요. 한창 매출 잘 나오다가 떨어졌던 적이 있잖아요. 그때, 행사니 뭐니 좀 급했나 봐요.”

아니야, 그렇게 말하고 싶었던 걸 얼마나 참았는지 모른다. 잠자코 그녀의 이야기를 듣던 아리가 고개를 끄덕였다.

“그때 나 팀장님이 준호 오빠랑 조금 가까워졌는데…….”

“그랬는데?”

“둘이 출퇴근도 같이 하고, 데이트하는 거 본 사람도 있다 하고. 어째 분위기가 좀 좋게 흘러가는가 싶었는데 어느 순간부터 둘이 붙어 다니질 않더래요. 알고 보니까, 준호 오빠가 모란 팀장님 이용해서 행사니 뭐니 좀 얻어보려고 했다는 거예요. 그게 소문이 나니까 딱 잘라서 모란 팀장님이랑 아무 사이 아니라고 잡아떼고 다니고……."

속이 부글부글 끓었다. 모란과 준호가 그렇고 그런 사이라는 말부터 시작해서 준호가 모란을 갖고 놀았다는 소문까지 모두 같은 사람들의 입에서 나왔을 거란 생각이 들었다.

아니, 그들이겠지. 아니라면 이토록 상세한 소문이 나올 리가 없으니 말이다.

"그냥 소문이라며."

아리의 날카로운 말에 효영이 놀라 눈을 동그랗게 떴다.

"그렇죠."

"그럼 그냥 소문이구나 하면 되는 거 아니야? 왜 그런 소문에 다들 흔들리는 거야? 그 오빠가 정말 그런 사람인지, 아닌지 겪어보면 알잖아. 내가 아는 준호 오빠는, 이용당하면 당했지 누군가를 이용할 사람은 아닌데?"

효영은 제법 진지한 얼굴로 고개를 끄덕였다.

"준호 오빠가 정말 그랬다면 나쁜 놈이니까 소개팅은 물 건너갔겠지만. 그게 진실이라면 오빠가 왜 이제껏 여기 다니겠어? 나 같으면 그만둔다. 자기 속셈 다 까발려졌는데, 어떻게 계속 다녀?"

"그건 그런데……."

효영의 얼굴에 걱정이 이만저만이 아니었다. 아리의 말을 수긍하면서도 불안함은 감추지 못한다. 그에 아리가 더더욱 큰소리쳤다. 괜히 화가 나고 제가 더 억울했다.

"몰라, 그게 진짜든 아니든 난 오빠 소개팅 자리 만들 거야. 말이 되니? 누가 누굴 이용해?"

"언니, 잠깐만요. 나 팀장님 와요."

좋은 기회구나 싶었다. 소문이 퍼질 때까지 기다리자니 좀이 쑤셨는데, 이럴 바에야 본인이 지나가며 듣는 게 나을 것이다. 슬쩍 저 앞을 바라보니, 매장을 순찰하는 모란이 보였다.

"이따가, 이따 말해요. 응?"

효영의 애원에도 아리는 말할 준비를 끝마쳤다. 소문으로 멀리 퍼지게 할 바에야, 제 입을 통해 전하는 게 빠를 것이다. 소문이 퍼지면 신경이 쓰여 더 좋긴 하겠지만, 기회가 왔을 때 잡아야지. 곧 모란이 아리의 매장 근처에 가까워졌을 때 그녀가 큰 목소리로 말했다.

"어리고, 예쁜 여자애 소개해 주려고. 준호 오빠 정도면 성격 좋아, 얼굴 나쁜 편 아니야. 그리고 본사로 들어간다는 이야기도 있어. 소개팅 자리 만들기 딱 좋아!"

아리의 말에 모란은 등을 꼿꼿이 세운 채 아리를 쳐다보았다. 날카로운 시선이 오롯이 아리를 향해 있었다.

"한아리 매니저님?"

곧 얼음보다 더 차가운 모란의 목소리가 들렸다. 등줄기로 식은땀이 죽 흘러내리는 것이 느껴졌다. 비록 자신이 저질렀다고는 하나, 잔뜩 겁을 먹게 되는 건 어쩔 수 없다.

"네?"

어쩐지 모란의 목소리가 평소보다 더 서늘하게 들렸다.

"잊은 것 같아 다시 한 번 말씀드리는데."

곧 모란이 미소를 지었다. 동시에 온몸으로 우두두 소름이 돋았다. 왠지 느낌이 좋지 않다.

"매장에서 잡담은 금지입니다. 잡담하고 싶으면, 창고로 들어가거나 휴게실로 가서 하세요."

모란의 말에 아리와 효영이 어깨를 움츠렸다. 모란은 날 선 시선을 보내며 그들의 매장을 둘러보았다. 캐주얼 매장치고는 넓은 면적에 흥, 코웃음을 쳤다.

"매장을 유지하는 건, 알량한 실적 하나만이 아니라는 건 알고 있을 텐데요. 한아리 매니저님."

모란의 말에 효영과 아리의 얼굴이 하얗게 질렸다. 모란은 두 사람을 한참 쳐다보다 뒤를 돌았다. 사무실에 무얼 놓고 왔네, 중얼거리는 그녀의 목소리가 살짝 떨리고 있었다. 최대한 아무렇지 않은 척 돌아섰는데, 걸음은 평소보다 빨랐다. 사무실로 향하는 길이 왜 이렇게 길게 느껴진 걸까.

또각. 또각.

구두굽 소리에 집중할수록 머리칼이 쭈뼛거렸다. 귓가에 맴도는 말을 떨치기 위해 머리를 흔들었지만, 조금도 나아지지 않았다.

"어리고, 예쁜 여자애 소개해 주려고."

아리의 목소리가 떠올랐을 때, 걸음이 우뚝 멈추었다. 발이 미끄러져 삐걱거리는 소리가 났다. 한쪽 눈썹을 일그러뜨리던 모란이 천천히 숨을 가다듬었다. 괜찮다, 정말 괜찮다. 마음을 달래며 다시 걸음을 옮겼다.

오늘은 퇴근 후 무얼 할까. 어제 구입한 책을 아직 반절도 읽지 못했는데. 과일은 뭐가 좋을까. 들어가는 길에 마트에 들를까. 머리에 생각을 꽉꽉 눌러 담았다. 더는 빈틈이 없어야 했다. 괜한 생각으로 또다시 시간을 낭비하고 싶지 않았다.

하지만 모란의 머리에서 아리의 목소리는 사라지지 않았다. 아니 더 정확히 말하면 '그 사람'의 이야기가 자꾸 신경 쓰였다. 신경을 쓰고 싶지 않은데, 머리에 남아 떠나지 않았다.

"준호 오빠 정도면 사람 성격 좋아, 얼굴 나쁜 편 아니야."

다시 찾아오는 아리의 목소리 때문에 모란의 걸음에 제동이 걸렸다. 그녀는 자리에 멈추어 섰다.

"그만해."

그건 아리와 준호를 향한 말이 아니었다. 여전히 무언가를 떨쳐 내지 못하는 저에게 향한 말이었다. 하, 깊은 한숨을 쉬며 머리를 쓸어 올렸다. 조금만 더 버티면 된다고 생각했다. 아리의 말대로 준호가 본사로 들어간다는 말이 있었으니까.

실제로 준호의 브랜드에서 직접 모란을 찾아온 적도 있었다. 유능한 매니저를 빼가 미안하지만– 그렇게 말하며 준호가 곧 본사로 올라갈 것이란 이야길 했다.

새로운 매니저는 꼭 경력 좋고, 능률 좋은 사람으로 붙여주겠다는 너스레까지 더해서. 그때 모란은 싫다는 말도, 왜 그를 보내야 하냐는 물음도 할 수 없었다. 잘됐네요, 유능한 사람이잖아요. 아무렇지 않은 척 대답을 하면서도 가슴이 따끔거렸다. 아니라 거짓말하고 모른 척해도 사라지지 않는 통증이 있다.

"갈 사람이잖아."

그래서? 모란의 머리에서 누군가 대답했다.

"떠날 사람이라고."

그래서 신경을 쓰지 않겠다고?

또다시 누군가 대답했다. 잠자코 서 있던 모란이 주먹을 꼭 말아 쥐었다.

"신경 쓸 만한 일도 아니야."

누군가의 대답은 들리지 않았다. 주변이 조용해지고 나서야, 그녀가 다시 걸음을 옮겼다. 또각, 또각. 구두굽 소리만 울리는 복도에 문이 열리는 소리와 닫히는 소리가 연달아 들렸다. 온몸을 바짝 얼릴 만한 냉기만이 그녀가 머물렀던 자리에 덩그러니 남아 있었다.

한편, 모란이 떠난 아리의 매장은 살얼음판이 되어버렸다. 모란이 지나간 자리가 꽁꽁 얼어붙는 건 흔한 일이었지만, 오늘은 평소보다 심하게 느껴졌다.

"언니, 괜찮아요?"

"어? 으응. 뭐, 이게 뭐라고. 괜찮아. 걱정하지 마."

대답은 그렇게 하고 있었지만, 아직도 가슴이 벌벌 떨려 진정이 되지 않았다.

"매장을 유지하는 건, 알량한 실적 하나만이 아니라는 건 알고 있을 텐데요. 한아리 매니저님."

별것 아닌 말인데, 그 표정이 쉽게 잊히지 않았다. 말 그대로 '죽을 맛'이었다. 냉담한 눈빛은 둘째 치고 걱정 아닌 진담으로 하는 그녀의 말이 숨통을 콱 조였다. 제일 먼저 걱정해야 하는 건, 현태의 말대로 준호의 사생활이 아니라 자신의 숨통일까. 꼴깍, 마른 침이 넘어갔다.

멀찍이 서 있던 수호가 걱정스러운 표정을 지었다. 어떻게 위로를 해주어야 하나 고민하던 중, 현태가 걸어왔다.

"옆 매장에 연예인이라도 왔나 봅니다?"

아리의 매장에서 시선을 떼지 못하는 수호가 영 못마땅한 건지 현태가 쯧 혀를 찼다.

"시시한 농담 말고, 아리한테 빨리 가보세요."

"왜요?"

현태의 물음에 수호가 곤란한 표정을 지었다. 하지만 이대로 숨기고 있다 해서 아리가 나아질 것 같지 않아, 사실대로 이야기했다. 모란이 아리의 매장을 지나갔다는 것. 그리고 그때에 아리가 했던 말과 모란의 반응까지 모두. 잠자코 듣고 있던 현태가 앓는 소리를 냈다.

"이럴 줄 알았지."

생각보다 더 담담한 표정을 짓던 그가 저만치 떨어져 있는 아리를 보며 고개를 도리도리 저었다. 쯧쯧, 혀를 차는 것도 잊지 않았다.

"그런데 왜 그걸 저한테 부탁합니까? 강 매니저님이 가면 될걸."

"괜히 상처를 주면 어떡합니까. 아리를 잘 아는 것도 아닌데……."

"누군가를 위로하는 거, 그거 상대방을 알아야 할 수 있는 겁니까?"

"네?"

현태는 수호와 한참 마주했다. 답을 줄까 말까 고민하다 아니다 싶어 뒤를 돌았다. 굳이 기회가 될 법한 말을 던질 필요는 없다.

"아닙니다."

짧은 대답을 던지고 뒤를 돌았다. 아리의 매장으로 향하는 그의 뒷모습이 평소보다 더 듬직해 보였다. 덕분에 잊으려 했던 열등감이 다시 찾아왔다. 왜 저는 현태처럼 되지 못할까. 어째서 현태가 알고 있는 것만큼 아리에 대해 알지 못하는 걸까.

유대감의 벽이라는 걸 느끼자마자 빠르게 뒤를 돌았다. 계속 현태와 아리의 모습을 보고 있다간, 열등감이 종잡을 수 없이 커져 버릴 것 같았다.

아리에게 향하던 현태가 수호를 슬쩍 돌아보았다. 이미 시선을 거둔 그의 뒷모습을 주시했다. 아리에게 호감을 느끼는 사람들은 대부분 첫 번째로 저를 경계하곤 했다. 그러면서도 저와 아리의 견고한 유대감을 깨지 못해 금세 포기하곤 했는데. 수호는 그렇지 않다. 되레 유대감과 또 다른 무언가를 쌓아가며 아리와 가까워지고 있었다. 그래서 더욱 마음에 들지 않았다.

괜한 두려움에 마음을 내보이지 못하는 저와 다르게, 그녀에게 제 마음을 표현하려 노력하는 수호가 영 거슬렸다.

“지 팀장님, 여기서 뭐 하세요?”

아리의 부름에 현태가 깜짝 놀라 그녀를 돌아보았다. 어느새 매장의 한가운데에 들어와 있는 제 모습에 놀라고 말았다. 생각보다 더 깊게 상념에 잠겼었나 보다.

“어딜 보면서 그렇게 정신없이 걸어와? 예쁜 여자라도 있었나?”

아리의 농담에 현태가 코웃음을 쳤다. 겉으로 보기에는 별일이 없어 보이는데.

“있었으면 왔겠어? 말이라도 걸어보고 그랬겠지.”

제 말에 콧방귀를 뀌는 아리의 모습에 나름대로 안도의 한숨을 쉬었다. 그러지 그랬냐는 말을 들었다면 씁쓸했을지도 모른다.

“나 팀장이 뭐라 해?”

현태는 말도 돌리지 않고 물었다. 아리에게 무슨 일이 있었는지, 왜 그러는지 듣기 위해 말을 돌리는 일은 저들에게 있어 사치였다. 어릴 적부터 그렇게 이어져 온 사이였다. 무슨 일이 있으면 있다, 없으면 없다. 사실대로 이야기하고 저에게 기대고는 했으니까.

“응. 뭐라 하더라.”

"뭐라는데?"

현태는 멀뚱히 서서 주변을 힐끗거렸다. 혹시라도 나 팀장이 다시 서성이고 있으면 곤란하니까.

"실적이 좋아도 태도가 안 좋으면 매장 확 빼버릴 거라고 했어."

"뭐?"

아리의 입에서 나온 말에 놀란 현태가 눈을 동그랗게 떴다.

"그게 말이 돼?"

화가 났다. 매장을 빼고 말고는 나 팀장이 결정할 일이 아닌데. 현태가 미간을 잔뜩 찌푸리자 아리가 피식 웃어 보였다.

"그냥 그런 뜻으로 말한 것 같다는 거야. 나 팀장님 특기잖아. 말 속에 칼 숨겨놓는 거."

"그래서 쫄았어?"

"어. 쫄았지. 그것도 엄청나게."

"갑자기 그런 건 아닐 거 아니야?"

수호에게 듣긴 했지만, 모른 척 물었다. 아리에게 직접 듣고 싶었다.

현태의 말에 가슴이 뜨끔거렸다. 말을 해야 하나 말아야 하나 고민을 하던 아리가 그의 눈치를 보기 시작했다.

"뭐야, 왜 눈치를 봐. 또 사고 친 거 아니지?"

"또라니, 누가 들으면 맨날 사고만치는 줄 알겠네."

흠흠, 목을 가다듬던 아리가 눈을 굴려 다른 곳을 쳐다보았다. 효영과 수미에게 도와달라 신호를 보냈지만, 두 사람은 어느새 매장을 정리하는 척하느라 여념이 없었다. 이건 여기에, 저건 저기에. 저들끼리 대화를 하는 게 왜 이리도 얄미운지.

"사고 쳤지?"

현태는 포기하지 않고 아리에게 물었다.

"말해, 그냥."

아리는 제 뒤에 꽂히는 그의 따가운 시선에 꿀꺽 침을 삼켜야 했다.

"한아리."

현태의 부름에 아리가 뒤를 돌았다. 하하, 어색한 웃음이 입가에 걸렸다.

"그게 사실……."

결국 현태를 이기지 못한 아리가 좀 전의 상황을 줄줄 늘어놓았다. 나 팀장의 앞에서 준호의 소개팅 이야기를 한 것도, 들으란 듯 준호가 좋은 남자란 걸 강조했다는 것도. 아리의 이야기를 잠자코 듣던 현태가 아리의 머리에 꿀밤을 놓았다.

"멍청아."

"아파!"

"아프라고 때린 거야."

울상을 짓는 아리의 모습에 하마터면 미소를 지을 뻔했다. 왜 이런 모습도 예뻐가지고. 사람을 미치게 해.

"잘 생각해 보면, 네가 그렇게 찍힌 거 빼곤 나쁠 게 없는데?"

"내가 찍힌 게 제일 나쁘거든?"

"그래도 네 작전은 통했잖아."

현태의 말에 아리가 고개를 갸웃거렸다.

"내 작전이 통했어?"

"잘 생각해 봐. 정말 관심이 없고 신경 쓰고 싶지 않았다면 모른 척 지나갔을 거야. 사실 매장에서 잡담하는 거, 누가 몰라? 고객들 없을 때야 그러려니 하고 넘어가는 거지."

서비스교육을 받을 때 매장에서 잡담하지 말라 가르치지만, 큰 소리로 떠드는 게 아닌 이상 대부분 눈감아주곤 했다. 그럴 수도 있다고 생각하면서.

"그러네?"

"그래. 진짜 신경이 쓰이고, 듣기 싫은 말이니까 너한테 그런 반응을 보인 거야. 준호 형을 의식하고 있다는 말도 되고."

아리가 현태의 말에 고개를 끄덕였다. 그러네, 그게 맞네. 중얼거리는 그녀의 입술이 퍽 예쁘다. 옹알거리는 작은 입술을 빤히 지켜보던 현태가 고개를 휙 돌려 버렸다. 위험했다. 아주 조금.

"효과가 보인 만큼 내가 찍힌 거라면 뭐, 어쩔 수 없지."

단순하다. 어릴 적부터 그랬던 성격은 조금도 변하지를 않았다. 픽 웃음을 그리던 현태가 손을 뻗어 아리의 머리를 톡톡 두드렸다.

"그럼 이제 일 열심히 해. 퇴근하려면 아직 멀었다."

"걱정하지 마셔. 알아서 잘 하니까."

마냥 예쁘다. 어떤 모습이든 현태의 눈에 예뻐 보이지 않을 리가 없다. 그래, 알았다. 고개를 끄덕거리던 현태는 열심히 하라는 말을 남긴 채 아리의 매장을 나섰다. 현태의 모습이 조금 더 멀어졌을 때, 효영과 수미가 아리의 곁에 딱 달라붙었다. 세 여자의 시선은 멀어지는 현태에게 향해 있었다.

"지 팀장님 정말 멋있죠?"

"현태 오빠 진짜 멋있지."

멋있다. 아리는 두 사람이 하는 말을 속으로 되삼켰다. 이상하지, 언젠가부터 현태가 멋있다는 말에 부정하지 않게 됐다. 멋있다는 게 저런 걸까, 생각을 해보기도 하고 고민을 해보기도 하고. 이제는 콩콩거리며 심장이 뛰기도 했다.

그런 제 변화에 놀란 아리가 고개를 빠르게 흔들었다. 괜히 효영과 수미를 떠밀며 목에 힘을 줬다.

"일해, 일. 오늘 마네킹 옷 바꿔야 하는 거 알지?"

준호가 소개팅을 받게 될 것 같다는 이야기는 삽시간에 캐주얼 매장으로 퍼졌다. 누구냐, 몇 살이냐, 사진은 봤냐. 수많은 질문이 준호에게로 향했지만, 그가 기다리는 사람에게 질문은 없었다. 아리까지 내심 기대를 했던 탓인지, 실망은 배로 다가왔다. 서두르지 말자 스스로 다독여 보지만, 맘처럼 생각이 따르는 것만큼 어려운 것이 없다.

"왜 이렇게 울상이야?"

아리의 어깨가 바닥으로 박힐 것처럼 축 처져 있었다.

"그냥, 오늘 너무 힘들어."

아리의 대답에 현태가 주변을 둘러보았다. 매일 아리의 곁에 딱 붙어 있는 수호가 보이지 않았다.

"강 매니저는?"

"오빠 오늘 일이 있다고 먼저 갔어. 집에서 급하게 불렀대."

"도련님이네."

"도련님 맞지, 뭐."

현태는 기분 좋은 마음을 꾹꾹 억누르며 헛기침했다. 간만에 둘이 퇴근하는 것만으로도 특별한 날이 된 것 같았다. 물론 오늘은 저에게 있어 특별한 날이나 다름없었다. 아리가 집에 오는 날이었으니까.

"오늘 우리 집 올 거야?"

"응. 가야지. 엄마랑 아빠한테 인사도 드려야 하고."

"그래. 너 안 온다고 엄청 서운해하셔."

"뭐 사갈까? 과일 어때?"

현태는 숨을 참느라 여념이 없었다. 거친 숨결을 들키기라도 할까 무서웠다. 글쎄, 중얼거리며 아리의 말에 맞장구를 쳤다. 그러다 문득 과거의 목소리가 현태의 머리를 두드렸다.

"너희 꼭 사귀는 사이 같아."

몇 년 전이더라, 소개를 받았던 누군가 했던 말이었다. 사귈 마음도 없었는데, 연애를 시작한 아리를 보며 홧김에 질러 버린 소개팅이었다. 며칠 잘 만났었는데, 결국 아리와의 관계를 좁히지 못해 흐지부지 끝나 버리고 말았다. 그때도 그랬지만 지금도 마찬가지로 생활은 아리를 중심으로 돌아간다. 변하지 않는다는 건 참 무섭고, 씁쓸하다.

"오랜만에 엄마 밥 먹겠다! 신난다!"

그런 현태의 마음을 알 리 없는 아리가 크게 외쳤다. 멍청이, 속으로 읊조리던 현태가 입술에 옅은 미소를 그렸다. 함께 집으로 돌아간다는 사실이 왜 이리도 두근거리는 건지. 간만에 조수석으로 올라탄 아리의 모습에 가슴이 꽉 차올랐다.

"역시, 현태 차가 제일 편해!"

"왜, 며칠 강 매니저 차 타니까 죽겠어?"

"아니, 죽겠다기보단. 네 차를 더 오래 탔잖아. 뭐랄까 조수석에 앉아도 좀 마음이 편하고, 익숙한 게 좋은 거니까."

저를 향한 말이 아니라는 걸 알면서도, 좋다는 말에 또 숨이 막힌다. 아무렇지 않은 척하기 위해서 아리를 향해 몸을 돌렸다.

"안전벨트 해야지."

"내가 하려고 했…… 는데."

현태와 아리의 사이는 숨결이 고스란히 느껴질 정도로 가까웠다. 쿵, 쿵 심장 고동 소리가 들릴까 두려울 정도였다. 꼭 세상이 멈춘 것처럼 둘은 서로를 빤히 쳐다보았다. 빵! 바깥에서 커다란 소리가 들리고 나서야 둘은 급히 얼굴을 뗐다.

괜히 민망한 탓인지, 아리가 눈을 꾹 감았다. 창문에 얼굴을 기댄 채 잠들기 위해 애썼다.

"피곤하면 자고 있어. 도착해서 깨울게."

현태는 되레 그런 아리가 고마웠다. 목소리가 엇나가지 않도록 힘주어 말했지만, 아리를 돌아 볼 용기는 나지 않았다. 곧 현태의 차는 부드럽게 백화점을 빠져나갔다.

한편, 아리는 이 야릇한 기분에서 벗어날 수 없었다. 눈을 감고 있음에도 눈앞이 훤히 보이는 기분이 들었다. 현태의 차에 타고, 그가 안전벨트를 매주고, 얼굴이 가까이 맞닿은 것 모두 처음 있는 일이 아니었다. 새삼스럽다고 느껴질 정도로 흔하디흔한 일이었는데, 이렇게 복잡한 마음이 되다니. 이건 모두 효영이와 수미 때문일 것이다. 아리는 모든 걸 그들의 탓으로 돌렸다.

괜히 현태가 멋있네, 마네 떠든 탓이다. 아리는 입술을 잘근 씹으며 눈을 세게 감았다. 잠들자, 잠들어야 해. 어색함을 이기기 위해서라면 잠드는 편이 낫다.

아리는 생각보다 빠르게 잠들었다. 그리고 아주 오랜만에 꿈을 꿨다. 평소처럼 어두운 공원에 홀로 덩그러니 서 있다거나, 누군가에게 쫓기며 울음을 터뜨리는 꿈이 아니었다.

'아리야.'

엄마가 나왔다. 그녀는 늘 그랬던 것처럼 부드러운 미소를 지었다.

'아리야, 아빠가 이번에 만든 신메뉴야.'

엄마의 뒤쪽에서 아빠가 걸어왔다. 냄비를 들고 어서 먹어보라 채근하는 게, 기억 속 부모님의 모습 그대로였다. 웃음이 새어 나왔다. 꿈인 걸 알지만, 깨고 싶지 않았다. 너무나 달콤하고 행복한 꿈이라서, 그 속에 갇혀 살아도 될 것 같았다. 아리는 꿈속에서 행복한 시간을 보냈다. 아빠의 신메뉴를 먹었고, 엄마와 수다를 떨었다. 신기하게도 꿈속의 아리에게 캔디를 보는 능력은 없었다.

평범한 한아리, 그 자체였다. 그래서 더욱 행복했는지도 모르지. 한참 행복한 꿈에서 헤엄치는데, 누군가 그녀를 흔들어 깨웠다.

"아리야."

현태의 목소리에 눈이 번쩍 뜨였다. 그토록 깨고 싶지 않고, 돌아가고 싶지 않았는데.

"일어나, 다 왔어."

아리가 무거운 눈꺼풀을 들어 올렸다. 파르르 떨리는 속눈썹이 축축이 젖어 있었다.

"울어?"

"아냐, 꿈이 너무 좋아서 그랬어. 진짜 행복해서 눈물이 난 거야."

"정말로?"

축축이 젖은 눈꼬리를 꾹꾹 누르는 아리의 모습에 현태가 눈을 흘겼다. 영 못 미덥다는 표정을 짓자 아리가 입술을 삐죽였다.

"너는 내 말이 다 거짓말 같지?"

"매일 악몽 꾸니까 그러지."

"아니야. 엄마도 나오고, 아빠도 나왔어. 그래서 너무 행복해서 그랬어. 현태 너희 집 온다고 엄마, 아빠가 칭찬해 준 건가 보다."

그래, 그런가 봐. 현태는 아리의 말에 맞장구를 쳐줬다. 어느새 저는 또 같은 자리에 돌아와 있었다. 듬직한 친구, 하나뿐인 가족. 출발하기 전 묘한 설렘에 숨도 못 쉬던 것이 거짓말이라 느껴질 정도로.

차에서 내린 두 사람은 아파트 안으로 들어갔다. 아리는 주변을 둘러보았다. 익숙한 아파트 현관, 익숙한 엘리베이터. 눈을 스치는 '익숙함'에 마음이 저릿했다. 아직 저에게 익숙한 것이 남아 있다는 사실 하나만으로도 가슴이 떨렸다.

초인종이 울리고 집 현관문이 열렸을 때, 현태의 모친은 그 어느 때보다도 더 환한 미소를 그리며 밖으로 나왔다.

"우리 딸! 왜 이렇게 오랜만에 왔어."

따뜻한 품에 안기자 콧잔등이 시큰해졌다. 아리는 저를 끌어안는 그녀에게서 엄마 냄새가 난다고 생각했다. 그립고, 그립던 그 냄새가 코 아래로 잔뜩 풍겼다. 입가에 미소가 그려졌다. 엄마의 품으로 파고들던 아리가 손을 뻗어 그녀를 와락 끌어안았다.

"죄송해요. 너무 바빴어요."

"엄마 안 보고 싶었어? 어디 봐, 아까 보니 얼굴이 좀 상했던데."

"일단 들어가, 엄마. 아들은 계속 서 있잖아.

"너는 그게 직업이잖아. 좀 더 서 있으면 다리 닳아?"

"엄마가 안고 있는 애도 종일 서 있거든?"

"어머, 그랬지. 얼른 들어와, 우리 딸. 다리 아프겠다."

엄마의 태도는 온도 차이가 분명했다. 현태는 그에 코웃음을 쳤다. 물론 싫은 건 아니었다. 사춘기를 겪을 땐 조금 불만을 느낄 때도 있었지만, 지금은 다르다. 아리에게 또 다른 가족이 되어주는 부모님에게 감사할 따름이었다. 울타리가 되어주는 것이 쉬운 일은 아니니까.

탁, 문이 닫히는 소리가 들렸다. 따뜻한 바람이 불어와 그들이 사라진 자리를 슥 훑으며 지나갔다.

"그래서, 요즘 일은 할 만하냐?"

나이프와 포크가 부딪치는 소리가 들렸다. 남자의 굵직한 물음에 수호의 나이프가 움직임을 멈추었다.

"네. 현장이 생각보다 재미있어요."

"재미있는 건 좋지만, 빠져선 안 돼."

또다시 고기를 썰던 수호의 손이 우뚝 멈추었다. 힘을 준 탓에 손등으로 핏줄이 불거졌다. 수호는 아무 말도 하지 않고 있다가, 다시 고기를 썰기 시작했다. 비싼 레스토랑에서 먹는 고급 음식이었는데도 맛있다는 생각이 들지 않았다. 오히려 딱딱한 돌덩어리가 더 맛있을 것 같았다.

"사업 확장을 할 생각이다."

"형도 있잖아요."

"네 형에게는 작은아버지 회사까지 함께 맡기기로 했다."

입안에 있는 고기를 모조리 뱉어버리고 싶은 심정이었다. 억지로 넘기면 체할 것 같고, 씹자니 턱이 아프다. 아무 맛도 나지 않는 음식을 먹는 것처럼 고통스러운 건 없는데.

"아, 그리고. 느떼 백화점 상무 따님과 조만간 자리 만들 테니 그렇게 알고 있어."

불안한 예감이 스쳤다. 수호가 고개를 들어 아버지를 바라보았다.

"아버지."

부름을 듣기 무섭게 캔디가 반응했다. 불그스름하게 달아오르는 것이 반갑지만, 그것은 금세 차갑게 식어버렸다. 보라색도 아니고 파란색도 아닌 캔디가 반짝거리며 빛났다.

"내가 분명 너에게 둘 중 하나 선택하라 했다. 현장에서 두어 달만 있다가 내 밑으로 와서 물려받든, 애비 힘이 되어줄 수 있는 처가를 만들든지. 둘 중 하나라고."

"왜 이렇게 욕심을 부리시는 거예요. 지금 회사만으로도 충분하시잖아요."

수호의 말에도 그는 꼼짝하지 않았다. 매서운 눈으로 수호를 노려보다 냅킨으로 입가를 슥슥 닦을 뿐. 잠시 후, 듣지 못했다는 듯 말을 이어갔다.

"잘해. 세상 물정 모르는 아가씨라 하니, 구슬리긴 좋을 거다."

"아버지!"

"하라면 하란 대로 해! 네 형도 그렇게 잘살고 있는데, 왜 너만 이렇게 유별나!"

큰소리가 나니 입이 꾹 닫혔다. 연애하고 싶은 여자가 있다고, 사업과 관련된 결혼은 피하고 싶다고 말해야 하는데 겁쟁이처럼 말이 나오지 않았다.

남자는 수호를 못마땅한 눈으로 쳐다보다 잡고 있던 나이프와 포크를 놓았다. 달칵, 접시와 마찰하는 소리가 날카롭게 들렸다.

"다 네 형과 너를 위한 거다. 잘 살라고, 떵떵거리며 부족함 없이 살게 해주고 싶어 그러는 거니까 잔말 말고 따라."

수호는 아무런 말이 없었다. 피가 배어 나오는 스테이크를 묵묵히 내려다보고 있을 뿐. 고개를 들어 아버지의 캔디를 재차 확인할까 했지만 포기했다. 검은 캔디가 보이면 어쩌지, 괜히 겁났다.

입을 꾹 다물어 버린 수호가 답답했는지, 남자가 혀를 차며 자리에서 일어났다. 곧 그의 곁에 서 있던 비서가 겉옷을 입혀주었다. 잔뜩 성이 난 눈은 여전히 수호를 향해 있었다.

"모임이 있어 먼저 일어난다. 다 먹고 천천히 가."

그가 방을 나설 때까지 수호는 아무런 말도 할 수 없었다. 스테이크와 제 옆에 놓인 와인을 번갈아 보며 입술을 잘근 씹었다. 하아, 뜨거운 한숨이 새어 나왔다. 머리가 지끈거리기 시작했다. 문이 닫히는 소리가 나고 나서야 고개를 들어 빈자리를 바라볼 수 있었다.

의자에 몸을 묻던 그가 고개를 뒤로 젖혔다. 가족, 가족이 뭘까. 현태가 하나뿐인 가족이라 말하며 웃던 아리가 떠올랐다.

"가족이 되어주고 싶어요."

그 말의 반은 진심이었다는 걸, 아리는 알고 있을까.

"아버지."

이미 방을 벗어난 그를 불러보았지만, 돌아오는 대답은 없었다. 레스토랑에 흐르는 우아한 클래식 음악만 그의 귓가에 닿을 뿐.

"싫어요."

차마 전하지 못했던 말을 던졌다. 가슴이 답답해 숨을 쉬는 게 힘들었다. 아버지의 뜻대로만 살 수 없다던 그 말을, 저는 왜 하지 못했던 걸까. 지독한 밤이었다. 정해진 길이 싫다면서 도망칠 용기도 내지 못하고, 생각도 할 수 없는 밤. 까마득한 어둠 속에서 수호는 홀로 서 있어야 했다.

아리는 현태의 집에서 밤늦도록 이야기를 나누었다. 밥을 먹고 과일을 먹는 내내 이야기가 끊이지 않았다 행복한 밤이 지나고, 다음날 아침이 밝았다. 아리는 눈을 뜨자마자 분주하게 아침을 준비하는 엄마를 빤히 바라보고 있었다.

"엄마, 도와드릴까요?"

"됐네요. 맨날 일하면서 뭘 쉬는 날까지 일하려고 그래?"

"괜찮아요. 집에 있을 땐 혼자라서 안 해도, 지금은 엄마랑 같이 있으니까 하고 싶어서 그래요."

엄마는 잠시 멈칫거리다 아리를 돌아보며 활짝 웃었다.

"그래, 그럼 여기에 와서 파 좀 썰어줄래?"

"와, 또 내가 파 써는 건 잘해요. 모르죠, 엄마? 나 진짜 잘하는데."

씨익 웃던 아리가 소매를 걷어가며 주방으로 들어갔다. 현태의 모친은 국을 끓였고, 아리는 도마 위에 있는 파를 종종 썰었다. 누군가에게 당연한 이 시간이 아리에게는 소중했다. 물론 그들은 쉬는 날마다 찾아오라 했지만, 그렇게 하는 일이 영 쉽지 않았다. 더불어 이 따뜻함에 익숙해져선 안 될 것 같았다. 언젠가 현태에게 가정이 생기고 나면, 더는 그들을 가족이라 말할 수 없을지도 모른다. 그때를 대비해 익숙해지지 않으려 애쓰는 것이다.

"당근도 썰어요?"

"응. 거기에 있는 거 전부, 무채처럼 썰어주면 돼. 어머, 예쁘게도 다듬네, 우리 아리."

엄마의 칭찬에 기분이 좋아진 아리가 어깨를 으쓱거리며 당근을 종종 썰었다. 도마 위를 오가는 칼질 소리가 더해질 때, 현태의 방문이 열리는 소리가 들렸다.

"시끄러워. 잠 좀 자자."

하품하며 나오는 현태를 본 엄마가 눈을 흘겼다.

"아리 반만 닮아라, 응? 아침 일찍 일어나서 엄마 도와주는 것 봐!"

"뭐, 누가 하라고 했나? 자기가 좋아서 하는걸."

"엄마, 우리 재는 밥 주지 말아요."

아리는 국을 젓고 있는 엄마에게 몸을 기울여 말했다. 길게 찢어진 아리의 눈이 현태에게로 향해 있었다.

엄마는 그래야겠다며 깔깔 웃음을 터뜨렸다. 이토록 평화로운 휴무가 얼마 만인지 모르겠다. 현태는 비집고 새어 나오려는 웃음을 꾹꾹 눌러 삼키며 소파로 향했다. 머리를 벅벅 긁으며 자리에 앉았는데, 부엌 쪽에서 외마디 비명이 들렸다.

"아야!"

아리의 외마디 비명에 깜짝 놀라 고개를 돌렸다. 덕분에 방에 앉아 있던 아빠도 주방으로 뛰쳐나왔다.

"왜, 무슨 일이야?"

"뭐야, 괜찮아?"

현태까지 주방으로 쫓아와 아리의 손을 붙들었다. 그리 깊이 베인 건 아닌 모양이었지만, 손에는 피가 흥건했다.

쯧, 혀를 차던 현태가 아리를 노려보았다.

"이럴 줄 알았어. 이 덜렁이."

"다쳤는데 걱정을 좀 해!"

"이리 와."

현태는 아리의 손을 잡아끌고 거실로 향했다. 바닥에 그녀를 앉히고, TV 아래 서랍장에서 구급약을 꺼냈다. 피가 고이는 손을 거즈로 닦고, 소독약을 바르면서도 잔소리는 멈추지 않았다. 아빠가 옆으로 와 그만하라 몇 번을 일렀지만, 현태는 멈출 생각이 없어 보였다.

"내가 너 그렇게 장난칠 때부터 알아봤다."

"장난 안 쳤거든?"

아빠는 투덜거리는 아리를 걱정스럽게 쳐다보았다.

"괜찮아? 아프진 않고?"

"에이, 아빠 이게 뭐라고요. 일할 때 신상품 오면 박스 뜯다가 몇 번이나 칼에 베이는걸."

"그럼 쓰나! 조심해야지, 조심. 장갑도 끼고."

호들갑을 떠는 부부의 모습에 괜히 코가 시큰거렸다. 만약 부모님이 살아 계신다면 이런 휴무를 보내고 있지 않았을까. 또다시 괜한 상념에 빠져들었다. 이루지 못할 것을 알지만, 이루고 싶은 이야기. 괜히 콧잔등이 시큰해졌다. 애써 울음이 터져 나오려는 걸 참고 밴드를 감아주는 현태의 손을 내려다보았다.

아리의 손에 밴드가 감기는 걸 확인하고 난 뒤에야 엄마는 주방으로 돌아갔다. 아빠는 여전히 현태의 곁에서 조금 더 밴드를 꽉 묶어야 한다며 잔소리를 하고 있는 중이었다.

"너희 그러고 있으니까."

그때, 주방에서 엄마의 목소리가 들렸다. 아리와 현태가 고개를 들어 올리자, 엄마가 흐뭇하게 웃었다.

"꼭 신혼부부 같다."

현태와 아리의 얼굴이 약속이라도 한 듯 동시에 붉어졌다.

"엄마!"

"엄마아!"

두 사람의 볼멘소리에 엄마와 아빠, 둘 다 기분 좋은 웃음을 터뜨렸다.

"현태 너는 왜 웃어? 아빠는 아리가 며느리면 더 바랄 것도 없다."

"아빠!"

현태의 볼멘소리가 들렸지만, 아빠는 아무 말도 하지 않은 채 괜찮지 않냐 몇 번이나 물었다. 아리와 현태의 얼굴이 터질 듯 달아올랐다.

"아빠, 현태 인기 진짜 많아요. 곧 여자친구 데려올지도 몰라요. 얼마나 인기가 좋은지 몰라."

"그래? 아닌 것 같은데. 매일 아리, 아리. 너한테서 못 떨어지는 거 보면 장가가긴 글렀어."

아빠는 팔짱을 낀채 고개를 저었다. 글렀어, 쯧쯧 혀를 차면서도 입가에는 웃음이 만개해 떠나지 않았다. 아리와 현태의 모습이 제법 보기 좋았다. 화제를 돌려야겠다 싶던 아리의 머릿속으로 세영의 일이 번개같이 스쳐 지나갔다. 미안하다, 현태야. 들리지 않을 사과를 웅얼거렸다.

“에이, 몇 주 전만 해도 현태 좋다고 따라다니는— 아야!”

현태는 당황했다. 어떻게든 아리의 입을 막기 위해 머리를 굴리다, 그녀의 상처를 꽉 눌렀다.

“아파!”

“미안. 일부러 그런 건 아니야.”

“거짓말하지 마. 일부러 그랬지?”

“아니라니까?”

현태는 강하게 부정했다. 그러면서도 능글맞은 웃음은 사라지지 않았다. 구급함을 깔끔하게 정리한 그가 몸을 일으켜 부엌으로 향했다.

“엄마, 내가 대신 도울게요. 뭐 해요?”

“아유! 네가 하면 오늘 아침 못 먹어! 수저나 놓고 다 먹고 설거지나 해.”

“에이, 그걸로 되겠어? 다른 걸 좀 시켜봐요, 여사님.”

현태가 엄마의 허리를 와락 끌어안자, 저리 가, 징그러! 웃음기가 뒤엉킨 엄마의 말이 들렸다. 아리는 그 모습이 마치 오래전, 돌아가신 엄마와 저를 보는 것 같았다. 매일 요리를 할 때면 배고프다, 심심하다 엄마에게 매달리고는 했다. 다치니까 저리 가 있으라고 말을 해도 아리는 듣지 않았다.

고작 몇 시간도 되지 않았지만, 가장 행복한 시간이라 말할 수 있었다.

"아리야."

두 사람을 부럽게 쳐다보는 아리의 옆으로 아빠의 목소리가 들렸다.

"네?"

아리가 돌아보자, 아빠는 그녀의 손을 꼭 붙들었다. 입을 꾹 다문 채 침묵을 지키는 모습이 무언가 깊이 생각하는 것 같았다.

이마에 내 천(川)자가 그려지는 모습을 보며 아리는 돌아가신 아빠를 떠올렸다. 고향에서부터 친한 친구였다던 두 사람은 생김새도, 식성도, 취미도 아주 많이 닮았다며 자랑 아닌 자랑을 했었다. 그땐 몰랐지만, 지금에서야 그 말이 이해됐다. 생김새도 그랬지만, 간혹 보이는 습관들이 돌아가신 아빠를 생각나게 했다. 잠시 침묵을 지키던 그가 어렵게 입을 뗐다.

"나는 아리를 내 딸이라 생각하고 있어."

"그럼요, 다 알죠."

모를 리가 없다. 길다면 긴 시간동안 제 곁을 든든하게 지켜준 사람들을 모를 수가 없다.

"혹시라도 정말 현태에게 누군가 생겨서 결혼한다 하더라도."

가슴이 따끔거렸다. 그 때문에라도 이곳에 익숙해져선 안 된다고 생각한 마음을 들킨 것만 같았다.

"나는 아리가 지금처럼 집에 놀러 오고, 여기가 아리 집이라 생각하고. 그랬으면 좋겠어. 그리고 나중에 네가 결혼을 하게 되면……."

결혼이라는 말이 막연하게 느껴졌다. 누군가 사랑은 할 수 있을까. 지금 이 생활에 만족스러워 결혼을 따로 생각해 본 적이 없었다. 하루하루 일에 치이는 것도 좋았고, 가끔 저도 들어올 수 있는 울타리에 잠시 머무르는 것도 좋았다. 또다시 저만의 울타리를 가졌다가 깨져 버릴까, 망가지는 건 아닐까. 겁이 났다.

"그땐 아리 네가 우리 집 양녀로 들어왔으면 좋겠어. 물론, 이건 아리 네가 괜찮다고 했을 때의 경우지만……."

가족. 그들은 저를 이토록 끌어안으려 하는데, 저는 왜 이리도 도망가려고만 할까. 눈물이 왈칵 쏟아질 것 같아 입술을 눌렀다. 눈에 잔뜩 힘을 주는데도 자꾸 눈가가 시큰거렸다.

"엄마도, 아빠도 다 이야기를 한 거야. 맘 같아선 정말 현태랑 아리랑 뭐…… 이건 남녀 문제이니 말은 하지 않으마. 아무튼, 아빠랑 엄마는 그래. 아리를 정말 우리 딸이라고 생각해. 그러니까 아리 너도 한 번 깊이 고민해 봐. 응?"

아리는 고개를 끄덕거렸다. 평소 같았다면 마음만 받겠다며 너스레를 떨고 흐지부지 넘겼을 텐데, 오늘은 어쩐지 그러고 싶지 않았다. 또다시 울타리가 생길지도 모른다는 사실이 행복했지만, 한편으로는 미칠 듯이 불안했다. 깨지면 어쩌지, 무너지면 어쩌지.

"조만간 또 다섯 식구 여행 가자. 알았지?"

아리가 고등학생일 때, 현태네 가족과 함께 몇 번 여행을 다닌 적이 있었다. 그럴 때마다 아리는 엄마와 같은 방을 썼다. 학교에서 힘든 일, 쌓이는 고민 등 모든 것을 엄마에게 털어놓았다. 돌아가신 엄마에게 하듯, 그렇게 구구절절한 이야기까지 모두 한 적이 있었다.

하지만 마음속 구멍은 메워지지 않았다. 여행을 다니며 느껴지는 건 딱 하나. 그들에게 저는 진짜 가족일 수 없다는 묘한 소외감이었다. 하지만 드러내지 않았다. 그럴 수 없었다. 첫 취업을 기념하며, 첫 월급을 탄 후에, 첫 휴가라서. 수많은 이유를 들먹이며 그들은 아리에게 추억을 선물해 주었다. 그리고 아리는 당연하게 그들의 추억에 녹아들었다.

지금은 소외감을 느끼지 않겠지만, 욕심이 생길 것 같았다. 놓치고 싫지 않고, 이대로 무너지고 싶지 않은 욕심이.

"네. 아빠."

욕심은 언제나 버리기 힘든 법. 아리는 고개를 끄덕이며 아빠의 손을 꼭 붙잡았다. 잡을 수 있을 때까지는 잡아보겠다 마음먹었다. 누릴 수 있을 때까지는 충분히 이 행복을 누리자고 말이다. 울먹임을 들킬까 애써 목소리를 높였다.

"어디로 갈까요? 우리도 이번에 해외 가볼까? 엄마, 어때요?"

"해외 좋지!"

"비행기 표는 아빠가 쏘는 거야?"

현태가 거드는 바람에 집이 더욱 소란스러워졌다. 깔깔, 그들이 웃음소리가 마치 노랫소리처럼 들리는 오전이었다.

오후가 되어서, 아리와 현태는 집 밖으로 나섰다. 엄마와 아빠에게 옷을 사드리고 싶다는 아리의 말에 가족 모두 외출을 하기로 했다.

주차장으로 내려가는 내내 아빠의 말이 머리를 맴돌았다. 현태가 결혼하게 되면. 지극히 현실적인 이야기인데, 한 번도 생각해 본 적이 없었다. 물어볼까, 말까. 몇 번이나 고민하던 그때 현태가 먼저 입을 열었다.

"나 너보다 먼저 결혼 안 해."

"갑자기 무슨 소리야?"

생각하고 있었으면서 아닌 척했다. 그래서 더 놀라는 척 몸을 들썩였다.

"네가 먼저 짝 찾을 때까진, 나 결혼 생각 없다고."

"왜? 뭐 너랑 나랑 그런 서열이 있어?"

"서열로 따지면 내가 오빠 아니냐? 너보다 내가 정신연령은 높은 것 같은데."

"웃기시네."

입을 삐죽거리는 아리의 모습에 현태가 웃어 보였다. 주머니에 손을 푹 찔러 넣은 그가 거울을 힐끗 바라보며 아리를 쳐다보았다. 내 캔디도 유심히 봐줘. 어디서, 왜 붉게 물드는지 생각해 봐줘. 늘 그녀에게 하고 싶은 말이었다. 남들처럼 저 캔디가 왜 그럴까, 생각하고 고민해 줘. 마음에만 맴돌던 이야기.

"왜 안 해?"

갑자기 고개를 돌린 아리 때문에 놀란 현태가 미간을 찌푸렸다. 제 눈빛이, 그 속에 담긴 마음이 들킬까 무서웠다.

"뭘?"

"결혼."

정적이 이어졌다. 고민하던 현태가 아리를 쳐다보았다. 예뻐 죽겠네. 정말.

"궁금해?"

"응. 궁금해."

궁금하다는 아리의 말에 반사적으로 입을 달싹였다. 말하지 않으려 했는데, 왜 그녀의 눈빛과 목소리에 이렇게 약해지는 걸까.

"그야 당연히……."

"당연히?"

기대하는 아리의 모습을 보니 아무것도 아니라 넘길 수도 없고, 사실대로 말하자니 영 용기가 나지 않았다. 기회가 찾아온 건 알고 있었지만 어쩐지 대답할 수 없었다. 오랫동안 묵혀온 마음이 이렇게나 답답하다. 입을 한 번만 열면 되는 걸, 좀처럼 말이 나오지 않았다.

"아, 왔다."

어색했다. 최대한 자연스럽게 말하고 내리려고 했는데, 목소리도, 말투도 어색하기 짝이 없다.

"뭐야? 왜 말을 하다가 말아?"

아리는 어리둥절한 모습으로 현태를 뒤따라 엘리베이터에서 내렸다. 계속 제 시선을 피하는 현태가 이상했다. 아니, 얼마나 대단한 비밀이라고 눈도 못 쳐다봐?

"지현태!"

현태는 끝까지 들리지 않는 척, 앞만 보고 걸었다. 주차장의 문이 열리자마자 아리가 툭 튀어나왔다.

"왜 내 말 무시해!"

현태를 올려다보기 위함인지, 아리는 그보다 한 발자국 앞서 나왔다. 이윽고 저 멀리에서 바퀴가 구르는 굉음이 들렸다. 순간적으로 위험을 느낀 현태가 손을 뻗어 아리의 허리를 휘감았다. 그리고 빠르게 몸을 틀어 그녀를 제 뒤로 숨겼다.

굉음은 빠르게 그들을 지나쳤다. 귀를 찢는 커다란 소리가 났지만, 두 사람은 미간 한 번 찌푸릴 수 없었다. 현태는 아리의 허리를 끌어안은 채, 아리는 현태에게 안긴 채 서로를 응시하고 있었다. 쿵. 쿵. 귀를 울리는 심장 박동이 누구의 것인지 가늠이 가지 않았다.

'조심 좀 하지?'

드라마에서는 이럴 때 잘도 핀잔을 주면서 왜 현실에선 아무 말도 할 수 없게 되어버릴까. 그저 쳐다보는 것만으로도 온몸이 무너져 내릴 것 같았다. 심장 소리에 맞춰 손끝이 벌벌 떨렸다.

아리도, 현태도 마찬가지였다.

"고, 고마워."

아리가 먼저 입을 열자, 현태의 얼굴이 단번에 달아올랐다.

"조심, 조심 좀 해. 어린 애도 아니고, 위험하다고 말을 해야 알아?"

현태는 툴툴거리며 아리에게서 떨어졌다. 그의 귓바퀴가 사과처럼 보기 좋게 익어 있었다.

"내가 알았나, 뭐."

아리의 대답에도 현태는 반응이 없었다. 눈도 마주하지 못하던 두 사람의 사이로 미묘한 공기가 맴돌았다. 현태와 아리는 주변을 휘 둘러보며 분위기를 바꾸려 애썼다.

"차를 어디에 주차했더라."

잔뜩 갈라진 현태의 목소리에 민망함이 묻어 있었다. 아리가 눈치채지 않을까 걱정이 됐지만, 목소리를 가다듬을 여유는 없었다. 주차를 어디에 한 건지 또 까맣게 잊고 말았다. 한참을 찾고 나서야 구석에 있던 차를 발견할 수 있었다.

차에 올라탄 그들은 지하 주차장을 나와 지상에서 부모님을 태울 때까지 아무런 말도 나누지 않았다. 머릿속에 서로의 시선이 얼마나 뚜렷하게 남았는지 그들은 알지 못했다.

"그런데 너희 조금 이상하다?"

뒷좌석에 앉아 있던 엄마가 신호에 걸려 멈춘 틈을 타 불쑥 물었다.

"네?"

"뭐가?"

유난히 큰 두 사람의 목소리에 엄마의 눈이 동그래졌다.

"너희 반응도 좀 수상해?"

"엄마가 이상한 소리를 하니까 그렇지."

"뭐가 이상해? 말 한 마디도 없으니까 그러지. 이상한 사람은 너희지, 내가 아닌데?"

엄마는 아리와 현태를 묘하게 흘겨보았다. 수상해, 중얼거리는 목소리에 현태가 받아쳤다.

"아니라니까 자꾸 그러네."

하지만 아리는 아무런 말도 하지 못했다. 휙휙 지나쳐 가는 바깥의 풍경에 눈을 고정하고 있을 뿐.

수상한데, 엄마의 말이 몇 번이나 이어졌지만, 현태는 아랑곳하지 않고 운전에 집중했다. 그러나 뇌리에 박힌 서로의 시선이, 두근거림이 사라질 리가 없었다.

백화점에 도착하고 나서야 현태와 아리는 서로를 쳐다볼 수 있었다. 어느 브랜드가 예쁘다더라, 어디는 별로라더라 정도의 대화도 나눌 수 있었다. 자연스럽게 현태와 아리가 앞장서게 되니, 말을 꺼내는 것도 힘들지 않았다. 저들이 일하는 백화점에 가면 좋기야 하겠지만, 괜히 다른 사람들의 눈을 신경 쓰는 게 싫었다. 보통 친구 사이가 아니라며 수군거리는 목소리도 싫었고.

한참 쇼핑을 끝낸 뒤, 부모님은 일이 있다며 자리를 떠났다.

"이제 뭐 하지?"

아리의 목소리에 아쉬움이 잔뜩 묻어 있었다.

"집에 안 가?"

"오랜만에 휴무잖아. 아깝게."

참 이상한 사이라고 생각했다. 무엇이든 어색함이 하루 이상을 가지 못한다. 하루가 뭐야, 반나절 이상이 가도 오래가는 것일 테다. 유일하게 어색함이 오래갔던 때가 있었다면, 세영과 얽혔던 그때였다. 물론 그 순간의 어색함은 온전히 현태 때문이었지.

아리의 얼굴을 볼 수 없어서, 아무것도 모르고 세영과 잘 해보라 부추기는 아리가 미워서. 그리고 그런 상황에서도 아리에게 제 마음한 번 표현하지 못하는 자신이 바보 같아서.

"그럼 뭐 하고 싶은데?"

"음……."

딱히 하고 싶은 건 없었다. 그냥 이대로 휴무를 흘려보내고 싶지 않았다. 다른 사람처럼 집에 종일 누워서 TV를 보는 것이 아리에게 있어 휴식은 아니었으니까.

"아니면."

현태의 말이 채 끝나지도 않았는데, 아리의 핸드폰이 울렸다. 평소에는 잘 들리지도 않는 진동 소리가 오늘따라 유독 크게 들리는 건 왜일까. 받지 마, 속으로 외치고 있었다. 바깥으로 던지지 못한 채 마음속 깊은 곳으로 꾹꾹 눌러야 했다. 터뜨리면 안 된다는 걸 잘 알고 있으니까. 그럴 사이가 아니라는 건 뼈저리게 느끼고 있었으니까.

"잠깐만, 현태야."

미안해. 마지막 입 모양에 어색하게 웃었다. 괜찮다고 하면서도 기분이 좋지 않았던 건, 아마 화면에 찍힌 세 글자. 강수호라는 이름 때문이었을 것이다. 답답했다. 담배를 태우는 건 한숨으로도 내려가지 않는 답답함 때문이라고 했는데, 지금 딱 그 마음을 이해할 것 같았다.

몇 번이나 한숨을 쉬고 침을 삼켜도 목 언저리에 낀 답답함은 내려가지 않는다.

"네, 오빠. 휴무는 잘 보내고 있어요?"

귀가 쫑긋거렸다. 어쩐지 느낌이 좋지 않았다.

"네? 아, 지금 현태랑 있어요."

반사적으로 아리를 돌아보았다. 어째서 저와 함께 있다는 걸 이야기하는 걸까. 손가락 끝이 바짝 당겼다. 혹시라도 수호가 휴무에 끼어들기라도 할까 걱정됐다. 간만에 둘이 보내는 휴무인데, 방해를 받는 건 싫은데.

"아…… 그럼 오빠 제가 현태랑 이야기해 볼게요."

아니나 다를까. 우려했던 일이 현실이 될 것만 같았다. 둘만의 휴무가 날아가는 소리가 들렸다.

"뭘?"

뭐가 그리 미안해 거절도 못 하는 건지, 답답한 마음에 현태가 물었다. 조금 불안했는지도 모른다. 현태의 표정이 그다지 좋지 않음을 발견한 아리가 난감한 표정을 지었다.

핸드폰을 멀찍이 떨어뜨리고, 최대한 작은 목소리로 말했다.

"오빠 친구가 서울에 라운지 바를 오픈했대. 시간 되면 같이 가자는데, 현태 너한테 물어보라고 해서."

"싫어."

"왜?"

그걸 꼭 설명해야 알까. 무신경한 아리를 보며 현태는 미간을 좁혔다. 물론 제일 답답한 건 저 자신이다. 오늘 하루는 저와 함께 보내달라고 말을 하면 쉬울 텐데. 괜한 이야기로 아리에게 부담을 줄까, 그래서 이 단단한 유대감이 깨져 버릴까 두렵다. 이러니 몇 년째, 아니 십 년이 넘도록 고백 한 번 하지 못하는 거지.

"아빠랑 엄마가 저녁 먹자고 할 수도 있잖아."

기껏 생각한 게 부모님 핑계였는데, 아리는 오히려 현태를 이상하게 쳐다보았다.

"두 분 저녁 모임 가셨잖아?"

또 말문이 막혔다. 관심이 없는 척하다가도 꼭 이렇게 귀가 밝다. 이제는 빼도 박도 못하게 생겼다. 그냥 나랑 같이 있어. 그 말만 하면 되는데, 여전히 쉽지가 않다. 친구 사이에서도 충분히 할 수 있는 말인데도 어렵다. 무슨 사이라 정의되어야만 같이 있을 수 있는 걸까. 그냥 이대로 같이 있으면, 이상한 걸까. 온갖 고민이 그를 힘들게 만들었다. 차라리 이럴 땐 시원하게 포기하자 싶은데, 또 다음 날이 되면 까맣게 잊는다. 아니, 잊을 수밖에 없었다.

순간적인 감정으로 인해 아리에 대한 마음에 흠집이 나는 건 싫다.

늘 그렇듯, 현태는 아리의 의견에 손을 들어주고 말았다. 가장 많이 좋아하는 사람이 지는 거라고 했던가. 지금 딱 제가 그런 꼴이었다. 좋아한다는 말을 쉽게 꺼내지 못하는 만큼, 싫은 것을 싫다고도 쉽게 말을 하지 못한다. 바보처럼.

"오빠, 현태가 좋다고 했어요. 네. 네. 아, 거기요?"

즐겁게 통화를 하는 아리를 슬쩍 쳐다보던 현태가 깊은 한숨을 내쉬었다. 언제쯤 이 한숨의 의미를 알까. 아니, 어쩌면 평생 모르지 않을까. 예쁘게 눈을 접으며 웃는 아리가 미웠다. 금세 사라질 감정이었지만. 수호의 말을 전하며 웃는 모습에 또 왜 이리 서운한 건지. 그래, 짧은 답을 전하며 고개를 끄덕였다. 더 많이 좋아하는 사람이 질 수밖에 없다. 현태는 그 말의 뜻을 다시 한 번 뼈저리게 느낄 수 있었다.

아리는 옷을 갈아입기 위해 집으로 돌아갔다. 어찌나 현태에게도 잘 차려 입으라 채근하는지, 아리를 집에 데려다주고 저 역시 집으로 돌아갔다. 술을 마셔야 하니 차를 놓고 근처에서 만나기로 했다. 어쩐지 수호를 만나고 술을 입에 대지 않는 날이 없는 것 같다.

그래서 더욱 수호가 마음에 들지 않았다. 가뜩이나 예민한 앤데 술까지 많이 먹으면 어쩌자는 거야. 아리를 기다리는 내내 투덜거림이 멈추지 않았다. 언제 오는 거야, 마지막 중얼거림을 끝으로 찬바람이 불었다.

"현태야!"

어디선가 익숙한 목소리가 들려 뒤를 돌아보았다. 그 순간, 현태는 아리를 제외한 세상이 느릿하게 돌아가는 것을 체험할 수 있었다. 차들이 느릿하게 지나갔다. 그들이 남기고 가는 빛이 하나둘 동그랗게 맺혀 빛의 응집을 만들었다.

자리에서 콩콩 뛰며 손을 흔드는 아리를 제외하고 눈앞에 모든 것들이 움직임을 멈추었다. 꼭 현태의 세상은 아리가 중심이라 재차 강조하는 것 같았다.

"뭐야. 왜 넋을 놓고 있어?"

아리는 어느새 현태의 앞까지 다가와 손을 휘휘 젓고 있었다. 아리의 얼굴이 시야에 들어오고 나서야 정신을 차릴 수 있었다. 흠, 짧은 헛기침으로 목에 힘을 주며 아무 일도 없는 척 했다.

"내가 언제."

"에이, 맞는데? 어때 나 좀 예쁘지? 신경 좀 썼어."

하마터면 예쁘다는 말이 저절로 나올 뻔했다. 아리의 하얀 팔뚝을 감싼 검은색 레이스가 자꾸 현태의 눈을 잡아끌었다. 예쁘다. 예쁜 건 확실한데, 몸에 딱 붙는 원피스가 왜 이렇게 거슬리는지 모르겠다. 누군가 아리를 힐끗거린다고 생각하니 더욱 그랬다.

눈 화장이 짙은 것도, 유독 색조 화장이 강하게 느껴지는 것도 자꾸 눈에 밟혔다. 짙은 눈 화장이 잘 어울릴수록 매력적으로 보이는 건 비단 저뿐만이 아닐 테니까.

오늘따라 왜 이렇게 예쁠까. 평소에도 예뻤지만, 오늘은 더 예쁜 것 같다. 눈을 뗄 수 없을 정도로.

"춥겠다."

하지만 예쁘다는 말은 할 수 없었다. 용기가 없었다. 현태는 자신의 재킷을 벗어 그녀의 어깨에 걸쳐 주었다.

"덮어."
"왜!"
"덮어 그냥. 감기 걸리면 또 된통 앓으려고."
"아니거든?"
아니기는. 현태가 중얼거리며 앞장서 걸었다. 누군가 아리를 보며 예쁘다고 하면 어쩌지, 그런 생각으로 반하면 어쩌지. 또 괜한 걱정이 든다. 기다란 택시 줄로 향하는 내내 걱정이 끊이지 않았다.
"지현태! 같이 가!"
빠르게 뛰어오는 구두굽 소리가 들렸다. 넘어질까 불안한 마음에 뒤를 돌았는데, 현태의 말마따나 제 굽에 걸려 넘어지려는 아리가 보였다.
"야, 뛰지 마!"
현태가 손을 뻗어 아리를 잡아주었다. 졸지에 아리는 현태에게 매달린 꼴이 되고 말았다. 그리고 다시 한 번, 두 사람의 시선이 마주쳤다. 또 꼭 안고 있는 모습이 되고 말았다. 숨결이 한데 맞닿은 순간, 둘은 누가 먼저랄 것도 없이 서로를 밀쳐냈다. 현태는 아리를 부축해 제대로 설 수 있도록 도와주었다. 두 번째 눈빛 교환은 무리였던 모양이다.
"고마워."
기어들어 가는 아리의 목소리에 현태가 고개를 획 돌렸다. 수줍어하고 있다는 걸 깨닫기 무섭게 가슴이 쿵쿵 큰 소리를 내며 뛰었다.
"됐어. 손잡고 따라와. 뛰지 말고."
돌아보지는 못한 채, 손만 뒤로 쭉 내밀었다. 곧 아리의 손이 현태의 손을 붙잡았다. 살갗과 살갗이 맞닿는 순간, 후끈하게 열이 올라왔다. 손목 어딘가에서 심장이 뛰는 것 같았다. 그 심장 박동이 아리의 손목을 타고 전달될 것 같아 두려웠다.

'너 심장 소리가 왜 이렇게 커?'

놀라며 묻는 아리를 상상했다. 어떤 표정을 하고 있을지, 어떤 기분으로 저에게 물어볼지, 그 어떤 것도 예상할 수 없었다. 좋아할까, 싫어할까. 일단 그런 순간이 찾아오기나 할까. 다른 사람 캔디는 기가 막히게 잘 맞추면서, 꼭 제 캔디는 제대로 들여다보려 하지도 않는 사람인데.

그게 한아리인데.

정적은 괜한 고독을 불러온다. 그리고 그 고독은 아리가 대답하지 않은 것까지 크게 부풀린다. 그래서 자꾸 속으로 서운함이 쌓이는 것이다. 아리가 대답하지도 않은 일까지 덧대어서. 괜히 꽁해지는 마음을 억누른 채 택시에 올라탔다. 그리고 아리의 어깨에 걸쳐진 옷을 빼앗아 무릎에 덮어주었다.

"왜?"

"짧아."

현태의 단호한 한 마디에 아리가 입을 꾹 다물었다. 뭐, 그럴 수도 있지. 택시니까. 현태가 고지식한 사람이었나. 평소였다면 캔디를 볼까 싶었겠지만, 오늘은 그러지 않았다. 이 꼴사나운 두근거림이 저에게만 국한된 이야기일까 봐. '가족'의 울타리를 만들어준 현태에게 가져서는 안 되는 묘한 감정을 느끼는 걸까 봐.

택시는 두 사람을 서울의 외곽으로 데려갔다. 중심에서 벗어난 동네지만, 적당히 큰 번화가의 모습이 그들을 맞이했다. 그중, 가장 높은 건물에 수호가 말한 라운지 바가 있었다. 천천히 변화하는 LED 조명 간판이 두 사람을 불렀다. 건물 안으로 들어간 두 사람은 라운지 바의 문을 열었다.

바의 내부는 너무 어둡지도 않았고, 밝지도 않았다. 천장에는 금색으로 빛나는 작은 별님들이 총총 박혀 있었고, 광이 나는 대리석으로 바닥이 장식되어 있었다. 테이블 역시 별이 빛나는 듯한 착각을 일으켰다. 겉으로 보기에도 고급스러운 바였다.

"여기 진짜 좋다."

연달아 감탄하는 아리에 비해 현태는 아무런 말을 하지 않았다. 그저 묵묵히 바의 내부를 살피고 있을 뿐. 이제 막 오픈한 탓인지 손님은 그다지 많지 않았다. 지인으로 보이는 커플이 둘, 혼자 온 남자들이 셋.

"어서 오세요. 커플이신가요?"

어정쩡하게 서 있는데 검은 조끼를 입은 바텐더가 그들에게 다가왔다. 커플이냐는 질문에 아리와 현태는 딱딱하게 굳고 말았다. 왜 답을 고민하는 걸까.

"아니야. 아까 말한 내 일행들이야."

바텐더의 뒤쪽에서 수호가 걸어왔다. 늘어지는 말투를 보아하니 제법 술에 취한 듯했다. 헤실헤실 웃던 그는 두 팔을 벌려 현태를 끌어안았다.

"이야! 지 팀장님이다!"

하마터면 왜 이러냐고 소리를 지를 뻔했다. 그나마 아리를 끌어안지 않은 게 다행인가 싶어 수호를 노려보았다.

"뭐야, 지 팀장님 안 올 것 같더니. 왔네요?"

"밖에선 그냥 이름 부르세요. 영 듣기 불편합니다."

"아, 뭐야. 현태라고 불러주길 바랐어요?"

몸을 뗀 수호가 현태를 보며 해맑게 웃었다. 목소리도 얼마나 들떠 있는지, 무엇이 그리 좋냐 물어보고 싶었다. 어휴, 탄식이 절로 새어 나왔다.

“지현태 씨라고 부르세요.”

“그건 너무 딱딱하잖아. 어차피 내가 형이고, 현태야. 하자. 알았지? 편하게 현태야. 어때?”

응? 잔뜩 술에 취해 애교를 부리는 수호의 모습에 현태는 눈을 힘껏 감았다가 뜨며 스스로를 다잡았다. 그래, 이번만 참자. 술에 취한 것 같으니까, 지금만 참아보자.

“마음대로 하시고, 자리 어딥니까? 아니 자기가 불러놓고 이렇게 마시는 건 또 무슨 경우예요?”

현태는 이 틈을 타 저에게 엉겨 붙어 있던 수호의 팔을 떼어냈다. 술에 취해 입술을 빼죽거리던 수호가 곧 아리에게 고개를 돌렸다.

“이야, 아리 오늘 예쁜데? 완전히 반하겠어.”

“정말요? 오늘 힘 좀 줬어요. 이럴 때 아니면 바는 평소에 잘 오지 않으니까.”

“예뻐, 예뻐.”

고개를 끄덕거리는 수호가 조금 불안했던 모양인지, 현태가 손을 뻗어 두 사람의 사이를 막았다. 빠르게 수호의 손을 붙잡은 채 뒤로 돌렸다.

“자리로 안내하세요. 빨리.”

현태는 술에 취해 휘청거리는 그를 앞장세웠다. 둘이 무슨 이야기를 나누건 저가 상관할 바는 아니었다만, 아리가 오늘따라 예쁘다는 것을 수호까지 알게 할 필요는 없었다. 그러고 싶지도 않았고.

수호는 현태의 손에 떠밀려 자신이 술을 마시고 있던 테이블로 걸어갔다. 미적거리는 두 다리가 어쩐지 불안해 보였다. 그가 안내한 곳은 바에서 가장 구석진 곳에 있지만, 야경 감상에는 으뜸인 명당이었다. 더불어 다른 사람에게 방해를 받지 않도록, 의자도 오밀조밀 모여 있었다.

"어때, 좋지?"

"너무 멋있어요."

아리는 넋이 나간 채 대답했다. 야경을 내려다보는 내내 아리는 멋있네, 끝내주네 등등 감탄사를 잇달아 터뜨렸다.

그에 뿌듯한 건지, 수호가 코를 슥슥 문질렀다. 그리고 의자에 털썩, 앉아 현태의 손을 잡아끌었다.

"현태는 내 옆자리."

웬일로 현태가 아무 말 없이 자리에 앉았고, 자연스럽게 아리가 현태의 옆자리에 앉게 되었다. 곧 여러 가지 요리가 나왔다. 바텐더는 수호가 미리 주문해놓은 거라는 말을 덧붙였다. 배를 채우기 딱 좋은 메뉴들이었다. 스파게티며, 연어 샐러드에 화덕피자까지. 작은 테이블을 가득 채운 메뉴들에 아리의 입이 떡 벌어졌다.

수호는 자신이 먹던 술을 두 사람의 글라스에 조르르, 따라주었다. 얼음을 몇 개 집어넣어 주고 만족한다는 듯 웃음을 그렸다.

"너무 많이 마시면 내일 출근 못 합니다."

"에이, 마실 땐 그런 소리 하는 거 아니야."

고개를 도리도리 저어대는 수호의 모습에 현태가 못마땅하단 표정을 지었다. 수호를 만나고 술도 늘었지만, 한숨도 늘었다. 어떻게 된 사람이 아리보다 더 신경을 많이 쓰게 한다. 아픔을 홀로 이겨내기까지 오랜 시간이 걸렸던 아리의 모습이 수호에게 보였기에 더더욱 핀잔을 줄 수가 없었다. 웃고 있지만 울적한 그의 얼굴이 자꾸만 눈에 밟혔다.

세 사람은 소소한 이야기를 나누며 술잔을 나누었다. 이야기라 해봐야 사실 백화점 일에 관련된 것밖에 없었지만.

이따금 준호와 모란에 관한 이야기도 튀어나왔다. 두 사람을 어떻게 이어줄 건지, 어떤 방법을 택할 건지 신나게 이야기하다 침묵이 찾아왔다. 모란과 준호의 접점을 도저히 찾을 수 없었기 때문이다. 잠자코 안주를 집어 먹던 그때, 현태가 수호를 보며 물었다.

"그래서 왜 갑자기 술자리를 만든 겁니까? 일하는 이야기나 나누자고 부른 건 아닐 테고."

그에 수호는 말없이 술잔을 홀짝거렸다. 희석되었음에도 진한 향기는 알싸했다. 콧잔등 아래에서 아른거리는 향을 폐부로 밀어 넣은 수호가 픽 웃어 보였다. 어쩐지 현태가 평소와 다르게 칼을 숨긴 채 저를 바라보았다. 뭐, 평소에도 살벌하긴 했다만 오늘처럼 드러낸 적은 없었다. 정말 못 이기겠다니까.

"나는 말이야."

한숨과 함께 터져 나오는 수호의 말에 아리와 현태가 시선을 고정했다. 조금 전까지 이야기를 나누던 밝은 목소리가 아니었다.

"모든 걸 가졌다고 생각했어."

그래서 더더욱 들어줄 수밖에 없었다.

"그래서 내가 더욱 노력해야 한다고 생각하며 살았어. 내가 노력하지 않으면, 내 손에 쥐어진 것들이 무의미하게 되어버릴까 봐. 이걸 쥐여 준 부모님의 삶이 무참히 짓밟힐까 봐."

수호의 회사가 제법 크다는 사실은 이미 알고 있었다. 전국 백화점도 모자라 이젠 해외에까지 역으로 진출해 꽤 유명세를 끌고 있었으니까.

"그런데 내가 노력을 해도 말이지……."

수호의 한숨이 길게 이어지다 이내 입가에 힘없는 미소가 걸렸다. 아리는 그런 수호의 모습에 가슴이 아릿해졌다. 술에 마음이 젖은 탓이라고 생각하며 꾹꾹 억눌렀다.

"이 허전함은 도통 메워지지를 않아."

수호가 가슴을 콱 움켜잡았다. 잡으려 해도 잡히지 않는 건 무엇일까.

"왜 허전해요?"

아리가 물었지만, 수호는 대답을 하지 않았다. 아리를 빤히 바라보다, 잔에 남은 술을 입안으로 모두 털어 넣었다. 입안이 씁쓸했다. 그들에게 내어줄 제 이야기가, 입안에 머금은 술이 씁쓸하기 그지없다.

"아무리 해도 인정받지 못하거든."

"누가 오빠를 인정하지 않아요? 아니에요, 백화점에서 얼마나……."

그때, 현태가 손을 뻗어 아리의 팔을 붙잡았다. 고개를 저으며 그만 말을 하라 가로막았다. 왜? 아리의 입 모양에 현태는 답하지 않고 수호를 바라보았다.

"부친에게 인정을 받지 못한다는 이야기 같은데, 맞습니까?"

수호가 어깨를 움찔거렸다. 아리는 그만하라고 그의 팔을 붙잡았지만, 현태는 멈추지 않았다. 저를 죽일 듯 노려보는 수호를 향해 다시 입을 열었다.

"그럴 거라고 때려 맞춘 거니까 너무 그렇게 쳐다보지 마세요."

정말 예상일 뿐이었는데 생각보다 적나라한 반응이 나왔다. 현태 역시 술을 한 모금 입에 머금었다. 안으로 퍼지는 향을 한참 음미하다 목 너머로 꿀꺽 삼켰다.

"수호 씨가 나 팀장님이나 다른 관리자들한테 인정 못 받는다고 풀죽을 사람도 아니고. 본사 사람들이 뻔히 실적 보이는데 인정하지 않을 리가 없고."

현태의 말에 아리가 오, 입술을 동그랗게 모아 고개를 끄덕였다. 정작 본인인 수호만은 아무런 표정 변화 없이 그의 이야기를 듣고 있었지만.

“장차 회사를 물려받을 수호 씨를 인정할 수 없는 사람. 딱 한 사람밖에 없죠.”

수호가 픽 웃었다. 입술은 웃고 있었지만, 눈동자는 슬픔에 침식되어 있었다.

“강수호 씨 아버님밖에 더 있겠어요?”

그는 아무런 답도 하지 않았다. 웃지도 않았고, 고개를 끄덕이지도 않았다. 그렇다 해서 부정의 뜻을 비친 것도 아니었다. 부정의 뜻을 전하지 않으니, 현태 역시도 그러려니 하기로 했다.

현태는 술병을 들어 텅 비어버린 수호의 술잔을 채워주었다. 혼자 얼마나 마신 건지 병이 벌써 텅 비어 있었다.

“그런데 굳이 인정받고 살아야 합니까? 아니, 굳이 그렇게 발버둥 쳐야 인정해 주는 겁니까? 그래야 할 이유가 있어요?”

현태의 날카로운 말에 수호가 입을 일자로 다물었다. 힘내라는 흔한 말을 던질 줄 알았는데, 예상외의 답이 나왔다.

“가만히 보면 참 똑똑한 척은 다 하는데 그다지 똑똑한 것 같지는 않네요.”

“야, 지현태.”

“인정할 수밖에 없게 만드는 것도 아니고.”

현태는 아리의 만류에도 불구하고 말을 이어갔다. 수호는 생각보다 담담하게 그의 말에 귀를 기울였다. 인정할 수밖에 없게 만든다. 그의 말이 흥미롭게 들렸다.

“인정받기 위해 이제껏 살아왔다니. 의외로 숨 막히는 인생을 살았네요, 강수호 씨.”

현태는 무덤덤하게 말했지만, 머리에 그의 인생을 상상하는 내내 마음이 허전해졌다. 아무리 노력해도 돌아봐 주지 않는 아버지라니. 저의 집에선 결코 찾아볼 수 없는 모습이었다. 제 가족들은 60점짜리 시험지에도 잘했다며 웃어주었다. 수호에게도 아리만큼 큰 구멍이 존재할 것 같았다. 메울 수도 없을 만큼 아주 크고, 깊은 구멍이 그의 가슴 한가운데에 뻥 뚫려있겠지. 그 때문일 테다. 수호에 대한 경계심이 조금씩 누그러지고 있는 이유는. 분명 그 때문이리라 단정 지었다.

현태의 말이 끝나기 무섭게 수호가 허탈하게 웃었다. 한숨을 쉬는 것 같기도 했고, 웃는 것 같기도 했다.

"그러게. 나 왜 이렇게 숨 막히게 살았지."

하하, 끊임없는 웃음 속에서 현태의 목소리가 유독 선명하게 들렸다.

"이제부터 숨 쉬면서 살면 됩니다."

그다지 멋진 말도 아니었고, 심오한 말도 아니었다. 어딘가에서 주워들은 명언 또한 아니었는데 가슴에 날아와 콕 박혔다. 그래서 현태를 좋아하나 보다, 수호는 그렇게 생각했다. 처음부터 현태에게 끌린 이유는 아마 알게 모르게 치유해 주는 말을 뱉는 것 때문이라고.

"하고 싶은 건 하고 싶다고 말해요. 싫은 건 싫다고 말하고요. 사람이 하고 싶은 것만 하며 살 수는 없다지만, 그게 무조건 나를 죽이라는 말은 아니라고 봅니다."

현태의 말에 아리가 동조하는 듯 고개를 세차게 끄덕였다. 무릎 위에 올라와 있는 자그마한 주먹에 힘이 불끈 들어가 있었다.

"성인이 된 순간부터 책임을 강요받기 시작하는데, 이 책임이라는 게 하고 싶은 걸 무조건 참으라는 게 아니거든요. 하고 싶은 걸 하되, 수습은 알아서 하라는 거지."

"그래서 현태는 하고 싶은 거 하고 있어?"

왜 자꾸 반말하냐 따지고 들까 했지만, 오늘은 봐주기로 했다. 술도 거나하게 취했겠다, 이렇게 마음이 텅 비어버린 걸 티 내고 있겠다. 오늘 하루쯤은 봐줘도 괜찮겠지 싶었다.

"제가 하고 싶지 않은 일을 했다면, 저는 지금쯤 열심히 훈련받고 있을 겁니다. 곧 동계훈련 시즌이거든요."

현태의 답에 아리의 표정이 어두워졌다. 급하게 술잔을 들어 목으로 넘기는 모습에 현태가 입에 힘을 주었다.

"왜 운동 안 하려고 해? 그냥 운동해!"

언젠가 운동을 그만두겠다는 현태에게 아리가 화를 내며 한 말이었다. 현태는 그때 했던 말을 두고두고 후회해야 했다. 조금 다르게 말할걸. 그랬더라면 아리가 지금까지 마음의 짐을 싣고 살아가지 않아도 되었을 텐데.

"이 길을 선택한 거, 한 번도 후회한 적 없습니다. 책임은 책임대로 지고 있어요. 후회하지 않는 것. 돌아보지 않는 것. 그리고 지금 일, 쉽게 포기하지 않는 것."

"멋있네, 현태."

수호의 말에 현태가 씁쓸하게 웃었다. 사실 힘들지 않았다면 거짓말일 것이다. 운동밖에 몰랐고, 운동이 전부였다. 시즌이 되면 훈련을 가고, 시합이 다가오면 바짝 긴장해 두 배로 노력했다.

언젠가 가슴에 태극기를 달 것이라 다짐했는데, 이제는 TV에서 누군가의 가슴에 달린 태극기를 보고 있다. 그게 담담해지기까지 제법 힘들었다. 후회는 하지 않았지만, 전부였던 무언가를 놓는 데에 필요한 시간은 꽤 길었다.

"저는 강수호 씨도 멋있다고 생각합니다."

더는 힘들었던 시절을 떠올리고 싶지 않았다. 차라리 몸이 힘든 것이 낫다고 생각했던 그때를 돌이켜 보면, 괜히 쓴 침만 입안에 가득 고이니까. 현태의 말에 놀란 수호가 손가락으로 저를 가리켰다.

"나?"

"네. 쉽지 않은 선택을 한 건, 강수호 씨도 마찬가지니까요."

아리는 잠자코 수호와 현태의 이야기를 듣기로 했다. 조금씩 가까워지고 있는 두 사람의 사이에 끼어들고 싶지 않았다. 이제야 티격태격하지 않는데, 이보다 중요한 순간이 또 있을까.

"회사 물려받을 사람이 그 편한 책상 걷어차고 현장 나오는 거 쉬운 일 아니지 않습니까. 매일같이 감정 노동해야 하고, 싫어도 웃어야 하고. 판매 실적은 또 얼마나 챙겨야 하는지 말도 못 하죠."

보안팀 팀장이 현장을 저렇게 잘 알고 있는 건, 아마도 아리 때문일 테지. 말 한 마디에서도 이어지는 그들의 유대감에 괜히 입이 따끔거렸다. 이런 상황에서 질투라니, 말도 안 돼. 추잡하다. 추하기 그지없다, 강수호.

수호의 마음을 알 수 없기에, 현태는 멈추지 않고 다음 이야기를 이어갔다.

"그걸 강수호 씨는 아무렇지 않게 해내고 있잖아요. 처음부터 당신 일이었다는 것처럼."

"하지만 그건."

"하지만이 왜 나옵니까? 그런 마음을 먹고 나온다는 것 자체가 쉬운 일이 아니란 겁니다. 회사에, 브랜드에 애정이 있는 사람만이 가능한 거죠. 쉬는 날 하루 빼곤 내리 백화점에 있는데요. 어떻게 그걸 쉽다고 합니까?"

현태의 말에 수호의 눈 아래가 붉게 물들었다. 부끄러움 때문인지, 금세 그에게서 시선을 피했다. 안 그래요? 되묻는 현태의 물음에도 고개를 끄덕이기만 할 뿐, 음성으로 대답을 남기지 않았다.

"그러니 너무 매달리며 살지 마세요. 인정받고 받지 않고의 문제가 아니라, 아버지가 당신을 인정할 수밖에 없게 만들어요. 뭐, 어떤 쪽이든 힘든 건 마찬가지겠지만요."

현태는 흐지부지 말을 끝냈다. 분명 수호가 저보다 형인데 이런 조언을 해주고 있다는 것도 새삼스럽고, 괜히 이러네, 저러네, 말을 얹어 그의 상황에 참견한 것 같아 부끄러워졌다.

반면에 아리는 흐뭇한 표정으로 두 사람을 쳐다보고 있었다. 못 잡아먹어서 안달일 땐 언제고, 왜 갑자기 좋은 말이람? 물론 싫은 건 아니었지만.

"화장실 좀 다녀오겠습니다."

현태가 자리에서 일어나 화장실로 걸어갔고, 수호는 그 뒷모습을 한참이나 쳐다보았다. 인정할 수밖에 없게 만들라는 그 말이 왜 이렇게 마음으로 날아와 박히는지 알 수 없었다. 인정하게 만들어라, 수호는 현태가 해준 말을 되새기며 목으로 꿀꺽꿀꺽 삼켰다.

"오빠."

그때, 옆에서 들리는 아리의 목소리에 고개를 돌렸다. 취기가 잔뜩 오른 탓일까, 그게 아니면 어둑한 내부에 잔잔한 조명 탓일까.

심장이 가만있지 않을 정도로 아리가 예뻐 보였다. 평소에 예뻐 보이는 건 밝아서, 어쩐지 눈을 뗄 수 없는 묘한 매력이 있어서 예쁘다는 단어를 쓴 건데. 오늘 아리를 향한 모든 감정은 새로웠다. 마치 첫사랑을 하는 풋내기처럼 떨렸다. 첫 연애의 싱그러움이 새삼스럽게 되살아났다. 아리를 향해 있는 건 아마 제 두 눈만이 아닐 것이다. 확연하게 느껴졌다.

"지금 오빠를 짓누르고 있는 게 허무함이고, 공허함이라면 그걸 메우려고 너무 안달 낼 필요 없어요."

어쩌면 눈빛 때문일지도 몰랐다. 아니, 그냥 오늘 술을 너무 많이 먹은 탓일지도 모르지.

"누구나 구멍은 있어요. 현태도 아까 말했듯이…… 후회는 않지만, 마음에 남은 구멍 하나 정돈 있고. 저 역시도 그래요. 마음에 구멍이 뻥 뚫려서 가끔 못 이길 것처럼 힘들고 그래요."

마음에 구멍이 있다는 이야기가 마음을 도려냈다. 현태의 이야기가 제 가슴으로 날아와 꽂혔다면, 아리의 이야기는 한구석을 깊게 도려내고 있었다.

"그럴 때, 어떻게 이겨내는데?"

어린애처럼 투정을 부리는 기분이다. 이러면 안 되는데, 이러고 싶지 않은데. 한 번 터진 투정은 멈추지 않았다.

"딱히 이겨내는 방법이라는 건 없어요. 예전엔 저도 오빠처럼 그 구멍을 메우려고 엄청 노력했는데 이게 사람 마음처럼 쉽지 않더라고요. 그래도 정확한 건요, 분명 오빠 마음에는 구멍보다 더 큰 희망이 존재한다는 거예요. 어떤 모습이든, 어떤 형태든, 무얼 향한 거든 분명히요."

눈을 초롱초롱 빛내며 말하는 아리의 모습에 수호는 잠시 말을 잇지 않았다. 그녀를 빤히 쳐다보다가, 고개를 끄덕이며 미소 지었다. 구멍보다 더 큰 것이 존재한다는 사실 하나만으로도 마음에 위로가 되었다. 구멍보다 더 큰 것은 아직 찾지 못했지만, 분명 제 마음에는 존재한다고 하니, 그렇게 믿기로 했다.

"오늘 너희 부르기를 잘한 것 같아."

수호의 입가에 미소가 번졌다. 고맙다고 말하는 그의 모습에 아리 역시 활짝 웃어주었다. 곧 현태가 화장실에서 돌아왔고, 다시 기운을 차린 수호 덕에 분위기는 금세 시끌벅적해졌다.

"2차 가자, 2차!"

잔뜩 신이 난 수호의 목소리에 현태가 머리를 짚었다. 진탕 마신다고 했더니 이런 결과를 자초하고 말았다.

"무슨 2차입니까. 집에 들어가세요. 내일도 출근해야 합니다."

"왜? 왜 2차 안 가려고 그래. 2차 가자! 2차!"

수호의 두 팔이 현태와 아리의 어깨에 걸쳐졌다. 현태는 2차를 외치는 수호를 제 쪽으로 살짝 끌어당겼다.

"취했으면 곱게 집에 가세요."

그를 부축하는 척했지만, 실상은 아리에게서 떨어뜨리기 위한 행동이었다. 현태는 그녀의 어깨에서 수호의 팔이 떨어질 때까지 부축하는 척 잡아당겨야 했다. 비틀거리는 수호의 모습을 보며 아리가 걱정스럽게 물었다.

"오빠, 집에 갈 수 있겠어요?"

"집?"

수호가 눈을 깜빡거렸다.

"오빠?"

"갈 수 있어. 그러니까 현태 너는!"

수호가 현태의 어깻죽지를 잡아 아리 쪽으로 휙 끌어당겼다. 자연스럽게 아리의 곁에 서게 된 현태가 어리둥절한 눈으로 수호를 바라보았다.

"너는 아리 데려다줘. 나는 여기에서 혼자 갈 수 있어. 가까워."

갈 수 있다는 사람 치고, 멀쩡히 서 있는 것만으로도 불안해 보였다. 비틀거리던 수호는 현태와 아리를 보며 몇 번 미소를 지었다.

"진짜 갑니다? 후회하지 마세요."

현태의 말에 수호가 고개를 끄덕였다.

"나 편해지자고 아리를 혼자 보낼 수 없잖아."

"전 괜찮아요."

아리가 고개를 흔들며 말했지만, 수호가 손을 저었다. 됐다고 말하며 두 사람을 밀었다.

"너 혼자 보내면 내가 별로 편하지 않을 것 같아. 그러니까 현태랑 얼른 가."

수호는 뒤로 주춤 물러났다. 잇새로 새어 나오는 바람 소리 때문에 발음이 더 어눌해 보였다. 정말 괜찮은 걸까. 아리의 얼굴에 근심이 어렸다.

"저기 온다! 택시!"

수호는 기다렸다는 듯, 도로 가까이 뛰어나갔다. 현태가 놀라 그를 잡지 않았더라면, 도로 한가운데까지 휙 튀어나갔을지도 모르는 일이었다. 수호 역시 깜짝 놀라, 걸음을 우뚝 멈춘 채 현태를 돌아보았다. 수호는 어색하게 웃고 있었지만, 현태는 조금도 웃고 있지 않았다.

"덕분에 살았네."

"네. 목숨 하나 빚지셨네요."

"그래? 아, 나 빚지고는 못사는데."

현태는 손에 힘을 준 채 그를 뒤로 끌어당겼다. 내일 하루는 수호를 주정뱅이라 부르리라 다짐했다. 그래도 수호가 손을 흔들어준 덕분인지, 저 멀리에서 택시가 다가와 그들 앞에 섰다.

수호는 현태와 아리를 택시에 구겨 넣듯 밀었다.

"빨리 가. 오늘 그 구멍에 대해 생각 좀 해봐야 하니까. 혼자 있어야 해."

"구멍?"

수호의 말에 현태가 고개를 갸웃거렸다. 그게 뭐냐는 눈빛으로 아리를 내려다보았지만, 그녀 역시 웃으며 어깨를 으쓱거릴 뿐이었다. 수호는 빨리! 두 사람을 채근하며 택시 문을 열고 손짓했다. 어서 타라 재촉하는 그의 모습에 아리와 현태가 서로를 쳐다보다 다시 수호를 바라보았다.

"그럼 먼저 갈게요, 오빠. 내일 봐요. 조심히 들어가고, 들어가면 꼭 들어갔다고 연락 줘야 해요."

"걱정하지 마. 술 먹었다고 집 못 찾아가는 사람은 아니야."

어쩐지 그 말조차 불안했지만, 아리는 살짝 미소 지으며 택시에 올라탔다. 현태는 아리를 따라 택시를 타려다 말고 수호를 바라보았다.

"내일부터 강수호 씨는 강주정뱅이입니다. 강주정뱅이라 불리고 싶지 않으면, 조심히 들어가세요."

수호의 눈이 휘둥그레졌다. 웬 주정뱅이? 하지만 그게 뭐냐 묻기도 전에 현태가 차에 올라탄 탓에 입도 벙끗하지 못했다. 곧 두 사람을 태운 차가 텅 빈 도로로 달려 나갔다. 수호는 한참이나 택시의 뒷모습을 쳐다보았다. 강주정뱅이. 현태가 했던 말을 되새기던 그가 킥킥, 웃음을 터뜨렸다.

"정말. 멀어지기 싫은 애들이라니까."

중얼거리던 그가 기지개를 켜며 뒤를 돌았다. 어쩐지 쓸쓸해 보이는 밤하늘이었다. 둘이 같이 데려다 달라고 할 걸 그랬다, 무의미한 바람이 하늘로 훽 날아가 버렸다.

누구에게나 있는 마음속 구멍. 아리가 해준 말을 되새기던 그가 손으로 가슴팍을 살살 어루만졌다. 언젠가 희망을 찾을 거라 했는데, 생각보다 빨리 찾은 기분이었다. 수호는 뒤를 돌았다. 두 사람을 태운 택시가 멀리 사라졌음에도, 꽤 오랜 시간 도로를 바라보고 있었다.

"구멍보다 더 큰 희망이 존재한다는 거예요."

그게 너였으면 좋겠다. 속절없는 바람이 다시 한 번 입 밖으로 튀어 나와 하늘을 향해 나부꼈다. 구멍보다 더 커다란 희망, 아리가 해준 말을 몇 번이나 되새기고 또 되새기던 밤이었다.

요란한 밤거리를 달리는 택시 안. 창밖을 바라보던 아리가 현태를 불렀다.

"있지, 현태야."

현태의 대답이 없었지만, 아리는 그가 자신의 말을 듣고 있다는 걸 알 수 있었다. 늘 그랬으니까. 굳이 대답하지 않아도, 듣고 있으니 말하라고 이야기하지 않아도 현태는 제 말에 귀를 기울여 준다. 그게 어떤 이야기가 되었든 간에.

모든 것을 잃어버린 아리에게 남은 것이라곤 현태 하나뿐이라는 걸, 그 역시도 너무나 잘 알고 있기 때문이었다.

"아까 수호 오빠 이야기 들으면서 자꾸 예전 내 모습이 생각났어."

현태가 아리를 바라보았다. 창밖의 네온을 쳐다보는 아리의 옆모습에 마음이 저렸다.

"너랑 달라. 그 사람…… 아니, 강수호 씨는 배부른 투정인 거고, 너는…… 아니잖아."

차마 깊숙이 새겨진 외로움이라, 상처로 만들어진 구멍이라 말을 할 수 없었다. 목 안에 맴도는 말을 안쪽 깊은 곳으로 꾸역꾸역 넘겼다. 그리고 옆에 앉아 있는 아리의 손 위로 자신의 손을 조심스레 포개었다.

"넌 달라. 나도 있고…… 우리 부모님도 계셔."

내가 있으니 걱정하지 마, 그 말을 던지고 싶었지만 아리와 제가 생각하는 뜻은 다르겠지. 그래서 뱉을 수 없었다.

아리의 손은 가늘다. 유난히 뼈가 도드라진 탓에, 꼭 맞잡을 때면 괜히 불안해지고는 했다. 아주 가볍게 제 손을 뿌리칠까 봐. '친구잖아!' 익숙하고도 아픈 그 말로 행복을 빌어달라 말할 것 같았다. 그래서 버릇처럼 꽉 쥐게 된다. 손가락으로 느껴지는 마디 사이의 뼈가 제 살에 폭 파묻히도록.

"알아. 나는…… 달라."

한숨을 내쉬듯 뱉는 그 말이 어떤 의미인지 현태는 어렴풋이 알 것 같았다. 하지만 아무런 말도 하지 않았다. 그저 고개를 끄덕이며 아리의 손을 꽉 잡아주기만 할 뿐. 서글프다 하여 그 서글픔을 재촉할 생각은 없었다. 그럴수록 아리는 그 나락에서 쉽게 빠져나오지 못했다. 그러니 괜히 다른 사람의 슬픔에 무너져 내릴 필요는 없다.

"금수저랑 같겠냐."

현태의 말에 아리가 웃었다. 조금 전보다는 더 좋아진 표정을 지으며 현태를 돌아보았다.

"주변에 금수저가 있다는 게 진짜 신기하지 않아?"

기운이 돌아와 좋다고 말해야 할까, 다른 남자 이야기라 듣기 싫다고 할까. 전자를 선택하자니 영 찝찝하고, 후자를 선택하자니 왜 듣기 싫으냐 물을 것 같았다. 결국은 이도 저도 아닌 방향을 선택해 버린다. 늘 그랬던 것처럼.

"나는 그렇게 금수저인데도 일 못 해 안달이 난 게 신기하다."
"에이, 좋은 거지, 뭐. 무조건 바라는 사람보단 노력하는 사람이 좋잖아."
"그건 그렇지만, 바보 같잖아. 굳이 주어진 자리 내팽개치고 힘든 일 하는 거. 사람이 좋아서, 아버지가 맡기려는 자리 순순히 받아들여도 충분히 잘할 것 같은데. 지금 자기가 현장에서 보고 배우고 느끼는 것들 굳이 배우지 않아도 잘할 것 같다 이거지. 나쁜 사람은 아니니까."
자기도 모르게 이야기가 술술 나오고 말았다.
"그냥 그렇다고."
"뭐야, 수호 오빠 엄청 싫어하는 거 같더니, 아닌가 봐?"
아리의 말에 가슴이 뜨끔거렸다. 수호를 싫어하는 건 아니었다. 싫어할 이유도 없었고, 괜히 사람을 미워하고 싶지 않았다. 다만 아리가 캔디를 볼 수 없는 유일한 사람이라서, 아리와 똑같은 캔디를 보는 유일한 사람이라서. 어쩌면 저에게는 간절한 '유일함'을 모두 가진 사람이라서 질투가 났던 것이다. 더불어 아리와 같은 캔디를 보려 애쓰는 것까지 그의 질투심을 자극했고.
"사람 무작정 싫어하지 않아."
질투하는 거야, 그 말을 터뜨리려다 목에 힘을 잔뜩 주었다. 하마터면 술김에 제 마음을 뱉을 뻔했다. 그것도 이렇게 어이없는 상황에서 말이다. 밀려오는 당혹감에 헛기침만 몇 번이나 나왔다. 그런 현태를 빤히 지켜보던 아리가 흐흥, 콧소리를 냈다. 그래. 중얼거리는 아리의 얼굴이 제법 즐거워 보였다.
한참을 달려 도착한 집 앞에서, 아리는 현태에게 손을 흔들었다.
"나 혼자 내릴게. 얼른 들어가."

"같이 내릴 거야."

"왜? 됐어, 그냥 이거 타고 가. 택시 부르기도 힘들잖아."

현태는 대답도 없이 차에서 내렸다. 아리의 손을 꽉 붙잡은 채, 택시비까지 결제했다. 여기에서 무슨 말을 하든, 됐으니 가라는 말만 할 것이 뻔했으니까. 택시가 제 눈앞을 떠나 골목을 사라질 때까지 한참 그 뒤를 바라보았다.

"뭐야, 왜 택시비까지 네가 내? 집에 가라니까!"

"택시비 대신 네가 밥 사면 돼. 그리고 너 올라가는 거 봐야 내가 잠이 잘 와."

아리는 현태의 말에 반박할 수 없었다. 사실 그가 같이 내려줘서 조금 좋았다는 말도 속으로 삼키기로 했다. 어깨를 쭉 펴며 괜히 으스댔다.

"그, 그래. 뭐 밥이야 엄청 비싸고 좋은 거 사지, 뭐."

"돈도 많다."

웃어넘기는 현태의 모습에 아리는 내심 안도의 한숨을 쉬었다. 평소의 현태 같아서 다행이다.

근래 들어 종종 현태가 평소 같지 않게 느껴진 적이 한두 번이 아니었다. 가슴이 쿵 떨어진다거나, 괜히 손발이 저릴 정도로 두근거리게 만드는 것이 영 어색했다. 물론 그건 현태가 의도한 것이 아니라는 걸 잘 알고 있다. 평소의 현태처럼 느끼지 못하는 건, 그렇게 보지 않는 제 잘못이라는 것까지도.

그래서인지 요즘은 현태의 캔디를 보지 않으려 더욱 애를 썼다. 이런 오묘한 감정을 느끼다 현태의 캔디를 보면 괜히 상처를 받을 것 같았다. 혹시라도 자신이 느끼는 것과 반대의 캔디가 있다면. 아주 가능성이 낮은 이야기라도 말이다. 그런 상황이 온다면, 정말 견딜 수 없을지도 모른다.

"그럼 올라갈게."

더 있다간 그의 캔디를 보고 싶을 것 같았다. 급하게 뒤를 돌아 올라가려던 찰나, 현태가 아리를 잡아끌었다. 그의 힘에 이끌린 아리가 현태를 돌아보았다. 가로등 아래에서 반짝거리는 눈동자가, 유독 탐스럽게 빛나는 입술이 그의 시선을 강탈했다.

쿵. 쿵쿵. 심장이 뛰었다. 마치 달밤에 체조 한 사람처럼, 숨이 가빠졌다.

아리 역시도 마찬가지였다. 오늘따라 현태와 눈을 마주치는 순간이 많아졌다. 그리고 이런 순간마다 어색하리만치 가슴이 떨렸다. 그의 손끝이 닿고, 눈길이 머무르는 곳마다 전기가 통하는 것처럼 저릿했다. 평소의 한아리답지 않게 자꾸 현태를 보면서 이런 감정을 느끼다니. 이상하기 짝이 없다.

"아까 물어봤지."

현태의 묵직한 말에 아리가 입을 열었다.

"뭘 물어봐?"

"결혼, 왜 안 하냐고 물어봤잖아."

순간 아리의 가슴이 쿵! 커다란 소리를 내며 요동쳤다.

"아, 응. 물어봤지."

왜, 하필 이런 순간에 말을 해주는 걸까. 표정에 적나라하게 저의 감정이 드러날 것 같았다. 신경이 쓰였지만, 현태의 손에서 벗어나는 건 쉽지 않았다.

"아마 나는."

가슴이 쓰라렸다. 언젠가 한 번쯤 얘기해 주리라 생각했는데, 그게 이런 순간일 줄은 꿈도 꾸지 못했다. 고백 아닌 고백이었다. 지금 이

상황은, 그 말이 아니고서야 표현할 수 없다.

"네가 행복해지기 전까지 연애도, 결혼도 하지 못할 거야."

현태의 말에 아리의 눈이 휘둥그레졌다. 하지만 놀란 표정도 잠시, 금세 얼굴을 굳히며 그를 응시했다. 서늘하게 식어버린 눈동자가, 마치 하늘에 떠 있는 달과 같았다. 밝게 빛내지만 열기란 눈을 씻고 봐도 찾을 수가 없다.

"어째서? 너는 너고, 나는 나인데. 왜 그렇게까지 해야 해?"

아, 자기도 모르게 옅은 탄식이 새어 나왔다. 예상했던 반응이지만 그 입으로 직접 들으니 더 가슴이 쓰라렸다. 침착하기 위해 심호흡을 하던 현태가 천천히 입 밖으로 그 숨을 내뱉었다. 속에 섞여 있는 건 아마 그의 마음을 쓰라리게 만드는, 쓸데없는 욕심 덩어리일 것이다.

"나에게 세상에서 가장 소중한 사람이 딱 넷 있어."

아리는 말이 없었다. 여전히 차게 식은 눈으로 현태를 바라볼 뿐.

"우리 부모님이랑, 군대에 간 내 동생, 그리고 마지막은……. 한아리, 너."

그 순간, 아리는 온몸에 종이 울리는 듯한 느낌을 받았다. 살갗부터 시작된 떨림이 몸속을 파고들고 있었다. 얼굴이 달아오르는 것도 모자라, 당장에라도 터질 것처럼 쿵쿵 뛰었다. 술 때문일 것이다. 그렇게 생각하기로 했다.

평소에 먹지 않던, 그래 그 비싼 진을 마셔서 그런 것이라고. 그렇게 여겼다.

"동정이야?"

마음에도 없는 말이었고, 현태는 그 사실을 알고 있었다. 아리는 누구에게도 동정받지 않을 사람이었다. 사랑이 넘치는 그녀에게 동정 따위 웬 말이랴. 더더군다나 그녀의 곁을 오랫동안 지켜온 현태가 동정할 리가 없지. 순간에 튀어나온 말이라는 걸, 두 사람 모두 잘 알고 있는 이야기였다.

"이게 동정이었으면 좋겠어?"

"아니, 싫어."

"그래, 아니야. 나는 누굴 동정할 만큼, 멋지고 좋은 사람이 못 돼."

"그럼 왜 그러는데?"

"이유는 없어. 그냥 네가 행복해지길 바라는 거야. 일이 끝나면 따뜻한 집에서 행복하게 웃고, 한 주를 끝마치는 휴무에는 사랑하는 사람과……."

얼굴 없는 그 누군가를, 아리의 곁에서 사랑을 속삭이며 미래를 꿈꿀 누군가를 떠올렸다. 숨이 막히고 가슴이 아팠지만 있는 힘껏 참아냈다. 여기에서 터뜨리고 나면, 그래서 그 터뜨린 감정을 아리가 받아들이지 못하고 나면. 모든 것이 끝나는 것이다.

그녀와의 관계도, 접점도, 유일한 쉼터도.

"그 사람과 행복한 하루를 보내고, 다시 힘차게 한 주를 시작하고. 아주 평범하지만 어쩌면 쉽게 가질 수 없는 그 행복을 네가 갖길 바라."

아리는 아무런 말도 할 수 없었다. 평범하지만 쉽게 가질 수 없는 행복. 이미 제 곁을 떠났는데 다시 돌아오겠냐는 물음도 던질 수 없었다. 밤공기가 차가웠다. 뺨에 닿는 찬 기운에 눈이 번쩍 뜨였다. 오늘 밤, 잠이 오긴 할까, 으레 걱정되었다.

"그렇게 되면, 너는?"

예상했던 질문이었다. 수십 번, 수백 번 언젠가 들을지도 모르는 아리의 이 질문에 현태는 거울을 보며 연습했다. 그 연습처럼 눈을 휘어 웃었다. 비록 쨍한 미소는 보여주지 못하지만, 잔잔한 미소만큼은 보여줄 자신이 있었다.

"행복하겠지."

가슴이 떨렸다. 설레기 시작했다. 인정하지 않으려고, 인정할 수 없던 그 감정들이 점차 아리의 안에서 선명해지고 있었다. 참아내려 아랫입술을 꾹 눌렀다. 현태의 잔잔한 미소가, 그의 부드러운 음성이 귀에 박히다 못해 마음속으로 찬찬히 녹아들고 있었다.

"내 행복이 네 행복일 순 없어도, 네 행복이 내 행복일 테니까."

"이상해."

또다시 마음에도 없는 말을 던지고 말았다. 고개를 휙 돌린 아리가 주먹을 꽉 말아 쥐었다. 빨리 집에 들어가고 싶은 마음과 현태와 헤어지기 싫은 마음 사이에서 아이러니한 갈등이 시작되었다.

"그래, 이상해. 네가 행복해져야 내가 행복해져. 이거 굉장히 이상한 거 맞는데, 나는 그래."

곧 현태가 아리를 잡고 있던 손을 놓았다. 그녀의 어깨엔 여전히 현태의 재킷이 걸쳐져 있었다.

"이건 내일 줘도 괜찮아. 빨리 들어가, 늦었다."

좀 전까지 흐르고 있던, 아니 그것도 모자라 넘치기까지 하던 묘한 무드는 금세 사라졌다. 일순간, 무드라 생각했던 것이 창피해 얼굴이 단번에 달아올랐다. 어둠에 묻혀 보이지 않길 바라며 하하! 어색하기 짝이 없는 웃음을 터뜨렸다.

"하하, 하하! 그래, 나 이만 갈게. 너도 빨리 들어가고. 내일 봐. 잘 가!"

아리는 현태의 대답을 듣지도 않은 채, 잽싸게 건물 안으로 들어갔다. 곧 1층, 2층까지 불이 들어오고, 문을 여닫는 소리가 들렸다. 비록 그녀가 보고 있지 않았지만, 현태는 계속 손을 흔들고 있었다. 비로소 그녀의 방에 불이 켜지자마자 손을 툭, 떨어뜨렸다.
"진짠데."
하, 깊은 한숨이 터져 나왔다. 한 손으로 머리를 마구 헝클이던 그가 입술을 꽉 눌렀다.
"네가 행복해져야, 내가 행복해져. 한아리."

후다닥 집으로 뛰어 들어온 아리는 그대로 자리에 주르륵 주저앉고 말았다. 자꾸 현태의 얼굴이 눈앞에 아른거렸다.

"행복하겠지."

그의 미소가 머리에서 떠나지 않아 죽을 맛이었다. 행복할 것이라는 말보다, 저를 보며 환하게 웃던 모습이 뇌리에 선명히 새겨졌다.
"미쳤어."
아리가 중얼거리며 두 손으로 얼굴을 감쌌다. 쿵쿵, 쿵쿵. 심장이 요동치는 소리는 끝없이 이어졌다. 언제 끝나는 거냐 물어도 답이 없다. 문득 아래에 현태가 있다는 걸 떠올린 아리가 몸을 일으켰다. 그리고 방으로 달려가 불을 켜 어둠을 밝혔다.
언젠가 들은 적이 있었다. 저를 바래다줄 때, 집에 불이 켜진 것을 확인해야 비로소 돌아갈 수 있다던 현태의 말.
아리는 창가로 슬쩍 다가가 커튼 뒤로 숨었다. 평소 같았다면 창을 활짝 열고 잘 가! 크게 소리라도 질러줬을 텐데, 어쩐지 오늘만큼은 쉽지 않았다. 창밖의 현태는 흔들던 손을 아래로 뚝 떨어뜨리고 한숨을 쉬었다. 그 모습에 아리가 커튼으로 입을 가린 채 중얼거렸다.
"바보, 빨리 집에나 가."

그녀의 말을 듣기라도 한 걸까, 현태는 곧 몸을 돌렸다. 택시를 잡으려면 한참 걸어야 할 텐데, 내심 걱정이 되었다. 그의 뒷모습이 멀어져 보이지 않을 때까지 아리의 눈은 창에 고정되어 있었다. 어둠으로 가득 덮인 골목만이 두 눈에 들어오고 나서야 침대에 털썩 누울 수 있었다.

〈택시 잡았어?〉

얼마나 고민하고 보낸 메시지인지 모른다. 그를 지켜보지 않은 사람처럼 보내기 위해 얼마나 머리를 쥐어뜯었던가.

〈응. 잡았어. 걱정하지 말고 자.〉

〈들어가면 바로 문자 남겨.〉

〈잠이나 자.〉

끊임없는 문자에 왠지 모르게 킥킥 웃음이 새어 나왔다. 빨리 자, 곧 도착한 문자에서 현태의 목소리가 들렸다.

〈알았어. 내일 봐. 조심히 들어가고.〉

마지막 메시지를 보내고 나니, 다시 핸드폰의 진동이 울렸다.

〈아리야, 조심히 들어갔어? 오늘 고마워. 내 푸념 들어줘서.〉

수호의 메시지였다. 그의 문자를 한참이나 쳐다보던 아리가 천장을 올려다보았다. 분명 수호에게 마음이 향했었다. 그의 문자에 마음이 덜컹거렸고, 현태 대신 그의 차를 이용하던 때에도 몇 번이나 두근거렸다.

그런데 왜, 왜 갑자기 현태에게 이러는 걸까.

"나 설마…… 못 말리는 금사빠 이런 거 아니야?"

몸을 벌떡 일으킨 아리가 스스로에게 물었다. 하지만 답은 돌아오지 않았다. 째깍. 째깍. 시계 초침이 돌아가는 소리만이 가득할 뿐.

한참이나 생각하던 그녀가 다시 수호의 메시지를 보았다. 더는 그의 메시지에 두근거리지 않았다. 그를 떠올려도 설레지 않고, 다시 그런 상황이 찾아와도 심장이 반응할 거 같지 않았다. 그렇담 왜 그리 끌리고, 알고 싶어 난리였을까. 그냥 한순간의 감정이었을까. 캔디가 보이지 않는 사람이라, 그래서 그저 궁금했던 걸까.

머리가 복잡해졌다. 살면서 한 번도 고민하지 않았던 일로 머리를 쓰려니 죽을 맛이다.

"아, 모르겠어!"

칭얼거리던 아리가 침대에 누워 베개를 머리 위로 뒤집어썼다. 두 발을 통통 구르며 으앙! 우는소리를 냈다. 밤하늘에 별님이 유독 많은 날이었다. 못 본 척, 보지 않은 척 시치미를 떼며 웃던 달님이 흐린 구름에 가려지고 있었다.

캔디 여섯.

손 내밀지 못하는 여자

다음 날, 아리는 쌓여 있는 업무에 감사하기로 했다. 차라리 일에 몰두할 수 있다면 다른 생각을 하지 않아 좋으니 말이다.

"죄송해요, 언니. 어제 제대로 해보려고 했는데……."

평소에도 이런 일로 화를 내지 않지만, 오늘은 더더욱 그럴 생각이 없었다. 제가 없으면 일 처리가 아예 되지 않냐는 핀잔도 잊었다. 그저 사람 좋게 웃으며 효영과 수미의 등을 떠밀었다.

"아냐, 아냐. 뭐 별거라고. 신경 쓰지 말고 오픈 준비나 해."

"진짜 괜찮아요?"

"그럼, 괜찮아."

그래 봐야 수평 이동에 한 다섯 번쯤 실패했고, 신상품 체크도 엉망인 데다가, 한 주 판매 보고서조차 올라가 있지 않은 것뿐이지만. 괜찮다. 이런저런 생각에 치여 되레 아무것도 못 하는 것보다는 낫다. 물론 조금 심한 건 사실이었지만.

평소의 두 배 정도로 말이다.

"언니가 없으니까 진짜 뭐가 돼야 말이죠. 우리가 판매할 때, 언니가 전산 만지고 있다는 게 정말 감사할 따름이었어요."

우는소리를 하는 효영을 보며 아리가 치, 코웃음을 쳤다. 꼭 이럴 땐 좋은 말만 하지. 장난스럽게 그녀를 흘겨보던 아리가 소매를 걷고 노트북을 두드리기 시작했다. 심하다고 생각은 했지만, 막상 만지기 시작하면 이 정도는 식은 죽 먹기였다. 수평 이동이야 지점에 부탁해 맞추면 되는 일이었고, 신상품 체크도 자신이 한 번 더 고생하면 되는 일이다. 더불어 보고서 역시 오늘 하루 꼬박 투자하면 되고.

자, 해볼까. 중얼거리던 아리가 노트북 화면에 집중하려던 그때였다.

"저기, 한 매니저님?"

저를 부르는 익숙한 목소리에 손이 꽁꽁 얼어버렸다. 듣는 것만으로도 사기가 저하되는 이 목소리는 분명.

"잠깐 시간 좀 될까요?"

역시, 모란이 맞구나. 고개를 들어 그녀의 얼굴을 확인한 아리가 하하, 어색하게 웃으며 얼굴을 끄덕였다. 곧 모란이 따라오라는 듯 그녀에게 눈짓을 보냈다. 막 출근을 한 모양인지, 아직 덜 마른 머리칼이 풀어 헤쳐져 있었다.

오히려 그 모습이 단정해 보였다. 안경을 쓴 얼굴에 화장기가 거의 없는 걸 보면, 그 진한 화장은 모두 사무실에서 하는 듯했다. 물론 다른 직원들에 비해 모란은 화장이 진한 편은 아니었지만.

아리는 저를 걱정하는 효영과 수미를 달래며 매장을 나섰다. 해결해야 할 일이 산더미 같은데 모란까지 저를 부르다니. 이거야말로 아무 생각하지 말고 제 일에만 집중하라는 하늘의 계시가 아니던가. 좋은 일이라 생각했다.

모란이 그녀를 이끌고 간 곳은, 옥상의 정자였다. 바로 준호에게 두 사람의 이야기를 들었던 그곳. 모란은 정자에 도착하자마자 초조한 듯 손톱을 두드렸다.

"무슨 일이세요?"

정말 몰라 물은 건데, 모란의 표정이 묘하게 일그러졌다. 굳이 이야기를 듣지 않아도 알 것 같았다.

'알면서 물어?'

그게 분명하다. 그러지 않는 이상, 저렇게 놀라는 표정으로 저를 바라볼 리가 없지.

"나 팀장님?"

아리의 물음에 모란의 얼굴이 새빨갛게 달아올랐다. 그녀의 눈을 피하며 어쩔 줄을 몰라 하던 그녀가 주변을 살피기 시작했다. 혹 누군가 옥상으로 나올까, 숨어서 듣고 있는 건 아닌지 난리를 쳤다. 곧 아무도 없음이 확인되자마자 모란이 숨을 가다듬었다. 들숨과 날숨에 오묘한 열기가 뒤섞여 있었다.

"그…… 있잖아요. 왜."

"네?"

평소에 침착하다 못해 스치면 베일 정도로 엄격한 모란이 조금 달라 보였다. 답답한 듯 가슴을 콩콩 두드리거나, 마음을 제대로 표현하지 못해 안달이 나 있었다.

"준호 오빠랑 관련된 이야기예요?"

아리의 물음에 모란이 소스라치게 놀랐다.

"네?"

되물어보는 목소리가 제법 컸다. 아리는 쉿! 검지로 입술을 가리고 주변을 다시 돌아보았다. 여전히 인기척은 느껴지지 않았다.

"솔직하게 말해도 괜찮아요."

아리의 말에 모란의 표정이 점차 부드러워졌다. 한참 고민하던 모란이 곧 고개를 끄덕거렸다.

"맞아요, 그거."

휘이잉– 바람이 불었다. 서늘한 가을 아침의 공기가 잔뜩 묻어 있어 뺨이 시렸지만 아리는 자리에서 일어날 수 없었다.

"준호 오빠에 대한 거 맞죠?"

집요하게 묻는 아리의 모습에 결국 참다못한 모란이 큰 소리를 내며 벌떡 일어났다.

"그래요! 그 사람, 어떤 여자를 소개해 주는지. 소개팅은 어디에서 어떻게 하는지 알고 싶어서 물어봤어요! 이제 속이 좀 시원해요?"

혼자 펑 터진 모양이었다. 가까스로 웃음을 참던 아리가 다시 모란을 올려다보았다. 차라리 소개팅의 진실을 이야기할까. 아니, 그랬다가 어떤 보복을 당할지 모른다.

"어려요. 이십대 초중반이고, 자기 일 열심히 하는 평범한 회사원이에요. 준호 오빠 사진 보고 마음에 든다고 했으니까, 뭐……."

아리의 말에 모란의 얼굴 위로 빗금이 그어졌다. 적잖이 상처받았다는 것을 알 수 있었지만 아리는 여기에서 멈출 생각이 없었다. 어떻게 굴러들어 온 상황인데, 이대로 내팽개친단 말인가.

"신경 쓰여요?"

밀고 들어오는 아리의 물음에 모란의 얼굴이 터질 것처럼 빨갛게 변했다. 네? 네? 몇 번이나 물어보는 아리의 눈동자가 초롱초롱 빛나고 있었다. 모란은 고민했다. 그녀에게 제 이야기를 모두 털어놓아도 되는 걸까. 과연 제 마음을 모두 표현하고, 이렇게 이야기해도 괜찮은 걸까.

"그러니까……."

아리는 흐뭇하게 모란을 쳐다보았다. 어쩜, 사랑에 빠진 이들은 너나 할 것 없이 이렇게 예쁠까. 현태의 눈에도 제 얼굴이 이렇게 예뻐 보였으면 좋겠다. 그런 생각을 하다가 금세 얼굴을 붉히고 말았다. 친구한테 예뻐 보여서 뭐해. 미쳤어, 한아리!

모란은 한참 고민하다 아리의 앞에 털썩 주저앉았다.

"그래요. 신경 쓰여요. 엄청 신경 쓰여서 죽을 거 같아요. 아무렇지 않은 척, 괜찮은 척, 쿨 한 척. 나는 그런 척하면서 죽어라 살아가는데, 그 사람은 괜찮아 보여서 더 신경 쓰여요."

"신경이 쓰인다고요?"

아리가 놀라 물었다. 그럼 왜 그렇게 준호에게 매몰차게 구는 걸까. 관심이 있다면 조금 더 표현해도 좋을 텐데. 그런 생각을 하던 중, 준호의 말이 머리를 스쳐 지나갔다.

> "어떻게 하겠다고 말을 할 수가 없지. 소문이 나서 나 팀장님 곤란하게 만들기 싫다고 도망친 것도 나고, 거부하는 모양새로 만들어 버린 것도 나인데. 여기서 뭘 어떻게 하겠어."

준호는 모란과의 관계를 끊은 적이 없다. 우리는 동료로 남는 게 좋겠다는 쉬운 한 마디조차 건네지 않았다. 그저 모란과의 관계에서 도망쳤을 뿐이다. 그러니 모란으로서는 도망친 그에게 손을 내미는 것조차 힘든 일이겠지. 신경이 쓰인다고 해도, 한 번 자신에게서 도망 친 사람이니까. 두 번 도망치는 상황을 만들고 싶지 않았을 것이다.

더불어 상처받는 것도.

"내가 왜 한 매니저한테 이런 말을 하는지 모르겠는데…… 이렇게

나 혼자 안달이 난 것도 자존심 상해요. 나만, 나만 이렇게 끝내지 못한 마음 끌어안고 있는 것도 싫어요."

아리는 모란의 말을 들으며 앞으로 어떡해야 할지 고민했다.

"뭐, 좋은 사람이라니 다행이네요. 좋겠네, 강준호 씨는."

울 것 같은 목소리였다. 전해줄 사람은 따로 있다는 걸 알지만, 이대로 두면 시도를 해보기도 전에 금이 갈 것 같았다. 숨을 크게 들이마시던 아리가 제 앞에 앉아 있는 모란에게로 시선을 돌렸다.

"오해가 있는 것 같아요."

모란 역시 아리를 쳐다보았다. 하지만 여전히 모란의 표정은 냉담했다. 날카로운 눈빛은 타고난 건가 싶을 정도로 가슴이 서늘해졌다. 꿀꺽, 자기도 모르게 침을 삼켰다.

"오해요?"

모란은 아리의 말을 이해할 수 없었다. 그것보다 아리가 왜 그런 걸 알고 있는지 궁금했다. 조금 기분이 이상했다. 준호와 저의 이야기를 아는 건 그럴 수 있다 치자. 워낙 소문이 자자했던 이야기이니까. 끊어진 것도 칼같이 이루어지긴 했지만. 그런데 어째서 오해라는 말을 하는 걸까. 대체 뭐가 오해라고 하는 걸까. 자신이 알지 못하는 준호의 이야기를 아리는 알고 있는 것 같아서, 질투가 날 것 같았다.

"네, 그게 사실……."

아리가 입을 달싹이며 말을 하려던 그때였다. 어디에선가 긴 그림자가 두 사람의 사이에 드리웠다.

"거기까지."

곧 정자 옆 풀숲에서 불쑥 나타난 사람에 아리와 모란이 악! 짧은 비명을 질렀다.

"참나, 작전이라고 그렇게 신나 하더니 이틀을 못 넘기네."

못 말린다니까. 현태의 목소리에 아리는 안도의 한숨을 쉬며 가슴을 쓸어내렸다.

"놀랐잖아!"

"지 팀장님?"

그에 반해 모란의 얼굴이 사색이 되고 말았다. 그가 언제부터 이곳에 있었던 건지 머리를 굴렸다. 어디서부터 들은 건지 알고 싶었다. 그래야 뭐라도 변명을 할 테니까.

"그래서 나 팀장님도 준호 형한테 아직 마음이 있다는 겁니까?"

다 글러 먹었다. 모란의 마음이 와르르 무너졌다. 잇새로 탄식이 새어 나오는 것도 이상한 일이 아니었다. 온몸에 힘이 풀렸다. 손가락 끝이 저릿저릿한 것이 당장에라도 바닥으로 떨어질 것만 같았다.

"대답해 보세요, 나모란 팀장님."

그러지 않아도 현태의 말투는 딱딱한 편이었다. 그래서 몇 번이나 오해를 산 적도 있었다. 그런 사람이 취조하는 것처럼 모란에게 말하고 있으니, 얼마나 긴장이 될까. 아리는 갑자기 모란이 안쓰러워졌다.

그러다 문득 중요한 건 모란의 답이 아니라는 걸 알아챘다. 지금은 그녀에게 상황을 설명해 주는 것이 먼저다. 그래야 그녀 역시 술술 답을 내어줄 테지.

"잠깐!"

몸을 일으킨 아리가 손으로 현태의 입을 막았다.

"지금 나 팀장님은 우리가 어떻게 이 일을 알게 됐는지 몰라. 일단 차근차근 설명해 주는 게 먼저야. 알았지?"

현태가 고개를 끄덕이며 아리의 손목을 붙잡았다. 제 입을 막은 손을 떼기 위함이었는데, 얇은 손목에 닿자마자 손이 따끔거렸다. 아리 역시 마찬가지였다. 입을 막을 때엔 몰랐는데, 현태가 손목을 잡으니 온몸에 정전기가 올랐다. 우두두 돋는 닭살에 자기도 모르게 재빨리 손을 빼냈다.

또다시 얼굴이 붉어지고 있었다. 목 아래까지 퍼지고 있는 열기가 심장 박동을 더욱 빠르게 만들었다.

"이, 일단 나 팀장님!"

격앙된 아리의 목소리에 모란은 그제야 정신을 차릴 수 있었다. 얼이 빠진 채 현태를 바라보던 모란이 두 사람을 쳐다보았다. 붉어진 아리와 현태의 얼굴. 어쩔 줄 몰라 하는 표정. 순간, 준호와 있었던 제 모습이 떠올랐다. 두 사람의 사이는 궁금하지 않다. 다만, 저 역시 준호와 있었을 때 저런 얼굴이었을까 그건 궁금해졌다. 영락없이 사랑에 빠진 사람처럼, 그렇게 얼굴을 붉히고 웃고 그랬을까.

"나 팀장님."

아리의 입이 열렸을 때, 모란은 자기도 모르게 입을 벙끗거렸다. 그리고 전혀 예상하지 않았던 말을 했다.

"됐어요."

어떻게 알게 됐는지, 어째서 현태와 아리가 설명이라는 단어를 쓰는지 물어야 하는데. 그게 맞는 것일 텐데, 듣고 싶지 않았다. 제 속에 강준호가 지금보다 더 최악으로 남을까 두려웠다. 저와의 일을 여기저기 떠벌리고 다니는 최악의 사람으로 남는 것은 원치 않았다.

"하지만."

"됐어요. 이렇든 저렇든 나와 강준호 씨 사이에 일을 모두 알고 있다는 거겠죠. 떠돌아다니는 그럴싸한 소문이 아니라."

이 상황에서조차 냉정해질 수 있는 모란에 현태는 감탄했다. 괜히 얼음 마녀라 불리는 게 아니라 생각하며 팔짱을 꼈다.

"네. 그럴싸한 소문도 알고 있었는데, 둘만 알고 있던 일도 알게 됐습니다."

"재미있던가요?"

"아니요. 그다지 유쾌한 이야기는 아니던데요. 누구한테 떠벌릴 만큼 재미있는 이야기도 아니고."

담담하게 대답하는 현태의 말에 모란이 무릎 위에 가지런히 올려놓은 손을 말아 쥐었다.

"그렇군요."

다행이라 해야 할까. 아니면…….

"그럼 조금만 직설적으로 물어도 될까요?"

또 혼자만의 고민 속으로 빨려 들어가려던 모란을 붙잡은 건, 아리의 조심스러운 목소리였다. 놀라 고개를 돌리니, 그녀는 어느새 제 옆에 앉아 있었다. 이제 와 대답할 것이 없다 뒤로 뺄 수도 없다. 사실 그럴 만큼 거창한 이야기가 있는 사이도 아닌데, 빼고 말고 할 게 뭐가 있을까. 모란이 고개를 끄덕였다.

"현태 말처럼, 아직 준호 오빠한테 감정이 남아 있는 거예요? 그러니까 끝내지 못한 잔 감정이 아니라…… 그때처럼. 오빠를 보면 마음이 내려앉고 설레고 그런 거요."

이상하지. 조금 전까지 에라 모르겠다, 하는 마음이었는데 금세 차분해져서 제 마음을 생각해 보다니. 모란은 잠자코 머리와 마음속 서랍을 뒤적였다. 한 번도 그러지 않은 적이 없었다. 준호의 매장 앞을 지나갈 때, 준호에게 지시를 내릴 때. 가끔 식당에서 마주칠 때, 행사 문제로 사무실에서 면담할 때. 매일 매일 가슴이 요란하게 뛰었다.

하지만 그럴 때마다 그녀의 속에서 누군가 외쳤다.

"겁이 나서 도망친 겁쟁이밖에 안 돼!"

모란은 그 말에 반박할 수 없었다. 사실이 아니라 고개를 저으며 밀어낼 수도 없었다. 그만큼 약한 사람이었다. 그리고 그만큼 준호에 대한 실망도 컸다.

"당연하죠."

어쩌면 누군가에게 이 말을 하고 싶었는지도 모른다. 아직 그를 좋아한다고, 그 마음이 떨어지지 않아 죽을 것 같다고. 누구라도 붙잡고 말을 하고 싶었다. 누구라도 제 마음을 알아줬으면 하는 바람이 얼마나 컸던지.

"정말 좋아하지 않았더라면…… 내가 그렇게 상처받고, 뒤돌아서지도 않았을 테니까."

서러움이 왈칵 차올랐다. 왜 저만 이런 감정을 느껴야 하냐며 울부짖던 날이 떠올랐다. 얼마나 세게 주먹을 쥐었는지, 치마가 함께 말려 올라갔다.

아리는 그런 모란의 모습을 보며 조용히 그녀의 손 위에 제 손을 포개었다.

"그럼 됐어요."

"뭐가 된 거예요?"

모란의 질문에도 아리는 이렇다 할 대답을 하지 않았다. 그 미소가 불안한 건 뒤에 서 있는 현태뿐이었지만. 오픈할 시간이 임박해 오자, 백화점 오픈을 알리는 노래가 쩌렁쩌렁하게 울려 퍼졌다. 그에 모란은 화장해야 한다며 헐레벌떡 내려갔고, 현태와 아리는 노래가 끝나고 나면 들어가겠다며 옥상에 남았다.

모란과 함께 있을 땐 괜찮았는데 막상 둘이 남으니 이상하게 어색해졌다. 미적지근한 바람도 둘 사이를 붙게 할 수 없는 모양이었다.

"어떻게 알았어?"

정적을 깬 건, 아리의 질문이었다.

"뭘?"

"내가 여기 있는 거."

"매장 갔는데 나 팀장이랑 나갔다고 말해줘서."

"옥상 간다고 말 안 했을 거 아냐."

현태가 피식 웃으며 아리를 돌아보았다. 그의 눈에 여유가 그려져 있었다.

"네가 비밀 이야기할 만한 곳이 옥상 말고 또 있어?"

사실 누군가에게 물어본 것도 아니었고 갑자기 생각이 난 것도 아니었다. 아리에 대한 제 마음이 명확해진 순간부터, 어쩐지 그녀가 있는 곳을 찾아낼 수 있게 되었다. 특유의 향기가 나서 따라가는 것도 아니고, 발자국이 남는 것도 아닌데 그랬다. 많은 인파 속에서도 아리만 보였다. 유독 그녀만이 반짝반짝 빛났다. 또 가끔은 모두가 흑백으로 물들어 버리고, 아리만이 유독 뚜렷한 색을 띤 적도 있었다.

"야, 엄청 좋아하나 보다."

언제였더라, 친했던 친구에게 이런 현상을 상담했던 적이 있었다. 아리라 밝히지 않았지만 아마 알고 있었으리라 생각된다. 그때 그 친구가 그런 말을 했었다. 정말 많이 좋아하는 모양이라고.

"그냥, 당연히 여기 있을 것 같아서 따라왔어."

묘한 느낌이었다. 평소에 현태가 저를 잘 아는 것처럼 이야기할 때에는 든든하고, 따뜻한 느낌이 전부였는데. 오늘따라 심장이 가만있질 않는다. 금방이라도 얼굴이 뜨거워질 것 같아 고개를 휙 돌려 버렸다. 그렇지, 참. 중얼거리는 입술이 화끈거렸다.

"아, 날 좋다."

불어오는 바람에 기분이 좋은지, 현태가 난간에 몸을 기댄 채 눈을 감았다. 그리고 아리는 그런 현태의 옆모습을 뚫어지게 쳐다보았다. 가끔 이렇게 현태의 얼굴을 몰래 관찰할 때가 있었다. 어릴 때부터 알게 모르게 생긴 습관 혹은 버릇이었다.

그는 속눈썹이 긴 편이었다. 바람이 불면 꼭 속눈썹이 따로 춤을 출 것 같았다. 눈매가 짙은 편이라 그런지, 유독 눈이 예쁘다 느낀 적이 한두 번이 아니었다. 어릴 적엔 피부가 하얀 편이었는데, 운동하다 보니 어느새 까무잡잡해졌다. 물론 사회생활을 하며 조금씩 돌아오긴 했지만. 옛날처럼 뽀얀 피부는 보이지 않는다.

누군가 현태 정도라면 정말 잘생겼다 말한 적이 있었다. 그리고 아리는 지금 이 순간, 그 말에 공감했다. 그래 이 정도면 결코 못생긴 게 아니지.

"얼굴 닳는다."

이런저런 생각을 하는데, 갑자기 들려오는 현태의 말에 깜짝 놀란 아리가 고개를 돌렸다. 들켜 버렸다는 생각에 얼굴이 화끈거렸다.

"아, 아니거든?"

"뭐가 아닌데?"

잔뜩 격양된 아리의 목소리가 귀여운 건지, 현태가 웃음을 머금으며 그녀를 돌아보았다. 하지만 그녀는 저에게 시선을 던지고 있지 않았다. 그 사실에 괜히 마음이 저릿했다. 왜 변하지 않냐, 작게 중얼거리는 게 마치 바람 소리처럼 들렸다.

"안 쳐다봤어."

언제 쳐다봐 줄래, 하마터면 그 말을 던질 뻔했다. 자신은 아주 오래전부터 지켜보고 있었다는 말을 차마 할 수 없었다.

"진짜?"

아리는 캐묻는 것에 약한 편이었다.

"진짜로?"

현태의 두 번째 물음이 있고서야 아래로 축 처진 눈이 그를 향했다.

"눈, 눈만 봤어."

더듬거리는 아리의 모습이 귀여워서. 사실대로 실토하는 그녀가 예뻐서. 여러 가지 이유로 현태의 장난기가 발동했다. 그는 손을 뻗어 아리의 턱을 붙잡았다. 그리고 제 쪽으로 향하게 한 뒤, 그녀의 눈을 응시했다.

"뭐, 뭐 하는 거야?"

"너도 쳐다봤으니까, 나도 쳐다보려고. 복수야."

곧 얼굴이 붉어진 그녀가 잔뜩 흥분해 뭐라 뭐라 난리를 쳤지만, 현태에게 그 이야기는 귀에 들어오지 않았다. 온 세상의 소음이 사라지는 기분이었다. 맨 처음으로는 아리의 눈을, 다음으로는 오뚝한 코를. 자연스럽게 붉은 입술로 넘어갔을 땐 온몸으로 전류가 자르르 흐르는 것을 느꼈다.

아리의 얼굴 전체를 두 눈에 담은 순간, 가슴이 쿵쿵쿵쿵. 박자도 무시한 채 뛰기 시작했다. 이대로 이성을 유지하지 못한다면 그대로 입술을 포개도 이상하지 않을 것 같았다. 손끝으로 닿는 피부는 왜 이리 부드러운 걸까. 꼭 애기 피부처럼.

"못생겼어."

결국은 맘에도 없는 말을 툭 던진 채 아리의 턱에서 손을 뗐다. 그리고 자연스럽게, 혹은 자연스러운 척 그녀에게서 뒤를 돌았다.

"내려가자. 노래 끝났어."

뒤를 돌아 걸음을 옮기는 현태의 뒷모습에 아리는 어안이 벙벙한 표정을 지었다. 내심 아쉽다는 생각이 드는 건 모른 척 넘기기로 했다.

"뭐라고?"

괜히 못생겼다는 말에 발끈하는 척했다. 그래야 이상해 보이지 않을 것 같았다.

"나 이래 봬도 인기 많거든? 야! 지현태!"

곧 아리의 고백 에피소드가 줄줄 나왔다. 고등학생 때부터 갓 스물이 되었을 때, 그리고 몇 개월 전 길을 가다 헌팅을 당한 이야기까지 모두. 현태가 속속들이 알고 있는 이야기였다.

"듣고 있어? 어? 아니, 내가 못생긴 게 아니라니까? 너 진짜 눈 어떻게 된 거 아니야?"

하지만 현태는 계속해서 잰걸음을 옮길 뿐이었다. 긴 다리를 쉬지 않고 움직이며 아리와의 격차를 좁히지 않으려 애썼다. 자꾸만 머리에서 아리의 얼굴이 떠나지 않았다. 햇살에 반짝거리는 하얀 피부가 자꾸 눈앞에 아른거렸다.

'진작부터 알고 있었어, 멍청아.'

속으로 중얼거리는 그의 눈이 가늘어졌다. 이 두근거림이 아리에게 전해지지 않기를 절실히 바랄 뿐이었다.

경쾌한 오픈 노래가 끝나고, 영롱한 여직원의 목소리가 백화점을 가득 채웠다. 벌써 입장 한 몇 고객들은 에스컬레이터를 타고 층을 오르내리는 중이었다. 멘트와 음악이 끝날 때까지 앞을 바라봐야 하는 것이 직원의 일이었다. 모두가 반듯하게 서서 통로를 바라보고 있을 때, 수호만이 아리의 매장을 빤히 쳐다보고 있었다.

'이상하다.'

고개를 갸웃 기울이던 그가 까치발을 들어 아리의 매장을 다시 들여다보았다.

'왜 안 오지?'

발에 힘을 탁, 풀어 제자리로 돌아왔지만, 시선은 여전히 아리의 매장에 머물렀다. 나 팀장과 함께 어딜 갔다는 효영의 말은 들었다. 무슨 일이야 있겠냐는 생각이 들었지만, 금세 현태가 왔다가 사라진 것이 신경 쓰였다.

더더군다나 아리와 함께 갔다는 모란은 금세 돌아오지 않았던가. 왜 그런지 몰라도, 두 손으로 얼굴을 가린 채 사무실로 직행했지. 그 와중에도 모란의 캔디는 빨갛게 빛나고 있었다. 사무실에서 봤던 캔디보다 더 영롱하고 정교했다. 그래서 더욱 아리와 현태의 행방이 궁금해졌다. 모란의 캔디가 갑자기 빨갛게 변한 건 아닐 테고.

'뭔가 있었던 것 같은데.'

수호는 골똘히 고민하며 정면을 바라보다, 재차 아리의 매장으로 고개를 돌렸다.

"매니저님."

그때, 옆에 서 있던 송주가 그를 툭 쳤다. 송주의 길게 찢어진 눈이 저를 향해 있었다.

"자꾸 한눈팔지 마세요. 그러다 혼나요."

"알았어."

대답은 그렇게 하면서 시선은 또다시 아리의 매장으로 향했다. 발꿈치를 들어 올려 매장을 샅샅이 살폈지만, 여전히 아리는 돌아오지 않았다. 전화라도 해보면 좋을 텐데, 어서 이 노래가 끝나길 안달을 내며 기다리는 수밖에 없다.

송주는 여전히 수호를 못마땅한 눈으로 쳐다보고 있었다. 처음엔 일도 척척 해내는 멋진 매니저라고 생각했다. 전임자가 제대로 말하지 못한 불만 사항까지 본사에 모두 전달해 개선까지 해주고.-물론 입장이 입장인지라 가능했겠지만.- 어찌 되었든 처음과 이미지가 달라져도 너무 많이 달라졌다. 그나마 일은 제대로 해서 다행이라고 해야 하나.

송주가 못마땅하게 쳐다봤지만, 수호의 눈은 여전히 아리의 매장에 향해 있었다. 드디어 음악이 끝나고, 수호는 기다렸다는 듯 카운터로 향했다. 서랍에 들어 있는 핸드폰을 꺼내 들었던 순간, 직원 통로에서 문이 닫히는 소리가 났다.

"언니! 왜 이렇게 늦게 와요!"

"나 팀장님은 먼저 오던데 매니저님 왜 이렇게 늦으셨어요. 저희 진짜 죽는 줄 알았어요."

곧 효영과 수미의 볼멘소리가 이어졌다. 수호는 아리가 왔음을 단번에 짐작할 수 있었다. 꼭 주인을 기다리는 강아지가 된 기분이었다. 없는 꼬리마저 마구 흔들며 매장을 나섰다. 한 걸음을 내디뎌 그녀의 매장 쪽을 본 순간, 몸이 꽁꽁 굳었다.

"미안, 미안. 현태가 멘트랑 노래 끝나면 들어가자고 해서."

"눈총 받는 것보다 낫지."

아리는 그가 예상했던 것처럼 현태와 함께 있었다. 한두 번 있는 일도 아닌데, 새삼스럽게 기분이 이상해졌다. 현태의 캔디가 빨갛게 물들어 있는 것도 새삼스러운 일이 아닐 텐데. 이제까지 느끼지 못했던 소외감이 한 번에 밀려오기 시작했다.

두 사람에게는 그들에게만 존재하는 견고한 울타리가 있다. 처음엔 그 울타리가 보이지 않아 자유롭게 넘나들었다. 현태에게도, 아리에게도 마찬가지였다. 하지만 아리에 대한 마음이 확실해지고, 현태에 대한 감정도 확실해지고 나니 울타리가 선명해진다. 넘나들어선 안 되는 울타리가 두 눈에 확연하게 드러났다.

"빨리 가, 너 그러다 혼나."

"내가 팀장인데 누가 날 혼내?"

"혼내겠지. 본사 사람들이."

웃으며 이야기를 나누는 둘을 보고 있을 자신이 없어졌다. 한 발자국 뒤로 물러선 채, 매장으로 돌아가는 수밖에.

"안 가보세요?"

이미 수호를 파악한 송주가 그에게 묻자, 막내 직원이 둘을 힐끗거리며 창고로 향했다.

"어딜?"

"저기 한 매니저님한테요."

"안 가. 온 거 봤는데, 뭘."

"웬일이에요? 평소에는 왔다 하면 뛰어가시던 분이."

그럴 일이 있다. 한숨을 푹 내쉬던 수호가 카운터로 가 노트북을 열었다. 본사에서 온 메시지들을 쭉 확인했지만, 눈에 들어올 리 만무했다. 한쪽을 얻으려면 한쪽을 포기해야 한다. 가면 갈수록 확연하게 드러나는 사실이었다. 현태와의 관계도 포기하고 싶지 않았지만, 그만큼 아리에 대한 마음 역시 접고 싶지 않았다. 누군가 본다면 욕심이라 하겠지. 그래, 욕심이 맞다.

무어든 넘치는 환경에서 살아오던 저에게, 유일하게 없는 것들이었다. 마음을 터놓는 친구, 마음을 쥐고 흔드는 사람.

"송주야."

"네?"

수호는 머뭇거렸다. 부르고도 무어라 물어봐야 할지 몰라 한참 입술만 달싹였다.

"그게."
"물어보세요. 괜찮아요. 저 생각보다 입 무거우니까요."
송주의 담담한 대꾸가 수호를 쿡 찔렀다. 무슨 이야기인 줄 알고 입이 무겁다고 이야기를 하는 걸까. 제 직원이지만 가끔 이상한 구석이 있다. 하지만 그만큼 제가 티를 냈다는 것이기도 하겠지. 정말, 어지간해야지.
"너라면 친구랑 연인 중에 뭘 택할래?"
수호의 물음에 송주가 눈을 깜빡거렸다.
"연인은 아니잖아요?"
정곡을 콕 찌르는 말에 가슴이 따끔거렸다. 입술을 길게 다물고 흥, 콧방귀를 뀌었다. 고개를 끄덕이던 그가 작게 대답했다.
"그래, 맞아."
분했지만 어쩔 수 없지. 현실은 현실이니까.
"음……."
송주는 팔짱을 낀 채 고민했다. 눈을 감고 고민하고, 눈을 뜨고 고민하고. 수호를 쳐다보다 매장을 둘러보다 고민을 이어갔다. 노래가 한 번 바뀔 때 즈음, 송주는 고민을 마쳤다는 듯 수호를 쳐다보았다.
"솔직히 말해서 저는 매니저님이 어딜 선택하고 말고의 문제가 아닌 것 같아요."
또 한 번 정곡을 찔렀다. 뜨끔거리는 가슴에 힘을 꽉 준 채 그를 쳐다보았다.
"현태 형이랑 엄청 친해졌어요?"
"아니."
"그럼 뭐 한 매니저님이랑 그렇고 그런 분위기가 연출되고 그래요?"
그랬던 적이 있었다고 생각했다. 세영과 현태가 함께 다닐 때, 자신이 아리를 태우고 다니며 한때 그런 분위기가 연출됐다. 하지만 그때 뿐이었다. 다시 현태가 제자리로 돌아오고 난 뒤론 전혀 그런 적이 없었다. 오히려 자신이 두 사람의 계기를 만들어준 것 같은 기분마저 들었다.

똑같이 캔디를 보기 시작했을 때에도, 아리는 걱정을 해주기만 했지 그 이상이 아니었다. 조금만 보아도 알 수 있었다.

"아니……."

힘이 쭉 빠졌다. 알고 있는 사실임에도 불구하고 굳이 몇 번이나 지적하니 할 말이 없다.

"이도 저도 해보지도 않으셨으면서 뭘……."

됐어요. 휘휘 손사래를 치는 송주의 모습에 괜히 울컥했다. 알고 있다. 이도 저도 해보지 않은 자신이 멍청하게 느껴지는 걸 모르는 게 아니었다. 울컥 한 나머지 목소리에 힘이 실리고 말았다.

"그래도 너라면 어떻게 하겠냐 이거지!"

이럴 때 보면 자신이 참 애 같다는 걸 느낀다. 평소에는 어른스러운 모습도 잘 보이면서. 내심 송주에게 미안한 마음이 있었지만, 지금은 답을 듣는 게 우선이었다. 수호의 말에 송주는 재차 생각을 이어갔다. 곰곰이 생각하던 그가 어깨를 으쓱거리며 그에게 말했다.

"사실 저는 친구를 선택할 것 같은데요."

"왜?"

"왜긴요. 사실 연애라는 것도 맘먹는다고 무조건 할 수 있는 건 아니지만……. 내가 일방적이라고 되는 것도 아니잖아요. 서로 양방향으로 시작하는 게 아니라면 친구를 선택할래요. 아, 물론 내 맘을 터놓을 수 있는 친구라는 가정하에서요."

왜 제 마음을 이렇게 콕콕 집어내는 걸까. 송주의 말을 듣다 보니 어젯밤 술에 취한 저에게 이런저런 이야기를 해주던 현태가 떠올랐다. 구멍은 누구에게나 있다던 아리보다, 책임질 수 있는 길을 택해 인정받으라 말하던 현태의 말이 더 위로되었다.

"매니저님, 아니 형. 형이 어떤 선택을 하든 사실 형이 걸어가야 할 길이니까 제가 함부로 뭐라 하진 못하는데요."

송주의 말에 수호가 고개를 끄덕였다.

"이렇든 저렇든 부딪쳐 보세요. 부딪친다 해서 상대가 튕겨낼 사람은 아니잖아요. 현태 형도, 한 매니저님도."

송주의 말이 날카로운 화살이 되어 수호의 머리를 스쳐 갔다. 그래, 그의 이야기가 맞다. 현태도 아리도 자신이 어떤 말을 하고 행동을 한다 해서 밀쳐 낼 사람은 아니었다. 고민은 하겠지. 아주 깊이 고민하고 생각하겠지만, 그 일로 저와 멀어지진 않을 것이다. 따뜻한 사람들이니까.

괜한 것들을 고민한 기분이었다. 뚜렷한 답은 아니었지만, 어쩐지 마음이 편해졌다.

"고맙다."

"고마우면 고기 사줘요. 고기. 요즘 단백질 부족해서 죽겠어요."

앓는 소리를 하는 송주의 모습에 수호가 하하! 크게 웃음을 터뜨렸다. 어깨를 툭툭 두드리는 건 덤이었다.

"그래! 그까짓 거 두 번이고, 세 번이고 사주지! 고기!"

아파요! 송주의 볼멘소리가 이어졌지만, 수호의 손길은 끝나지 않았다.

한편, 아리의 매장 앞에 서 있던 현태는 수호의 매장을 슬쩍 돌아보았다. 그의 시선이 느껴지는가 싶었는데 평소처럼 다가오지 않으니 뭔가 이상했다.

"야, 지현태. 듣고 있어?"

수호의 매장 쪽을 보며 넋을 놓고 있던 그때, 아리의 목소리가 들렸다. 고개를 돌리자, 저를 보며 미간을 찌푸리고 있는 아리가 보였다. 귀엽게 왜 이러고 있어.

"아니, 다른 생각 했어."

"하……."

짜증을 내는 척하는 것도 귀엽다.

"뭐라고 했는데?"

"됐어."

"말해봐."

"싫어."

토라진 아리의 모습에 가슴이 터질 것처럼 간질거렸다. 현태는 허리를 숙여 그녀와 시선을 마주했다.

"한아리."

"아, 왜 자꾸 불러……."

현태의 부름에 고개를 돌린 아리는 그대로 우뚝 멈추어 버렸다. 그와 마주하는 것이 며칠 전부터 왜 이리 불편한지 모르겠다. 아니, 불편하다기보단 가슴이 뛰어 미칠 것 같다. 왜 자꾸 이런 눈빛으로 쳐다보는 거야.

"미안해. 이제 잘 들을 테니까, 다시 말해줘."

아무리 생각해도 현태가 이상해졌다. 이상해졌다는 말 외엔 표현할 방법이 없었다. 물론 그 이상해진 사람 중에는 저 역시 포함이 될 것이다. 분명하다. 그러지 않고서야 지현태의 눈을 보고 가슴이 뛴다거나, 설렌다거나 할 수가 없지.

"그러니까."

어렵게 입을 열었는데, 누군가 현태의 등을 짝! 내려쳤다.
"워! 일하세요, 한 매니저님! 지 팀장님!"
깜짝 놀란 현태가 몸을 일으켰고, 아리 역시 고개를 돌렸다.
"뭐야, 둘이 나 빼고 비밀이야기 하는 거야? 서운하게."
현태의 등을 때린 건 수호였다. 수호는 그들의 사이에 서서 두 사람을 번갈아 보았다. 현태도 아리도 아쉬운 마음을 애써 삼켜내야 했다. 누군가에게 들키고 싶은 감정이 아니라는 건, 둘 다 같았다.
"뭡니까, 강 매니저님?"
"뭐긴 뭐야. 반가워서 인사한 거죠."
"오빠, 안 그래도 이야기하려고 했는데. 있잖아요."
"쉿. 그건 이따 우리끼리 있을 때 말해줘. 그건 그렇고 오늘 우리 송주 고기 사주려고 하는데, 같이 안 갈래요? 여기 효영이랑 수미도. 아! 준호 형도 부르면 좋겠다. 그지?"
고기를 사준다. 그리고 준호. 순간, 아리의 머리에 무언가 번뜩이며 지나갔다. 이거다! 짤막한 탄성이 아리의 속 안에서 터져 나왔다.

어느덧 밤이 찾아왔다. 아리는 아침나절 수호의 제안을 듣자마자 온종일 싱글벙글 웃음을 달고 지냈다. 뭐가 그리 좋냐는 효영과 수미의 물음에도 아무런 대답을 하지 않았다.
수호가 고기를 산다는 말에 모인 사람은 제법 많았다. 효영과 수미, 수호의 매장 직원 두 사람과 현태, 준호까지. 거기에 아리를 더하니 제법 우글우글해 보였다.
"이야, 오늘 나 카드 털리겠는데."
하하, 웃으며 머리를 긁적거리는 수호의 모습에 현태가 대답했다.
"그러려고 사준다고 한 거 아니었습니까?"

"그건 맞는데. 이렇게 많을 줄은 몰랐지."

하나 둘 셋. 사람을 세던 수호의 모습에 아리가 불쑥 끼어들었다. 그리고 주차장으로 나오는 매장의 입구를 슬쩍 바라보다 입을 열었다.

"한 사람 더 있어요."

"누구?"

주차장에 서 있던 사람들의 시선이 일제히 아리에게로 향했다.

"나모란 팀장님이요."

결국은 저지르고 말았다. 수호와 현태는 하하, 어색하게 웃었다. 상황을 알고 있는 이상 왜 그랬냐 질타할 수 없었다. 효영과 수미는 눈이 휘둥그레졌고 송주와 수호의 막내 직원은 감흥이 없어 보였다. 딱 한 사람, 준호만이 어떤 표정을 지어야 할지 몰라 안달이 나 있었다. 어떻게 된 일이냐는 듯 아리를 쳐다보고, 수호와 현태를 돌아보아도 그들은 아무런 말을 하지 않았다.

그렇게 되었다는 눈빛만을 전할 뿐.

"아, 저기 오네요."

이어지는 아리의 말에 일동 모두 문 쪽으로 시선을 돌렸다. 또각거리는 구두굽 소리와 함께 모란이 나타났고, 수미와 효영은 뒤로 주춤 물러났다.

"늦어서 죄송합니다. 끝낼 일이 좀 있어서."

"괜찮아요. 저희도 이제 막 모인걸요."

하나둘 모란과 인사를 나누기 시작했지만, 딱 한 사람 준호만이 그녀와 인사를 나누지 못했다. 어쩔 줄 모르는 그의 모습을 빤히 지켜보던 모란이 먼저 그에게 말을 건넸다.

"강준호 매니저님도 오셨네요."

그저 인사 비슷한 것뿐인데, 주변이 차갑게 얼어붙어 버렸다. 빳빳하게 서 있던 준호가 뒤를 돌았다. 어색하기 짝이 없었다. 서로를 쳐다보며 인사를 하는 모란과 준호만이 꼭 다른 세상에 사는 사람처럼 머쓱했다. 얼음장처럼 차가운 바람이 휘잉, 불어왔다. 떠들고 있던 사람들이 모두 사라진 것처럼 주변이 소음에 갇혀 버렸다.

"안 가나요?"

"가야죠. 갑시다. 차는 다 놓고 가세요. 술 한 잔씩 할 거잖아요?"

모란의 말에 수호가 사람들을 이끌었다. 여전히 분위기는 어색했지만, 냉담함은 조금 사그라진 뒤였다. 아리는 한쪽엔 모란을, 한쪽엔 현태를 둔 채 주차장을 걸어 나섰다.

앞서 걷는 준호의 뒷모습을 보며 오만 생각에 갇혔다. 이게 잘하는 건가 싶다가도 이번이 아니고서야 따로 방법이 없겠구나 싶기도 하고. 제 결정이 옳은 건지, 틀린 건지 여전히 갈피를 잡을 수 없다.

"사실 안 오고 싶었어요."

모란은 아리만이 들을 수 있을 정도로 작은 목소리로 말했다. 구두를 신고 걷는데도 모란의 자세는 흔들리지 않았다. 허리를 곧게 세운 채 걸음을 재촉하는 모습이 꼭 모델 같았다.

"그럴 것 같다고 생각은 했어요. 너무 갑자기 말씀드려서 죄송해요."

"한 매니저가 사과할 필요는 없죠. 일을 이렇게까지 키운…… 누군가 잘못한 거지."

모란의 냉담한 말에 아리가 하하, 어색하게 웃어 보였다.

"그나저나 의외의 멤버가 많네요. 원래 한 매니저님 무리가 이렇게 많았어요?"

무리 지어 다녔었나. 아리는 잠시 생각했다. 그렇게 무리를 지어 다닌 적은 없었는데.

"아니요, 오늘은 수호 오빠가 쏘는 날이라서 그래요."

"그렇군요."

모란의 대답은 간결했다. 모란 역시 지금 이 상황이 옳은 건지, 아닌 건지 생각이 많았다. 원래 이러지 않았는데, 준호와 그런 일이 생긴 뒤부터 벽을 만들게 됐다. 과하게 친해져서 모든 게 어그러졌단 생각밖에 들지 않았다. 자신이 틈을 자주 보여주는 바람에, 저를 우습게 본 것이라고. 그러니 준호가 일을 벌여놓고도, 도망가게 된 것이라는 생각이 매일 밤 그녀를 괴롭혔다.

한참 괴로워하다 선택한 길은 자신이 문을 닫아버리는 것이었다. 공적인 곳에서 그 이외의 감정을 만들지 않는 것이 어느새 모란의 철칙이 되어버렸다. 차갑게 구는 건 주변 사람들만 바짝 얼리는 게 아니었다. 쌩쌩 부는 바람이 저 역시도 얼려 버리고 있었음을 너무 뒤늦게 깨닫고 말았다.

생각이 담긴 걸음은 어느새 그녀를 고깃집에 다다르게 해주었다. 안쪽에서부터 효영과 수미, 현태와 아리 그리고 모란이 앉았다. 반대편에는 수호의 매장 직원 둘과 수호 그리고 준호가 앉아 두 사람이 마주 보는 상황이 되었다.

"바꿔 드릴까요?"

아리가 슬쩍 묻자, 모란이 앞을 바라보았다. 그리고 아니요, 짧게 대답했다. 시선은 여전히 준호를 향해 있었지만.

"괜찮아요. 뭐, 모르는 사람도 아닌데."

그녀의 말에 준호가 움찔거리며 고개를 들었다. 눈을 마주한 그 순간, 두 사람 모두 콧잔등이 시큰해졌다. 이렇게 마주하고 있는 것이 얼마 만일까.

"안 그래요, 강 매니저님?"

어렵게 던진 모란의 물음에 준호가 고개를 끄덕였다.

"네. 그러네요, 나 팀장님."

형식적인 대답. 사무적인 말투. 예전의 둘에게서 전혀 찾아볼 수 없는 광경이었다. 모란과 준호 모두 저릿한 마음에 힘을 꽉 주었다.

"자, 뭐 먹을까요? 비싼 거 먹어도 돼요. 괜찮아. 막 시켜!"

낮게 가라앉은 분위기를 띄운 건 수호 쪽이었다. 이것도 맛있고 저것도 맛있고, 추천하는 그의 목소리 덕분에 모란과 준호가 뿜던 냉기가 한껏 누그러졌다. 하지만 그 와중에도 아리만이 좌불안석이었다. 모란과 자리를 바꾸는 게 낫지 않을까, 그런 생각이 들었다.

이러지도 저러지도 못하는 아리의 모습에 현태가 그녀를 툭 쳤다.

"화장실 가고 싶어?"

"왜 갑자기 화장실?"

"안절부절못해서."

"아니야, 그런 거."

흐응, 콧소리를 내던 그가 아리 쪽으로 고개를 기울였다. 그러고는 조용히 물수건으로 손을 닦는 준호와 모란을 지켜보며 말했다.

"편하게 있어. 어차피 한 번쯤은 부딪쳐야 했잖아. 저 두 사람."

아리가 현태를 바라보다, 준호와 모란을 쳐다보며 고개를 끄덕였다.

그래. 준호의 이야기를 듣고 계획을 짰을 때부터 이런 상황은 염두에 두고 있었으니까. 좋은 게 좋은 거다. 그렇게 생각하기로 했다. 메뉴가 나오고, 술이 한 잔씩 돌아가는 그 순간까지도 그런 생각을 했다. 앞으로 어떤 일이 벌어질지도 모르고.

소주가 여덟 병. 맥주가 여섯 병. 사람이 모인 숫자에 비해 술병은 그리 많이 비워지지 않았다. 현태를 제외한 남자들은 얼굴이 따끈해진 상태였고, 모란을 제외한 여자들은 살짝 취기에 올라 기분이 좋은 상태였다.

"야!"

모란의 커다란 목소리가 준호를 향하기 전까지는 말이다.

그녀의 갑작스러운 부름에 놀란 준호가 고개를 들어 올렸다. 동공이 커지는 걸 보아, 그런 모란의 모습에 당황한 모양이었다.

"너, 강준호지?"

킥킥. 웃음을 터뜨리던 모란이 단정하게 틀어 올린 머리를 풀어버렸다. 아래로 길게 풀어지는 머리에서 샴푸 냄새가 은은하게 풍겼다. 모란은 머리를 쓸어 올리며 연거푸 탄식을 내뱉었다.

"나 팀장님, 취하신 것 같은데."

아리가 그녀를 붙잡으며 말리려 했지만, 모란은 강하게 부정하며 술잔을 내밀었다.

"아니! 안 취했어. 한 잔만 더 따라줘요."

잔뜩 취한 모란의 목소리에 아리가 고개를 저었다. 더 마셨다가 괜한 일이 일어날까 싶었다. 안돼요, 아리가 모란을 말리기도 전에 현태가 술병을 뺏어 들었다. 그리고 모란의 술잔에 술을 채워주었다.

"지현태! 안 돼!"

"됐어. 내 차로 데려다주면 돼. 난 안 마셨으니까."

"너는 왜 안 마셨는데?"

적당히 술을 채워준 현태가 병을 놓으며 아리를 힐끗 바라보다, 바짝 익은 고기를 집어 그녀의 입에 쏙 집어 넣어주었다.

"술 좋아하는 한아리 집까지 데려다주려고. 왜, 불만이야?"

곧 수미와 효영의 입에서 꺅! 짤막한 탄성이 터져 나왔다. 수호는 씁쓸하게 웃으며 술잔을 꺾었고, 남자 직원 둘은 아랑곳하지 않은 채 고기를 먹는 데 열중했다.

"조오켔다!"

혀가 다 풀린 모란이 현태가 채워준 술잔을 입안으로 톡 털어 넣었다. 크! 모란에게서 탄성 비슷한 것이 터져 나왔다. 평소와 다른 모란의 모습에 모두가 그녀를 쳐다보았다. 흐트러짐 없는 나 팀장이 맞는지 놀란 표정을 짓고 있었다. 딱 한 사람, 준호를 제외하곤.

"나도…… 한때는 꿈꿨다?"

"술 마셔, 술. 신경 쓰지 마."

수호가 상황을 정리하려 했지만, 효영과 수미는 벌써 흥미진진한 표정으로 모란을 보고 있었다.

"강준호."

모란의 부름에 준호가 입에 가져다 대던 술잔을 멈춘 채, 그녀를 쳐다보았다. 붉게 물든 얼굴, 다 풀려 버린 눈. 그리고 풀어 헤쳐진 단정한 머리까지. 이렇게 흐트러진 모습은 오랜만에 보는 것 같다.

"야, 강준호."

다시 한 번 모란의 부름이 이어졌다. 날카로운 목소리였다.

"내가…… 생각을 해봤어."

혀가 꼬이고, 목소리가 어긋났다. 이어지는 깊은 한숨에 준호가 술을 넘겼다. 알싸한 향이 목을 타고 가슴으로 내려갔다.

"나 팀장님."

이대로 두면 안 되겠다 싶었는지, 아리가 다시 모란을 불렀다. 하지만 그녀는 이번에도 아리를 향해 고개를 저었다.

"쉿! 한 매니저, 쉿!"

모란이 거부하자, 현태가 아리의 손을 낚아챘다.

"놔둬. 두 사람 일은 두 사람이 풀어야지. 뭐, 보는 눈이 좀 많은 게 흠이다만."

현태의 말이 틀린 말은 아니었다. 효영과 수미야 제가 입단속을 시키고, 잘 설명을 해주면 되는 일이니까. 수호의 매장 직원들 역시 괜찮을 것이다.

다만 준호와 모란의 사이가 더 멀어질까, 그 생채기가 더 깊어질까 걱정됐다. 술이 진심을 말하는 데 도움을 준다지만 때로는 여과 없이 뱉어내게 해, 사람의 마음을 할퀴기도 하니까.

수호는 여전히 다른 사람들을 챙기기에 바빴다. 신경 쓰지 말고 술을 마셔라, 그렇게 말하며 그들의 시선을 돌려주었다. 그런 수호의 노력은 모란에게 전달되지 않는 모양이었다. 스스로 술잔을 채운 모란이 입안으로 술을 탁 털어 넣었다. 목으로 넘기며 미간이 좁아지고, 얼굴이 구겨졌다. 이윽고 풀린 눈에 억지로 힘을 주며 준호를 노려보았다.

"아무리 생각해도 말이야? 내가 그렇게…… 그렇게 만만한 사람이 아니거든. 너도 그렇게 생각하지?"

"나 팀장님."

모란을 부르는 준호의 목소리가 이어졌지만, 모란은 고개를 빠르게 저었다. 제 말을 끊은 게 화가 난 건지, 대답하지 않는 게 화가 난 건지. 모란이 준호를 향해 손을 쭉 뻗으며 자리에서 일어났다. 준호를 향한 외침이 제법 컸다.

"야! 네가 그렇게 잘났냐? 어? 네가 그렇게 잘났어?"

아리가 자리에서 일어나 모란을 말리려 해보았지만, 이미 술에 취한 사람을 이길 수 있을 리가 없었다. 모란은 아리를 뿌리친 채, 비틀거리는 걸음으로 준호를 향해 걸었다. 그러면서도 소리를 지르며 삿대질을 하는 건 멈추지 않았다.

"그렇게 잘났냐고! 네가! 어? 그렇게 잘나셨냐고!"

준호가 몸을 일으켰을 때, 발을 삐끗한 모란의 몸이 휘청거렸다. 잽싸게 손을 뻗은 준호가 그녀를 받쳐 주지 않았더라면, 당장 바닥에 헤딩했을지도 모르는 일이었다. 그의 품에 안기듯 부축받은 모란이 주먹을 작게 말아 쥐었다. 그리고 저를 받아준 그의 가슴팍을 쾅쾅 때리며 울기 시작했다.

"네가 그렇게 잘났냐고. 네가…… 네가 그렇게 잘난 놈이냐고!"

곧 모란의 울음소리가 이어졌다. 이제껏 마음에 쌓여 있던 것들이 모두 터진 모양이었다. 조용히 모란을 토닥여 주던 준호가 입을 열었다.

"못난 놈입니다. 그러니까 울지 마세요."

준호의 한 마디에 분위기가 자연스럽게 가라앉았다. 이미 모란과 준호의 소문을 알고 있던 그들은 이 상황이 당황스러운 모양이었다. 아리가 어쩔 줄 몰라 하자, 준호가 그녀를 향해 고개를 저었다. 괜찮아, 그의 입 모양이 아리를 안심하게 했다.

"놔둬. 준호 형이 알아서 하게."

현태 역시 아리를 말리며 아래로 잡아끌었다. 그의 손길은 목소리만큼이나 단호했다.

모란은 여전히 준호의 품에서 울음을 터뜨렸다. 간혹 다리에 힘이 풀리는 모습을 보이기도 했지만, 넘어지는 일은 없었다.

"모란 씨. 나가서 이야기해요. 네?"

"나쁜 놈, 또 네 마음대로 하지. 또 네 마음대로지!"

술에 취한 그녀에게 무슨 이야기가 들릴쏘냐. 모란은 준호를 밀쳐내려 애썼다. 가슴을 몇 번이나 두드리며 그를 탓했다. 나쁜 놈, 이 나쁜 놈. 원망 어린 목소리에 준호의 얼굴에 그늘이 드리웠다.

준호는 모란을 토닥이며 천천히 걸음을 내디뎠다. 잠깐 갔다 올게, 현태에게 조그맣게 속삭이며 문을 향해 걸어갔다. 따라나서지 않을 것 같던 모란도 순순히 준호와 함께했다. 온전히 술기운 탓인지 과연 저를 바라보는 시선을 느꼈기 때문인지는 모르지만.

모란과 준호가 식당을 나가는 순간까지, 아리의 시선은 둘에게서 떨어질 생각을 하지 않았다. 문이 열리고 닫히는 소리가 들렸을 때, 그제야 아리는 자리에 털썩 앉았다. 목 끝까지 차고 올라온 긴장에 말을 이어갈 수 없었다.

아휴, 한숨만이 이어지던 찰나 현태의 커다란 손이 그녀의 머리를 덮었다.

"잘했어."

갑작스러운 칭찬에 놀란 아리가 눈을 동그랗게 떴다.

"왜 갑자기 칭찬해?"

"뭐, 잘했으니 잘했다 말한 건데 안 돼?"

"그건 아니지만……."

머뭇거리는 아리의 모습을 쳐다보던 현태가 집게를 들어 불판의 고기를 뒤집었다. 그리고 긴 한숨과 함께 입을 열었다.

"네가 아니었으면 두 사람 이렇게 이야기할 일도 없었을 거고. 준호 형도 사과할 기회 없었을 거고……. 뭐 좀 지켜보는 눈이 많다만."

"어차피 우리 애들인데, 뭐."

"그래. 느이 애들이다."

현태가 피식 웃자 아리 역시도 미소를 지었다.

"나 정말…… 이번에는 잘한 걸까."

넌지시 던지는 아리의 질문에 현태가 주변을 살폈다. 지글지글 익고 있는 고기를 뒤집으며, 현태가 입을 달싹였다.

"뭐, 잘했다, 못했다 해주긴 싫었는데."

현태의 말에 아리가 눈을 흘겼다. 현태의 말을 이해하지 못하는 건 아니었다. 워낙 이런 일에 끼어드는 걸 싫어하는 사람이니 어쩔 수 없지. 입을 삐죽이는 아리의 모습을 보던 현태가 머리를 마구 헝클었다.

"오늘은 잘한 것 같다, 한아리."

다시 한 번 이어지는 '잘했다'라는 말에 아리가 입술을 꽉 눌렀다. 왜인지 모르지만, 울음이 터질 것 같았다. 현태에게 듣는 칭찬이 이렇게까지 좋을 줄이야 누가 알았을까. 꿋꿋이 눈물을 삼키며 술잔을 기울였을 때, 수미와 효영이 고개를 쏙 내밀어 아리를 쳐다보았다.

"언니, 언니!"

잔뜩 신이 난 표정이 어째 심상치 않았다.

"우리 궁금한 거 있어요."

저들끼리 무언가를 쑥덕대는 것이 영 불안하다 싶더라니. 평소 같았으면 대답하지 않겠다며 넘어갔을 텐데, 술이 들어간 탓에 고개를 끄덕였다.

"그래. 뭔데?"

더불어 모란과 준호의 일에서 다른 화제로 돌릴 수만 있다면 어떤 질문이든 상관없을 것 같았다.

"있잖아요."

"그러니까."

효영과 수미가 한 마디씩 뱉고는 서로를 쳐다보았다. 머뭇거리는 모습이 영 불안했지만, 인제 와서 대답하지 못하겠다고 할 수는 없었다. 한참 고민하는가 싶더니, 효영이 슬쩍 입을 열었다.

"만약에 현태 오빠랑 수호 매니저님이랑 둘 중에 한 사람만 선택하라고 하면 누구예요?"

수미의 물음에 아리가 놀라 눈을 크게 떴다. 현태는 못 들은 척 고기를 굽느라 바빴고, 수호도 놀란 얼굴이 되어서는 수미와 효영을 힐끗거렸다. 아리만큼이나 두 사람도 놀란 모양이었다.
"너희는 진짜 물어볼 것도 없다."
툴툴거리던 현태가 바짝 익은 고기 몇 점을 집어 두 사람의 접시에 놓아주었다.
"너무 아리만 생각하고 묻는 거 아니냐?"
"왜요? 우리 언니가 어때서?"
"그러게, 우리 언니가 어때서요?"
눈을 동그랗게 뜨고 묻는 효영과 수미 때문에 현태는 아무런 말도 못 하고 마음에도 없는 헛웃음을 터뜨려야 했다. 여기에서 사실대로 말한다면 과연 아리는 무어라 말할까 궁금했다. 술에 취했다며 넘겨 버릴까, 그게 아니라면 붉게 달아오른 얼굴을 한 채 부끄러워할까.
어찌 되었든 그녀의 반응이 궁금했다. 괜한 소리를 하긴 했지만, 누굴 택할는지 궁금하지 않은 건 아니었다. 고기를 구우면서도 귀는 활짝 열려 있었다. 누굴 택할래, 한아리?
그건 수호 역시도 마찬가지였다. 기대는 하지 않으려 했지만, 반짝거리는 눈은 숨기지 못한 채 아리를 향해 있었다.
"왜 갑자기 그런 걸 물어봐?"
아리는 곤란한 듯 대답했지만, 효영과 수미는 물러날 생각이 없어 보였다.
"그리고 선택지가 왜 둘뿐이야? 너무 협소한 거 아니야?"
"언니가 평소에 두 사람이랑 자주 다니니까 그렇죠."
"맞아. 비교할 대상이 없는 건, 언니가 그렇게 다니니까 그런 거예요."
효영과 수미의 말에 아리가 어색하게 웃었다. 차라리 술이라도 거나하게 취했으면 술김에 아무 말이라도 던졌을 텐데. 야속하게 술기운은 조금도 올라오지 않았다. 아주 개운하고 말끔한 맨정신이었다.

"아냐, 대답하지 마. 아리야."

그때, 수호의 목소리가 들렸다. 동시에 그들의 시선이 수호에게로 돌아갔다. 왜? 효영과 수미의 눈이 동그래졌다.

"둘 다 아니든, 한쪽이 아니든. 아리도, 우리도 얼마나 민망하고 곤란하겠어. 아리도, 우리도 똑같이."

안 그래? 수호의 부드러운 목소리에 효영과 수미는 아무런 말도 할 수 없었다. 그건 그렇네요, 금세 수긍하며 세 사람의 눈치를 보았다. 미안하다 중얼거리는 효영과 수미의 모습에 아리가 괜찮다며 고개를 저었다. 수호가 아리를 향해 눈을 찡긋거렸다. 고마워요. 작게 속삭이는 그녀의 목소리를 들었는지 알 수 없지만.

술자리는 계속되었다. 분위기를 띄우려는 수호 덕분에 자리는 금세 시끌벅적하게 바뀔 수 있었다. 하지만 오묘한 질문 탓이었을까, 아리와 현태 그리고 수호의 마음은 계속 울렁거리고 있었다.

누굴 선택했을까, 차마 뱉지 못한 질문만이 입술 끝에서 맴돌았다.

❀

문이 열리고, 닫히는 소리가 들렸다. 저와 모란의 이야기를 모두 아는 이들과의 단절을 느낀 순간, 사방이 고요해졌다. 찬바람이 콧속으로 잔뜩 스며들었다. 들숨에서 날숨으로 이어지는 행동에 머리가 맑아지는 기분이었다.

"저기 앉으면 되겠네요."

준호는 모란을 가게의 옆에 있는 작은 벤치로 데려갔다. 모란을 먼저 앉힌 뒤, 저 역시 그 옆에 자리를 잡았다. 고개를 들어 하늘을 올려다보니, 반짝거리는 별님이 넓게 펼쳐져 있었다. 살랑살랑 불어오는 바람도, 반짝거리는 별님도 꼭 저를 응원해 주는 것만 같았다.

"모란 씨."

준호의 부름에 술에 취해 흐트러진 모란의 눈빛이 그를 향했다. 준호의 눈은 여전히 하늘을 올려다보고 있었다. 모란은 지금 이게 꿈이 아닐까, 생각했다. 이렇게 준호와 아무렇지 않게 이야기를 나누고, 그가 자신의 이름을 부르는 건 현실일 리가 없는데. 꿈이라 생각해 용기가 생긴 걸까, 모란이 손을 뻗어 준호의 얼굴을 어루만졌다. 손끝으로 준호의 살갗이 느껴지자 활짝 미소를 그렸다.

"오빠네요."

갑작스러운 모란의 목소리에 놀란 준호가 고개를 돌렸다. 그곳에는 술에 취해 웃고 있는 모란의 얼굴이 있었다. 오빠네요, 같은 말을 반복하며 웃는 그녀가 얼마나 예쁜지 차마 말로 표현할 수 없었다. 언제부터 이 웃음을 볼 수 없었을까. 기억은 나지 않지만, 그리 짧은 시간은 아니었다. 물론 그렇다 해서 길고 긴 시간도 아니었지만.

준호는 그녀의 손을 조심스레 맞잡았다. 떨리고 있었다. 그녀의 손을 맞잡은 손이, 마음이 쉴 새 없이 떨리고 있던 탓에 정신이 하나도 없다.

"오늘 꿈은 좀 이상하다."

의아하다는 모란의 말에 심장이 터질 것처럼 뛰었다. 더불어 제 손을 살살 어루만지는 모란의 부드러운 손길에 호흡이 곤란해질 정도로 설레기 시작했다.

"이렇게 만지면…… 사라졌으면서."

모란은 꼭 울 것 같은 표정을 지었다. 고개를 갸웃 기울이며 준호의 얼굴에서 손을 떼지 못했다.

"모란 씨."
준호가 그녀를 부르자, 동그란 눈에 그렁그렁 눈물이 맺혔다. 무슨 꿈속을 헤매기에, 그녀의 이름을 부른 것만으로도 눈에 눈물이 고인 걸까.
꿈속의 저는, 얼마나 나쁜 놈이었을까.
"미안해요."
나지막이 새어 나오는 준호의 사과에 모란의 두 눈에 고여 있던 눈물이 아래로 똑 떨어졌다. 눈물에 당황한 건 사실이었지만, 말을 할까 말까 고민했다. 입을 여는 순간, 그의 진심이 모란에게는 상처로 돌아갈 것 같아 두려웠다. 어쩐지 입이 생각대로 움직이지 않았다. 간신히 입을 움직여 그녀에게 제 진심을 전할 수 있었다.
"미안해요. 그때…… 모란 씨가 나로 인해서 괜히 곤란해지는 일이 생길 것 같아서 미안했어요. 나보다 모란 씨가 이상한 사람이 될까 무서웠어요. 그래서 도망쳤어요. 그래서…… 겁쟁이처럼 도망 왔어요."
너무 늦게 말했다는 걸 알고 있다. 지금 이 말을 하는 시기 역시 적절치 않다는 것도 알고 있고. 많은 길을 돌아왔다는 걸 알고 있기에 더욱 마음이 무거웠다. 마음에 두는 것과 입술에 담아 말로 표현하는 건 매우 다를 것이다. 후자를 택했지만, 이게 옳은 방법인지 여전히 알 수 없었다.
모란은 대답이 없었다. 하지만 준호는 그런 그녀를 탓할 생각도, 원망할 생각도 없었다. 어쩔 수 없겠거니 생각하며 되레 저를 탓할 뿐. 너무 많이 돌아오고, 너무 멀리 걸어왔다. 진즉 이렇게 손을 잡았더라면 그리 멀어지지 않아도 됐을 텐데.
"꿈……."
모란이 입을 달싹였다. 가느다랗게 새어 나온 숨소리와 함께 그녀의 한 마디가 톡 튀어나왔다.

“꿈이…… 맞네요.”

“꿈이었으면 좋겠어요?”

“꿈이 아니면…… 꿈이 아니라면, 오빠가 나에게 이런 말을 할 리가 없잖아요.”

모란의 눈에 다시금 눈물이 글썽이기 시작했다. 이런 말을 할 리가 없다고 몇 번이나 중얼거리더니, 이내 고개를 휙 돌려 버렸다. 꿈이 아니라 말하면 참 좋을 텐데. 그 말을 전해주기엔 자신이 모란에게 너무나 멀리 와 있다는 것을 잘 알고 있다.

등을 휙 돌려 버린 모란을 향해 손을 뻗었지만, 그 끝은 모란에게 닿지 못했다. 멈칫하는 순간, 울음에 젖은 목소리가 다시금 귀에 맴돌았다.

꿈이 아니라면 할 리가 없다는 말.

지금 이 순간 역시 지나고 나면, 그녀에게는 다시 상처가 될 수 있다는 생각이 들었다. 아무리 술에 취했다 해도, 아예 기억을 잃지는 않을 테니까. 용기를 내기로 했다. 지금 멈추어 선다면 끝까지 후회할지도 모른다는 생각이 들었다.

“모란 씨.”

준호의 부름에 모란의 어깨가 움찔거렸다. 찬바람이 부는 것도 아닌데 몸이 떨렸다. 그 모습이 안쓰럽다.

“안아줘도 돼요?”

정적이 이어졌다. 고민하는 듯하던 모란이 천천히 고개를 끄덕이자, 준호가 손을 뻗었다. 그리고 그녀의 어깨를 살며시 잡아당겼다. 그는 모란을 품 안으로 끌어당기며 숨을 크게 들이마시고 멈추었다. 제 심장 소리가 그녀에게 닿을 수 있도록.

"들려요?"

모란이 고개를 끄덕였다. 제 등을 토닥이는 준호의 손길에 기분이 좋아, 두 눈을 지그시 내리감았다.

"꿈이 아니에요."

곧 그녀의 두 눈이 휘둥그레졌다. 쿵쿵. 쿵쿵. 귓가로 들려오는 미세한 심장 소리에 제 박동마저도 함께 빨라지는 기분이었다.

"내가 모란 씨를 안고 있는 것도. 모란 씨에게 뒤늦게 사과를 한 것도. 모두…… 꿈 아니에요."

준호의 침착한 목소리에도 불구하고 모란의 눈동자가 흔들렸다. 믿기지 않는다는 듯, 그를 빤히 쳐다보던 모란이 손을 뻗었다. 확인이라도 하고 싶은 건지, 준호의 뺨을 어루만졌다. 손끝으로 닿는 그의 살갗에 놀라 몸을 벌떡 일으켰다.

꿈이 아니라는 걸 이제야 느낀 걸까, 당황한 얼굴이 하얗게 질렸다.

"미, 미안해요. 술을 너무 많이 마셨나 봐요."

이렇게 술이 한 번에 깨는 느낌을 받게 될 줄이야. 준호에게서 몸을 뗀 모란은 머리를 쓸어 넘기며 마음을 추스르기에 바빴다. 옷가지마저 모두 정돈하고 다시 준호를 쳐다본 뒤에야 창피함이 밀려왔다. 무슨 말을 했더라, 어떤 표정을 지었더라. 있는 힘껏 떠올려 보았지만, 아무것도 생각나지 않았다.

민망한 마음에 애꿎은 머리만 몇 번을 넘기는 건지 모르겠다.

"오늘 일은."

"없었던 일 싫어요."

제 마음을 읽은 듯 대답하는 준호의 모습에 모란이 깜짝 놀라 고개를 돌렸다. 그는 아무런 표정을 짓지 않았다. 덤덤히 그녀를 쳐다보는 눈동자에 서려 있는 건, 그의 굳은 진심이었다.

"강준호 씨."

"진심입니다."

준호는 주먹을 꽉 쥐었다. 어쩌면 기회는 지금밖에 없을 것 같다는 생각이 들었다.

"변명으로밖에 들리지 않을 거라는 거 잘 알고 있습니다. 도망친 거 맞아요. 하지만…… 정말 모란 씨에게 해가 될까 도망친 겁니다. 나를 위해 그런 게 아니에요. 물론 그마저도 변명이겠지만……."

미안합니다. 나지막이 떨어지는 준호의 목소리에 모란의 눈꺼풀이 떨렸다. 무미건조한 그녀의 눈빛에 준호가 눈을 질끈 감았다가 떴다.

"용서를 바라는 거예요?"

모란의 목소리는 아무런 감정이 느껴지지 않았다. 날이 잔뜩 서 있지도 않았고, 부드럽게 흐르고 있지도 않았다. 건조하기 짝이 없는 겨울바람을 닮아 있었다. 불어오는 찰나에 온몸이 꽁꽁 얼어버릴 것 같은, 그런 겨울바람.

하지만 그녀를 그렇게 만든 건 어리석었던 지난날의 강준호다. 모르는 게 아니니 할 말이 없다. 그저 용서도 바라지 않은 채, 미안한 마음을 전할 뿐.

"아니요. 그런 거 아닙니다."

"그러면요?"

"미안하다는 말을…… 전하고 싶었습니다. 미안합니다. 모란 씨."

간절한 준호의 목소리에도 그녀는 표정의 변화 하나 없었다. 묵묵히 준호를 바라보던 모란의 눈동자가 저 앞쪽을 향했다. 침묵은 계속되었다. 누가 먼저 입을 열지도 않았고, 운을 떼지도 않는 숨 막히는 정적이 이어졌다.

"처음엔 미워했어요."

그걸 깨뜨린 건, 여전히 건조하기 짝이 없는 모란의 목소리였다. 바람의 습기가 없었다면, 아마 모란의 목소리에 목이 바짝 말라붙었을지도 모른다고 생각했다.

"시간이 지나니 이해는 되더라고요."

그녀의 시선이 준호에게 돌아왔다.

"왜 그때 그렇게 멀어져야 했는지. 아무 사이도 아닌 척, 돌아서야 했는지."

모란의 말에 준호가 입술을 꾹 눌렀다. 미안하다는 말 외에는 할 말이 없었다. 사실 그 어떤 이야기를 해도 용서받지 못할 거라는 생각 역시 변하지 않았다.

"알고 나니까 더 마음이 복잡했어요. 이 감정이 뚜렷하지 않아서 심통이 났어요. 그래서 그렇게 오빠를 괴롭혔고."

준호는 아무런 말도 하지 못했다. 어떤 말을 해야 좋을지 알 수 없었다. 이도 저도 하지 못한 채 우물쭈물하던 그때였다.

"여전히 나한테 미안할 일이 생길 것 같아요?"

넌지시 묻는 모란의 질문에 준호가 고개를 도리도리 저었다. 그때와 지금은 다르다. 비록 몇 년 지나지 않았지만, 저 스스로 인정을 받기 위해 노력했으니까.

"그럼…… 아직도 내가 마음에 있어요?"

가슴이 소란스러워졌다. 눈앞을 스쳐 가는 바람이 꼭 그의 마음에서 톡 튀어나온 것처럼 요란스럽게 떠들었다.

"그러니까 아직도……."

"네. 저는 아직 모란 씨 좋아합니다."

처음으로 모란에게 해본 고백이었다. 이전에는 수줍어 차마 하지 못했던 말이 이제야 튀어나올 수 있었다. 쿵쿵, 정신없이 뛰어대는 마음을 애써 가라앉힌 뒤 다시 입을 열었다. 어떤 목소리일지, 어떤 표정일지 잔뜩 긴장 한 탓에 신경 쓸 수조차 없다.

"그날 이후로 한 번도 모란 씨에 대한 마음 변한 적 없습니다. 혼자 좋아하는 일로 만족하자고, 그걸로 됐다고 저를 다잡긴 했지만……."

잠시 당황하던 모란이 아랫입술을 꽉 씹었다. 괜히 울음이 터져 나올 것 같았다. 숨을 꾹 참은 채 다시 입을 열려고 할 때, 준호가 그녀의 손을 꽉 붙잡았다.

"처음부터…… 처음부터 다시 하고 싶습니다. 이번엔 제가 다가갈 테니까."

준호의 말이 채 끝나기도 전에, 모란은 두 팔을 뻗어 그에게 안겼다. 품에 와락 안긴 그녀가 준호의 가슴팍에 얼굴을 묻었다.

"기다렸잖아요."

모란의 말에 준호의 입가에 미소가 그려졌다. 고맙다는 말을 속으로 삼키며 그녀를 더욱 세게 끌어안았다. 별빛이 만개한 밤, 두 사람의 가슴 속 캔디가 유독 붉게 반짝이고 있었다.

❁

자정이 다 되어서야 술자리는 끝났다. 효영은 수미의 집에서 자고 출근하겠다며 그녀와 함께 떠났고, 수호의 매장 직원 둘 역시 알아서 들어가겠다며 그들을 떠났다. 아리와 현태 그리고 수호만이 가게 앞에 덩그러니 남았다.

"준호 오빠랑 모란 팀장님이 없네?"

"알아서 갔겠지. 둘 다 성인인데 뭘 걱정해."

"그래, 아리야. 알아서 할 거야. 준호 형 나쁜 사람 아닌 거 알잖아."

수호와 현태의 말에 아리가 고개를 끄덕였다. 준호가 나쁜 사람이기에 걱정을 하는 건 아니었다. 그저 두 사람의 응어리가 잘 풀렸는지, 모두 풀리진 않더라도 조금이나마 희석이 되었는지 궁금할 따름이었다.

어디로 갔을까. 아리가 여러 갈래로 갈라진 길을 죽 훑어보던 그때, 현태가 그녀의 손목을 낚아챘다.

"가자."

현태가 아리를 잡아당기자 수호가 아리의 반대쪽 손을 붙잡았다.

"어차피 갈 거면, 같이 가자. 나도 혼자 가기 무서운데."

수호의 말에 현태가 미간을 찌푸렸다. 아리의 손목을 잡은 그의 손과 얼굴을 번갈아 보며 싫다는 티를 팍팍 내고 있었다.

"그래, 현태야. 어차피 이렇게 된 거 같이 가자. 밤길인데 둘보다 셋이 더 낫잖아."

응? 보채는 듯 묻는 아리 때문에 현태는 더는 싫다는 티를 낼 수 없었다. 적어도 아리에게는 쪼잔한 사람이 되고 싶지 않아서 입을 다물 뿐.

"그럽시다. 단, 아리 먼저 데려다줄 거니까 그렇게 알고 계세요."

"나도 데려다주는 거야?"

"강 매니저님은 아리네 집 근처에서 택시 타고 들어가십쇼."

"이야, 매정해. 현태 너무 매정해."

수호가 우는 척을 하자 현태가 정색했다. 잔뜩 좁아진 미간에 불거진 핏줄이 더해졌다. 그런 두 사람을 바라보던 아리가 피식 웃음을 터뜨렸다. 근래 들어 가까워지는 두 사람의 모습이 퍽 보기 좋았다.

이젠 둘이 술잔을 기울이러 간다 해도 이상하지 않을 것 같았다. 물론 그렇게 되려면 충분한 시간이 필요하겠지만.

"자, 이제 가요. 빨리 가서 자야 내일 지각을 안 하지."

아리는 두 사람의 사이로 끼어들어 양쪽에 팔짱을 꼈다. 웃고 있는 얼굴이 꼭 꽃이 핀 것처럼 해사했다.

"근데 준호 오빠도, 모란 팀장님도 진짜 대단하다."

"왜?"

"그렇잖아요. 좋아하는 걸 그렇게 숨기고 지냈다는 건데. 하루 이틀도 아니고……. 어떻게 그럴 수 있지?"

수호는 아리를 유심히 쳐다보다, 저 앞으로 펼쳐진 밤의 풍경을 감상했다.

"그만큼 서로가 소중하니까 그런 거 아닐까?"

현태의 시선이 수호에게 돌아갔다. 꼭 저를 향해 말하는 것 같아 어쩐지 기분이 이상했다. 아리 역시도 마찬가지였다. 수호가 아무것도 모르고 있다지만, 괜히 저에게 하는 말 같이 느껴졌다.

"둘은 이미 한 번 드러나서 서로에게 상처가 된 적이 있었잖아. 겉으로는 자신을 위함이라 해도, 속으로는 상대가 상처받지 않을까 걱정했을 거야."

"어떻게 알아요?"

"음…… 느낌?"

수호가 웃으며 어깨를 으쓱거리자 아리가 입술을 꾹 눌렀다. 그렇구나, 고개를 끄덕이며 밤의 찬 공기를 폐부로 깊숙이 밀어 넣었다.

"아리도 누구 좋아하면 숨기는 편이야?"

수호의 갑작스러운 질문이었다. 놀란 아리가 입을 벙끗거리자, 그가 어색하게 웃으며 머리를 긁적였다.

"아니, 그냥 궁금해서. 나는 잘 숨기지 못하는 편이거든. 조절하긴 하지만 상대방이 꼭 알아차리게 돼. 너무 티를 내나 봐."

그가 먼저 이야기를 했으니, 말해주고 싶지 않다 피할 수 없는 노릇이었다. 하지만 말을 하려니, 현태의 눈치가 보였다. 머뭇거리던 아리가 현태를 힐끗 쳐다보다 입을 열었다. 모기만 한 목소리였지만, 주변으로 정적이 흐르는 탓에 아주 선명하게 전달되었다.

"잘 숨기기도 하고, 못 숨기기도 해요. 상대가 누구냐에 따라서 좀 달라지니까……."

"그렇구나. 그럼 현태는? 현태는 어때?"

"제가 너무 편해지신 모양입니다."

"응. 엄청. 그래서 현태 너는 어떤데?"

다시 묻는 수호의 목소리에 현태가 한숨을 푹 쉬었다. 그 역시 아리를 힐끗 쳐다보았다. 그리고 다시 앞을 바라보며 숨을 가다듬었다. 심장이 쿵쿵 뛰어 미칠 지경이었다. 괜한 말로 아리에게 제 마음을 들키기라도 할까 봐 겁이 났다.

자칫 잘못했다간, 이 순간조차 두 번 다시 오지 않을 것이다. 마음을 숨기는 데에는 이골이 날 정도로 익숙했지만, 이런 갑작스러운 순간엔 늘 긴장하게 된다. 심호흡하던 그가 어깨를 으쓱거리며 수호를 바라보았다.

"저는 엄청 잘 숨긴다고 생각하는데, 주변에서는 다 티가 난다고 하더라고요. 그런데 웃긴 건 상대방만 몰라요. 늘 그럽니다."

알아주길 바라는 마음에 그런 건 아니었지만, 어찌 되었든 아리를 향한 말이었다. 그 사실은 수호 역시도 알고 있었다. 그의 캔디가 평소보다 더욱 붉게 물들어 가슴 속을 여기저기 뛰어다니고 있었으니까.

"그래? 현태 네가 그랬어? 난 왜 몰랐지…… 학교 다닐 때도 있었어? 그런 사람?"

눈치 없이 묻는 아리에게 현태는 몰라, 중얼거렸다. 바닥으로 떨어지는 그의 목소리가 쓸쓸하기 짝이 없었다. 다시 한 번 아리가 물어보려 할 때, 현태가 그녀에게서 떨어졌다. 주차장에 다다른 탓이었지만, 대답을 회피하기 위한 것도 있었다.

"여기서 기다려. 차 갖고 내려올게."

그렇게 말한 뒤, 현태는 두 사람에게서 멀어져 주차장으로 들어갔다. 사라지는 현태의 뒷모습을 지켜보던 아리의 눈이 길게 늘어졌다.

"숨기지 못한다……. 상대만 모른다……."

주차장에서 나온 현태의 차를 타면서도 아리는 연신 머리를 굴리느라 정신이 없었다. 그런 사람이 있었는가에 대한 질문의 답을 찾느라 몇 번이나 과거를 되짚었다. 그런 사람이 없었다는 답이 내려질 때즈음엔, 숨기지 못하는 모습을 본 적이 있는지 생각해 보았다.

하지만 결론은 늘 같았다. 한 번도 그런 그의 모습을 본 적이 없었다. 제가 관심이 없어 그런 것일지도 모르지만.

궁금증으로 이어지는 밤이 지나갔다. 현태는 늘 그렇듯 아리를 집까지 데려다줬고, 수호와 함께 그녀의 집 앞을 떠났다.

하지만 아리는 평소처럼 그에게 끈질기게 물어볼 수 없었다. 어쩐지 그러고 싶지 않았다. 괜히 대답을 들어 우울해지면 어쩌나, 하는 걱정이었다. 씻고 나와 침대에 누워 천장을 올려다보았다. 규칙적으로 배열된 섬세한 무늬를 보며 한숨을 푹 내쉬었다.

"왜 궁금한 건데?"

눈을 동그랗게 뜬 아리가 물었다. 저에게 던지는 질문이었다.

"그래서, 알고 나면 뭐가 달라져?"

아니, 달라지는 건 없어. 바로 받아치는 제 모습이 우습다. 답은 알고 있으면서 왜 이렇게 그의 대답을 듣지 못해 안달이 나 있는 걸까.

"그래, 없어. 그런데 왜 자꾸 알려고 해?"

궁금하니까. 돌아오는 대답은 한결같다. 그리고 떨쳐 낼 수 없을 정도로 강했다. 한숨을 푹 내쉬던 아리가 두 손으로 얼굴을 가렸다.

"쓸쓸할 거면서."

그러니까. 중얼거리는 그녀의 목소리가 미세하게 떨렸다.

"괜히 상처받을 거면서."

돌아오는 대답은 없었다. 상처받지 않을 거라는 말도, 상처받을 것을 알고 있다는 말도. 깊은 침묵과 정적만이 그녀의 곁을 스쳐 갈 뿐이었다. 아리는 얼굴을 가리고 있던 손을 천천히 내리며 창밖을 내다보았다.

어두운 밤하늘에 휘영청 뜬 달님이 유독 환하게 빛나고 있었다.

"그냥 자야겠지?"

돌아오는 대답은 없었지만, 아리는 한숨을 푹 내쉬며 눈을 감았다. 그래, 잠이나 자자. 중얼거리는 목소리가 어쩐지 서글퍼 보였다. 상대만 모르는 반응, 숨길 수 없는 마음. 현태가 툭 내던진 것들을 중얼거리던 아리의 입술에 근심이 가득 담겨 있던 밤이었다.

❂

현태는 수호를 태운 채 긴 도로를 하염없이 달렸다. 그의 집까지 갈 생각은 없었다. 집으로 돌아가는 길과 수호의 집으로 가는 길의 갈림길이 나오면 꼭 세워주리라 다짐하고 있을 뿐이었다. 텅 빈 도로에서 스쳐 가는 바람 소리가 거칠게 들렸을 때, 수호가 한숨을 내쉬었다.

"현태 너도 고생이다."

"별로 그런 생각은 안 합니다."

"참을성 좋네. 나 같으면 확 질러 버렸을 텐데."

뒤쪽에서 들리는 수호의 말이 거슬렸다. 숨을 크게 들이마시고 내뱉어야 하는데, 무언가 코에서 콱 막히는 기분이었다. 들이마시는 것까지는 어렵지 않았는데 내뱉는 게 영 쉽지 않다. 꼭 아리를 대하는 제 마음 같았다.

하, 일부러 한숨을 내뱉듯 숨을 터뜨렸다.

"지르고 나면 좋아지는 게 있습니까?"

갑작스러운 물음이었지만, 그게 나쁘진 않은 모양이었다. 하지만 어떤 대답을 줘야 할지 몰라 머뭇거리게 됐다. 수호는 머리를 굴리며 수많은 답을 찾기 위해 노력했다. 친구 사이에서 연인이 되는 것, 그녀가 제 행동을 의식하기 시작하는 것. 그리고 저와 대등하게 그녀에게 어필할 수 있는 것.

수많은 경우가 떠올랐지만 그건 그저 수호의 생각일 뿐이었다.

"아리와 저는 오랜 친구입니다. 어릴 때 사진에서 서로를 찾아보는 게 더 쉬울 정도로 말이에요."

생각보다 더 깊은 사이구나 싶었다. 저들은 친구라 말을 할지언정, 남들의 시선에서는 그저 친구 사이로만 보이지 않을 텐데 모르는 걸까. 물론 수호는 그런 사이가 되지 않기를 바라고 있었지만 말이다.

"그래요. 말이 좋아 용기입니다. 그 용기를 갖고 내가 한아리에게 고백했어요. 질러서 내 마음 전달했어요. 그런데 한아리가 나를 친구 이상으로 생각하지 않는다 하면요."

수호는 아무 말을 할 수 없었다. 오래전, 같은 학교 친구를 좋아할 때 수호 역시 현태와 같은 고민을 했었다. 끝도 없는 고민의 답은 언제나 같았다.

"우리는 지금과 같은 모습으로 절대 돌아올 수 없습니다."

예전과도 같은 사이는커녕 평범한 친구만도 못한, 애매한 사이가 되겠지.

"제가 거절당하는 건 상관없습니다. 꼭 이루어진다는 생각은 하지 않으니까요. 하지만……."

현태는 대답을 머뭇거렸다. 그리고 다시 한 번 자신이 뱉은 말을 되새겼다. 차이는 건 상관없다. 그녀에게 미안하다는 말을 들어도 괜찮을 것이다. 이루어지지 않을 가능성이 크다는 건, 오래 안고 달려온 마음속 이야기였으니까.

"고백 이후 아리의 미래에 제가 더 이상 존재하지 않을까 봐, 그게 두려운 겁니다."

중얼거리는 현태의 목소리에 수호가 쯧, 혀를 차며 창밖을 쳐다보았다. 공유할 수 있는 추억과 이야기만큼이나 소중한 게 또 어디 있을까. 추억의 대상이 좋아하는 사람이라면 그 애틋함은 배가 되겠지. 비로소 현태의 고민을 이해할 수 있었다.

얼마 가지 않아 저 앞으로 택시정류장이 보였다. 수호가 내려달라고 하기 전에, 현태의 차가 택시정류장에 멈추었다. 평소였다면 매정하다며 우는 소리를 냈을 수호가 생각보다 순순히 차에서 내렸다. 탁, 문을 닫기 무섭게 창문에 손을 올렸다.

"너무 머뭇거리지는 마."

"뭘요?"

말을 할까 말까, 고민하던 수호가 씩 미소를 지었다.

"괜히 고민하다 어설픈 놈이 채가게 두지 말란 말이야."

그 어설픈 놈이 나일지도 모르고. 수호의 말에 현태는 아무런 대답이 없었다. 둘은 그렇게 기나긴 정적을 지켰다. 수호가 창문에서 손을 떼고, 잘 가라는 인사를 전하자 현태는 빠르게 차를 출발시켰다.

멀어지는 어설픈 놈과 머뭇거리는 놈의 머리가 복잡해지고 있었다.

어슴푸레한 새벽이 다가왔다. 현태는 자리에 누워 눈을 깜빡거렸다. 수호를 내려주고 집으로 오는 내내, 그에게 했던 제 말을 몇 번이나 되새겼다. 이루어진다는 생각을 해본 적은 없었다. 단 한 번도 그런 희망을 품고 지내본 적도 없다. 가장 친한 친구, 마음을 알아주는 유일한 친구. 그러한 존재로 남기만 한다면 바랄 것이 없었다.

하지만 시간이 지나 아리의 가치를 알아보는 사람이 하나둘 늘어날 때마다 어쩐지 조바심이 생겼다. 예를 들면 수호라든가, 수호라는 사람이라든가, 수호라는 남자라든가.

묵묵히 천장을 올려다보던 현태의 눈에 아리의 모습이 아른거렸다.

"현태야!"

가장 친한 친구끼리는 성을 붙이지 않는 거라며, 되지도 않는 말을 했던 때가 벌써 십 년 전이었다. 그때, 현태는 너와 내가 가장 친한 친구냐 핀잔을 주었었다. 차라리 그 시절에 고백했다면 좋았을까.

중얼거리던 그때, 자기도 모르게 입이 달싹거렸다.

"좋아해."

그리고 차마 입 밖으로 내본 적 없는 말이 툭 튀어나왔다. 어슴푸레한 새벽의 빛이 창으로 쏟아져 그의 얼굴에 퍼졌다. 돌아오는 대답은 없었지만 어쩐지 마음이 꽉 차오르는 기분이었다. 한 번도 꺼내지 못한 이야기를 이렇게 꺼내는 것도 나쁜 건 아니구나.

"좋아한다고."

하, 짤막한 숨을 뱉었던 그 찰나였다. 머리맡에서 울리는 진동에 깜짝 놀란 현태가 몸을 일으켰다.

〈일어났어?〉

도둑이 제 발 저리는 꼴이었다. 메시지라 다행이라 가슴을 쓸어내리며 흠흠, 헛기침 했다. 어쩐 일인지 일찍 일어난 아리의 연락이었다.

〈응. 일어났어. 웬일로 지금 일어나 있어?〉

눈에 훤했다. 침대에 딱 붙어 이불에서 나오지도 못한 채 핸드폰을 두드리고 있겠지. 침대가 너무 좋아, 중얼거리고 있을지도 모른다. 그래도 출근하는 건 좋아하면서. 키득키득 웃고 있던 그 찰나, 도착한 메시지에 머리가 아득해지는 기분이 들었다.

〈나 지금 너희 집 다 왔어. 아침 먹고 가려고.〉

"뭐?"

자리에서 벌떡 일어난 현태가 눈을 깜빡거렸다. 쿵쿵. 가슴이 뛰는 소리가 귓가에서 들리고 있었다.

몇 년 전까지만 해도 아리가 집에 와 아침을 먹는 게 이상한 일이 아니었다. 부모님도 좋아하셨었는데, 어떤 이유에서인지 걸음이 뚝 끊기고 말았다. 몇 년째 그 이유를 생각해 보려 하지만, 뚜렷하게 답이 나오지 않았다.

〈아파트 앞에서 내렸어. 택시비 많이 올랐네.〉

아리의 마지막 메시지에 더는 생각할 시간이 없었다. 자리에서 벌떡 일어나 문을 열었다.

"엄마, 아침……."

아침은 언제 다 되냐 물어보려고 했는데, 식탁에 앉은 부모님의 모습에 입을 꾹 다물었다. 생각보다 일찍 일어났다 느꼈는데, 아니었나 보다.

"아침 먹으러 온대."

"누가?"

"아리가. 지금 아파트 앞이래."

"어머, 잘됐네. 어쩐지 오늘따라 갈비찜을 좀 하고 싶더라니."

곧 엄마의 콧노래가 들렸다. 어서 씻고 오라는 아빠의 말에 현태가 고개를 끄덕였다. 터덜터덜 걸어가 욕실에 들어간 순간, 아리가 왔는지 초인종 누르는 소리가 들렸다. 문이 열리고, 그녀를 반기는 엄마의 목소리와 아빠의 목소리까지 들렸다.

이 당연하다 느껴지는 일들에 가슴이 뛰었다. 샤워를 하는 내내 갑작스러운 아리의 행동에 놀란 마음이 좀처럼 진정되지 않았다. 그가 욕실 밖으로 나갔을 때는, 아리가 벌써 밥 한 그릇을 비운 뒤였다.

"너는 안 먹어?"

"응. 속이 안 좋아서."

조금이라도 먹으라는 엄마의 말을 뒤로한 채 잽싸게 방으로 들어갔다. 탁, 닫힌 문을 빤히 쳐다보던 현태가 한숨을 푹 내쉬었다.

평소처럼 하면 되는데. 평소처럼 해야 했는데. 갑작스러운 아리의 방문으로 괜히 이도 저도 못 하는 꼴이 되어버렸다. 잔뜩 긴장하고 들떠서 평정심을 찾지 못하는 모습이라니. 전혀 지현태다운 모습이 아니었다. 평정심을 되찾자며 중얼거리던 현태가 출근 준비를 시작했다. 그러다 문득 아리가 사다 준 로션 세트가 눈에 들어왔다.

"이거 내가 좋아하는 향이야."

그렇게 말하며 웃던 아리에게 뭐라 했더라. 여자친구도 아닌데 왜 네가 좋아하는 향을 써야 하냐며 핀잔을 주었었지. 지금 생각하면 참 다행이다 싶은데 말이다.

"왜? 너는 별로야? 나는 좋은데."

입가에 번지는 미소를 꾹 눌러 참으며 로션 병을 손에 들었을 때, 벌컥 문이 열리며 익숙한 목소리가 들렸다.

"아직까지 준비 안 하고 뭐 했어? 일찍 일어났다며!"

"나도 좋아!"

아, 망했다.

아리도 놀란 건지 눈을 크게 뜬 채 현태를 바라보았다. 두 사람은 아무런 대화도 없이 서로를 마주했다.

"아니, 그러니까. 네가 이 로션, 그러니까 이거 사다줬을 때 좋은 향이라고 아니, 좋아하는 향이라고 했으니까."

현태는 횡설수설했고,

"어……. 어어, 어. 그래. 그랬지."

아리는 당혹감을 감추지 못했다.

엇갈리는 두 사람의 감정이 오묘한 공기를 만들었다. 상황을 회피하는 건 아리의 몫이었다. 하하, 어색하게 웃으며 뒷걸음질 치던 그녀가 손을 흔들었다.

"준비하고 나와. 기다릴게."

아리는 현태가 잡을 새도 없이 방을 나선 뒤, 잽싸게 문을 닫아버렸다. 쿵! 묵직한 소리가 들리는 방문에 기댔다.

"현태가 뭐래? 어머, 아리야 너 얼굴이 왜 이렇게 붉어? 감기 걸린 거 아니니?"

호들갑을 떠는 엄마에게도 괜찮다는 말 한 번 하지 못했다. 이대로 입을 열면, 가슴을 울리는 두근거림이 입 밖으로 툭 튀어나올 것 같았다. 정말 좋지 않은 타이밍이었다. 밤새 저를 복잡하게 만들었던 감정이 절대 예상하지 못한 쪽으로 정리되고 있었다.

집에서 나와 백화점을 향해 출발할 때까지, 두 사람은 아무런 말을 꺼내지 않았다. 어색한 공기가 차 안에 흐르는 게 그저 죽을 맛이었다. 어색한 공기를 깨트린 건 현태의 목소리였다. 평소 같았다면 자연스럽게 나올 말일 텐데, 오늘따라 괜히 눈치를 보다 입을 열게 됐다.

"나 오늘 점심 못 먹어. 본사에서 온대."

"되게 자주 오네."

"응. 요즘 좀……."

그렇구나. 고개를 끄덕거리던 아리가 고개를 돌려 창밖을 쳐다보았다. 평소 같았다면 그럼 누구랑 먹을까 고민했을 텐데, 오늘따라 함께하지 못한다는 말이 서운했다. 씽씽 달리는 창밖의 차들에 그 마음을 실어 보내려 해보지만, 생각처럼 쉽지 않았다.

무언가 다른 이야기가 있으면 좋겠다고 생각했던 찰나, 현태의 이야기가 아리의 귓가를 자극했다.

"그리고 준호 형이랑 나 팀장님. 다시 처음부터 시작하기로 했대. 어제 연락 왔어."

반가운 이야기였다. 준호와 모란의 이야기여서 그런 것도 있지만, 이 어색한 분위기가 깨진다는 사실 하나만으로도 얼굴에 화색이 돌았다. 고개를 획 돌린 아리가 현태를 바라보았다. 어째서인지 타인의 이야기를 할 때는 그의 얼굴을 보는 게 어렵지 않다.

"정말? 잘됐다!"

"뭐, 잘된 건지 아닌 건지는 두 사람이 더 잘 알겠지."

"괜찮아. 예전처럼 이상한 소문도 안 날 거고. 둘은 열심히 좋아하기만 하면 되잖아. 잘됐어."

고개를 끄덕이며 웃는 아리의 모습에 현태가 픽 미소를 지었다. 남의 일인데 저렇게 좋을까 싶다가, 문득 제 일이면 어땠을까 궁금했다. 분명 지금 꺼내면 안 될 이야기라는 걸 알면서도, 망할 궁금증은 그에게서 떠날 생각을 하지 않는다.

조금만 더 고민해도 좋을 텐데, 꼭 이런 말은 머리를 거치지 않고 터져 나온다.

"너라면 어떨 것 같은데?"

"뭐가 어떨 것 같아?"

"준호 형이 나고, 모란 팀장이 너라면."

쿵. 가슴이 떨어지는 소리가 들렸다. 괜한 걸 물었다고 생각했지만 뱉은 말을 주워 담을 수 없는 법. 더더군다나 입은 왜 이렇게도 자꾸 움직이는 건지, 쉴 새 없이 말이 터져 나왔다.

"내가 예전부터 널 좋아했고, 너 역시 날 좋아했는데. 주변 소문 때문에 이도 저도 못 했다면. 너라면 다시 새롭게 시작하자고 하면 할 수 있을 것 같아?"

이젠 구체적인 상황까지 지시하면서 말이다. 바보 같은 저를 탓하지만 이미 벌어진 일을 어쩌랴. 멍청한 놈, 모자란 놈. 몇 번이나 저에게 욕설을 날리며 옆을 슬쩍 바라보았다. 평소 같은 반응을 생각했다.

말도 안 되는 이야기라며 손사래를 치거나, 또 헛소리한다며 꿀밤을 놓는다거나. 잠을 못 잤냐, 미쳤냐 핀잔을 주며 눈을 흘기는 그런 모습 말이다. 하지만 아리는 생각과는 다른 표정을 짓고 있었다.

"그, 그건 왜 물어봐?"

말을 더듬지 않나.

"무, 무슨 우리를 대입하니? 너 진짜 웃긴다."

당황하며 고개를 돌리지 않나.

"어떻게 그 둘이 우리가 돼. 마, 말도 안 돼."

얼굴이 붉어져 당장에라도 터질 것 같지를 않나.

이상한 점이 한둘이 아녔지만, 현태 역시 얼굴이 붉어져 있어 왜 그러냐고 따지를 걸 수 없었다. 두 사람은 아무런 말도 하지 않은 채 어색한 기류를 지켰다. 그리고 저 앞으로 백화점이 보일 때, 현태가 먼저 입을 열었다.

"나는 할 수 있을 것 같아."

정말 무모한 대답이라 생각했다. 아리가 어떻게 생각할지도 모르고, 어떤 반응을 보일지도 모르면서 아무렇게나 던지는 말이라고. 그만하라 외치는 속마음과는 다르게 입술은 계속해서 움직였다.

"뭘 할 수 있어?"

게다가 아리의 반문까지 이어져, 더더욱 상황을 피할 수 없게 되어버렸다. 꿀꺽 침을 삼키던 그가 핸들을 더욱 세게 쥐었다. 처음이었다. 제 마음을 간접적으로라도 표현하는 것이. 남에게 빗대어 아리에게 드러내는 것이. 여러모로 처음인 것이 많은 상황이라 그런가, 손에 땀이 가득 찼다.

"준호 형처럼. 이제껏 어떤 사이였든, 겉으로 보기에 어떤 감정이었든. 다 접고 새로 시작할 수 있을 것 같다고."

아리의 표정이 궁금했다. 어떤 표정으로 자신을 쳐다보고 있을까. 캔디를 봐주진 않을까. 수많은 기대를 하며 고개를 돌린 순간, 그녀가 중심이었던 지현태의 세상이 큰 소리를 내며 멈추었다.

아리의 시선에 온몸이 꽁꽁 굳어버렸다.

"좋아하는 사람이라고…… 당당하게 말할 수 있어."

현태의 말이 끝나기 무섭게 아리는 아랫입술을 있는 힘껏 눌러야 했다. 앓는 소리가 터져 나올 뻔했다. 얼굴로 느껴지는 열기와 온몸을 울리고 있는 심장 소리가 차를 가득 채우고 있었다. 제 심장소리가 들릴까 현태와 가까워질 수 없다. 정신 차리라 꿀밤을 놓는 순간에도 제 맥박 소리를 들을 것 같아 손을 뻗을 용기도 나지 않았다.

아리는 빠르게 고개를 돌렸다. 평소 같았다면 쓸데없는 말을 하네, 어디 한 번 장난이나 쳐 볼까. 현태와 작당 아닌 작당을 하는 척이라도 했을 텐데. 오늘따라 어렵게 느껴졌다. 어떤 말로 받아쳐야 할지 떠오르지 않았다. 그저 빨리 백화점에 도착하길 바랄 뿐.

흠흠, 목을 가다듬는 현태의 목소리에 몸이 움찔거렸다.

"그냥, 그렇다고."

캔디를 보면 끝날 일인데. 그가 진심인지 장난인지 캔디만 보면 되리라는 것을 누구보다 잘 알고 있는데. 어쩐지 용기가 나지 않았다. 괜히 그 캔디를 확인했다 실망하는 일이 벌어질까 두려웠다. 진심인가 싶어 캔디를 확인했는데, 파랗다거나 보라색이라거나 한다면. 생각만 해도 끔찍했다.

설레발처럼 무서운 건 없다. 지난날, 캔디를 보는 것을 자유자재로 조절할 수 없을 때 몇 번이나 겪었던 일이었다. 하지만 그건 제 일에만 한정되는 이야기였다. 타인의 캔디에는 설레발도 치고, 가슴도 두근거리지만, 저와 관련된 캔디는 절대 설레발을 칠 수 없었다.

지금도 그때와 똑같다고. 절대 설레발칠 일이 아니라 저를 옭아매며 시선을 피했다. 조금만 더 가면 백화점이다. 이제 일에 빠져 하루를 바쁘게 보낼 수 있겠다고 안심하던 찰나, 현태의 서운한 목소리가 들렸다.

"너는 다른 사람 캔디는 왜 그럴까 고민하면서."

정곡을 찔린 기분이었다. 그의 말에 마음이 따끔거렸지만, 돌아볼 용기는 나지 않았다.

"왜 내 캔디는 그렇게 가볍게만 봐?"

두 번이나 정곡을 찔려 욱하고 말았다. 고개를 돌려 현태를 바라보았을 때, 신호에 걸린 차가 우뚝 멈추었다. 그 역시 아리를 돌아보았다. 시선과 시선이 한데 엉켜 오묘한 분위기를 만들었다.

"내가 언제! 언제…… 가볍게 봤다고……."

"그럼, 진지하게 본 적 있어?"

대답을 할 수 없었다. 입을 꾹 다문 채 현태를 쳐다보는 아리의 눈동자가 소란스럽게 흔들리고 있었다.

"내 캔디, 한 번이라도 진지하게 본 적 있어?"

여전히 아리의 대답은 나오지 않았다. 신호가 바뀌고, 뒤쪽에서 클랙슨 소리가 울렸지만, 현태는 움직일 생각이 없어 보였다.

"빨리 출발해. 뒤에서 난리잖아."

"넌 한 번도 진지하게 본 적 없어."

아리만큼이나 현태도 자신을 이해할 수 없었다. 이제껏 잘 숨겼으면서. 서운함을 꾹꾹 눌러 삼키고 있는 건 세상에서 제일 잘 하면서. 왜 갑자기 이렇게 터져 버린 걸까. 어째서 수습할 수 없는 일을 벌이고 마는 걸까.

"만약에 네가 내 캔디를 진지하게 봤다면."

꿀꺽. 입안으로 고이는 침을 삼키던 아리가 손에 힘을 주었다. 가방의 끈을 꼭 쥔 손등이 붉게 물들어 있었다.

"이렇게 태연하게 나 쳐다보지도 못할걸."

캔디 일곱.

엇갈리는 마음

수호는 고민했다. 눈앞에 보이는 상황을 이해하려 몇 번이나 머리를 굴렸다.

"어제 무슨 일 있었어요?"

성주가 다가와 물어봐도, 고개를 도리도리 저을 뿐 대답을 하지 않았다.

"그런데 왜 저래요?"

내가 묻고 싶은 말이다. 차마 터뜨리지 못하는 말을 입에 머금으며 어깨를 으쓱거렸다.

자신이 보기에도 현태와 아리는 이상했다. 서로 눈을 마주치면 깜짝 놀라 급히 몸을 돌렸고, 약속이라도 한 듯 얼굴을 붉혔다. 하지만 그러면서도 뒷모습을 바라본다거나, 일에 열중하는 모습을 몰래 훔쳐보는 건 여전했다.

"저 두 사람, 꼭 서로 좋아하는 사람들 같지 않아요?"

가볍게 던진 성주의 말에 수호가 몸을 움찔거렸다.

"하긴, 둘은 그럴 때도 됐지. 다른 사람들 다 아는데 자기들만 몰라."

키득거리며 웃는 성주의 목소리에 하마터면 화를 낼 뻔했다. 둘은 정말 친한 친구일 뿐이라 말을 하려다 숨을 삼켰다. 자신이 참견해선 안 될 선이라는 것을 깨달았다. 예전부터 그랬었다는 성주의 말이 이어지고 나니 더더욱 할 말이 없다.

어떻게 해야 할까 싶었는데, 너무 자연스러워 알아채지 못한 사실이 수호에게 다가왔다.

"캔디……."

바로 어제까지만 하더라도 선명하게 보이던 캔디가 보이지 않았다. 지나는 사람들의 캔디가 너무 선명해 머리가 아플 정도였는데, 오늘따라 이상하리만치 보이지 않았다.

아리처럼 보는 능력을 조율할 수 있는 걸까 싶었지만, 그 또한 아니었다. 그저 제자리로 돌아온 것뿐이었다. 캔디가 보이지 않는 평범하디평범한 사람, 원래 제 자리가 분명한데 왜 이리도 절망적인 걸까. 손을 뻗으면 닿을 것 같던 빛이 더는 보이지 않았다. 현태가 아리와의 유대감을 갖고 있다면 저는 아리처럼 캔디를 보는 사람이었다. 유일하게 아리가 보는 세상을 공유할 수 있고, 그녀의 시선을 따라갈 수 있는 사람. 한데, 그 '유일한' 연결고리가 모두 끊어지고 말았다.

이제 현태를 넘어설 수 있는 특별함은 존재하지 않았다. 그러니 당연히 제 존재도 미미해지지 않을까. 으레 겁이 났다.

"형, 왜 그래요?"

어깨를 두드리는 성주의 손길에 수호가 뒤를 휙 돌아 그의 가슴을 훑었다. 그리고 다시 한 번 무너지고 말았다. 캔디가 보이지 않았다.

더는 캔디를 볼 수 없음을 재차 확인한 꼴밖에 되지 않았다. 삶의 이유를 잃어버린 듯 절망적이었다. 그저 원래대로 돌아온 것뿐이라는 사실을 수호는 쉽게 받아들일 수 없었다.

"안 돼……."

중얼거리던 수호가 한 손으로 마른세수를 했다. 성주는 그런 수호를 이상하게 쳐다보았다. 고개를 빠르게 저어대거나, 눈을 마구 비비는 모습에 미간을 좁혔다.

"뭐가요? 왜 그래요, 형?"

"자, 잠깐. 나 화장실 좀 다녀올게."

뒤쪽으로 성주의 부름이 들렸지만, 수호는 멈추지 않았다. 매장을 빠져나가 직원용 통로로 가는 내내 다리가 얼마나 흔들렸는지 모른다. 숨을 가쁘게 몰아쉬며 얼굴을 몇 번이나 쓸어내렸다. 원래대로 돌아왔잖아, 뭐가 문제야? 머리에서 울리는 제 목소리를 무시하려 애썼다.

화장실에 들어가 찬물을 얼굴에 끼얹을 때까지, 수호는 가쁜 숨을 몰아쉬었다. 좌절감에 무너지는 마음을 다잡기 위해 무던히도 애썼다. 쏴아아아, 쏟아지는 물줄기 소리를 들으며 눈을 세게 감았다가 떴다. 그리고 화장실을 오가는 직원들을 유심히 쳐다보았다. 아주 잠시 보이지 않는 것이기를, 피곤이 쌓인 탓이기를 바랐지만 바람은 바람으로 끝나고 말았다.

입술 사이로 앓는 소리가 새어 나왔다. 그대로 버틸 힘조차 없어 세면대를 잡고 주저앉고 말았다. 캔디가 보이는 것도, 보이지 않는 것도 순식간에 찾아와 그를 혼란스럽게 만들었다. 한 번 찾아왔으면 죽을 힘을 다해 제 곁에 붙어 있을 것이지. 사라지지 않고 오래오래 남을 것이지.

연거푸 탄식을 터뜨리던 수호가 주섬주섬 핸드폰을 꺼내 들었다.

캔디가 보일 때도 아리가 도움을 주었으니, 사라진 지금도 그녀의 도움이 필요했다. 그게 맞는 이치라며 스스로 다독이고 있는데, 핸드폰이 낮게 진동을 일으켰다.

〈오빠, 어디예요?〉

곧 아리의 메시지가 수호의 눈에 들어왔다.

〈부탁하고 싶은 게 있어서…….〉

아리의 부탁이라면야 무엇이든 들어주지 못 하겠냐마는. 따라오는 이야기가 수호를 씁쓸하게 만들었다. 하, 짤막한 탄식을 터뜨린 그가 핸드폰을 꼭 말아 쥐었다.

〈현태 캔디, 한 번만 봐줄 수 있어요? 직접 보면 되지만…… 나는…… 자신이 없어요. 미안해요, 오빠. 이런 부탁해서.〉

미안해요. 아리의 목소리가 귓가에 울리는 기분이 들었다. 어떡하지, 한참 고민하던 그가 핸드폰을 꽉 쥔 채 고개를 숙였다. 무릎이 저릿해지던 찰나, 몸을 일으켜 세면대 앞을 몇 번이나 오고 갔다.

그래, 일단 가서 부딪치자. 보이지 않는단 말도, 현태의 캔디를 궁금해하는 이유도 직접 물어보는 게 나을지도 모른다. 하지만 그 다짐은 화장실 입구에서 먼지처럼 날아가고 말았다.

"나갈까? 아, 아냐. 안 돼."

수호가 뒷걸음질했다. 화장실 안으로 들어와 손톱을 톡톡 깨물던 그의 얼굴이 하얗게 질렸다.

"어쩌지? 나가? 말아?"

그가 눈을 질끈 감았다. 언제부터 이렇게 못난 남자였을까. 그 캔디 하나 보이지 않는 게 뭐 그리 대수라고 망설이고 있는 건지 모르겠다. 한쪽 손으로 마른세수를 하던 그가 탁한 숨을 토했다. 미치겠네. 중얼거리는 목소리에 짜증이 뒤엉켜 있었다.

"아……."

후, 다시 한 번 짙은 한숨을 토하며 고개를 숙였다. 얼굴을 어루만지는 그의 손등에 핏줄이 불거져 있었다. 나가느냐 나가지 않느냐의 문제로 고민에 휩싸였던 그때. 누군가 그의 어깨를 톡톡 두드렸다.

"울어요?"

익숙한 목소리에 깜짝 놀란 그가 고개를 번쩍 들어 올렸다.

"우는 건 아니네요. 놀려먹을 거리 생겨서 좋아하려고 했더니."

그의 앞에 서 있는 건, 현태였다. 그는 무덤덤하게 수호에게서 시선을 돌린 뒤, 세면대로 가 손을 씻었다.

"왜 여기 있어?"

현태가 수호의 물음에 고개를 들어 거울을 바라보았다. 그 속에서 저를 빤히 바라보는 수호와 한참 눈을 마주하다가, 픽 실소를 지었다. 쏴아아- 물이 쏟아지는 소리가 두 사람의 정적을 대신했다.

"직원이 직원 화장실에 있는 게 이상합니까?"

"이상한 건 아니고."

갑자기 나타나서 놀랐잖아, 목 끝까지 차오르는 말을 꾹 삼켰다. 왜 놀란 거냐 물어보면 대답을 할 수 없을 것 같았다. 즉석에서 지어내는 것도 한계가 있지. 현태가 몸을 일으켜 수호를 돌아보았다.

"혹시."

현태는 말을 잇지 않았다. 멀뚱히 그를 쳐다보며 말을 할 듯 말듯 애매하게 입술만 벙끗거릴 뿐. 그에 불안한 건 수호의 몫이었다. 혹시 제 변화를 눈치챈 건 아닐까. 캔디가 안 보이는 걸 알게 된 건 아닐까.

"왜?"

제법 진지한 표정을 짓던 현태가 수호를 위아래로 훑어내렸다.

"볼일을 제대로 못 봐서 속이 안 좋다거나, 뭐 그런 겁니까?"

"뭐?"

"혹시나 해서요. 화장실을 나가야 하나 말아야 하나 하도 고민을 하셔서."

하하, 어색한 웃음이 터져 나왔다. 아니라고 말을 하자니 다른 이유를 대야 할 것 같았고 맞다 맞장구치자니 자존심이 상했다.

"아니면 됐습니다. 빨리 나오세요. 송주 혼자 죽어갑니다."

수호의 어깨를 툭툭 두드려 주던 현태가 밖으로 나서고, 어느새 화장실에 남은 건 수호 한 사람뿐이었다. 멍하니 서 있던 그가 하, 안도의 한숨을 터뜨렸다. 앞으로 어쩌지. 중얼거리던 그의 목소리가 화장실을 잔잔하게 울렸다.

고민이 깊다 해서 일을 나 몰라라 할 수는 없었다. 수호는 결국 울며 겨자 먹기로 화장실에서 나와 매장으로 향해야 했다. 아리에게는 바쁘니 쉬는 시간에 이야기하자 메시지를 보내놓았다. 손님이 많아 눈썹이 휘날릴 정도로 바빴지만, 머리는 상념으로 가득했다. 덕분에 상품을 잘못 가져온다거나, 잘못 계산하는 일이 부지기수였다.

한편으로는 퇴근 전까지 계속 바빠 매장을 떠나지 못하기를 바랐다. 자연스럽게 집으로 돌아가는 걸 상상했지만, 신은 그의 편이 아니었다.

"오빠, 우리 얼른 쉬러 가요!"

아리는 손님이 뚝 끊어진 틈을 타 그의 매장으로 들어왔다. 환하게 웃는 그녀의 얼굴이 싫지만은 않았는데. 마음이 영 불편했다. 그래, 차라리 따라가 솔직하게 말하자.

"응, 가자."

수호는 잔뜩 긴장한 채 아리와 함께 매장을 떠났다. 직원 통로로 들어가 엘리베이터를 타는 순간까지도 잔뜩 긴장한 마음이 풀어지지 않았다.
"일부러 현태랑 시간 엇갈리게 잡았어요."
"왜?"
아리는 아무런 대답이 없었다. 어깨를 으쓱거리며 줄어드는 엘리베이터의 숫자를 바라보았다. 지하 3층에 내려 휴게실로 향하는 내내 둘은 아무 이야기도 나누지 않았다. 아리는 아리대로, 수호는 수호대로 머리가 복잡한 탓이었다.
두 사람은 휴게실의 가장 구석진 자리에 앉았다. 아리가 제 앞을 툭툭 두드리며 수호를 불렀다.
"여기 앉아요, 오빠."
그저 앞에 앉으라는 손짓과 말일 뿐인데 가슴이 터질 것처럼 뛰었다. 수호가 아리의 앞에 앉고, 둘은 어색한 웃음을 주고받았다. 평소에 없던 어색함이었다.
"오빠한테 너무 무리한 부탁을 하는 것 같기도 하고."
"그런데 궁금한 게 있어. 왜…… 나한테 부탁하는 거야?"
네가 봐도 되잖아. 차마 던지지 못하는 말은 속으로 삼켰다.
아리는 수호의 말에 고민했다. 동요하지 말아야 하는데, 수호의 말에 자기도 모르게 몸을 움찔거리고 말았다.
"그냥…… 소꿉친구잖아요. 현태랑 저랑."
수호는 현태의 말을 떠올렸다.

"그럼 우리는 지금으로 절대 돌아올 수 없습니다."

아리 역시도 같은 두려움 때문이겠거니 생각했다. 예전과 같은 사이로 돌아갈 수 없다는 두려움. 견고하게 다져진 울타리를 부수냐 마느냐에 대한 갈등. 한 번 부서져 내리면 돌아갈 수 없고, 다시 쌓아 올리는 건 쉽지 않다. 더더군다나 아리와 현태는 오랜 시간 견고하게 다져온 사이가 아니던가. 친구와 사랑, 둘 다 잃을지도 모르는 상황이라는 것도 알고 있다.

하지만 둘은 이런 걱정을 하지 않아도 되잖아. 마음속에서 강수호가 강수호에게 말했지만, 귀담아듣지 않기로 했다. 부정하고 싶었다. 두 사람의 마음이 같은 곳을 바라보고 있다는 현실을.

"만약에 지금과 다르다면, 그리고…… 제가 바라는 거랑 다르다면, 너무 속상할 것 같아요. 직접 보는 게…… 더 힘들 것 같아요."

아리가 무얼 바라는지 알 것 같았지만. 지금 그 바람을 이루어줄 사람은 제가 아닐 텐데.

"그리고 솔직히 이렇게 이야기할 사람이 오빠밖에 없잖아요. 말이 좋아 캔디를 보는 거지, 남 마음 훔쳐보는 거나 다름없고요. 그래도 오빠는 이해할 테니까…… 또, 나처럼 캔디가 보이는 사람은 오빠밖에 없으니까……. 미안해요, 오빠. 너무 무리한 부탁이죠."

사실대로 말할 타이밍을 놓치고 말았다. 이 상황에서 캔디가 보이지 않는다 말을 하기엔 너무 멀리 와버렸다. 더더군다나 저를 특별하게 여겨주는 아리와 멀어지고 싶지 않았다. 그녀를 이해할 수 있는 사람, 같은 것을 보고 공감할 수 있는 사람은 다른 누구도 아닌, 강수호여야만 했다.

욕심이 자라났다. 결국은 진실을 밝히려던 목소리를 속 안으로 숨겨버렸다.

"사실 아까 현태랑 화장실에서 만났어."

"만났어요?"

"응. 마침 너 보고 왔다고 하더라고."

"그래서요? 어땠어요?"

아리의 얼굴에 화색이 돌았다. 이러면 안 되는데, 괜히 그런 모습에도 심통이 생겼다.

"그런데…… 그러니까."

아리는 머뭇거리는 수호를 보며 눈을 반짝이고 있었다. 활짝 핀 얼굴을 보며 거짓을 말해야 한다는 사실이 그의 마음을 콕콕 찔렀다. 하지만 진실을 향한 양심은 욕심을 이기지 못한다. 어쩌면 마지막일 기회조차 수호는 저 멀리 밀어버리고 말았다.

"평소랑 똑같았어. 무덤덤해. 노란색도 아니고, 주황색도 아니고."

수호의 말에 아리는 한동안 말을 잇지 못했다. 잔뜩 기대하던 표정이 점차 굳어갔다. 길게 늘어지던 눈이 빠르게 슬픔으로 일렁거렸다. 그 표정의 변화가 너무나 선명해서, 수호는 차마 그녀를 쳐다볼 수 없었다. 고개를 휙 돌린 채 입술을 눌렀다.

버티면 된다. 무사히 지나가기만 하면 돼.

"그렇구나."

아리의 목소리는 생각보다 덤덤했지만, 수호가 아리의 목소리에 숨어 있는 떨림과 슬픔을 눈치채지 못할 리가 없었다. 가슴이 따끔거리다 못해 묵직하게 내려앉았다.

"다행이에요. 오빠한테 물어봐서."

뾰족한 화살촉이 가슴을 뚫고 지나가는 소리가 들렸다. 하나, 둘. 개수를 셀 수 없을 정도로 무수히 쏟아졌다. 지금이라도 거짓말이라 말할까, 지금이라도 캔디가 보이지 않는다고 말해야 할까.

"미안해요. 오빠한테 괜한 거 부탁해서……."

왜 네가 사과해. 전하지 못할 말을 곱씹었다. 이제라도 사실을 말하자, 아니야 어차피 이렇게 된 거 그냥 속여. 이성과 욕망이 충돌할 때

즈음, 아리의 말이 그의 이성을 저 아래로 떨어뜨리고 말았다.

"미안하니까 이번 휴무는 내가 영화 쏠게요. 영화표 생겼거든요."

아리가 활짝 웃으며 주머니 속 영화표를 꺼냈다. 현태가 보고 싶다 노래를 부르던 영화였다. 꼭 같이 보러 가자 약속도 했는데, 수호의 말을 듣고 나니 영화는커녕 함께 밥을 먹는 것조차 껄끄러워졌다. 이럴 거면 묻지도 말걸. 뒤늦은 후회는 언제나 깊다.

억지로 웃는 아리의 모습에 수호는 힘겹게 고개를 끄덕였다. 욕망에게 눌린 이성이 그의 마음속에서 비명을 지르고 있었지만, 모른 척 귀를 닫았다.

"그래, 그러자."

수호가 고개를 끄덕이자, 아리가 좋다며 활짝 미소를 지었다. 진실을 숨긴 저를 향한 비난이 사방에서 쏟아졌지만, 그는 귀 기울이지 않았다. 어쩔 수 없다. 이 모든 게 어쩔 수 없는 일이라 생각하며 비난을 무시했다.

현태는 십 분째 아리를 찾느라 여념이 없었다. 발꿈치를 들어가며 매장을 샅샅이 살펴도 그녀는 보이지 않았다. 제품을 정리하느라 정신이 없는 수미와 효영만이 매장을 지키고 있었다. 현태는 찾는 일을 포기하고 효영에게 물었다.

"아리 어디 있어?"

"언니요? 쉬러 나갔죠. 오빠 같이 간 거 아니었어요?"

효영이 놀라서 물었지만, 현태는 아무런 대답도 할 수 없었다. 저에게 말도 없이 쉬러 나갔다는 말을 할 수 없었다. 수호도 매장에 없던데. 그렇다면 둘이 쉬러 나갔다는 이야기가 됐다. 괜히 자존심이 상하고, 서운하기까지 했다.

"오빠?"

"아…… 아니야. 이따가 다시 올게."

현태의 빠른 걸음 뒤로 그렇게 하라는 효영의 대답이 들렸지만, 대답하지 않았다. 걸음을 재촉하면서도 머리에 생각이 끊이지 않았다. 아리는 왜 저를 빼놓고 간 걸까. 어째서 수호와 함께 나간 걸까.

그러다 문득 자신이 했던 말을 떠올리며 자리에 멈추어 섰다.

"만약에 네가 내 캔디를 진지하게 봤다면 이렇게 태연하게 나 쳐다보지도 못할걸."

그 이야기 때문일까. 그래서 부담스러워져서 저를 피하는 걸까. 그게 맞을지도 모른다는 생각이 드니, 이젠 서운하기까지 했다. 제가 했던 말이 틀린 것도 아니다. 따지고 보면 매일 다른 사람의 캔디는 이렇더라 저렇더라 이야기하면서, 제 캔디는 그에 반도 알아보려 하지 않았으니까.

왜 그러냐 묻지도 못했다. 캔디를 보지 말라, 제 캔디는 보면 안 된다 딱 자른 게 저였으니까. 차라리 자신의 캔디가 어떤지 진지하게 생각하며 봐달라 대놓고 말해야 했을까. 이토록 오랜 시간이 흐르기 전에, 캔디를 제대로 보라 말했으면 조금 달라지긴 했을까.

후회 아닌 후회가 밀려왔다. 바닷물에 깊이 잠기듯, 후회에 잠식되고 있었다.

"어쩔 수 없는 거였잖아. 그렇게라도 안 하면……. 생각도 안 해줄 거잖아."

하지만 후회는 언제나 늦는 법이다. 유독 시렸던 오후, 현태의 발아래로 한숨이 찰랑거리고 있었다.

⊛

그로부터 삼 일이 지났다.

캔디 시력을 잃은 수호는 재치 있게 위기를 넘기고 있었고, 현태는 여전히 저를 피하는 아리 때문에 골머리를 썩었다. 여느 날과 다를 것 없는 아침이었다. 오픈 준비로 정신이 없는 수호의 매장 앞에 현태가 찾아왔다.

"강 매니저님."

현태의 목소리에 수호가 몸을 일으켰다. 며칠 내에 현태는 얼굴이 까맣게 죽어 있었다. 보기에도 안쓰러울 정도였다.

"아, 현태구나."

이름을 입에 담기 무섭게 가슴이 따끔거렸다. 현태의 괴로움이 오롯이 저 때문이라 생각하면 미안했지만. 그 또한 어쩔 수 없다며 넘겼다. 습관이 된 걸까.

"커피 한잔하시죠."

"네가 사는 거야?"

고개를 끄덕이는 현태를 보니 더더욱 마음이 좋지 않았다. 수호는 정리가 거의 끝난 매장을 바라보며 고개를 끄덕였다.

"그래, 가자."

금방 올게, 송주에게 인사를 전한 뒤 매장을 나섰다. 나란히 걷는 현태의 옆모습을 힐끗거리다 숨을 참았다. 가슴이 따끔거리다 못해 미어질 것 같았다. 와르르 무너지는 소리가 들리는 것 같기도 했고. 아리의 매장을 지나던 현태가 힐끗 눈을 돌렸다. 하지만 매장에 있는 건 효영과 수미 두 사람뿐. 아리는 보이지 않았다.

〈나 오늘은 먼저 가. 데리러 오지 마.〉

삼 일째 같은 문자였다.

"언니 반품이랑 신상품 정리한대요. 오빠도 알잖아요. 언니 가끔 저렇게 창고 뒤집는 거."

삼 일째 얼굴 한 번 내비치지 않는 이유였다.

큰 걸 바라는 게 아니었다. 잠은 잘 잤는지, 악몽에 시달리지는 않았는지, 혹시 밥을 거르는 건 아닌지. 그런 사소한 것들이 궁금했다. 자신이 한 말이 그렇게 부담이 되는 거라면, 지금이라도 취소하겠다고 말할 수 있었다. 예전처럼 지낼 수 없다면, 그깟 캔디 봐주지 않아도 좋았다.

저 혼자만 끌어안고 살면 되는데. 꾹꾹 누르고 눌러 저 안에 담아 놓으면 되는 일이었는데. 그의 입술에 괴로운 한숨이 번졌다. 결국은 그토록 두려워하던 일이 현실이 되고 말았다. 제가 자초한 일이라 생각되니 후회가 물처럼 밀려왔다.

카페는 A관과 B관을 잇는 코너에 자리 잡고 있었다. 구석진 자리에 털썩 주저앉자마자 현태가 앓는 한숨을 터뜨렸다.

"땅 꺼지겠네."

수호의 말에도 현태는 대답하지 않았다. 묵묵히 커피를 빨아 먹으며 테이블을 노려보고 있었다.

"무슨 일 있어?"

알면서도 묻는 것만큼 고역이 없다.

"혹시……."

현태가 수호 쪽으로 몸을 기울였다. 무언가 물어보려 한참 고민하다, 아니라 중얼거리며 몸을 뒤로 젖혔다. 그에게 대답을 듣기 위해 커피를 마시자 제안한 거지만, 그가 알고 있을 것이라는 확신이 없다.

"물어봐. 뭔데?"

"아니에요."

"아리 일이야?"

현태의 눈이 커다래졌다. 잠시 당황한 그가 기다렸다는 듯 수호에게로 몸을 당겼다.

"어떻게 알았어요?"

"그냥. 너희 요즘 안 붙어 다니니까."

대답할 때마다 미안한 마음이 조금씩 커졌다. 언제부터인지 저를 대하는 현태의 행동이 부드러워지는 것을 느낄 수 있었다. 어느새 딱딱했던 말투도 사라지고, 아리를 대할 때처럼—물론 그것과는 전혀 다르겠지만— 편해지고 있었다.

그래서 더욱 죄책감에 시달리는지도 몰랐다. 겨우 가까워진 사이가 자신의 그릇된 판단 하나로 비틀어져 버릴 것 같았다.

"무슨 일 있었는데?"

일단 들어보고 다시 기회를 노려보기로 했다. 아무리 생각해도 현태와 아리 둘 모두를 저버릴 수 없었다. 차라리 둘 다 속인 나쁜 놈이 편할 것 같았다.

"그게……."

현태의 머뭇거림은 그다지 오래가지 않았다. 그는 삼 일 전의 이야기를 하나둘 털어놓기 시작했다. 자신의 캔디를 봤으면 절대 편하게 대하지 못했을 거라는 말을 다시 한 번 곱씹을 땐 정말 죽을 맛이었다.

수호는 현태가 이야기를 끝마치기 무섭게 손을 꽉 말아 쥐었다. 영 마음이 편치 않았다. 아리가 자신에게 현태의 캔디를 봐달라 부탁했던 날이 분명했다. 그때, 자신은 아리에게 무어라고 말했었더라. 현태의 캔디가 붉지 않다고. 그저 그런 오묘한 색일 뿐이었다고 말하며 그녀에게 실망을 안겨줬지. 이제껏 어쩔 수 없었다고 저를 다잡아오긴 했는데, 이젠 그것마저 힘겹다.

두 사람에게 상처를 주면서까지 자신이 얻는 건 무얼까.

"하…… 이럴 거면 그냥 말할 걸 그랬어요."

"뭘?"

"좋아한다고."

쿵. 가슴이 저 밑으로 떨어졌다. 안 된다는 목소리가 머리를 가득 채웠다. 저는 아직 고백 한 번 하지 못했다. 아리에게 자신의 마음을 표현해 보지도 않았다. 아무리 승산이 없는 게임이더라도, 제 마음을 먼저 듣는 것과 현태의 마음을 먼저 듣는 건 다르지 않을까.

"친구 사이 깨질까 무섭다며."

"그러니까요. 그래서…… 말로만 그럴 걸 후회하는 거겠죠."

그래, 그렇겠지. 수호가 고개를 끄덕였다. 현태의 말을 들어줄 사람이 되었다는 사실이 기쁘긴 했지만, 그에게 사실을 전하지는 않았다. 마음이 불편한 만큼 저에게 먼저 기회가 와야 한다는 그릇된 욕심도 함께 커지고 있었다. 미안해. 미안해 현태야. 전하지 못할 사과를 몇 번이나 곱씹으며 불편한 마음을 잔뜩 집어삼켰다.

바쁜 하루가 끝나고, 마침내 퇴근 시간이 다가왔다. 수호는 차에 오른 채, 몇 번이고 탄식을 뱉어야만 했다. 일하는 내내 현태의 말이 머리에서 떠나지 않았다. 어긋남의 시작은 저였다. 몇 번이나 돌이켜 봐도 그건 변하지 않는 사실이었다. 숨기지만 않았어도. 솔직하게 말하기만 했어도. 후회는 후회를 낳고, 그 후회는 절망을 낳는다. 끝없는 늪으로 빨려 들어가는 기분이 들었다.

똑똑. 창문을 두드리는 소리에 놀라 옆을 보니, 아리가 있었다.

"오빠!"

조금 전까지의 고민이 거짓말처럼 싹 씻겨 내려갔다. 절대 웃지 못할 것 같았는데, 아리를 보자마자 반사적으로 미소가 그려졌다.

"고생했어. 가려고?"

"네. 오빠, 저 태워주시면 안 돼요?"

후회와 시련은 늘 함께 찾아온다. 나쁜 일에 좋은 일도 마찬가지였고. 슬쩍 뒤를 돌아보니, 정리를 시작하고 있는 보안팀이 보였다. 미안. 수호는 중얼거리며 아리를 쳐다보았다. 아무것도 보지 못했다는 듯 고개를 끄덕였다. 이번만큼은 비겁한 사람이 되리라. 그리고 현태에게는 더 큰 보답으로 돌려줘야지.

아리가 고맙다고 말하며 조수석에 타자, 수호는 빠르게 차를 움직였다. 미끄러지는 바퀴소리가 꼭 그들을 쫓는 것 같았다. 곧 수호의 차가 긴 도로를 달렸다. 하지만 둘은 아무런 대화를 나누지 않았다.

함께 보러 가자던 영화에 관한 이야기도 없었고, 하루를 마무리하는 이야기 또한 없이 침묵만이 맴돌았다.

그렇게 죽 달리던 찰나, 아리가 수호를 보며 말했다.

"오빠, 우리 한강 보러 갈래요?"

한강. 데이트의 명소란 생각이 들었지만, 이 상황에 데이트하자는 건 아닐 테고. 수호는 씁쓸하게 웃으며 아리를 힐끗거렸다.

"왜, 답답해?"

"……조금요."

아리의 어색한 미소에 수호가 고개를 끄덕이며 핸들을 돌렸다.

꽤 오래 달려 두 사람은 한강 둔치에 도착했다. 그들은 앉을 자리를 찾기 위해 한강을 천천히 거닐었다. 살랑거리는 밤바람에 절로 기분이 좋아졌다. 소란스러운 사람들의 목소리에 한결 마음이 가라앉았다.

가까스로 발견한 빈 의자에 앉아 둘은 까맣게 물든 한강을 바라보았다. 아리는 고등학생 때의 선생님을 추억했다. 그때 선생님이 해주었던 이야기가 있었다. 우울할 때에는 바다도 강도 보지 말라고. 물은 사람의 우울함을 먹으며 깊어지고, 결국 사람을 집어삼키게 되어서 물에 빠져 죽는 것이란 말을 했었다. 물이 아닌 우울감에 빠져 죽는 것과 다를 바 없다는 말을 되새기던 아리가 지금 제 모습을 곱씹었다.

괜히 한강을 오자고 했다. 우울감에 빠져 죽고 싶었던 것도 아닌데. 실소를 터뜨렸을 때, 옆에서 달콤한 목소리가 들렸다.

"응, 자기야. 아니. 방금 도착했어. 응, 조심히 와. 천천히 와도 되니까."

행복하게 웃는 남자를 보니 또다시 입안이 씁쓸해졌다. 왜 저는 행복해지지 못하는 걸까. 어째서 저에게는 그 단어가 허락되지 않을까.

"애인 기다리나 봐요."

수호 역시도 남자를 쳐다보았다. 전화기를 붙잡은 채 싱글벙글 웃는 그의 모습이 퍽 보기 좋았다.

"캔디가 엄청 빨갛다. 그죠? 되게 예쁘다."

받아쳐야 했는데, 할 말을 잃고 우물쭈물했다.

남자는 몇 번이나 조심히 와라, 보고 싶지만 참을 수 있다. 달콤한 말을 쏟아냈다. 행복한 표정으로 전화를 끊었을 때, 옆으로 까만 그림자가 드리웠다.

"이 나쁜 새끼야!"

우렁찬 목소리와 함께 퍽! 머리를 때리는 둔탁한 소리가 들렸다. 얻어맞은 남자가 놀라 뒤를 돌아보았다. 함께 앉아 있던 수호와 아리도 놀란 눈으로 그의 시선을 쫓았다. 남자를 때린 건, 하얀 원피스를 입은 여자였다. 씩씩거리던 그녀는 번뜩이는 눈으로 남자를 노려보고 있었다.

"나한테 어쩜 이럴 수 있어?"

남자는 어안이 벙벙한 표정으로 여자를 바라보고 있었다. 어떤 의미로 놀란 건지 짐작할 수조차 없었다.

"네가 나한테 어쩜 이럴 수 있어! 이 나쁜 새끼, 짐승만도 못한 새끼!"

여자는 신고 있던 신발을 벗어 남자를 마구 때리기 시작했다. 남자가 왜 이러냐 소리를 지르며 피했지만, 여자가 그의 머리를 잡고 있어 쉬워 보이지 않았다.

"내가, 내가 몰래 지켜본 게 얼만지 알아? 그래! 내가 혹시나 해서 지켜봤어. 진짜 혹시나 해서 따라다녀 봤더니, 감히 날 배신해? 네가 날 배신해?"

여자는 울었다. 마구 울부짖으며 신발로 남자를 내려쳤고, 남자는 계속해서 욕을 하고, 살려 달라 소리를 질렀다.

"어쩜 그럴 수 있어! 내가 지켜본 시간, 내가 널 기다린 시간을 어쩜 이렇게 헌신짝처럼 버릴 수 있어!"

여자의 외침에 못 견디겠는지, 결국 남자의 반격도 시작되었다. 여자를 세게 뿌리치고, 있는 힘껏 제 곁에서 밀어냈다. 남자의 얼굴이 붉으락푸르락 난리가 났다.

"오빠, 오빠 빨리 경찰에 연락해요. 빨리."

아리가 자리에서 벌떡 일어났다. 두 사람을 말리려는 듯 보이자 수호가 깜짝 놀라 그녀를 저지했다.

"내가 말릴 테니까, 네가 전화해. 알았지?"

왜 자신을 말리는지 알고 있었기에, 아리는 고개를 끄덕였다. 그리고 핸드폰을 꺼내 112 숫자 세 개를 눌렀다. 통화 버튼을 누르기만 하면 되는데, 아리의 시선이 두 사람에게 향하던 수호에게서 멈췄다.

"이봐요, 저기요! 왜 여자분한테 그럽니까! 듣자 하니 그쪽이 잘못한 것 같은데!"

"내가 이렇게 맞은 건 안 보여? 넌 뭔데? 너 저 여자랑 한패야?"

하, 헛웃음을 켜던 수호가 제 뒤에 있는 여자를 힐끗 돌아보았다. 그녀는 수호와 눈이 마주치기 무섭게 엉엉 울음을 터뜨렸다. 억울하다고 말하며 우는 여자의 모습에 수호가 머리를 쓸어 올리며 짜증을 토했다.

"이봐요. 저도 일행 있어요. 그런데 옆에서 보니까."

"일행 있으면 일행이나 챙기십쇼. 그리고 경찰이나 좀 불러주시고."

"경찰 불렀습니다. 생각보다 당당하시네요."

"그럼 내가 당당하지 못할 이유는 뭡니까?"

"뭐라고요?"

기가 막혔다. 여자를 밀치고 소리를 지르고 한 대 때릴 것처럼 위협해 놓고, 제가 당당하지 못할 건 뭐냐고 묻는다. 당혹스러움에 헛웃음을 터뜨리던 수호가 남자에게 가까이 다가가자, 저 멀리에서 사이렌 소리가 들렸다.

"경찰 왔으니까, 경찰이랑 이야기하면 되겠네요."

남자는 수호에게 씩씩거리며 말했다. 여자에게 얻어맞은 부분을 연신 비벼대며 미간을 잔뜩 찌푸렸다.

"하, 진짜."

수호는 어이가 없다는 듯 코웃음을 쳤다. 허리에 두 손을 얹어놓은 채 남자를 노려보다 뒤에 서 있던 아리를 돌아보았다. 정말 웃기지 않아? 물어보려 했는데, 아리의 표정을 마주하자마자 입이 꽁꽁 얼어붙었다. 쿵! 세상이 무너지는 소리가 들렸다.

아니, 어쩌면 온 세상이 아니라 자신이 서 있는 땅이 꺼지는 소리일지도 모른다. 가슴팍에 바짝 붙은 심장이 저 아래로 떨어지는 느낌마저 들었으니까. 아리의 눈빛은 서늘했다. 맨 처음, 아무것도 모른 채 인사를 나누던 그때보다 더욱 냉정하게 느껴졌다.

왜 그러냐 묻고 싶었지만, 초록색 조끼를 입은 경찰 두 명이 그들에게로 달려왔기에 입을 떼지도 못했다.

"신고받고 왔습니다. 누가 피해자입니까?"

머뭇거리던 수호가 여자를 가리키려 할 때, 아리가 그를 밀치며 앞으로 나섰다.

"저 남자분이에요."

아리의 말은 파장을 불러일으키기에, 충분했다. 주저앉아 울고 있던 여자도, 곁에서 지켜보던 시민들도 마찬가지였다. 휘둥그레진 눈으로 대체 무슨 말이냐 저들끼리 속닥이던 때, 아리가 남자의 곁으로 다가갔다. 여자를 쳐다보는 눈빛이 불안해 보였지만, 꿋꿋이 제 행동을 멈추지 않았다.

"저 여자분이 가해자고, 이 남자분이 피해자가 확실해요."

다시 한 번, 여자와 남자를 차례대로 가리킨 아리가 수호에게로 시선을 돌렸다. 눈동자가 매섭게 번쩍거리고 있었다.

"저 여자분 말이 진짜예요?"

경찰은 놀란 듯 여자와 남자를 번갈아 보며 물었다.

"네. 맞습니다."

남자의 대답에 여자가 단단히 굳어버렸다. 남자와 아리를 번갈아 쳐다보다, 경찰에게로 시선을 돌렸다. 무언가 이야기를 하려 했지만,

입을 달싹이는 것 외엔 아무런 소리가 나지 않았다. 아리는 그런 여자를 바라보았다. 그리고 가슴 속 캔디를 유심히 지켜봤다. 캔디는 깨질 대로 깨져 그 형체를 찾아볼 수 없었다. 기이하게도 그 색만은 붉게 물들어 있었지만.

아리가 여자에게 시선을 빼앗겼을 때, 남자가 경찰에게 호소했다.

"저 여자, 오늘 처음 봅니다. 진짜 오늘 처음 봐요. 저 여기서 애인 기다리는 중이었습니다. 조금 늦을 것 같다는 전화 받고 괜찮다고 말하면서 끊었는데……."

"누가 네 애인이야! 누가, 누가 네 애인인지 똑바로 말해!"

남자의 말에 여자가 버럭 소리를 지르며 몸을 벌떡 일으켰다. 희번덕거리는 눈동자로 남자를 노려보고 있었다. 그에 경찰 두 명이 묘한 느낌을 받았는지 앞장서서 여자의 두 팔을 잡았다. 눈빛이 영 심상치 않은 것이, 말리지 않았더라면 당장 남자에게 달려들었을지도 모르는 일이었다.

"네 애인이 누구냐고! 누가, 그년이 네 애인이야?"

"그년이라니. 당신 나 알아? 나 아느냐고!"

남자는 제 연인을 욕보인 그녀에게 화가 난 건지, 냅다 소리를 지르며 다가갔다. 경찰이 오지 말라 경고를 하며 손을 뻗어 그를 제지했다.

"그래, 잘 알지. 아주 잘 알지! 어떻게 몰라!"

여자 역시 질 생각이 없다는 듯 괴성을 지르며 몸부림을 쳤다. 잡고 있던 경찰마저 혀를 내두를 정도로 강한 힘이었다. 그런 여자의 모습에 겁을 먹은 건지, 앞서 나가던 남자가 움찔거리며 뒷걸음질 쳤다.

"내가 널 이렇게 사랑하는데, 그래서 매일 집까지 바래다줬잖아. 회사 갈 때도 내가 바래다줬고, 당신 잠드는 거 보고 나서야 나도 집에 갔어. 그리고 오늘은 날이 좋아서 같이 산책이라도 할까 했는데,

뭐? 애인? 자기야?"

여자는 실성한 사람처럼 웃음을 터뜨렸다. 어떻게 이럴 수 있냐 소리를 지르는 내내, 저를 쳐다보는 남자와 경찰들 그리고 나머지 사람들의 시선은 생각지 않는 듯했다. 소리를 지르던 여자가 남자에게 덤벼들 듯 몸부림을 쳤다.

"봐! 잘 알잖아, 서른넷. 김경성! 강남에 있는 M전자 본사에 다니지? 좋아하는 건 매운 음식, 싫어하는 건 시끄러운 곳! 주말마다 맥주를 잔뜩 사서 들어가고 월요일엔 매일 재활용 쓰레기를 버려. 가끔 주말에 차를 타고 나가서 못 쫓아간 적이 있는데 그년 만나려고 한 거구나? 어?"

무섭게 줄줄 읊는 그녀의 모습에 남자가 뒷걸음질을 쳤다. 결국은 몇 걸음 가지 못해 자리에 주르륵 주저앉고 말았지만.

"누, 누구야, 당신."

주변에 모인 사람들도, 여자를 잡고 있던 경찰들도 경악을 금치 못했다. 그건 수호 역시도 마찬가지였다. 어쩜 그럴 수 있냐며 수군거리다, 상황을 핸드폰에 담느라 여념이 없었다. 하지만 아리는 여전히 냉정했다. 되레 그럴 줄 알았다는 듯 코웃음을 치며 여자를 무섭게 쳐다볼 뿐이었다.

"나? 나 누구냐고? 내 존재가 궁금해? 내가 누군지 알고 싶어?"

여자는 신난다는 듯, 자리에서 깡충깡충 뛰며 남자에게 물었다. 까르륵, 터져 나오는 그녀의 웃음소리에 진심 어린 행복이 묻어 있었다.

"누, 누구야! 너 누구냐고! 뭔데, 너 뭔데!"

두려움을 이기지 못한 남자가 온갖 욕설을 하며 여자를 향해 소리쳤다. 하지만 그런 남자의 행동에도 그녀는 크게 웃음을 터뜨렸다. 마치 그가 제 존재를 알아챘다는 사실이 기쁘다는 듯, 흡족한 웃음이었다. 그런 두 사람을 지켜보던 아리가 경찰에게 슬쩍 다가갔다.

"빨리 경찰서로 옮기는 게 나을 것 같아요. 보는 눈도 많고……."

아리의 말에 아차 싶었던 경찰이 고개를 끄덕거렸다.

"아, 네. 네, 감사합니다. 일단 서로 가시죠."

"어차피 목격자 진술도 필요할 거 아닌가요? 제가 다 지켜봤어요. 제가 진술할 테니까, 이 남자분. 제가 모셔가게 해주세요."

아리의 말에 경찰이 남자와 여자를 번갈아 보았다. 경찰차를 한 대 더 호출하느니, 아리에게 맡기는 것이 나을 것이라는 생각을 하는 모양이었다. 이런 상황에 여자와 남자를 한 차에 태우지는 못할 테니까.

"아, 그렇게 해도 될까요?"

"네. 제 번호 알려드릴게요."

아리는 자연스럽게 경찰에게 자신의 번호를 넘겨주었고, 남자에게 함께 갈 테니 걱정하지 말라며 수호를 가리켰다. 듬직한 남자가 있으니 절대 걱정하지 말란 뜻이었다. 그리고 제 명함을 보여주며 이상한 사람이 아니라는 것 또한 어필했다. 남자의 눈동자엔 의심이 가시지 않았지만, 금세 그녀의 제안에 따르기로 했다.

여자와 함께 경찰차에 타는 것보다 낫다고 생각한 모양이었다.

"아리야."

"일단 가요. 멋대로 정해서 미안해요, 오빠."

"아니, 아니야. 괜찮아."

생각보다 더 냉랭한 아리의 반응에 수호는 지레 겁을 먹었다. 단 한 번도 보지 못한 모습이었다. 화를 잘 안 내는 사람이 화를 내면 무섭다더니. 이런 걸 보고 말하는 거구나.

수호는 남자와 아리를 태운 채 경찰서로 향했다. 가는 내내 아리의 눈치를 보긴 했지만, 그녀가 수호를 쳐다보는 일은 없었다. 한참 망설이다, 남자에게 말을 걸어 화제를 돌리기로 했다.

"아까 의심해서 죄송합니다."

남자는 잠시 머뭇거리다, 고개를 도리도리 저었다.

"아닙니다. 아무것도 모르는 사람이 보기엔 그럴 수도 있죠."

"그래도…… 너무 심하게 몰아붙인 것 같습니다. 죄송해요."

"아니요. 괜찮습니다."

남자는 끝까지 괜찮다고 말하며 고개를 저었다. 하지만 여전히 놀란 마음은 가시지 않았는지, 여전히 어깨를 잔뜩 움츠린 상태였다. 침묵이 이어졌다. 뒤에 탄 남자도, 운전하는 수호도 당황해 이도 저도 하지 못하고 있던 그때였다.

"궁금한 게 있는데, 물어봐도 될까요?"

아리를 향한 남자의 질문이 이어졌다. 백미러로 남자를 슬쩍 쳐다보던 아리가 고개를 끄덕거렸다.

"제가 피해자라는 거, 어떻게 아셨어요?"

아리는 고민했다. 무어라 이야기해야 할까. 어떻게 말해야 그가 타당한 이유라 고개를 끄덕거릴 수 있을까. 하지만 고민은 길지 않았다. 힘없이 웃으며 술술 말을 이어나갔다.

"그냥요. 딱 봤을 때 그랬어요. 만약에 정말 여자랑 아는 사이였다면, 맞자마자 놀랐을 것 같았거든요. 네가 왜 여기 있냐? 이런 식으로요. 그런데 그렇게 놀라지도 않으셨고, 여자는 일방적으로 그쪽을 몰아붙이고."

수호 역시 그녀의 말에 귀를 기울였다. 한 마디 한 마디에 여전히 날이 서 있는 게 자꾸만 마음이 불편했다. 자신이 거짓말을 한 것을 들킨 것 같았다. 그저 그럴 것 같다는 시시껄렁한 추측이 아니었다.

"그래서 그쪽이 피해자라고 확신했어요. 더불어 그 여자분……."

아리가 슬쩍 운전하는 수호를 쳐다보았다.

그때, 수호는 확신했다. 아리는 제가 거짓말을 하고 있음을 알고 있었다. 그러지 않고서야 이렇게 압박할 리가 없다.

"그쪽이 통화할 때부터 나무 뒤에서 숨어서 보고 있었거든요. 그것도 핸드폰으로 사진 찍으면서요."

아리의 말에 남자가 기겁하며 그랬냐 맞장구를 쳤다. 경찰서를 가는 것도 무섭다느니, 애인이 놀라 쫓아오고 있다느니. 시시콜콜한 이야기를 남기며 몸을 부르르 떨었다. 하지만 그 와중에도 수호는 웃을 수 없었다. 저를 향한 아리의 시선이 얼마나 날카로운지, 가는 내내 온몸에 소름이 돋았다.

경찰서는 멀지 않은 곳에 있었다. 남자와 여자는 길고 긴 조사를 받아야 했고, 아리와 수호는 보고 들은 상황을 토대로 간단히 진술서를 써야 했다. 그들이 길고 긴 조사를 받아야 했던 건 갑자기 나타난 남자의 애인 때문이었다. 여자는 그녀를 보며 제 남자를 빼앗아간 여우라 화를 냈고, 애인은 되레 욕을 쏟아부으며 소리를 질렀다.

"그래서 저 여자는 누구래요?"

진술을 끝마친 아리와 수호를 마중 나온 경찰이 우물쭈물하며 안쪽을 쳐다보았다. 남자의 애인은 무조건 고소해야 한다고 소리를 질렀고, 여자는 당장 헤어지라 욕을 했다.

아휴, 한숨을 쉬던 경찰이 아리를 향해 고개를 돌렸다.

"스토커요. 보아하니 삼 년간 죽어라 따라다닌 것 같더라고요. 듣기론 집에 몰래카메라도 있는 것 같던데. 자세한 건 조사를 좀 해봐야 할 것 같습니다."

경찰의 말에 수호는 놀랐고, 아리는 그럴 줄 알았다는 듯 여유 만만한 미소를 지었다. 그렇군요. 고개를 끄덕이던 아리가 경찰서 안쪽을 바라보았다. 세 사람의 캔디가 모두 와장창 깨졌다. 애정을 가장한 범죄, 평범하게 연애를 하다 날벼락을 맞은 연인. 그 누구의 캔디도 온전할 수 없었다.

씁쓸한 미소를 짓던 아리는 경찰의 배웅을 받으며 경찰서를 나섰다. 자꾸만 그들의 캔디가 눈앞에 아른거려 떠나지 않았다.

수호는 어쩐지 그녀의 뒤를 바짝 쫓을 수 없었다. 어쩌지, 어쩌면 좋지. 발만 동동 구를 뿐.

저만치 걷던 아리가 갑자기 자리에 우뚝 멈추었다. 함께 깜짝 놀라 굳던 수호가 침을 꿀꺽 삼켰다. 아리는 뒤돌아보지도, 그를 부르지도 않은 채 자리에 서 있었다. 그리고 잠시 후, 천천히 뒤를 돌던 그녀가 수호를 무표정하게 쳐다보았다.

"오빠, 나랑 어디 좀 갈래요?"

전혀 냉기가 가시지 않은 목소리였다. 하지만 죄를 지은 자는 할 말이 없는 법. 수호가 고개를 끄덕이며 차키를 꽉 잡았다.

"응. 그래. 어디 갈래?"

아리는 여전히 무미건조한 눈빛으로 그를 쳐다보는 중이었다. 입이 바짝 마를 만큼 건조한 눈동자였다.

"백화점 앞에 있는 공원이요."

"공원? 거기는 왜?"

바보같이 왜 그곳을 가냐 물었다. 아차 싶던 수호가 몸을 꼿꼿이 세운 채 그녀를 바라보았다. 바짝 긴장했지만, 돌아오는 대답은 없었다. 곧 한숨을 동반한 아리의 말이 수호에게로 푹- 꽂혔다.

"그냥. 꼭 보여주고 말해줄 게 있는데, 그냥 가면 안 돼요? 오빠도 저한테 할 말 있을 거잖아요."

두 사람은 경찰서 앞을 떠나 두 사람이 처음 만난 공원 근처에 도착했다. 주차장에 차를 대 놓고, 둘은 천천히 걸음을 옮겼다. 어둠이 깊게 내려앉은 탓일까, 공원은 평소보다 더 으슥했다.

하지만 아리는 무섭지도 않은지 성큼성큼 걸음을 내디뎌 저 앞으로 걸어갔다. 수호가 뒤따라오는지, 따라오지 않는지 확인조차 않은 채 말이다.

"아리야."

수호의 부름에도 그녀는 돌아보지 않았다. 해서, 수호는 더더욱 걸음을 늦출 수 없었다. 혹시라도 느리게 걸었다 그녀를 놓치기라도 하면 어쩌나 하는 작은 걱정 때문이었다. 빠르게 걷던 아리가 멈춘 곳은, 가끔 포장마차가 열리는 공원의 커다란 중심부였다. 아리의 시선이 천천히 수호에게로 돌아왔다.

차에서 내려 처음으로 눈을 마주한 순간이었다. 하지만 도저히 먼저 입을 뗄 수 없었다. 뭐라 말을 해야 할까.

"아리야."

"오빠가 그랬죠? 내가 왜 이 시기가 되면 이러는지, 나중에 말해주고 싶을 때 말해도 된다고요."

그런 적은 있었지만, 지금이 시기적절할 때는 아니라 생각했다. 지금보다 더 나은 상황에서 이야기를 듣고 싶었는데, 하필 지금 아리의 속 이야기를 들어야 한다니.

"그거 지금 이야기할 거예요."

낮은 목소리였다. 낮게 내려앉은 어둠과 똑 닮은, 아리에게서 한 번도 듣지 못했던 어두운 목소리. 숨을 크게 들이마신 그가 걸음을 옮겨 아리에게 가까이 다가갔다. 물론 전처럼 바짝 옆에 붙어 있을 수는 없었다. 두어 발자국 떨어진 채 그녀에게 귀를 기울였다.

하지만 아리는 쉽게 말을 꺼내지 못했다. 한참이나 정적을 지키며 숨을 들이마시고 내뱉기만 반복할 뿐. 하늘을 올려다보던 그녀가 입을 벙끗거렸다. 작은 입이 움직이며 속에 묵어 있던 이야기가 터져 나왔다.

❀

"엄마, 나 학교 가!"

아무렇게나 신발을 구겨 신던 아리가 뒤를 돌아 소리를 질렀다. 며칠 전 운동화를 새로 산 탓인지, 발이 잘 들어가지 않았다. 겨우 신발을 신고 나니, 부엌에서 모친인 수경이 뛰어나왔다. 그녀의 한쪽 손에는 토스트가 들려 있었다. 금방 만들었는지, 김이 모락모락 올라왔다.

"이거, 이거 먹고 가."

"싫어. 걸어가면서 먹으라고? 버스도 타는데?"

아리가 인상을 찌푸리며 볼멘소리를 내자 수경이 씁! 윗니로 아랫입술을 누르며 눈을 흘겼다.

"학교 끝나고는 길거리에서 실컷 먹으면서, 이게!"

"아야! 아파!"

수경의 손이 아리의 엉덩이를 찰싹 내려쳤다. 우는 시늉을 하던 아리가 입술을 삐죽거리며 엄마가 내미는 토스트를 받아 들었다.

"오늘 학교 끝나면."

"학교 끝나면 소영이랑 쇼핑 가기로 했지롱."

"어제 용돈 받았다고 또 전부 쓰려고?"

"치, 용돈 얼마나 된다고."

한쪽 눈을 찡긋거리는 아리의 모습에 수경이 참나, 웃음을 터뜨리며 볼을 꼬집었다.

"조심히 다녀와."

"응. 엄마도 얼른 더 자. 이따 나가야 하잖아."

"엄마는 걱정하지 말고, 너나 잘 다녀오세요."

수경의 말에 아리가 활짝 웃었다. 토스트를 한 입 베어 물고 무어라 이야기했지만, 입안 음식물 때문에 제대로 들리지 않았다. 손을 흔들며 밖으로 나온 아리는 꾸역꾸역 토스트를 입안으로 밀어 넣었다.

1층으로 내려가니, 매일 학교를 함께 오가는 현태가 먼저 와 있었다. 계단의 난간에 비스듬히 걸터앉아 있던 그가 입을 크게 찢으며 하품을 했다.

"천천히 좀 먹어. 체해."

아리가 현태를 향해 토스트를 내밀었다. 먹을 것이냐는 뜻이었다.

현태는 토스트와 아리를 번갈아 보았다. 고개를 도리도리 저어대고는, 기대어 있던 몸을 일으켰다.

"가자, 늦겠어."

먼저 앞서가는 현태를 보던 아리가 히죽 미소를 지었다. 그리고 졸졸 쫓아가 그의 곁에 섰다.

"현태야."

곧 현태의 걸음이 우뚝 멈추었다. 곁에서 따라오는 아리를 쳐다보며 미간을 좁혔다.

"너 그런 콧소리 내지 마. 불안하니까."

"나 있지. 너무 목말라. 응?"

"편의점에서 사 마셔."

"그런데 내가 용돈이 말이야. 응?"

콧소리를 내며 현태에게 매달리려고 할 때, 무언가 아리의 주머니에서 툭 떨어졌다. 평소라면 몰랐을 텐데, 오늘따라 바닥에 부딪히는 소리가 크게 들렸다. 퍽! 귀를 스치는 날카로운 마찰음에 잽싸게 바닥을 내려다보았다.

"어, 내 거울!"

매일 품에 넣어 다니던 거울이 떨어져 있었다. 그리 예쁘진 않지만 크기가 작아 실용성이 좋은, 그럭저럭 마음에 드는 거울이었는데. 거울을 집어 올린 아리가 울상을 지었다. 귀퉁이만 살짝 깨져 있어, 얼굴을 보는 데에는 별 무리가 없었다.

"버려. 깨진 거울 갖고 있으면 안 좋아."

옆에서 거드는 현태가 더 미웠다. 그를 살짝 흘겨보던 아리가 다시 거울을 바라보았다.

"미신이잖아. 안 버릴 거야."

"어차피 깨졌잖아."

"싫어. 안 버려."

이유는 모르지만, 거울을 버리고 싶지 않았다. 산산조각이 났더라도, 품에 갖고 있어야 할 것 같았다. 그냥 느낌일 뿐이었지만. 아리는 깨진 거울을 한참이나 쳐다보았다. 현태가 음료수를 사준단 말에 금세 주머니 속으로 집어넣었지만, 버려야겠다는 생각은 들지 않았다.

하루는 길었다. 그리고 이상했다. 함께 쇼핑을 가기로 했던 소영이는 갑자기 약속을 깨버렸고, 갑작스러운 쪽지시험과도 맞닥뜨려야 했다. 결과야 불 보듯 뻔했지만.

거울 때문인가 싶어 주머니에서 꺼내 한참을 들여다보았다. 그때, 지나가던 반 친구 하나가 깜짝 놀라 아리에게 말을 걸었다.

"아리야, 너 그거 빨리 버려. 깨진 거울은 갖고 있으면 안 된다고 했어. 너 그걸로 자꾸 네 얼굴 비추면 복 나간다?"

깨진 거울 사이로 말이야.

걱정스러운 친구의 말에 아리가 거울의 조각을 유심히 살펴보았다. 총 세 갈래로 깨어진 거울이 반짝반짝 빛나고 있었다. 정말이야? 진짜 너 때문이야? 거울에 말을 걸어보지만, 대답이 돌아올 리 없었다. 그저 한숨을 내쉬며 거울을 주머니 속으로 쏙 집어넣을 뿐.

하루는 무난히 지나갔다. 학교가 끝나기 무섭게 아리는 엄마와 아빠의 포장마차로 뛰어갔다. 평소였다면 집으로 직행해 혼자만의 시간을 즐기곤 했을 텐데, 오늘은 부모님과 함께 있고 싶었다. 깨진 거울에 대한 불안함 때문에 쉽게 잠들지 못할 게 뻔했기 때문이었다.

흥얼흥얼 콧노래를 부르며 공원을 거닐었다. 어느새 오후의 끝자락에 다다른 공원이 노릇노릇하게 익어가고 있었다. 저 앞으로 부모님의 포장마차가 보이자, 걸음에 더욱 속도가 붙었다. 그리고 근처를 배회하는 수상한 그림자를 발견했다.

포장마차를 기웃거리던 그는 인상을 잔뜩 찌푸린 채 침을 탁 뱉었다. 고약한 그의 인상을 보자마자 아리는 그가 누군지 알아챌 수 있었다. 며칠 전, 부모님의 포장마차 옆으로 새로운 포장마차가 들어왔다. 새로 들어온 것까지는 문제가 되지 않았다. 문제는 그 이후였다.

유독 크게 노래를 틀어 아리 부모님의 포장마차 손님이 인상을 찌푸리며 나간다든가. 애초에 정해져 있는 자리를 침범해 주인이 있네, 마네 소리를 지르며 따진다든가.

며칠 전엔 아리네 포장마차 자리에 비료를 뿌리는 걸 들켜 한바탕 소동이 났던 적도 있었다.

'저 아저씨가 진짜!'

아리가 씩씩거리며 걸음을 옮겼다. 그리고 조금씩 그가 가까워졌을 때, 가슴 속에 보이는 캔디를 보곤 걸음이 우뚝 멈추고 말았다. 캔디는 까맣게 물들어 있었다. 곧 깨질 것처럼 오만 곳이 금이 가 있어, 보는 것만으로도 위태로웠다.

겁이 났다. 그 검은 캔디가 제 부모님을 향한 악감정은 아닐까 걱정도 됐다. 그러다 이게 거울이 깨진 것 때문이라 생각이 드니 짜증마저 났다. 씩씩거리던 아리가 가방끈을 꼭 잡은 채 남자에게 걸어갔다.

"아저씨! 저희 가게에서 뭐 하는 거예요?"

아리의 낭랑한 목소리에 남자가 미간을 찌푸리며 고개를 돌렸다. 제법 인상이 고약했지만, 아리는 조금도 주눅이 들지 않았다. 되레 턱을 높이 들어 올리며 바락바락 제 할 말을 이어갔다.

"또 해코지하려고 그러죠? 네?"

"뭐?"

"맞잖아요! 저번에도 아저씨 이렇게 어슬렁거리면서 우리 포장마차에 해코지하려고 했잖아요! 아니에요?"

남자는 쩌렁쩌렁 소리를 지르는 아리를 보고 미간을 찌푸렸다. 포장마차와 아리를 번갈아 보던 남자가 성큼성큼 그녀에게 다가왔다. 멀찍이 떨어져 있을 땐 몰랐는데, 막상 다가오니 위압감은 배가되었다. 흠칫하던 아리가 뒷걸음질을 쳤다.

"뭐, 해코지하면 어쩔 건데? 어? 조그만 게 어디 어른한테 소리를 질러, 소리를!"

남자가 손을 번쩍 치켜들자, 아리는 꺅! 짧은 비명을 지르며 고개를 숙였다. 그래, 맞자. 차라리 맞고 경찰서에 가자! 그런 생각을 하던 찰나였다.

"적당히 하시죠."

익숙한 목소리가 들렸다. 깜짝 놀라 뒤를 돌아보니, 남자의 손목을 꽉 붙든 현태가 서 있었다. 짧은 머리칼에 고등학생치곤 날카로운 눈매가 제법 위압적이었다.

“어른이라고 애한테 손대도 괜찮다는 법은 없습니다.”

“너, 너 이 자식이! 이거 안 놔? 야, 야 인마!”

현태에게 손목이 잡혀 아등바등하는 남자가 얼굴을 붉히며 씩씩거렸다. 하지만 그는 꼼짝도 하지 않았다. 그저 남자를 지켜보며 흥, 콧방귀를 뀔 뿐. 그러고는 어깨를 으쓱대며 비아냥거렸다. 살짝 비웃음을 흘려주는 것 역시 잊지 않았다.

“어른인데 애 하나 못 뿌리칩니까?”

곧 남자의 얼굴이 새빨개졌다. 이 새끼가! 남자의 목소리가 더욱 높아졌을 때, 포장마차 문을 열고 아리의 아빠 유성이 나왔다. 시끌벅적한 소리에 부랴부랴 나온 유성은 세 사람의 모습을 보고 소스라치게 놀랐다.

“아리야!”

잽싸게 달려온 유성이 아리의 앞을 가로막으며 남자를 노려보았다. 그의 듬직한 팔은 현태까지도 감싸 안아주었다.

“애들한테 무슨 짓입니까?”

“무슨 짓이요? 내가 지금 손목 잡힌 거 안 보여요?”

현태는 남자의 말이 끝나기 무섭게 손을 탁 놓아버렸다. 그리고 뒷짐을 진 채 어깨를 으쓱거렸다. 제가 뭐요? 모른 척하는 얼굴에 약이 오른 건지, 남자가 얼굴을 붉히며 씩씩거렸다.

“애들 교육 좀 똑바로 해요! 똑바로!”

남자의 거친 언행에 아리가 고개를 들어 소리를 높였다. 무서운 마음은 남아 있는지, 가방끈은 그 어느 때보다도 더 꽉 쥐고 있었다.

“아저씨나 잘 하세요! 우리 아빠는 교육 아주 잘 해주고 있거든요!”

“아리야, 들어가 있어.”

유성은 화가 난 표정으로 아리와 현태를 보며 말했다. 먼저 포장마차 주변을 이상하게 돌고 있던 사람은 저 아저씨라고 말을 해야 했는데, 입이 떨어지지 않았다. 유성을 힐끗거리며 쳐다보던 아리가 고개를 끄덕였다. 현태는 자리를 피하는 아리의 곁을 끝까지 지키며 남자를 경계했다.

두 사람에게서 멀어지던 아리가 포장마차의 앞에서 걸음을 우뚝 멈추었다. 가슴이 답답한 게 자신이 괜한 일을 한 건 아닐까 싶었다. 그냥 부모님에게 말씀드릴걸. 받아치지 말걸. 수많은 후회가 그녀에게 밀려왔다. 하지만 이미 벌어진 일은 어쩔 수 없는 일.

"들어가자."

현태의 말에 어쩔 수 없이 걸음을 옮겼다.

"아빠는? 어머, 현태도 왔구나?"

수경이 들어오는 아리에게 걱정스레 묻다가, 뒤따라오는 현태를 보며 반갑게 웃었다. 안녕하세요, 고개를 숙이며 인사를 하는 현태의 얼굴에 멋쩍은 미소가 그려져 있었다. 아리는 그런 엄마를 빤히 바라보다 크게 한숨을 내쉬었다. 그리곤 두 팔을 뻗어 수경을 와락 끌어안았다.

"엄마."

"얘가 왜 이래, 갑자기? 오늘 쇼핑 간다 하지 않았어?"

약속이 취소됐어. 엄마 내가 오늘 거울을 깼는데. 하고 싶은 말은 수없이 많았지만 차마 입에 담기지 않았다. 연거푸 한숨을 쉬던 아리가 수경의 어깨에 얼굴을 파묻었다. 중얼거리던 입 모양에 용기를 내어 힘을 실었다.

"미안해."

"얘가 왜 이럴까? 현태야, 오늘 시험 봤니? 얘 왜 이래?"

수경은 너스레를 떨면서도 아리를 꽉 끌어안아 등을 쓰다듬어 주었다. 엄마의 손길은 따뜻했고, 숨결은 포근했지만 아리의 불안감은 사라지지 않았다.

해가 뉘엿뉘엿 지는 것조차 불안해지는 오후였다.

아리는 유성이 돌아온 후 된통 혼이 나야 했다. 그런 일이 있었다면 아빠에게 말을 하면 되지, 위험하게 왜 네가 나서서 상대하냐는 말이었다. 아리는 아저씨의 까만 캔디를 이야기할까 했지만, 결국 아무런 말도 하지 못했다. 괜한 이야기로 아빠의 화를 돋우는 건 싫었고 까만 캔디 역시 저의 괜한 기우라 생각했기 때문이었다.

잠깐의 훈계를 거친 뒤, 금세 화가 풀린 유성은 아리와 현태에게 이것저것 음식을 내어주기 시작했다. 유성의 특제 김치 잔치국수부터 아리가 좋아하는 골뱅이무침까지. 푸짐하게 차려진 상을 내려다보며 아리와 현태는 활짝 웃었다.

식사를 마치고, 시끌벅적한 저녁을 보냈다. 해는 어느덧 완벽하게 사라져 사방엔 어둠만이 가득했다. 벌써 8시가 넘어가는 시간이었다.

"이제 얼른 집에 가. 너 내일도 학교 가야 하잖아."

엄마의 말에 아리가 손목시계를 내려다보았다. 들어가야 하는구나. 한낮에 그녀를 괴롭히던 불안감이 또다시 찾아왔다. 입술을 꾹 누르던 아리가 수경의 손을 잡았다.

"엄마, 오늘은 나랑 일찍 들어가면 안 돼? 응?"

몸을 배배 꼬는 아리의 모습에 이상함을 감출 수 없지만, 부모님의 얼굴에는 미소가 한가득 걸려 있었다.

간만에 어리광을 부리는 딸의 모습이 퍽 보기 좋은 모양이었다.

"현태야, 우리 아리 좀 데려다줄 수 있지?"

"그럼요. 오늘 저도 부모님이 안 들어오셔서, 괜찮으면 아리랑 같이 있을게요. 아까 그 사람도 좀 불안하고……."

"그래, 그렇게 해주면 고맙지."

고개를 끄덕이는 수경의 모습에 아리가 다시 입을 열었다. 그게 아니라, 첫 마디를 떼기도 전에 수경이 아리의 손을 꼭 붙잡았다.

"조금만 있으면 가게 계약하잖아. 응? 그러니까 우리 그때까지만 좀 참자, 아리야. 알았지?"

점포 하나를 두고 계약만 벌써 두 달째였다. 생각보다 권리금이 비싸다며 한숨을 쉬는 부모님의 뒷모습을 몇 번이나 보아왔다. 그때마다 아리는 잘될 거라 부모님에게 힘을 실어주었다. 아리 역시도 일반 점포로 옮기기를 학수고대하며 기다려 왔으니까.

부모님은 아무래도 아리가 어리광을 부리고 있다고 생각하는 듯했다. 집에 혼자 있고 싶지 않아서 부리는 어리광이라고. 하지만 아리는 어리광이 아니라고 차마 말하지 못했다. 캔디의 이야기도, 아저씨가 이상하다는 말도 하지 못한 채 고개를 끄덕여야 했다.

그렇게 현태와 함께 포장마차를 나온 아리는 몇 번이나 뒤를 돌았다. 시야에서 부모님의 모습이 사라지고, 포장마차마저 작아질 때까지 뒤를 돌아보는 건 계속되었다. 큰길로 나와서야 뒤를 돌아보지 않게 되었지만, 불안한 마음은 여전했다. 아휴, 크게 한숨을 뱉던 아리가 옆에서 함께 걷던 현태를 바라보았다.

"근데 너 진짜 우리 집에 같이 있게?"

"안 돼?"

"남녀칠세부동석이랬다?"

"네 방 오라고 해도 안 가. 거실에서 시험공부 할 거야."

"공부? 네가 공부? 맙소사, 하늘이 두 쪽이 나겠네."

고개를 도리도리 저어대는 아리의 모습에 현태가 픽 웃음을 지었다. 그리고 뒤를 슬쩍 돌아보다 아리에게로 더욱 바짝 붙었다.

"야, 떨어져!"

"조용히 해."

갑자기 낮아지는 현태의 목소리에 아리가 잔뜩 긴장했다.

"아까부터 자꾸 누가 쳐다보는 것 같단 말이야. 빨리 가자."

"누가? 누가 쳐다보는데?"

"가서 말해줄게. 저기, 저기 택시 타면 되겠다."

현태는 짧게 말을 끝낸 뒤, 멀리에서 천천히 다가오는 택시를 잡았다. 그리고 아리를 먼저 안으로 구겨 넣고 옆에 올라탔다. 탁, 문이 닫히기 무섭게 현태가 아리의 집 주소를 말했다. 차가 출발하고, 아리가 현태 너머 창문을 기웃거렸다.

"뭔데? 누군데?"

"됐어. 몰라도 돼."

현태가 손을 내밀어 그녀의 시야를 제한했다. 하지만 그렇다고 포기할 아리가 아니었다. 계속해서 두리번거리는 아리의 모습에도 현태는 아무런 말을 하지 않았다. 집에 갈 때까지 그는 아무런 말이 없었다. 아리 역시 괜한 불안감으로 더는 묻지 않았지만.

겨우 집에 도착한 아리가 현태에게 유성의 티셔츠와 트레이닝 바지 한 벌을 내주었다. 화장실에 가 씻으면 된다고 말을 하면서, 자신은 부모님의 방에 있는 화장실로 들어갔다. 말끔히 씻고 나온 뒤에야 두 사람은 함께 거실에 앉았다. 분명 개그 프로그램을 보고 있었는데도 웃음을 터뜨릴 수 없었다.

마음속에 남아 있는 불안감 때문이었다.

"아까 누가 따라오냐고 물었지?"

현태의 물음에 아리가 고개를 돌렸다.

"이제야 말해주는 거야? 뭐야, 뜬금없이?"

"따라온다기보다, 자꾸 쳐다보는 것 같았어. 그 포장마차 아저씨."

일순간, 온몸으로 우두두 소름이 돋았다. 마시고 있던 물을 뱉고 싶을 정도로 머리가 아찔해졌다. 만약 엄마의 말을 어기고 혼자 집으로 왔다면. 생각만 해도 끔찍했다.

"고마워, 같이 와줘서."

"됐어. 진짜 부모님 두 분 다 집에 안 계셔서, 혼자 있기도 싫었고."

"그래도, 고마워."

솔직하게 말하는 아리의 모습에 현태가 피식 웃음을 그렸다. 그리곤 머리를 두어 번 헝클여주다, 두 팔을 죽 뻗어 기지개를 켰다. 괜히 저까지 긴장해 몸이 뻣뻣하게 굳은 기분이었다.

그러다 현태가 아리를 향해 고개를 돌렸다.

"그나저나 아까 왜 그랬어?"

"뭐가?"

"왜 갑자기 그 아저씨한테 소리 지르고 그랬냐고. 평소에는 침착하던 애가."

현태의 말에 아리가 입을 다물었다. 바닥을 내려다보는 눈동자가 도르륵 도르륵 굴러갔다. 한참 고민하던 그녀가 숨을 들이마시며 입을 열었다.

"그 아저씨 캔디가 보였는데……."

그는 아무런 대답 없이 고개를 끄덕였다. 어느 날 갑자기 보인다는 캔디가 신기하긴 했지만, 아리에게 큰 스트레스인 걸 알아 딱히 호들갑을 떨고 싶지 않았다. 아리는 천천히 숨을 들이마시고 내뱉으며 현태를 힐끗거렸다. 하얗게 질리는 얼굴이 이상했다.

"그 아저씨 캔디가 까맣게 변해 있었어. 우리 엄마, 아빠 포장마차 보는데…… 꼭 나쁜 마음 먹은 사람처럼……."

불안함에 아리의 눈동자가 바들바들 떨렸다. 잠자코 이야기를 듣던 현태가 아리의 손등을 두어 번 토닥여 주었다. 괜찮아, 작은 목소리가 그녀의 귓가에 맴돌았다.

"그 아저씨 분명 속으로만 그럴 거야."

"왜 그렇게 생각해?"

"아까 봤잖아. 겁 많은 거. 아무리 그래도 고등학생이 그랬다고 잔뜩 겁먹은 건 좀 너무하지 않냐?"

분위기를 바꾸려는 듯, 현태가 키득키득 웃음을 터뜨렸다. 아리 역시도 그런 현태의 마음을 알기에 싱긋 미소를 지었다. 다시 한 번, 손등을 토닥여 주던 현태가 입을 열었다.

"아무 일도 없을 거야. 그러니까 걱정하지 말고 얼른 자."

"나 거실에서 자도 돼?"

"뭐야, 남녀칠세부동석이라며."

"불안해서 그래."

아리의 눈동자가 불안함으로 일렁이고 있었다. 한참이나 정적을 지키던 현태가 곧 못 이긴 척 고개를 끄덕였다. 그리고 소파를 탁탁 두드리며 아리에게 말했다.

"네가 여기에서 자. 내가 바닥에서 잘게."

"정말이지?"

"나니까 괜찮지, 너 다른 남자애하고 이러면 큰일 난다."

"내가 너 말고 아는 남자애가 또 어디 있냐?"

금세 기분이 풀린 건지, 아리는 현태에게 투덜거리며 자리에서 벌떡 일어났다. 방으로 달려가 이불을 챙긴 아리가 후다닥 거실로 나왔다.

현태에게 이불 두 채와 베개를 건네고, 저는 커다란 담요와 베개를 소파에 펼쳤다. 빨리 자야 한다는 그녀의 채근에 어느새 거실에는 어둠이 찾아왔다.

아리는 소파에, 현태는 바닥에 누워 고요한 밤을 맞이했다.

"현태야."

그때, 나지막이 들리는 아리의 목소리에 현태가 눈을 떴다.

"왜?"

"그냥. 고마워서."

간질거리는 목소리였다. 스스로 들어도 그렇다고 생각했다. 말을 던지고도 부끄러운지, 아리가 이불을 머리끝까지 올려 덮었다. 잘 자, 중얼거리는 그녀의 목소리에 현태의 얼굴에도 미소가 떠올랐다. 불안이라는 감정이 잠시 하늘 위로 날아간 순간이었다.

꿈일까. 현실일까. 알 수 없는 경계에 갇힌 채 아리는 어두컴컴한 어딘가에 멈추어 서 있었다. 주변을 아무리 둘러봐도 보이는 것 하나 없었다. 아무 소리도 들리지 않아 괴이함은 더더욱 커져만 갔다. 재차 주변을 돌아봤지만, 무(無)의 세계처럼 주변은 고요했다.

"엄마!"

자연스럽게 엄마를 불렀다. 어디 있어. 중얼거리던 그녀가 걸음을 옮기려던 그때, 저쪽에서 잔뜩 슬픈 표정을 짓고 있는 수경이 걸어왔다. 그리고 뒤쪽으로 드러나는 건, 함께 구슬픈 표정을 짓고 있는 유성이었다.

"엄마, 아빠!"

반가운 마음에 후다닥 잰걸음을 옮겼다. 한 발자국만 더 가면 엄마와 아빠에게 뛰어들 수 있었는데.

"안 돼!"

수경의 날카로운 목소리에 그만 걸음이 우뚝 멈추고 말았다. 자리에 꼿꼿이 선 아리가 수경을 쳐다보았다. 그리고 곧, 손발이 벌벌 떨리기 시작했다.

'아리야.'

저를 부르는 수경의 얼굴이,

'우리 딸.'

자신을 보며 울고 있는 유성의 얼굴이 피로 범벅이 되어 있었다. 부모님은 아리를 보며 울고 있었다. 눈물은 곧 핏방울이 되어 볼을 타고 뚝뚝 흘러내렸고, 그들의 피부는 검은 공간을 밝혀줄 정도로 하얗게 질려 있었다.

"어, 엄마. 아빠."

손을 뻗었지만, 그들에게 닿지 않았다. 되레 두 사람은 아리에게서 멀어지고 있었다.

'미안해, 우리 딸.'

'사랑해. 엄마가 많이 사랑해.'

꼭 마지막처럼 들리는 말에 아리가 눈을 크게 떴다. 그리고 다시 걸음을 옮겼다. 멀어지는 두 사람을 잡으려 속도를 붙여 보지만, 그들과 가까워지지 않았다.

"엄마, 아빠. 왜 그래. 응? 어디 가, 어디 가는데!"

이제 피눈물은 신경도 쓰이지 않았다. 대체 어딜 가는지, 또 왜 그러는지 이유만이 궁금할 따름이었다. 왈칵 차오르는 눈물을 참지 못한 채 펑펑 흘리고 말았다. 걸음을 재촉하며 손을 뻗고, 뜀박질하다 넘어졌다. 하지만 아리는 꿋꿋이 일어나 부모님을 따라갔다.

"엄마! 아빠!"

'사랑해…… 우리 딸…….'

수경의 말이 흐려졌다. 그리고 곧 아리를 쳐다보며 슬프게 웃던 유성의 얼굴마저도 점차 흐려지기 시작했다. 이대로 보내면 안 될 것 같았다. 어쩌면 이게 끝일지도 모른단 생각에 손을 쭉 뻗어 있는 힘껏 소리를 질렀다.

"안 돼! 엄마, 아빠!"

동시에 눈이 번쩍 뜨였다. 들숨과 날숨이 얼마나 거칠었는지, 자신을 내려다보는 현태의 얼굴마저 하얗게 질려 있었다.

"괜찮아? 야, 한아리!"

"혀, 현태야. 엄마, 엄마랑 아빠."

"뭐야 악몽 꿨어? 일어나 봐. 어?"

현태의 부축에 몸을 일으키니, 온몸이 땀으로 흠뻑 젖어 있었다. 주변을 둘러보니 같은 어둠이었지만 그곳은 분명 자신의 집이었다. 사랑하는 부모님과 함께 살아가는 집. 그래, 우리 집. 고개를 끄덕이던 아리가 안도의 한숨을 내쉬었다. 물 한 잔만, 현태에게 부탁하기 위해 입을 벙긋거렸다. 하지만 입술 바깥으로 말이 터져 나오지 않았다.

갑자기 울리는 핸드폰 때문이었다. 발신자는 엄마였다. 왜 이리 불안한 건지 알 수 없었다. 쿵쿵. 심장이 뛰는 소리가 바깥까지 들릴까 두려웠다.

"현태야. 이거 네가 받아주면 안 돼?"

아리의 갑작스러운 말에 현태가 눈을 크게 떴다.

"내가?"

"응. 한 번만. 제발."

악몽을 꾸고, 땀까지 뻘뻘 흘리는 아리의 모습에 현태가 고개를 끄덕였다. 부모님의 이름을 외치며 깬 걸 보아 그럴 만도 하겠다 싶어 핸드폰을 집어 들었다. 통화 버튼을 누르고 흠흠, 목을 가다듬었다.

"네, 어머니. 저예요. 현태……."

평소와 달랐다. 아리가 자고 있어 자신이 받았다. 너스레를 떨어야 할 현태의 몸이 단단히 굳어지고 말았다. 잠자코 전화를 붙잡은 채 아무런 말도 하지 못 하던 그가 숨을 크게 들이마셨다.

"야, 지현태."

불안한 마음에 아리가 그를 불렀다. 그리고 그때, 저를 쳐다보는 현태의 눈동자에 온몸이 오싹하게 굳고 말았다. 어째서, 그 어둠 속에서 현태의 눈동자만큼은 선명하게 보였을까.

"아리야…… 너희 부모님이…… 두 분이……."

떨리는 현태의 목소리에 아리가 침을 꿀꺽 삼켰다. 이유도 모르면서 온몸이 차갑게 식고 있었다.

"돌아…… 가셨대."

울 힘이 없다는 게 이런 것일까 싶었다. 아리는 한참이나 한자리에 앉아 멍하니 앞을 바라보았다. 길게 늘어진 하얀 국화꽃들, 환하게 웃고 있는 부모님의 영정사진. 그리고 사진의 위로 연기가 올라오는 향까지. 도저히 믿을 수 없는 현실에 자신이 서 있었다.

부모님이 맞는지 확인을 하러 간 순간에도 아리는 이 모든 게 꿈이길 바랐다. 눈앞에 닥친 꿈에서 당장에라도 깨어나길 얼마나 바랐는지 모른다. 하지만 현실은 가혹했다. 싸늘하게 식은 부모님의 시신을 차마 볼 수 없어 현태의 부모님이 대신 확인해 주었다. 그들이 아리 대신 목 놓아 울음을 터뜨렸다. 어쩜 좋니, 어쩌면 좋아.

벌써 두 시간째. 장례식장에는 소수의 사람만이 방문했다. 유난히 조용한 그곳에서 아리는 부모님의 영정을 한참이나 쳐다보았다.

"아닌데."

중얼거리는 아리의 목소리에 현태가 그녀를 돌아보았다.

"뭐가?"

"우리 엄마, 아빠⋯⋯ 곧 돌아온단 말이야."

"한아리."

"나 빨리 가야 해. 엄마, 아빠 걱정해."

아리가 자리에서 벌떡 일어났다. 그리고 장례식장을 나서려 걸음을 옮긴 순간, 현태가 그녀의 손을 잡았다.

"아리야."

"이거 놔, 엄마, 아빠 기다린다니까? 네 부모님은 저기 계시잖아. 넌 괜찮잖아. 나는⋯⋯ 나는 엄마, 아빠가 기다린다니까, 집에서 기다릴 거라니까!"

현태는 그런 아리에게 아무런 말도 건넬 수 없었다. 입술을 꽉 누른 채 그녀의 손을 더욱더 세게 붙들고 있을 뿐이었다.

"이거 놔! 놔, 제발! 현태야, 현태야 이거 좀 놔줘. 엄마, 아빠 집에 있대, 엄마, 아빠 집에 있을 거야! 그러니까 제발!"

"정신 좀 차려!"

손을 뿌리치려는 아리의 모습에 결국 현태가 소리를 지르고 말았다. 있는 힘껏 그녀의 손목을 세게 움켜쥔 현태가 아리를 빤히 쳐다보았다. 울고 있지 않았다. 차라리 눈물을 터뜨리면 좋을걸. 믿을 수 없는 현실이라, 그렇게 속을 터놓으며 울면 함께 부둥켜안고 울어줄 텐데.

이겨내지 못할 슬픔을 겪으면 눈물도 나오지 않는다고 했다. 지금 아리가 겪는 게 그 슬픔이겠지. 눈물조차 흘릴 수 없고, 아픔조차 내보일 수 없는. 견딜 수 없는 슬픔.

"내가 뭘, 내가 뭘 했는데 정신을 차려."

"두 분…… 돌아가셨어. 아리야, 제발 정신 좀 차려. 경찰이 범인 잡을 수 있다고 했어. 범인이 흔적을 많이 남겼다고 했으니까."

그때, 아리의 눈동자가 크게 흔들렸다. 엇나가는 듯한 느낌을 받기 무섭게 현태가 아차 싶어 입을 다물었다.

"우리 엄마, 아빠 안 죽었어."

아리의 표정이 차갑게 식어버렸다. 고개를 도리도리 흔드는 그녀의 행동이 꼭 영혼이 없는 사람 같아 현태는 쓰린 마음을 꽉 억눌러야 했다.

"무슨 소리야, 엄마, 아빠 집에 있다니까."

곧 아리의 눈에서 눈물 한 방울이 또르륵 굴러떨어졌다. 손등으로 아무렇게나 눈물을 훔친 그녀가 그의 너머로 있는 영정사진을 바라보았다.

"아니야. 거짓말이야. 엄마, 아빠 집에 있어. 집에 있겠다고 했어."

"아리야, 제발."

"왜, 왜 죽었다고 해. 왜! 왜 나를 혼자로 만들어! 아니라니까. 엄마, 아빠 안 죽었다고! 아니라고, 집에서 기다린다고!"

기어코 현태의 손을 뿌리친 아리가 고래고래 소리를 질렀다. 이제 막 자리에서 일어나려던 부모님의 친구들은 그런 아리를 보며 눈물을 훔쳤다. 씩씩거리던 아리가 다시 뒤를 돌았다. 집에 갈래, 중얼거리며 빠르게 신발을 구겨 신었다. 현태 역시 그녀를 뒤따랐다.

잽싸게 튀어 나갈 것 같았던 아리가 자리에 우뚝 멈추고, 현태 역시도 걸음을 멈췄다.

"왜……."

말이 나오지 않았다. 바들바들 떨리는 목소리가 힘없이 흘러나왔다.

그들의 앞에 나타난 건, 수갑을 찬 남자와 두 명의 경찰이었다. 남자는 초면이 아니었다. 핏물로 손이 범벅된 그는 아리와 얼굴을 붉히던 옆 포장마차를 운영하던 남자였다.

"차수경 씨, 한유성 씨 따님 되는 한아리 양 맞죠?"

아리가 고개를 끄덕거리자, 경찰이 남자를 턱짓으로 가리키며 말했다.

"이 앞을 기웃거려서, 이상하다 싶어 잡았는데……."

붙잡고 보니 범인이었고, 잡히자마자 자수를 했다는 이야기였다. 힘든 건 알고 있지만, 면식범인지 확인해 줄 수 있냐는 경찰의 말에 아리와 현태는 한참이나 아무런 말을 하지 못했다.

그리고 곧 현태의 몸이 부들부들 떨렸다. 자기도 모르게 튀어 나가 그의 멱살을 붙잡았다. 경찰 둘이 떨어지라며 그를 밀쳐냈지만, 악에 받친 현태가 밀려날 리 만무했다.

"왜! 왜 그랬어요, 왜! 당신은 자식 없어? 부모 없어? 왜! 왜 그 사람들을 그렇게 만들었어, 왜!"

현태의 외침에 아리가 눈물을 글썽였다.

"이 짐승만도 못한 새끼야, 어른이라고 부르는 것도 아까운 새끼야!"

"이봐, 학생! 떨어져! 이봐!"

현태는 저를 강력하게 저지하던 경찰의 손길에 의해 바닥에 나뒹굴고 말았다. 남자는 끝까지 고개를 숙인 채 아무런 말을 하지 않았다. 현태에게 손목을 잡혀 눈을 부라리던 오후의 모습과 대조되는 행동이었다.

남자를 빤히 바라보던 아리가 그의 캔디를 들여다보았다. 산산조각이 나 없어진 캔디에 왈칵, 눈물이 차올랐다. 힘들어할 거면서, 저렇게 괴로워할 거면서.

"왜 그랬어요?"

아리가 입을 달싹거리자, 고개를 숙인 남자의 어깨가 움찔거렸다. 곧 남자의 눈시울이 붉어졌다. 미안하다, 웅얼거리는 목소리가 바닥으로 떨어졌다.

"왜…… 그랬냐고 묻잖아요."

걸음을 옮기던 아리가 남자에게 가까이 다가갔다. 뒤쪽으로 현태의 부름이 들렸지만 개의치 않았다.

"진짜…… 진짜 우리 엄마, 아빠…… 엄마, 아빠한테 나쁜 짓 했어요?"

죽였냐는 물음은 던질 수 없었다. 거짓말일 테니까. 저를 놀리려는, 현태와 어른들의 질 나쁜 거짓말이 분명하니까. 아리의 질문에 남자가 고개를 들었다. 눈물이 그렁그렁 맺힌 아리의 얼굴을 마주하기 무섭게 그가 눈물을 뚝뚝 떨어뜨렸다.

"미안…… 미안하다……. 그렇게까지 하려고 한 건 아니었어. 겁을, 겁을 주려고 한 건데…… 미안하다. 정말 미안하다."

울음이 섞인 남자의 목소리에 아리가 고개를 도리도리 저었다.

"아니야, 아니잖아요…… 아니잖아요! 왜 거짓말해요, 왜!"

아리는 결국 이성을 유지하지 못한 채 남자에게 달려들었다. 멱살을 잡고, 주먹으로 남자를 마구 때렸지만, 그는 조금도 반항하지 않은 채 고개를 푹 숙일 뿐이었다. 미안하다 울부짖는 그의 목소리가, 그러려고 한 게 아니었다는 그의 말이 아리의 마음을 더욱 갈기갈기 찢어버렸다.

"그럼 아예 시도도 하지 말았어야죠! 왜! 왜 우리 엄마, 아빠, 왜! 내놔, 우리 엄마, 아빠 다시 내놔! 다시 살려내! 살려내란 말이야, 이 살인범!"

아리의 울부짖는 소리에 곧 현태의 부모님이 빠르게 달려왔다. 어째서 범인을 데려온 거냐며 경찰에게 따지고 드는 소리가 들렸다. 하지만 아리에게 보이는 건 잘게 조각난 그의 캔디와 환하게 웃고 있는 부모님의 영정 사진뿐이었다.

"살려내, 당장 살려……."

그리고 그 순간, 부모님을 살려내라며 울부짖던 아리가 까무룩 정신을 잃고 말았다.

"아리야!"

"아리야, 정신 차려. 아리야!"

주변에서 자신을 부르는 목소리가 들렸지만, 그 무엇도 귀에 들어오지 않았다. 엄마, 아빠. 중얼거리던 아리가 천천히 두 눈을 감았다. 모든 게 꿈이었으면. 이대로 나쁜 꿈에서 깨어나, 영화처럼 하루가 다시 시작되었으면. 그렇게 바라고 바랄 뿐.

❁

아리가 깊이 한숨을 내쉬었다. 그리고 텅 비어버린 길을 빤히 쳐다보았다.

"죽을 것 같던 시간이 지났어요. 집에 가면 부모님 흔적 때문에 정신없이 울었고, 밖을 나가면 살인사건 피해자의 딸이라며 밤낮없이 기자들이 붙었어요. 학교에서는 글쎄…… 나를 위해 모금함까지 만들더라고요. 웃기죠?"

수호는 아무런 대답을 할 수 없었다. 무게를 가늠할 수도 없는 짐을 지고 있던 아리에게 어떤 말을 하는 게 좋을지 생각나지 않았다. 말을 하려다 멈추고, 또 말을 하려다 멈추던 그가 짙은 한숨을 내쉬었다. 하지만 아리는 개의치 않고 계속해서 말을 이어나갔다.

"부모님이 돌아가셨다는 걸 받아들인 건, 그 사건이 있고 일 년 후였어요. 그리고 그때부터는 저를 원망하기 시작했죠."

"너를 왜?"

수호의 물음에 아리가 고개를 돌려 그를 바라보았다. 피식 웃던 그녀가 다시 텅 비어 있는 길을 쳐다보았다.

"그 아저씨 캔디, 보고도 모른 척했으니까요. 내가 캔디를 보는 건 부모님 모두 알았는데. 믿어주셨는데. 미리 말을 했으면 달라지지 않았을까, 부모님이 나와 함께 집에 들어가지 않았을까……."

너 때문이 아니라는 말을 하려다, 입을 다물었다. 알고 있을 것이다. 저 때문이 아니라는 것을 모르는 게 아니라, 그렇게라도 해야 슬픔에서 벗어날 수 있었겠지. 아무런 말이 없던 그가 아리를 힐끗 쳐다보았다. 그녀의 눈빛이 촉촉이 젖어 있었다. 이럴 때 캔디가 보이면 얼마나 좋을까.

"엄마는 이 능력이 참 예쁘고 좋은 능력이라고 했어요. 사람들의 예쁜 마음을 잔뜩 보고, 그 예쁜 마음을 닮을 수 있는, 좋은 능력이라고요."

또다시 울음이 터질 것 같아, 일부러 큰 소리를 내며 숨을 뱉었다. 고개를 뒤로 젖힌 뒤 하늘을 올려다보는 그녀의 눈이 촉촉이 젖어 있었다.

"내가 캔디를 봤으면서도 모른 척했고, 섣부른 행동을 해서 부모님이 돌아가셨다고 생각해요. 그건 변하지 않을 거예요."

울먹이는 아리의 목소리에 수호가 고개를 도리도리 저었다. 목이 꽉 막혀 아무런 말이 나오지 않는 것이 답답했다.

"저는 이 능력이 싫어요. 좋은 것뿐만 아니라, 나쁜 것까지 봐야 하는 이 능력이 정말…… 싫어요."

"아리야."

"그리고 이깟 능력 때문에 누군가 저에게 거짓말을 하는 것도 싫어요."

그녀의 단호한 말에 수호는 아무런 대답도 하지 못했다. 멍하니 그녀를 쳐다보다 입술을 잘근 씹으며 땅바닥을 내려 볼 뿐. 솔직하게 말할걸, 보이지 않으니 못 해주겠다고 솔직히 이야기할걸. 그렇게 생각하는 수호에게 아리가 물었다.

"언제부터 안 보였어요?"

어쩌면 이번이 마지막 기회일지도 몰랐다. 굳이 과거 이야기까지 하며 묻는 걸 보면, 수호에게 크게 실망했다는 걸 알 수 있었다. 현태의 캔디를 봐 달라고 할 때부터, 그렇게 대답을 하려고 입을 열었다. 숨을 크게 들이마시고 뱉으려던 찰나, 머릿속에서 선과 악이 싸우기 시작했다.

하지만 결정은 빨랐다.

"현태 캔디를 본 게…… 마지막이었어."

승자는 선이 아니었다. 그가 선택한 건, 결국 아리를 속이고 마는 말이었다. 언젠가 들키게 되면 저에게 크게 실망할 것을 알고 있었다. 하지만 언제나 후회는 늦는 법. 아리의 표정이 알쏭달쏭하게 변하는가 싶더니, 이내 고개를 푹 숙였다.

그렇구나. 고개를 끄덕이던 아리가 조용히 중얼거렸다.

"차라리 현태 캔디를 본 것도 거짓말이길 바랐어요."

아리의 말에 가슴이 따끔거렸다. 왜 그게 거짓말이길 바라냐 물어보려 했지만, 상황과 맞지 않음을 알아채곤 입에 힘을 줬다. 천천히 그녀에게 다가간 수호가 질문을 던졌다. 조심스러운 목소리였다.

"네가…… 다시 한 번 봐봐. 현태 캔디 본 이후에 바로 능력이 사라져서, 확실하지 않을지도 모르잖아."

아리는 아무런 말이 없었다. 잠자코 그의 이야기를 듣던 그녀가 어깨를 으쓱거리며 숨을 크게 들이마셨다.

"아니에요."

"왜? 네가 보는 게 더 정확할지도 모르는데."

곧 수호를 돌아보던 아리가 씁쓸하게 미소를 지었다. 길어지는 눈꼬리에서 겨울바람처럼 차가운 기운이 물씬 풍기는 듯했다. 수호에게서 시선을 거두던 그녀가 조용히 읊조렸다.

"직접 마주하기엔 겁이 나요. 그게 어떤 마음이든, 현태라서…… 현태랑 나라서 겁이 나요."

두 사람은 아무런 말도 나누지 않았다. 아마 어떤 말을 하든 실망이 사라지지 않을 것이라는 걸 알고 있기 때문일 테다. 어둠 속에 묻혀 있던 과거에 잡혀 버린 기분이 들었다. 아리는 엄마와 아빠의 과거에, 수호는 거짓말을 했던 자신의 과거에. 길다면 길고, 짧다면 짧은 시간이 지났다. 바람이 조금 더 쌀쌀해지던 찰나, 아리가 수호에게 그만 가자는 말을 전했다.

수호는 아리를 집 앞까지 바래다주었다. 하지만 아리는 현태가 데려다줄 때와 전혀 다른 모습을 보였다. 현태가 데려다주었을 때는 그의 차가 돌아설 때까지 현관에서 떠나질 못했다. 올라가면 돌아갈게, 현태의 그 목소리가 들리고 나서야 계단을 올랐다.

"아리야."

수호는 불이 꺼진 아리의 창문에 대고 그녀를 불렀다. 하지만 답은 돌아오지 않았다.

"오빠 갈게."

여전히 그는 아무런 대답도 듣지 못했다. 저 멀리에서 들리는 누군가의 술주정 소리만이 그에게 대답해 줄 뿐. 곧 수호의 차가 아리의 집 앞 골목을 부드럽게 빠져나갔다. 하지만 수호의 쓸쓸한 마음은 바람에 뒤엉켜 그 자리에 덩그러니 남아 있었다.

❁

아리는 캄캄한 방 안, 침대에 앉아 핸드폰을 빤히 바라보았다. 퇴근한 뒤로 만진 적이 없어 그런지, 제 손에 있는 것이 어색했다.

〈오늘 왜 먼저 갔어?〉

현태의 메시지였다. 현태는 메시지 하나로 끝낼 사람은 아니었다.

〈나한테 화난 거 있어?〉

아니, 없어. 고개를 도리도리 저으며 속삭였지만 전해지지 않았다. 현태의 답장을 가져온 액정은 열을 뿜으며 찬란한 빛을 쏟아낼 뿐.

〈답답하다, 아리야. 왜 그러는데, 대체.〉

나도 모르겠어. 중얼거리며 핸드폰을 뒤집었다. 무릎을 곧게 세워 그 사이로 얼굴을 파묻은 채 몇 번이나 물어보았지만, 답답함은 사라지지 않았다. 숨이 막혀 이대로 죽을 것 같다는 생각이 물씬 들 정도로 고통스럽다.

수호 말대로 그의 캔디를 보면 그만이었다. 어떤 색인지, 저와 있을 땐 어떤 모양을 하는지 확인하면 그만인데. 막상 그럴 생각을 하니 무서워졌다. 혹시라도 제가 생각하는 것처럼 현태의 캔디가 붉지 않을까 봐. 그저 그런, 애매모호한 색으로 빛나 자신이 초라해질까 봐.

끊임없는 고민은 사람을 고독하게 만든다. 고독은 곧 사람의 고립을 의미했다. 고독한 사람은 그 누구에게도 섞일 수 없고, 섞이지 못하면 떨어져 나간다. 지금 느끼는 감정은 오래전 경험해 본 적이 있다. 해서 꼭 지우고 싶은, 자신의 유일한 치부였다. 이겨내자, 이겨내자 몇 번이고 다독이던 그때, 핸드폰이 부르르 몸을 떨었다.

볼까 말까 고민하는 건 그저 머릿속 이야기일 뿐. 그녀의 손은 벌써 핸드폰을 뒤집고 있었다. 바보, 이 멍청이!

〈너희 집 앞이야. 나와봐.〉

현태의 메시지를 받는 순간, 온몸이 저 밑으로 꺼져 버리는 느낌을 받았다. 천둥이 몸으로 내리친다면 아마 이런 느낌이겠지.

아리는 급히 자리에서 일어나 창문에 드리운 커튼을 쳤다. 그리고 바깥을 내다보았다. 그곳엔 현태가 있었다. 차에서 내려 창문을 바라보는 현태의 눈과 마주친 순간, 쩌렁쩌렁한 목소리가 들렸다.

"안 나오기만 해, 올라갈 거니까!"

미쳤어. 중얼거리던 아리가 잽싸게 커튼 뒤로 숨었다. 오늘 하루 너무 많은 걸 터뜨려 죽을 것 같던 마음도 어느새 한꺼번에 가라앉았다. 되레 현태로 인해 두근두근 뛰고 있었다. 곧 침대 위에 엎어져 있던 핸드폰이 부르르 몸을 떨었다. 쥐 죽은 듯 조용히 걸어간 아리가 침대 위 핸드폰을 뒤집었다.

〈집에 있는 거 알아. 올라갈 거야.〉

메시지를 읽기 무섭게 쿵쿵 계단을 올라오는 소리가 들렸다. 귀가 쫑긋거릴 때마다 귓바퀴에서 심장박동이 들렸다. 조금도 움직이지 못하게 잡아놓으려는 것처럼, 아무것도 할 수 없게 자리에 꼿꼿이 세워놓으려는 것처럼.

어쩌지, 집에 아무도 없는 것처럼 굴까. 아니면 집이 아니라 거짓말이라도 해볼까. 손톱을 톡톡 물어뜯으며 고민하던 찰나, 핸드폰에 불빛이 반짝였다.

〈나 집 앞이야.〉

쿵쿵쿵. 쿵쿵쿵. 심장이 뛰는 속도와 함께 눈앞이 어지러워졌다. 어쩌지, 어쩌면 좋지.

〈문 열어주기 싫은 거면, 듣기만 해줘. 말해, 한 마디만 해도 돼.〉

아리는 홀린 듯 현관문으로 걸어갔다. 그 너머에 서 있을 현태를 떠올리며 떨리는 숨을 가다듬었다. 핸드폰을 꼭 쥔 채 가슴에 파묻었다. 그리고 아리는 깨달았다. 자신이 현태를 어떻게 생각하는지, 그에 대한 마음의 변화까지도 알아챌 수 있었다.

만약 현태를 남자로 느끼지 않았더라면 굳이 집에 없는 척을 하지도, 연락을 무시하지도 않았을 것이다. 동네 시끄럽게 굴지 말라며 버럭 짜증을 냈겠지. 하지만 지금은 그런 말조차 힘들다. 아니, '안녕' 사소한 인사라도 던졌다가는 심장이 터질지도 모른다.

"아리야."

그래, 이렇게 익숙한 부름에도 숨이 턱 막히지도 않겠지. 아리는 잠시 고민하다 신발을 신었다. 굳게 닫힌 문을 바라보며 숨을 크게 들이마셨다.

"이야기하는 건, 들어와서 해. 대신."

목소리가 떨리고 있다는 걸 들키진 않았을까. 아니, 수줍은 제 마음이 보이진 않았을까. 온갖 걱정이 밀려왔다.

"대신…… 이야기만 하고 나가는 거야. 알았지?"

현태의 웃음소리가 들렸다. 아리의 말이 터무니없다고 생각할 때 내는 웃음소리였다.

"그럼 뭐, 내가 너한테 뭐라도 할 것 같았어?"

"그건 아니지만."

"나 그렇게 나쁜 놈 아냐. 네가 이제껏 지켜본 내가, 그렇게 나쁜 놈이었어?"

"아니."

아리는 보이지 않는 현태를 향해 고개를 도리도리 저었다. 적어도 현태는 그런 사람이 아니었다. 오랫동안 곁에서 지켜봐 온 자신이 가장 잘 알고 있는 이야기였다.

"나도 진짜 이야기만 하고 갈 거야. 요 며칠 잠을 못 자서 너무 피곤해."

지친 현태의 목소리에 아리가 문을 열었다. 곧 활짝 열리는 문 사이로 현태의 모습이 드러났다. 현태는 걱정이 많아지면 미간이 좁아진다. 눈썹이 팔(八)자로 변하고, 눈 밑으로 검은 그림자가 내려온다. 조금 수척해 보이는 것도 그가 생각 외로 예민한 탓일 것이다.

탁, 문이 닫히기 무섭게 현태가 크게 한숨을 내뱉었다.

"무슨 일 있었어?"

"아니."

아리가 바닥에 시선을 고정한 채, 고개를 도리도리 흔들었다.

"나, 너한테 실수한 거 있어?"

"아니."

또 한 번 고개를 도리도리 저어대던 아리가 잡고 있던 제 손을 꽉 그러쥐었다. 언제부터 이렇게 저에 대해 모르는 게 없었을까. 언제부터 이렇게 매일 저를 신경 쓰며 지냈을까.

"그럼…… 무슨 걱정 있어?"

"……아니."

걱정이 있다는 걸 티라도 내는 듯, 이번 대답은 조금 늦어버렸다. 아차 싶었지만 현태 역시도 이미 깨달았다는 듯 입을 다물었다.

"아리야."

여전히 부드러운 현태의 부름이 가슴으로 날아와 콕 박혔다.

현태는 언제나 다정했다. 아리가 못된 말을 해도, 심술을 부리고 괴롭혀도 그는 늘 다정한 목소리로 그녀를 불러주었다. 누군가는 현태가 무뚝뚝해 말을 거는 것이 어렵다고 했지만, 아리는 알고 있었다. 그 무뚝뚝함은 그의 숨겨진 모습일 뿐이다. 현태의 드러난 다정함은 알아채기 힘들다. 일부러 알아보는 것 또한 쉬운 일이 아닐 테지만.

"한아리."

이어지는 그의 단호한 부름에 아리가 고개를 들어 올렸다. 혹 화가 났나 싶어 가슴을 졸였지만, 현태는 되레 미소를 지어주었다. 손을 뻗어 그녀의 손가락을 꽉 잡아주며 고개를 도리도리 저었다.

"나 피하지 마."

가슴이 저릿했다. 널 피한 건, 말을 하려다 입에 잔뜩 힘을 주며 참았다.

"내가 했던 이야기 때문에 그래?"

무슨 이야기를 했더라. 머리를 되짚다 이내 입술을 꾹 눌렀다.

"내 캔디, 한 번만 진지하게 봐달라는 이야기 때문에?"

"현태야."

"진짜였어."

아리는 더는 말을 할 수 없었다. 그의 한 마디가 가슴을 깊이 찔러 목을 막아버렸다. 어떤 대답을 하려고 했더라, 까맣게 잊어버리고 말았다.

"내 캔디 진지하게 봐달라는 말, 농담 아니었다고."

현태의 눈빛이 진지해졌다. 아리를 쳐다보는 그의 눈동자가 반짝반짝 빛나고 있었지만, 그 속엔 알 수 없는 그의 마음이 담겨 있었다.

"한 번만 네가 다른 사람 캔디 봐주는 것처럼 내 캔디 진지하게 봐줬으면 좋겠어. 한 번만 왜 그런 색인지, 어떤 모양인지 어떻게 빛나고 있는지 그게 누굴 향한 캔디인지……. 한 번만. 딱 한 번만 진지하게 생각해 주면 안 돼?"

그의 간절한 바람에 하마터면 그의 캔디를 볼 뻔했다. 만약 조절 방법을 배우지 못했더라면, 보고 싶지 않아도 그의 캔디가 보였겠지. 그랬다면 지금 이 상황까지 오지 않았을까. 어떻게든 달라졌을까.

"좋아해."

갑작스러운 고백에 심장이 벌렁거렸다. 제대로 호흡이 이어지지 않고, 눈앞이 어지러운 게 꼭 병에 걸린 사람 같았다.

"왜 캔디를 진지하게 봐주지 않냐, 어째서 내 마음은 읽어주지 않냐. 너한테 따질 게 아니었어."

현태가 아리의 손을 붙잡았다. 따뜻한 감촉이 손끝에 닿아 두 사람의 마음을 울렁거리게 했다.

"전해야 했는데, 겁이 났어. 네 옆에 친구로도 머무르지 못할까 봐. 같이 앞을 보며 걷는 사이도 되지 못하는데, 나란히 함께 서 있어주는 사람도 되지 못할까 봐. 그게 너무 겁이 났어."

왜, 어째서 그의 말이 이토록 선명하게 다가오는 걸까. 귓가에 아른거리다 사라지는 말이 아닌, 몇 번이고 머리에 떠오르는 말이었다. 겁이 난 사람은 저 하나뿐만이 아니라는 것을 현태가 알려주었다.

"좋아해."

현태가 손에 힘을 주며 말했다.

"많이 좋아하고 있어, 한아리."

아리의 눈동자가 흔들렸다. 어떤 대답을 해야 할지 머리를 굴리던 그때, 현태가 그녀의 손을 놓아주며 다시 입을 열었다.

"바로 대답해 달라는 거 아니야. 그거 바라지도 않아. 믿기지 않으면 내 캔디를 봐. 그리고 고민해, 고민하고 또 고민해 줘. 그 뒤에 네 대답 들어도 되니까."

현태의 말에 아리가 입술을 꾹 눌렀다.

"대신 나도 너한테 말할 거 있어."

곧 그의 입가에 장난 가득한 미소가 퍼졌다.

"네가 고민하는 동안, 난 이제 참지만은 않을 거야."

"참지 않는다니?"

"두고 보면 알겠지."

현태의 말에 아리가 어리둥절한 표정으로 그를 쳐다보았다. 뭘 참지 않는다는 건지 듣고 싶었지만, 어쩐지 더 물어볼 엄두가 나지 않았다. 똑같이 대답해 주면 되는데. 저 역시 요즘 들어 그를 대하는 감정이 달라졌다고, 그 오묘한 두근거림 때문에 네 캔디를 볼 수가 없다고.

하지만 제 속마음을 하는 건 생각보다 어려운 일이었다. 몇 번이나 망설이고 속을 가다듬던 그때, 현태가 아리의 손을 다시 맞잡았다. 조금 전 손을 잡았을 땐 '소꿉친구' 지현태였다면, 지금 손을 잡은 건 '남자로 보이는' 지현태였다. 그가 친구로 보이는 것과 남자로 보이는 건 매우 큰 차이가 있다.

"이런 거, 친구끼리는 못하잖아."

깍지를 끼며 아리의 손을 잡고 있던 현태가 그녀의 손을 들어 올렸다. 천천히 깍지를 풀며 그녀의 손바닥 위에 입술을 맞댔다.

그래, 이런 건 절대 친구끼리 못 하지. 할 수는 있어도 설렐 수는 없지.

"그렇지?"

마치 제 마음에 화답하듯 묻는 현태에게 아리는 고개를 끄덕였다. 그렇지, 중얼거리는 그녀의 입술에서 바람이 새어 나왔다. 현태는 한참이나 아리의 손을 붙잡고 있었다. 입술은 떨어진 지 오래였는데, 맞닿아 있었던 자리가 여전히 화끈거렸다.

"싫으면 싫다고 말해도 돼. 네가 싫다는데 끝까지 밀어붙이고 싶지는 않아."

현태의 이런 모습이 낯설었다. 오랫동안 알던 사람에게서 낯선 모습을 본다는 건, 생각보다 신선한 충격이었다. 심지어 그 낯선 모습이 제 마음을 쥐고 흔드는 모습이라면 더더욱.

"언제든 내 캔디에 대해 고민하는 건 환영이고."

그제야 현태는 아리가 알고 있는 모습으로 웃어주었다. 그 뒤로 어떤 말을 했는지, 어떤 표정을 지었는지 잘 기억이 나지 않았다. 분명 자신이 알던 현태의 모습으로 손을 흔들고, 인사를 나누었는데 머리에 남는 건 '알고 있는' 현태가 아니었다.

낯설지만 그렇기에 제 마음을 잡아끌었던 '남자' 지현태였다. 쿵. 문이 닫히기 무섭게 아리가 털썩 자리에 주저앉았다. 그녀는 한참이나 주저앉아 현태가 남기고 간 흔적을 쳐다보았다. 어째서 내일이 기다려지는지, 아리는 전혀 알 수 없었다.

밤새 제대로 잠을 이룰 수 없었다. 눈을 감으면 현태의 모습이 떠올랐고, 잠이 들려던 바로 직전 그의 부름이 귓가에 맴돌았다. 곱씹으면 곱씹을수록 그의 얼굴과 목소리가 선명해졌다. 그렇게 두 눈을 뜬 채 밤을 지새웠다.

출근 준비를 하는 것도 내키지 않았다. 씻고, 화장하고 옷을 입는 것까지 모두 망설여졌다. 가기 싫은 게 아니었다. 현태의 얼굴을 마주하면 무슨 말을 해야 하나 고민이 되는 것뿐. 억지로 준비를 마친 아리가 현관에 섰다. 그리고 기다렸다는 듯 주머니 속 핸드폰이 울렸다.

〈나 집 앞이야.〉

현태였다. 기껏해야 다섯 글자의 연락에 심장이 미친 듯이 뛰었다. 단박에 얼굴의 열기가 느껴졌다. 아리는 답장 하지 않았다. 대신 조금 더 빨리 신발을 신고 집에서 나갈 뿐. 쾅! 문을 닫기 무섭게 메시지가 날아왔다.

〈빨리 와. 조수석 비었어.〉

하마터면 핸드폰을 떨어뜨릴 뻔했다. 친구 이상을 뛰어넘는 사이라는 건, 생각보다 더 아찔했다. 머리가 저 밑으로 떨어지는 기분이었고, 단번에 숨통이 막히는 것 같았다. 잠시 핸드폰을 꼭 쥐고 있던 아리가 심호흡을 했다. 다리에 힘이 풀리지 않은 것만으로도 감사해야 할까.

어렵게 걸음을 뗐다. 복도를 지나 계단으로 다가가자, 작은 창문 너머로 현태의 차가 보였다. 더불어 살짝 내려간 차 유리 너머의 현태 또한 볼 수 있었다.

너는 내가 왜 좋아? 물어보고 싶었다. 언제부터 좋았는데? 궁금했다. 거절해도 우린 친구야? 친구일까, 과연 우리가 친구로 남을 수 있을까. 설렘은 불안함으로 끝을 내고 말았다.

거절한다는 건 아니었지만, 연애라는 것이 그렇지 않던가. 언젠가 상처받고, 또 언젠가는 헤어진다. 헤어지고 나면 그 좋았던 사람들도 남이 되고, 남이 되고 나면 친구로도 남을 수 없다. 만약 운이 좋아 친구로 남는다 해도, 누군가 마음을 접지 못한다면 그건 그것대로 괴롭다.

희망 고문일 테니까. 밑도 끝도 없는 희망 고문.

계단 하나하나가 차디찬 얼음장 같았다. 발을 내디딜 때마다 온몸이 꽁꽁 얼어붙는 기분이다. 이 오묘한 마음마저도 얼음처럼 얼어버리면 좋을 텐데. 그렇게 생각하며 도착한 1층에는 어느새 차에서 나온 현태가 멀뚱히 서 있었다.

“왜 이렇게 늦어?”

적당한 온도의 아침 햇살과 잘 어울리는 현태의 모습에 아리는 눈을 피할 수밖에 없었다. 빠르게 다른 곳을 보며 어깨를 으쓱거렸다.

"내, 내가 뭘."

회피의 뜻을 알고 있기라도 한 듯, 현태는 아리의 모습에 미소를 지을 뿐이었다. 손을 뻗어 그녀의 앞에 멈추었다.

"잡아도 돼?"

"뭘?"

"손."

그 물음이 얼마나 놀라운지, 아리가 고개를 돌려 현태를 쳐다보았다. 자신을 쳐다보는 눈동자가 반짝반짝 빛나고 있었다. 말끔하게 올린 머리와 반듯한 정장이 코가 시큰해질 정도로 잘 어울렸다.

낯설게 느껴질 정도로 그가 멋있었다. 왜, 어째서? 이제껏 한 번도 느끼지 못했으면서, 왜?

하지만 그렇게 묻는 마음속과는 다르게, 아리의 손은 현태의 손을 맞잡았다. 고개를 끄덕이는 그녀의 얼굴이 수줍음으로 가득 물들어 있었다. 현태는 그녀의 손을 잡은 채 차를 향해 몸을 돌렸다. 고작 다섯 걸음밖에 되지 않는 거리였다.

"아, 조금 멀리 주차할 걸 그랬다."

아쉬운 듯 말하던 현태가 고개를 살짝 돌려 아리를 쳐다보았다.

"그럴 걸 그랬어."

"늦으면 어떡해."

"늦으면 어때."

다시 고개를 휙 돌린 그가 손에 힘을 주었다. 어렴풋이 불그스름하게 물든 그의 귓바퀴가 보이는 듯했다.

"그럼 조금 더 오래 손잡을 수 있는데."

중얼거리는 그의 목소리가 바람과 함께 슥 스쳐 지나갔다. 가슴이 울렁거렸다. 가쁘게 새어 나오는 숨소리를 들킬까 괜히 겁이 날 정도로. 현태는 한참을 그 자리에 서 있다 천천히 걸음을 옮겼다. 세상은 빠르게 돌아가고 있었지만, 오롯이 두 사람만이 슬로비디오를 찍는 것 같았다.

꼭 누군가 그들의 테이프만 느릿하게 감아놓은 것처럼.

현태는 손수 조수석의 문을 열어 아리를 태웠다. 그가 운전석에 앉자마자 묘한 공기가 흘렀다. '소꿉친구'였던 두 사람이 앉았을 때는 전혀 느낄 수 없던 공기였다. 어색함에 창문만을 바라보던 아리의 앞으로 현태의 손이 슥 다가왔다.

"안전벨트."

그는 아무렇지 않게 벨트를 매주었다. 벨트를 잡아당기며 확인까지 해주었지만, 어쩐지 아리는 현태를 마주 볼 수 없었다.

"그런데 너, 왜 나 못 쳐다봐?"

"내가 언제?"

"아까부터 지금까지, 계속."

"아닌데? 못 쳐다보는 거 아니야, 바깥 쳐다보는 거지."

"아직 출발도 안 했는데."

아리의 입이 꾹 다물어졌다. 반박할 말조차 떠오르지 않는 바보가 된 기분이었다. 하지만 현태는 그런 아리를 귀엽다는 듯 바라보았다. 입가에 번지는 미소에서 그녀를 향한 애정이 느껴졌다.

곧 현태의 차가 아리의 집 앞을 빠져나갔다. 좁은 골목을 지나 차가 빽빽한 도로에 나갔을 때, 현태가 아리를 쳐다보았다.

"야, 한아리. 나 좀 봐봐."

"싫어."

"빨리."

"귀찮게……."

아리가 고개를 돌린 순간, 현태가 그녀의 이마에 딱! 소리가 나게 꿀밤을 때렸다. 갑작스러운 마찰에 깜짝 놀란 아리가 이마를 매만지며 현태를 쳐다보았다.

"편하게 대해, 편하게. 내가 너한테 오늘부터 당장 어떻게 하자고 한 것도 아닌데. 뭘 이렇게 딱딱하게 굳어 있어?"

"너 같으면 그럴 수 있어?"

"고백한 건 나잖아."

맞다, 그랬지. 하마터면 저도 똑같은 마음이라는 그 말을 터뜨릴 뻔했다. 입을 꾹 다문 채 그를 쳐다보던 아리가 투덜거리며 이마를 매만졌다. 어느새 꽉 막힌 도로가 천천히 뚫리고, 현태는 다시 운전을 위해 앞을 바라보아야 했다.

"그럼 오늘부터 참지 않는다는 건 뭔데!"

"말해도 돼?"

"말해봐."

현태는 잠시 고민했다. 한숨을 길게 내쉬며 저 앞을 바라보다 천천히 입을 열었다.

"나 사실 강 매니저랑 너랑 꼭 붙어 다니는 거 엄청 질투 나. 뭐, 애야? 그 사람 안 챙겨주면 안 되는 뭐 그런 건가? 우리보다 연장자인데 네가 꼭 그렇게 챙겨야 해?"

현태의 말에 아리는 놀라움을 감추지 못했다. 단 한 번도 세세하게 자신의 마음을 표출한 적이 없는 사람이었다. 하지만 현태의 불만은 거기에서 그치지 않았다.

"그리고 왜 꼭 쉬는 날 그 사람을 만나려고 해. 나는 너랑!"

그의 말이 뚝 끊어졌다. 아리도, 현태도 얼굴이 불그스름하게 달아올랐다. 이제까지 말을 잘 하던 지현태는 어디로 갔는지, 앞을 바라보는 그의 눈동자가 크게 흔들렸다.

"너는 나랑, 뭐?"

"그러니까. 나랑."

신선한 모습이었다. 지금까지 쉼 없이 말을 터뜨리던 현태는 어디 갔는지 온데간데없이 사라지고, 저보다 더 부끄러워하고 있다. 자신의 부끄러움이 전이되기라도 한 걸까. 그렇게 생각하니 쌓여 있던 어색함이 사라졌다.

현태를 툭툭 건드리던 아리가 다시 한 번 물었다.

"너는 나랑, 뭔데?"

"운전하잖아. 건들지 마."

"알았어. 그러니까 대답해 줘. 뭔데?"

"운전하잖아. 말 걸지 마."

"네가 먼저 말 시켰잖아."

현태는 그저 묵묵히 창밖의 도로를 쳐다보며 운전에 집중하는 척하기에 바빴다. 하지만 아리의 시선은 현태에게서 떠나지 않았다. 현태는 저를 언제부터 이성으로 생각했을까. 그런 마음으로 현태는 저를 친구로서 대한 걸까. 힘들지는 않았을까. 온갖 생각이 밀려왔다.

"왜 나랑 둘이 노는 건 생각도 안 하냐, 뭐 그거지."

아리의 시선이 답을 듣기 위한 재촉이라고 생각했는지, 현태가 어렵게 입을 열었다. 흠흠, 마무리로 터져 나오는 헛기침 소리가 살며시 떨리고 있었다. 분명 평소 같았다면 좀생이네, 소심하게 난리를 쳤을 텐데. 오늘따라 그의 모습에 괜한 수줍음이 밀려왔다.

더불어 그의 캔디를 보고 싶다는 충동이 일었다. 지금 현태의 캔디는 무슨 색을 하고 있을까. 어떤 모양으로, 어떻게 빛나고 있을까.

"됐어? 이게 내가 오늘부터 참지 않는다는 뜻이야. 이제까지 참기 싫었던 거, 안 참을 거라고."

"질투네?"

"어. 맞아. 질투야."

쿵. 다시 한 번 마음이 저 바닥으로 곤두박질쳤다. 몸을 들썩거리던 아리가 다시 창밖으로 고개를 돌렸다. 부끄러워 시선을 돌릴 수 없었다. 지나는 풍경마저도 그런 아리를 놀리는 것 같았다. 쿵쿵. 쿵쿵. 뛰는 심장 소리가 현태에게까지 들리는 건 아닐까? 겁이 났다. 그저 창밖을 바라보며 어서 백화점에 도착하기를 간절히 바랄 뿐이었다.

아리는 백화점에 도착하자마자 차에서 내렸다. 쾅! 문을 닫고 나니 괜히 현태가 걸려 뒤를 돌아보았다. 운전석에서 내릴 준비를 하는 그 모습이 또다시 선명하게 눈에 담겼다. 안전벨트를 풀고, 옷과 지갑을 챙기는 커다란 손에 몸이 움찔거렸다.

손의 감촉엔 오랜 기억이 있다. 머리를 쓰다듬고, 제 손을 맞잡은 촉감이 새삼 되살아났다.

"같이 가."

저를 향해 터져 나오는 그 목소리에 숨이 덜컥 막혔다.

"좋아해."

어젯밤 목소리가 떠올랐다. 사람이 너무 설레면 귀와 눈이 간지럽다고 했던가? 왜 이렇게 참을 수 없이 간질거리는지 모르겠다.

"왜 그래?"

"많이 좋아하고 있어. 한아리."

어제의 고백과 오늘의 부름이 겹쳤다. 제발 그 정도만 해달라 머릿속으로 애원을 해보지만, 이미 시작된 두근거림은 끝날 생각을 하지 않는다.

"아니야. 나 먼저 갈게."

"왜, 오늘 조회잖아."

잊고 있었다. 전체 층 조회가 있는 날이었지. 잠시 자리에 우뚝 멈추어 선 아리가 살짝 고개만을 돌려 입을 벙끗거렸다. 머리를 빠르게 회전해 변명을 찾다, 어렵게 말을 터뜨렸다.

"본사에 보내야 할 거 있어. 어제 깜빡해서."

급조한 거짓말이라는 게 티가 날 정도로 어색했다. 분명 현태도 알아챌 것이다. 알아채지 않는다면 거짓말이지. 입술을 꾹 누르며 다시 고개를 돌렸다. 곧 뒤쪽에서 흩어지는 현태의 웃음소리가 들렸다. 괜히 어깨가 움찔거렸다.

"알았어. 이따 봐."

들켰구나, 알아챈 것이 분명했다. 하지만 아리는 아랑곳하지 않고 걸음을 옮겼다. 대답도 남기지 않고 그의 시야에서 빠르게 벗어났다.

멀어지는 아리의 모습을 보던 현태가 두 손을 주머니에 푹 찔러 넣었다. 자꾸만 손가락과 손바닥이 저릿했다. 안고 싶어서, 만지고 싶어서, 제 품에 넣고 싶어서.

"진짜, 귀엽기는."

갑작스러운 고백에 더 멀어지는 건 아닐까, 그렇게 생각했던 지난날이 부질없게 느껴졌다. 조금 더 빨리 터뜨렸으면 좋았을까. 이런저런 생각에도 행복한 마음은 작아지지 않았다. 휴우, 길게 새어 나오는 한숨 소리마저도 벅찬 설렘으로 번졌다.

성큼성큼 걷던 아리가 살짝 뒤를 돌았다. 까만 점이 되어 보이지 않는 현태의 모습을 좇다, 이내 큰 소리로 숨을 뱉었다. 가슴에 손을 얹고 떨림을 가라앉히려 노력했다. 큰 소리를 내며 뛰는 심장이 적응되지 않았다. 누군가 보면 붉어진 자신의 얼굴을 보며 왜 그러냐 물을지도 모른다. 제발 얼굴이 식기를 바라며 연신 손을 흔들며 부채질했다.

온몸의 열기가 떠나지 않았는데 누군가 어깨를 툭툭 두드렸다.

"아니야, 괜찮아!"

이상한 말로 답을 하며 뒤를 돌아보니 수호가 있었다.

"아, 오빠."

어제의 일이 떠올랐다. 멈칫거리는 수호의 모습에 어제의 일이 떠올랐다. 과거의 이야기를 한 것도, 수호가 자신에게 거짓말을 했던 것도. 하지만 이미 끝내기로 한 일이니, 굳이 질질 끌 필요가 없지.

"일찍 왔네요?"

"아리 너도 일찍 왔네?"

"네. 조금 그렇게 됐어요."

아리가 고개를 끄덕였고, 수호는 미소를 지었다. 둘은 어색한 듯 어색하지 않은 듯한 간격을 유지했다. 예전처럼 직원 통로에 머무른 채 수다를 떨지도 않았다. 수고해, 짧은 한마디를 주고받으며 각자의 자리로 돌아갔다.

설렘과 어색함이 공존하는, 오묘한 하루의 시작이었다.

캔디 여덟.

마음의 잔해들

아침 조회가 끝나고, 매장으로 돌아가던 아리는 수호의 매장을 슬쩍 쳐다보았다. 자꾸만 어색하게 헤어진 출근길이 마음에 걸렸다. 하지만 이어서 떠오르는 건, 질투하던 현태였다. 왜 그래야 하냐 묻는 그 목소리가 머리를 떠나지 않았다.

그때, 아리의 눈에 새로운 사람이 보였다. 성주에게 무언가를 전달받고 있는 모습을 보니 새로운 직원인 듯했다. 아리는 매장 앞에서 상품 진열을 바꾸고 있던 수호에게 다가갔다.

"오빠."

수호의 몸이 유난히 크게 움찔거렸다. 잡고 있던 상품을 꽉 쥐다 내려놓고, 허리를 펴 그녀를 바라보았다.

"아, 아리였구나."

어색했다. 어색하기 짝이 없었지만, 굳이 드러내지 않기로 했다. 어색함을 풀기 위해 다가간 거니까.

"저기 저 사람, 누구예요?"

성주와 딱 붙어 있는 남자 직원을 가리킨 아리의 모습에 수호가 아, 고개를 끄덕였다.

"이번에 뽑은 직원이야."

"어? 사람 또 뽑았어요?"

곧 수호가 멋쩍게 웃었다. 머리를 긁적거리며 말을 할까 말까 고민하다, 입을 열어 그녀에게 말했다.

"내가 매니저로 온 건, 단기잖아. 아버지가 하도 본사로 오라고 하셔서. 내가 가면 다음 매니저로 근무하게 될 거야."

"하지만 오빠는……."

싫어했잖아요. 뱉으려던 말을 다시 삼켰다. 아무것도 모르면서, 그날 밤 잠깐 들었던 이야기로 왈가왈부하는 건 옳지 않다고 생각했기 때문이었다. 수호 역시도 아리의 마음을 눈치챈 건지, 뒤로 살짝 돌아 새로운 매니저를 쳐다보았다. 수호 역시도 이렇게 빨리 새로운 매니저를 들이고 싶지 않았다.

조금 더 현장을 겪고 싶었다. 본사로 들어가 회사의 경영을 배우는 것도 중요하지만, 무엇보다 현장의 어려움과 가장 필요한 걸 배우고 싶었다. 꼭 서류를 체크하는 것만이 경영은 아닐 테니까.

"너랑 현태랑 이야기한 날부터 많이 생각했었어."

고민에 고민을 이어간 결과, 아버지를 향한 반항만이 답은 아닐 것이라는 생각이 들었다. 오랜 고심 끝에 내린 제 나름의 결과였다.

"현태가 그랬잖아. 인정받길 원하기 전에, 인정할 수밖에 없게 만들면 된다고."

"그게 다시 회사로 돌아가는 거예요?"

"그래야지. 아버지가 원하는 경영 공부도 하고, 앞으로는 지점 여기

저기 돌아다니면서 현장을 좀 둘러보려고. 그게 나도, 아버지도 만족할 방법 같아서."

수호의 씁쓸한 목소리에 아리는 어떤 답도 내어주지 못했다. 잘 생각했다며 어깨를 토닥여 줘야 할까. 그게 아니라면 수고했다 악수를 해줘야 할까. 아니, 가지 말라 잡아야 하는 걸까?

그러지 않아도 현태 때문에 꽉 찬 머리가 더 복잡해지고 있었다.

"뭐야, 아쉬워하지도 않는 거야?"

"네? 아니, 아니 아쉽죠. 다만 이게 너무 갑작스러워서……."

얼버무리며 머리칼을 넘기는 아리의 모습에 수호는 웃음을 감추지 못했다. 이런 모습조차 예뻐 보이면 어쩌자는 걸까.

"그러면."

잠시 고민하던 수호가 아리에게 말했다. 멀리에서 걸어오는 현태와 눈이 마주친 것 같았는데.

"같이 저녁 한 번 먹자. 오래 일한 게 아니라서 송별회라는 말은 좀 어색하고……."

안 될까? 마지막 덧붙이는 수호의 말에 아리가 고개를 흔들었다.

"아니요, 아니요! 괜찮아요. 그래요, 오빠. 우리 저녁 먹어요!"

"그래. 고마워."

어쨌든 떠나기 전 무언가 해줄 수 있다는 생각에 기분이 좋았다. 수호를 그냥 보내는 건 아니라고 생각했다. 어색한 일이 있었어도 그동안 줄곧 같이 일을 해왔으니까. 엉뚱한 사건으로 가까워지기도 했고, 무엇보다 현태 이후로 처음 제 과거를 밝힌 사람이 아닌가. 처음부터 그랬듯, 좋은 오빠와 동생으로 남고 싶었다.

"언니!"

뒤쪽으로 효영의 부름이 들렸다. 아리는 수호의 손등을 두어 번 두드렸다.

"오빠, 우리 이따 이야기해요."

"그래. 어서 가봐."

아리는 고개를 끄덕이며 매장으로 향했고, 수호는 그런 아리를 하염없이 바라보았다.

"좋은 아침입니다."

수호에게 다가온 현태가 넙죽 인사를 건넸다. 분명 '좋은' 아침이라 말을 했지만, 그 목소리는 결코 좋아 보이지 않았다.

"응. 좋은 아침."

현태는 매장으로 들어간 아리와 수호를 번갈아 보았다. 참지 않겠다고 말을 한 탓인지, 질투는 평소의 배가 되어 속이 부글부글 끓었다.

"왜, 할 말 있어?"

아무렇지 않게 묻는 것도 마음에 들지 않았다. 현태는 결국 숨길까 했던 것을 터뜨리고 말았다.

"저 고백했습니다."

수호의 눈이 흔들렸다. 그게 무슨 말이냐는 듯 묻는 표정으로 현태를 바라보다 어깨너머의 아리를 바라보았다. 매장에서 효영과 수미와 함께 무언가를 열심히 이야기하는 모습에 마음이 욱신거렸다.

"뭘 고백해?"

모른 척 현태에게 되물어보았다.

"그때 강 매니저님이 그러지 않았습니까. 괜히 어설픈 놈이 채가기 전에 잡으라고요."

그랬었다. 그래, 분명 그랬었는데 그땐 저와 현태가 동등한 선에 서 있다고 생각해 나온 말이었다. 자신이 아리와 어색한 사이가 될 거라는 생각은 하지도 못했었고, 아리와 나누고 있는 유대감이 특별하다

자부하고 있을 때였다.

그래서 했던 말이었는데. 술김에 나온 탓도 있었고. 더더군다나 이렇게 빨리 행동을 취할 줄은 꿈에도 몰랐었고.

"강 매니저님은 언제 말할 겁니까?"

충격을 받은 수호가 고개를 들어 현태를 바라보았다.

"제 마음이랑 같지 않습니까? 아리를 생각하는 마음이요."

아니라고 말을 할까, 지금은 조금 다르다 답을 할까. 어찌 되었든 거짓말이지만, 떠날 사람과 남는 사람의 입장은 다르지 않던가. 저는 떠날 사람인데 고백을 해봤자. 그런 생각으로 머뭇거릴 때쯤, 현태가 눈치를 챘단 표정으로 수호에게 말을 했다.

"저도 곧 옮길 겁니다. 밥줄까지 걸린 일이라 옴짝달싹도 못 해요."

"옮긴다고?"

"그렇게 될 것 같습니다. 탐탁지는 않지만……. 빠르면 2개월, 느리면 4개월 정도 걸릴 것 같습니다."

"그런데 나한테 왜 고백하라고 하는 거야?"

현태는 잠시 생각했다. 침묵을 지키다 천천히 입을 열었다.

"털지도 못하는 마음 끌어안고 아리를 대하는 거, 제가 싫어서요."

혼자 좋아하는 것도 용납할 수 없다는 걸까. 채근하는 걸까, 자극하는 걸까. 그 무엇이든 어서 마음을 고백하라는 이야기는 확실했다. 마음이 답답해졌지만, 마음을 먹는 건 어렵지 않았다. 이제 떠나는 현태도 제 마음을 전했는데 저라고 전하지 못할 이유는 없다.

하지만 이미 승패는 정해져 있지 않은가. 아리는 분명 제 마음에 화답해 주지 않을 것이다. 또다시 이도 저도 아닌 사이로 남게 되겠지.

"말하고, 안 하고는 매니저님 마음입니다. 그리고 저 아리에게 못 박아뒀습니다. 강 매니저님이랑 친하게 지내는 모습에 질투할 거라고요. 그리고 그거 다 내보이고, 드러낼 거라고요."

수호는 아무런 말이 없었다. 현태는 저를 라이벌이라 말한다. 그러니 정정당당하게 고백을 하라 부추기고 있고. 하지만 수호는 대답할 수 없었다. 캔디가 보이지 않아서 아리와 어색해졌고, 그로 인해 좋아한다는 말을 쉽게 할 수 없다는 말을 도저히 할 자신이 없다.

현태는 수호를 잠자코 지켜보다, 그의 매장을 둘러보았다. 그리고 송주와 함께 매장을 살피는 한 남자를 발견했다.

"새로운 직원입니까?"

"응. 다시 본사로 돌아가기로 해서."

둘 사이에 정적이 흘렀다. 고개를 끄덕이던 현태가 알겠다는 말을 남긴 뒤 수호를 지나쳤다. 수고하라는 평범한 인사도 남지 않았다. 그저 서로를 스쳐 가며 한숨을 푹 내쉴 뿐. 숨이 막힐 정도로 오묘한 공기였다.

현태는 그대로 아리의 매장을 향해 직행했다. 그리고 매장의 입구에 우뚝 서서 숨을 크게 들이마셨다.

"한아리."

일순간, 수미와 효영과 함께 신상품을 체크하던 아리의 어깨가 움찔거렸다.

"어, 오빠!"

"안녕하세요."

수미와 효영의 인사에 현태가 고개를 숙여 답해주었다. 하지만 시선은 여전히 아리를 향해 있었다. 평소 같았다면 왜 그러냐 묻고 가까이 다가올 텐데, 오늘의 아리는 조금 달랐다. 저를 의식하고 있는 게 분명해 기분이 좋았지만.

명세표를 보며 물건을 확인하고, 개수를 세는 모습에 수미가 깜짝 놀라 말했다.

"언니, 방금 한 거잖아요. 여기 체크까지 해놓고 또 해요?"

현태는 참지 못하고 웃음을 터뜨렸다. 수미는 영문을 모르겠다는 듯 두 사람을 번갈아 보았다. 아마 효영 한 사람만이 그들의 변화를 눈치챘겠지. 곧 효영이 수미를 잡아당겼다.

"수미야, 우리 저거 진열 좀 바꿀래? 마네킹이 옷을 갈아입고 싶어라 하네."

"언니 저거 우리 저번 주에 바꾼 건데."

"원래 일주일에 한 번씩은 바꿔야 하는 거야. 자, 빨리. 빨리 움직여, 빨리!"

효영은 수미의 등을 떠밀었다. 그리고 입구에 서 있던 현태를 보며 한쪽 눈을 찡긋거렸다. 나 잘했죠? 들리지 않는 그녀의 목소리에 현태가 고개를 끄덕였다. 현태는 두 사람이 지나가기 무섭게 매장에 멀뚱히 서 있는 아리에게 다가갔다.

"나 왜 피해?"

그의 물음에 아리가 움찔거렸다. 쥐고 있던 명세서를 힘껏 쥐었다.

"아. 안 피하는데?"

다시 현태가 한 발자국 다가가자, 아리는 두 발자국 뒷걸음질 쳤다.

"지금 피하잖아."

"아닌데? 그냥 체크하려고 보는 건데?"

더는 뒤로 갈 수 없음을 느끼고 입술을 꾹 눌렀다. 이런. 중얼거리는 목소리가 현태에게까지 전해졌다. 차오르는 두근거림을 어쩌지 못하고 현태가 허리를 숙였다. 그리고 아리에게 가까이 다가갔다. 두 사람의 거리가 바짝 좁아졌다.

그들을 지켜보던 효영이 꺅! 외마디 비명을 질렀다. 아리는 그런 효영을 째려보다가, 결국 현태와 눈이 마주하고 말았다.
"정말 피한 거 아니야?"
숨이 멈추는 기분이었다. 피가 거꾸로 흐르다 머리가 아찔해지는 기분. 현태에게 한 번도 느낀 적이 없었던 묘한 설렘에 온몸이 요동쳤다.
"아닌데?"
대답하며 고개를 돌렸지만, 현태는 그녀를 쫓아왔다.
"봐, 또 피하는데?"
"아, 아니라고!"
다시 고개를 들어 올린 아리를 보며 현태가 씩 미소를 지었다. 격한 변화는 바라지도 않았다. 그저 동요하기를 바란 지 딱 하루가 지났을 뿐인데. 저를 대하는 태도에 설렘이 뚝뚝 묻어나는 아리의 모습이 좋았다.
이렇게 동요할 만한 일이었구나. 너에게도, 나에게도.
"나한테 찔리는 거 있지?"
"없거든?"
"그래?"
"그래."
고개를 끄덕이는 아리의 모습에 만족하기로 했다. 말을 해야 하는데, 입이 떨어지지 않았다. 어쩌면 가장 찔리는 사람은 저일지도 모르는데.
"왜? 할 말 있어?"
나 곧 그만둬. 다른 곳으로 가. 채 터져 나오지 않는 말을 목 너머로 꾸역꾸역 삼키며 그녀를 쳐다보았다. 아리가 재차 왜 그러냐 물어보았지만, 현태는 말없이 고개를 저었다. 아직은 조금 더 이 설렘을 즐기고 싶었다.

아리가 저에게 조금 더 안달이 난 이후에 말을 하는 것도 나쁘지 않을 것 같았다.

"응. 있지."

"뭔데, 빨리 말하고 가. 나 바빠."

아리가 퉁명스러운 척 말하자, 현태가 큰 소리로 웃음을 터뜨렸다. 그리고 망설이지 않고 입을 열었다.

"오늘도 많이 좋아해, 한아리."

곧 효영과 수미가 옷을 툭 떨어뜨리는 소리가 났다.

"뭐?"

얼굴이 불그스름하게 물드는 아리의 모습이 참 예쁘다. 언제 봐도, 어떻게 봐도 예쁜 사람이다. 너는. 오늘도 그 예쁜 너에게 폭 파묻혀 지내고 싶다.

전하지 못한 이야기가 마음속에서 맴돌았다.

"좋아한다고. 아주 많이."

효영과 수미는 서로를 마주하다 아리를 쳐다보았다. 등 뒤에서 느껴지는 시선이 따가울 만도 한데, 그는 아랑곳하지 않은 채 아리에게 말을 이어갔다.

"다시 말해줘?"

현태의 말에 아리가 고개를 빠르게 흔들었다. 됐다고 말을 해야 하는데 목이 꽉 막혀 소리가 나오지 않았다. 갑작스러운 고백은 눈앞의 모든 것을 가려주는 모양이었다. 놀란 효영과 수미의 얼굴도 보이지 않았다.

눈에 보이는 거라곤 현태의 부드러운 미소뿐이었다. 하지만 이대로 끌려다닐 수만은 없었다. 엄연히 직장인데, 직장에서 이럴 수야 없지. 간신히 정신을 차린 아리가 현태를 툭 밀어냈다. 고개를 피하는데 얼굴이 왜 이리 붉어지는지 모르겠다.

"돼, 됐어. 빨리 가서 일해."

아리는 현태의 눈을 마주하지도 못하고 툭 밀어냈다. 예쁘다. 뭘 해도 이렇게 예쁘게 보이는 걸 이제껏 어떻게 참았을까. 예쁜 걸 예쁘다고 말도 못 하고, 좋아한다는 말도 하지 못한 채 그 오랜 시간을 어떻게 버텼을까. 사랑이 담뿍 담긴 눈으로 아리를 쳐다보던 현태가 주변을 휘 둘러보았다. 아직 오픈 전이라 그런지, 백화점은 한산했다.

각자 저들 할 일에 치여 신경을 쓰지 않는 것 같기도 했고. 휘파람을 휘익 불던 현태가 아리의 손을 붙잡았다.

"일하러 갈 테니까, 잠깐 손 좀 빌려줘."

"무슨 손을 빌려…… 지, 지현태!"

깜짝 놀란 탓에 소리를 높이고 말았다. 물론 주변을 의식해 금세 작아지긴 했지만.

가슴이 뛰다 못해 이젠 터질 것 같았다. 눈동자가 흔들리는 것이 여실히 느껴졌다. 대체 얘는 어디서 뭘 배운 거야!

"좋다."

현태에게 잡힌 아리의 손은 그의 얼굴 위에 있었다. 그저 손바닥에 얼굴을 가져다 댄 것뿐이었는데 두 사람의 반응은 극명히 갈렸다.

한 사람은 안정을 되찾고 있었지만, 한 사람은 안정을 잃고 있었다. 한 사람은 손바닥 하나만으로도 설레고 있었지만, 한 사람은 손바닥 하나만으로는 족하지 못했다. 딱 하나, 같은 마음이 있었다면 서로를 향한 두근거림이었을 테다.

"빠, 빨리 가! 애들 보잖아!"

아리가 있는 힘을 다해 손을 뺀 뒤, 효영과 수미를 쳐다보았다.

"네? 저희 왜요?"

"안 봤어요, 언니가 뭐 하는지 안 보이던데? 현태 오빠 등짝이 넓어 가지고, 뭐가 보여야 말이지. 그치, 수미야?"

하지만 그 둘은 현태의 편이었던지라. 아리의 말에 고개를 도리도리 저어대며 나 몰라라, 어깨를 으쓱거릴 뿐이었다.

"모른다는데?"

"너는 저 말을 믿어?"

"믿는 건 네 쪽을 더 믿지."

정말 말이라도 못하면 밉지라도 않지. 눈을 흘기던 아리가 고개를 휙 돌려 버렸다. 시선을 피하면 이 두근거림이 조금은 나아질까 싶은 마음이었다.

"그럼 가서 일해. 나 정신없단 말이야."

"그래, 알아."

현태는 고개를 끄덕이며 아리를 내려다보았다. 그저 응원을 받고 싶었다는 말을 하려다, 입을 꾹 다물었다. 이미 응원은 받았다. 아리의 따뜻한 손길로, 애정이 흐르다 못해 넘치는 눈빛으로—물론 본인은 알아채지 못하는 것 같았지만—.

그러니 더 이상의 욕심은 가지지 않기로 했다. 누군가 했던 말이 떠올랐다. 저에게 주어진 이상의 것을 욕심내게 되면, 분명 벌을 받고 만다고. 그것은 손에 가진 모든 것을 잃고 마는 끔찍한 벌이라고.

"농땡이 피지 말고. 나 오늘은 아마 매장에 자주 못 올 거야."

"왜?"

가라더니, 자주 못 오는 건 신경 쓰였나 보다. 현태를 바라보는 아리의 눈동자가 아주 살짝 흔들리고 있었다.

"뭐, 그냥 이런저런 이유로."

본사에서 온다는 말은 하지 않기로 했다. 그 말은 추후에 이직 이야기와 한꺼번에 하면 될 것이다. 물론 아리는 화를 내겠지. 왜 그런 중요한 이야기를 이제 하냐며 잔뜩 화를 내고 토라질 테지만. 지금 이 순간을 놓치고 싶지 않았다.

그 또한 제 생각일 테지만.

"뭐야 그게? 또 본사에서 온대?"

다음에 이야기를 해주겠다는 생각을 하기 무섭게 아리가 물었다.

"왜, 왜 또 오는데?"

"아니, 뭐…… 별거 아니야."

신경 쓰지 마.

그래도 신경을 써줬으면 해서, 오롯이 저에게만 신경을 바짝 곤두세웠으면 해서. 마지막 말을 조용히 흘려보냈다. 그가 바란 대로 아리의 얼굴이 혼란스러워졌다. 왜 그러냐 묻고 싶은 마음이 굴뚝같은 게 보였지만, 그녀는 절대 묻지 않을 것이다.

며칠이나 지난 뒤에야 그게 무어냐 조심스레 물어보겠지. 그럼 저는 어쩔 수 없다는 듯 이야기를 해줄 테고. 어쩌면 그러한 상황을 바라는 것일지도 모른다. 어쩔 수 없이 이야기해 주는, 해서 누구도 상처받지 않는 상황을 말이다.

"수고해."

툭 던진 현태가 아리의 머리를 톡톡 두드려 준 뒤, 걸음을 옮겼다. 매장을 나서며 마네킹에 옷을 입히는 효영에게 윙크를 남기는 것 또한 잊지 않았다. 고맙다는 뜻이었다.

현태가 저 멀리 멀어지고, 효영과 수미가 아리에게 달려왔다.

"언니, 언니!"

다급한 목소리가 어쩐지 불안했다. 이제 또 얼마나 저를 닦달할까. 어떻게 된 일이냐, 로 시작해서 응원한다는 말로 끝내겠지.

"잘됐어요, 정말."

하지만 효영의 행동은 아리의 예상과는 달랐다. 손을 꼭 붙잡은 눈동자가 반짝반짝 빛났다. 곁에 서 있는 수미도 덩달아 반짝거리는 시선을 보내고 있었는데, 도무지 영문을 알 수가 없었다.

얘들 왜 이래?

"뭐가 잘됐어?"

"아이, 시치미 떼지 말고요! 언니 언제 현태 오빠랑 그렇고 저렇고 이런 사이가 된 거예요?"

"그렇고, 저렇고 이런 사이?"

"네. 오빠 방금 하는 거 봐요. 수미 너도 들었지?"

효영의 물음에 수미가 고개를 끄덕였다. 곧 아리를 쳐다보는 눈이 부드러워졌다. 아니, 부드럽다기보다는 조금 더 느끼할지도 모르는 시선으로.

"오늘도 많이 좋아해, 한아리."

"이렇게 했잖아요!"

잔뜩 신이 난 효영과 수미의 목소리가 들렸다. 꺅! 짤막한 비명이 들리기도 했고, 어쩜 그리 멋있냐는 둥 대담하다는 둥 현태의 칭찬 아닌 칭찬도 이어졌다.

하지만 아리는 도무지 그 이야기가 귀에 들어오지 않았다. 현태와 그런 사이로 보이는가 싶어 수줍어지다, 그의 시선이 머리를 스치고 지났다. 사랑이 가득 담겨 있는 눈빛이었다. 아니 그보다는 조금 더 애틋한. 온몸의 피가 거꾸로 솟는다 해도 이상하지 않을 법한 감정이 담겨 있었다.

과거에 이력이 있는 감정이다. 손끝이 바짝 당긴다거나, 아무 생각도 하지 못하게 되어버린다거나, 가슴이 꽉 차오른다거나 하는 것들.

"사랑이네요, 언니!"

그래. 효영이의 말 그대로 사랑일 것이다. 아무래도 현태를 향한 제 감정이 단순히 '좋아하는 마음'에서 '사랑'으로 번져 버린 듯했다. 사랑으로 번져 버린 감정은 생각보다 더 성가시다. 좋아하는 마음이야 눈이 마주치면 두근거리고, 목소리를 들으면 숨이 차지만.

사랑은 다르다. 번지는 속도를 가늠할 수 없다는 점에서도 그렇지만, 그에 따르는 반응들이 사람을 영 성가시게 한다. 그 사람의 눈을 상상하는 것만으로도 가슴이 벅차오른다. 목소리를 듣지 않아도 귓가에 맴돌기 일쑤고, 자꾸만 그 사람의 흔적을 쫓게 된다.

언제 올까, 언제 볼까. 자칫 귀찮게 느껴질 수 있는 감정도 '당연한' 것이 되어버린다. 그 때문에 불안해지고, 안달이 나버리게 되고. 이토록 불완전한 감정이지만, 그토록 갑작스러운 것이 사랑이기에. 아리는 불쑥 찾아온 제 감정에 혼란을 겪고 있었다.

왜 이제야 '사랑'이 되어버린 거냐는, 아주 당황스러운 혼란을 말이다.

"언니, 언니?"

상념에 빠져 있던 터라, 아리는 효영과 수미의 부름에도 대답을 할 수 없었다.

그녀의 머릿속으로는 현태와의 옛 추억이 지나고 있었다. 당시에는 현태가 제 곁에 머무르는 게 당연하다고 생각했다. 친구이니까, 가족이니까. 치기 어린 믿음이었지만 현태는 그런 제 마음에 부응해주었다.

연애라는 것도 현태에게는 없는 이야기나 다름없었다.-친구들은 몰래 연애하는 거라 수군거렸지만- 적어도 아리는 알고 있었다. 오래전부터 현태가 중요하다 생각하는 세상의 중심에는 제가 있었다. 그게 이토록 큰 감정, 사랑으로 번질 거라는 생각은 조금도 해본 적이 없었다.

힘들 때에도, 슬플 때에도 계속 함께 있어줬으니까.

"아리 뭐 해?"

수호가 찾아왔지만, 아리는 대답 할 수 없었다. 파도처럼 밀려들어오는 감정의 흐름 탓이었다.

"아리야."

수호가 아리의 어깨를 살짝 흔들었다. 깜짝 놀라 고개를 들어 올렸을 때, 그제야 온 세상의 빛이 돌아왔다. 과거에 머물러 있던 감정과 현재를 물들인 감정이 한데 뒤엉켰다. 빛이 돌아 왔음에도 불구하고 목소리가 잘 나오지 않았다.

"아, 오빠."

겨우 입을 열었을 때, 수호가 흐린 미소를 지었다.

"뭐야, 서서 졸기라도 한 거야?"

"아니, 아니에요. 졸기는요. 무슨 일 있어요?"

"여기. 새로운 직원이랑 인사하라고."

수호는 효영과 수미에게 사정을 설명했다. 다시 본사로 돌아가기로 했다는 이야기와, 새로운 매니저가 당분간 함께 일할 거라는 이야기까지. 잠자코 듣던 효영과 수미가 반갑게 직원과 인사를 나누었다. 아리 역시 직원과 악수를 하며 인사를 했지만, 여전히 머리는 복잡했다.

지현태. 익숙하지만 어쩐지 어색한 이름 세 글자를 중얼거리며 미소를 지을 뿐이었다.

❂

보안실에 도착한 현태는 본사에서 보낸 공문을 뒤적이고 있었다.

본사에서 공문을 가져온 직원이 뒤쪽에 앉아 이런 저런 이야기를 늘어놓고 있었지만, 귀 기울여 듣지 못했다. 가슴이 뛰는 소리가 귀에서 떠나지 않았다. 코가 간질거려 재채기가 날 것 같아 몇 번이나 코에 힘을 줘야 했다.

'좋아해.'

아리의 고백을 상상하고 나니, 온몸이 저릿했다. 아으, 앓는 소리를 하며 고개를 숙였다. 두 손으로 머리를 꽉 쥐자, 직원이 깜짝 놀라 몸을 일으켰다.

"그렇게 충격이었어?"

아차 싶어 뒤를 돌아보았다.

"네? 아니요. 그게 아니고…… 다른 생각을 좀 하느라. 무슨 말씀하셨습니까?"

현태의 대답에 맥이 빠진 건지, 그가 소파에 털썩 주저앉았다.

"며칠 뒤에, 지 팀장이 새로 근무할 회사 사장이 직접 식사 자리에 초대했다 이 말이야. 엄청나지 않아? 그런 거물을 보는 건, 본사 부장급이나 되어야 가능한 이야기라고."

"아…… 네."

전혀 굉장하지 않다 말을 하려다, 어색하게 웃었다.

"월급도 빵빵해, 보너스도 챙겨줘. 좋겠다, 지 팀장."

"선배도 함께 가시죠?"

"아, 됐어. 나는 그냥 본사가 좋아. 현장 스타일 아니라고."

손사래를 치며 거절하는 그에 현태가 웃음을 터뜨렸다. 그리고 다시 공문을 확인하는 순간, 남자의 말과 공문에 적힌 글자가 겹쳤다.

—M브랜드 보안 총괄 팀장 발령 안내

M브랜드라고 하면, 분명 수호의 부친이 운영하는 회사가 아니었던가? 혹시 잘못 본건 아닐까 싶어 몇 번이나 공문을 들여다보았다.

"그나저나, 여기 그 회사 아들이 다닌다며?"

남자의 목소리에 현태가 뒤를 돌았다. 어떻게 알았는지 묻자, 그의 얼굴이 묘하게 밝아졌다.

"친해야 할 텐데 말이야. 지 팀장이 가는 게, 그 아들이 다시 본사에 돌아오는 것 때문이잖아."

"지금 그 말, 진짜입니까?"

현태의 물음에 남자가 눈을 크게 뜨며 고개를 끄덕였다. 다리를 꼬고 손을 까닥이는 모습이 영 마음에 들지 않았다.

"그래. 공문에도 그렇게 쓰여 있잖아. 왜, 혹시 별로 안 친한 거야? 사이가 안 좋거나, 그래? 안 되는데. 그러면 좀 피곤할 텐데, 우리 지 팀장. 소문으로는 그 아들, 일하는 게 되게 빡빡하다던데. 괜찮겠어?"

네, 그럼요. 고개를 끄덕이면서도 마음은 영 그렇지 않았다.

"괜찮을 리가 없죠."

중얼거리는 말을 들었는지 듣지 못했는지. 선배란 사람은 본사에 대한 불평을 주절주절 늘어놓기 시작했다. 하지만 현태에게 그 이야기는 들어오지 않았다. 그저 이제 어떻게 해야 하나, 복잡해지는 머리를 정리할 수도 없이 바라만 보고 있을 뿐.

결코 평안할 수 없는 하루였다. 손님들이 들이닥치는 상황에서도 아리는 몇 번이나 주변을 두리번거렸다. 현태가 지나갈까 괜히 신경이 쓰여서 머리를 만지작거리고, 립을 몇 번이나 덧대어 발랐다. 예쁘게 보이고 싶었다.

'사랑'임을 깨닫는 것과 동시에 그에게 보일 제 모습이 신경 쓰였다.

"언니, 예쁘니까 그만 덧발라요. 입술 다 죽겠네. 죽겠어."

"괜찮아? 막…… 이상하지 않아?"

아리가 조심스레 묻자, 효영이 눈을 크게 떴다. 이런 아리의 모습은 처음이었다. 평소보다 체온이 높은 건지 아리의 얼굴이 불그스름하게 물들어 있었다. 두 뺨을 감싸는 그녀의 손끝마저 매니큐어를 바른 듯 붉게 칠해져 있는 착각이 일었다.

"있잖아요, 언니."

믿지 않았다. 그런 말은 듣기 좋은 소리에 불과하다 생각했는데.

"사랑에 빠지면 예뻐 보인다는 말, 그 말이요."

그 말이 사실이라는 것을 눈으로 보고 나니, 분명 거짓말이라든가 듣기 좋은 소리는 아닐 것이란 생각이 들었다.

"진짜 같아요. 언니 지금 정말 예뻐요."

"정말?"

"네. 진짜로요. 언제 이렇게 예뻐졌지? 원래 예뻤나? 할 정도로."

그래? 되묻는 아리의 목소리가 잔뜩 들떴다. 옷매무새를 가다듬고 거울 속 제 모습을 확인하느라 정신이 없어 보였다.

"아닌데, 원래 예뻤어."

매장의 입구에서 익숙한 목소리가 들렸다. 효영과 아리가 옆을 돌아보니, 현태가 있었다. 아리는 얼굴이 터질 것처럼 붉어졌고, 효영은 입을 떡 벌린 채 두 사람을 번갈아 보았다. 이게 대체 무슨 일이람, 중얼거리는 그녀의 목소리에 불만이 가득 묻어 있었다.

"아, 네. 아무렴요. 어련하시겠어요."

"진짠데?"

"네, 네. 그러겠지요. 좋은 시간 보내세요."

그리고 그대로 자리를 떠났다. 창고를 정리하고 있는 수미에게로 가는 모양이었다. 현태는 잘 다녀오라 인사를 남겼지만, 아리는 좀처럼 그럴 수 없었다. 예전엔 그러지 않았는데 요즘 따라 현태와 단둘이 남는다는 사실이 영 불편했다.

쿵쿵 뛰는 심장도, 불규칙해지는 호흡도 처음 겪는 반응이라 견디기 힘들었다.

"또 안 쳐다보네."

"잡담하면 혼나."

"괜찮아. 나 팀장님 회의 들어가셨으니까."

"보안팀이 이를지도 몰라."

"뭐라는 거야, 네 앞에 있는 사람이 팀장인데."

어이가 없다는 듯, 한숨을 터뜨리는 현태의 목소리에 아리가 어깨를 움찔거렸다. 아, 맞아. 그랬지. 기어들어 가는 목소리로 답을 준 뒤, 현태를 향해 고개를 들어 올렸다. 눈이 마주하기 무섭게 숨이 막혔다. 언제부터 현태의 존재가 설렘이었을까. 대체, 언제부터.

"이따 나가서 밥 먹을까?"

"나가서?"

"응. 맛있는 파스타집 알아냈거든. 싫어?"

친구처럼 대하면 조금 나을까 싶어, 현태는 그저 친구일 뿐이라 몇 번이나 마음으로 외쳤다. 이제껏 현태를 이성으로 보지 않았던 건, 그는 친구일 뿐이라는 다짐이 강력했기 때문이었다. 한 번 통했으니 두 번 통하지 않으리라는 법은 없다. 친구일 뿐이다. 친구 이상이 아니다. 몇 번이나 다짐하며 그를 돌아보았다.

"그래, 좋아."

잘 넘어가는가 싶었는데.

"나도, 좋아."

좋다는 말 한마디에 와르르 무너지고 말았다. 삼 초의 다짐도 아니고, 십 초의 마음도 아니고. 대체 왜 이리 오래가지 못하는 자기 암시란 말인가.

"그럼 이따 데리러 올게. 고생해."

현태는 손을 뻗어 아리의 머리를 톡톡 두드려 주었다. 커다란 손과 따뜻한 온기가 머리를 지나간 느낌이 썩 나쁘지만은 않았다. 알겠다는 대답도 하지 않았는데, 현태가 매장을 지나쳐 갔다. 왠지 현태의 이름을 부르고 싶어 입을 뗐지만 옅은 바람 소리만이 새어 나왔다. 응, 이따 봐. 그 쉬운 대답 한 번 못하는 저 자신이 우습게 느껴졌다.

사랑이구나. 중얼거리는 입술이 어쩐지 뜨겁게 느껴졌다.

점심시간이 찾아오기를 이렇게 빨리 빌어본 적은 없었다. 손님이 매장에 오래 머무르기라도 하면 괜히 짜증이 났다. 그들이 나가지 않아 점심시간이 찾아오지 않는 느낌마저 들었다. 발만 동동 구르기를 몇 분. 겨우 점심시간이 찾아왔지만, 현태는 오지 않았다. 수미와 효영을 먼저 보낸 뒤에도 아리는 몇 번이나 그가 오가는 길을 쳐다보았다.

하지만 현태는 보이지 않았다. 멀대 같은 그의 모습도, 반짝거리는 미소도 좀처럼 나타나지 않고 그녀를 애태웠다.

"아리야, 밥 먹으러 안 가?"

수호와 새로 온 직원이 찾아왔다. 수미와 효영도 마침 매장으로 돌아온 참이었다. 아리는 몇 번이나 현태가 오는 길을 쳐다보다 핸드폰을 꺼냈다.

"아, 오빠. 잠시만요."

그리고 화면을 쳐다보았을 때, 온몸에 힘이 좌르르 풀리는 기분이 들었다.

〈미안. 본사에서 급하게 찾아서 가고 있어. 매장에 들러서 말해야 했는데, 미안해. 이렇게 될 줄 몰랐어.〉

딱히 화가 난 건 아니었다. 최근 들어 잦은 호출에 힘들어하는 건 알고 있는 이야기였으니까. 다만 서운한 것뿐이었다. 얼굴이라도 보여주고 가지.

"아니요, 가야죠. 배고프다."

어색하게 웃으며 배를 문질렀다. 효영과 수미에게 다녀오겠다는 말을 남긴 채, 수호와 함께 매장을 나섰다. 평소 같았다면 수다를 떠느라 정신이 없었을 텐데, 오늘따라 아무런 말도 하고 싶지 않았다. 수호와 새로운 직원이 떠드는 이야기도 귀에 들어오지 않았다.

식당은 생각보다 사람이 많지 않았다. 몇 직원이 수호에게 인사를 건네며 생긋 웃었다. 아마도 본사로 돌아간다는 소식을 접한 모양이었다.

"강 매니저님 인기 너무 많아서, 내가 일하면 원성 살까 겁나네요."

"에이, 태진 씨도 못지않은데요. 그런 말 하지 마세요."

새로운 직원 이름이 태진이구나. 그제야 주변의 이야기가 들리기 시작했다. 배고픔이라는 원초적인 본능이 귀를 뜨게 한 걸까. 아리는 아무런 말도 하지 않은 채 식판을 집어 들었다. 한식이냐, 양식이냐 고민하다 메뉴가 눈에 들어왔다.

'이거 현태가 좋아하는 메뉴네.'

아리는 먹음직스러운 함박스테이크 모형을 보며 침을 꿀꺽 삼켰다. 식판을 꼭 잡고 있다가, 한식으로 향하는 수호에게 말했다.

"오빠, 저는 이거 먹을게요."

"어? 웬일로? 양식 별로 안 좋아하잖아."

괜히 가슴이 뜨끔거렸다. 좋아하진 않지만. 중얼거리던 그녀가 헤헤, 어색하게 웃었다.

"그냥. 먹고 싶어서요."

먼저 자리를 잡고 있겠다는 수호의 말에 아리가 알겠다는 대답을 남겼다. 스테이크를 받고, 밥을 뜨고. 스프까지 채우고 나니 마음이 허전했다. 휘잉, 불어오는 바람이 스치고 간 자리가 따끔거렸다.

'네가 좋아하는 건데. 나 혼자 먹네.'

참 이상하지. 평소에는 현태가 없는 자리가 이토록 쓸쓸하지 않았다. 바쁜가보다. 안 배고플까. 적당한 걱정을 했다. 그때와 달라진 것이라고는 '좋아해' 한 마디를 들은 것밖에 없는데. 제 마음이 현태를 더 이상 친구로 보지 않음을 깨닫게 된 것뿐인데.

"아리야, 여기!"

아리는 수호의 부름에 답하듯 잰걸음을 옮겼다. 하지만 그러면서도 머릿속은 끊임없이 굴러가고 있었다. 온 세상의 소리가 또다시 그녀에게서 멀어졌다. 도르륵, 도르륵 머리를 굴러가는 소리와 끊임없이 고민하는 제 목소리만이 가득했다.

그러다 문득 제 말에 오류가 있음을 깨달았다. 좋아한단 말을 들은 것밖에 없다거나, 친구로 보지 않음을 깨닫게 된 것만이 아니었다.

"사랑이잖아."

속으로 삼키려던 말이 툭 터져 나오고 말았다. 동시에 닫혀 있던 귀가 번쩍 열렸다. 수많은 소음들이 빠르게 흡수되다, 이내 시야마저 트였다.

"어?"

"네?"

수호와 태진의 물음이 들렸다. 깜짝 놀란 아리가 하하, 어색하게 웃어 보았지만 이미 뱉은 말은 주워 담을 수가 없다.

"사랑이라니요? 혹시 한 매니저님, 연애하세요?"

태진이 물었다. 사실 반쯤은 장난이 분명했다. 당황하고 놀라며 그게 아니라 펄쩍 뛰는 아리의 모습이 궁금했을지도 모른다. 사실 송주에게서 수호의 마음을 살짝 엿듣기도 했고. 딱히 수호가 말을 해준 것은 아니지만, 두 눈에 훤히 보인다면서 말이다.

"네? 여, 연애요?"

하지만 아리의 반응은 그가 예상하던 것과 전혀 달랐다. 순식간에 얼굴이 붉어졌고, 잡고 있던 숟가락마저 바닥으로 떨어뜨리고 말았다. 아, 짤막하게 터져 나오는 그녀의 숨소리에 수호도, 태진도 놀라 눈을 크게 떴다.

"아, 아니에요. 무슨 연애……."

뒤늦게 반박했지만, 그들이 아리의 말에 수긍할 리가 없었다. 태진은 수호의 눈치를 보았고, 수호는 아리의 얼굴을 빤히 쳐다보았다. 엇갈린 시선이 계속되었을 때, 태진이 하하! 어색하게 웃음을 터뜨렸다.

"아, 그럼 즐겨 보는 드라마 생각했나 보다. 그죠?"

태진이 신경을 쓰는 건 수호 쪽이었지만, 아리가 생각하기엔 저를 신경 써주는구나 싶은 모양이었다.

"네. 맞아요. 요즘 드라마 보거든요."

"무슨 드라마?"

뱉고도 금세 후회했다. 얼마나 바보같이 느껴지는 질문이란 말인가. 수호의 입술이 아주 짧게 떨렸다. 하지만 묻고 싶었다. 그게 정말 그녀의 말대로 드라마인지, 자기도 모르게 꺼낸 본심인지.

만약 본심이라면 대상은 아마도.

"아, 그게……."

"그거, 그거죠? 요즘 엄청 인기 있는. 그 왜 연애필독서? 그거요."
"아, 네! 맞아요. 그거 너무 재미있더라고요!"
하하, 또 한 번 아리의 어색한 웃음이 이어졌다. 하지만 수호의 미심쩍은 눈빛은 끊이지 않았다. 사실 수호에게 변명할 필요는 없다. 그저 현태와의 관계가 명확해지지 않은 지금, 괜한 소문 거리를 만들고 싶지 않을 뿐.
"그래, 그렇구나."
고개를 끄덕이던 수호가 테이블 위에 꽂혀 있는 숟가락 하나를 꺼내어 아리에게 건넸다.
"여기. 떨어뜨렸잖아."
"아, 고마워요. 오빠."
숟가락을 받아 들었을 때, 아리는 제 눈을 의심해야 했다. 이제껏 보이지 않던 수호의 캔디가 보였다.
수호의 가슴 한구석에서 미미한 빛을 발하던 그것은 점차 검은색으로 물들어가고 있었다. 어둠에 파묻히는 불그스름한 빛이 또렷하게 드러났다. 숨이 막혔다. 왜? 어째서? 아니, 왜 이제 와 보이는 거야? 의구심이 생기기 무섭게 아리와 수호의 눈이 마주쳤다.
"뭐 묻었어?"
"아니, 그게 아니고……."
"그래? 나는 또. 한참 쳐다봐서 뭐 묻은 줄 알았지."
웃으며 물을 한 모금 마신 수호가 아리를 쳐다보았다. 무언가 말을 하기 위해 한참 망설이다, 곧 입을 열었다.
"맞다. 그거 들었어?"
이건 내 잘못 아니야.
"뭐요?"

이제 더는 이 일로 미안해하지 않을 거야.

"지 팀장 이직하는 거."

수호의 말에 아리의 눈동자가 크게 흔들렸다. 네? 짤막하게 묻는 그녀의 목소리에서 당혹감이 묻어났다.

"이직이라니요? 아니, 못 들었는데……."

"아, 그랬구나. 아직 이야기 안 했나 봐. 신기하더라고. 지 팀장이 오는 곳이 딱 우리 회사 보안팀이더라니까. 거기서도 현태가 팀장이야. 신기하지?"

"지 팀장이라면, 아까 한 매니저님이랑 이야기하던 남자분 맞죠?"

두 남자의 대화가 멀어져만 갔다. 들리지 않았고, 들을 수 없었다.

현태에게 듣지 못한 이야기였다. 본사에서 자리를 옮기길 권한다는 말은 여러 번 들었지만, 이렇게 갑작스럽게 닥쳐올 줄은 몰랐다. 적어도 귀띔은 해주지. 이런 제안이 들어왔어. 어떻게 생각해? 그래, 그 짧은 물음이라도.

"아리야, 왜 그래?"

충격에 빠져 밥을 씹어 넘기는 것도 잊고 있을 때쯤, 다시 한 번 수호의 부름이 들렸다.

"아니, 아니에요. 아무것도."

짧게 대답하며 숟가락을 꽉 붙잡았다. 최대한 마음을 진정시키려 심호흡을 했을 때, 옆으로 수호의 캔디가 살며시 엿보였다. 한 번쯤은 그의 캔디를 보고 싶었다. 어떤 색과 모양일지 혼자 떠올려 보기도 했다. 다정다감한 수호라면 따뜻한 색에 동글동글한 모양을 하고 있으리라 생각했다.

하지만 두 눈으로 직접 본 수호의 캔디는 생각보다 더 처참했다. 어째서 기대를 하고 있었을까. 저 자신이 바보처럼 느껴질 정도였다.

"설마 일부러 말 안 하고 그런 거 아니겠지? 지 팀장이라면 분명 너한테 먼저 알려줄 것 같았는데. 둘이 좀, 각별한 사이잖아."

짱그랑. 캔디가 깨지는 소리를 처음으로 들었다. 수호의 까만 캔디가 아리의 눈앞에서 산산조각이 나고 말았다.

숟가락을 잡고 있던 손에 힘이 풀렸다. 아리는 자기도 모르게 수호를 쳐다보던 시선을 다른 곳으로 돌려 어색하게 웃었다. 왜, 어째서 현태의 이야기를 하며 캔디가 저렇게 검게 변하는 걸까. 산산조각이 나는 캔디는 여럿 봤지만, 깨지는 소리마저 선명하게 들리는 캔디는 처음이었다.

그토록 보고 싶었던 수호의 캔디였지만, 이런 모습을 원한 건 아니었다. 그저 어떤 색으로 빛나고 어떤 모양을 하고 있는지. 그게 궁금했을 뿐인데.

"아리야, 어디 아파?"

수호의 물음에도 대답할 수 없었다. 고개를 저으며 자리에서 일어났다.

"물. 물 좀 가져올게요."

대답은 듣지도 않은 채 성큼성큼 발걸음을 옮겼다. 뒤쪽으로 수호의 시선이 느껴졌지만, 개의치 않으려 노력했다.

뻣뻣해지는 다리에 힘을 주며 가까스로 정수기에 다다랐다. 컵을 쥐는 손에 힘이 들어가지 않아 몇 번이나 쥐었다 놓기를 반복했다. 쿵쿵 뛰는 가슴에 힘을 꽉 주었다. 컵에 물을 잔뜩 받은 뒤에도 발이 떨어지지 않았다.

'괜찮아. 저 검은 캔디가 꼭 현태 때문은 아닐 거야. 괜찮아.'

가까스로 마음을 다잡은 뒤에야 걸음을 옮길 수 있었다. 컵을 꽉 쥔 채 잔뜩 열이 오른 머리를 식혔다. 테이블로 걸음을 향하던 그때,

맞은편에 앉은 직원과 이야기를 하는 수호의 캔디가 보였다.

깨진 캔디는 다시 맞붙지 않았지만, 처음 보았을 때의 까만 캔디는 아니었다. 조금씩 본래의 색을 되찾으려 하는 듯했다. 역시, 잘못 생각한 거구나. 잔뜩 겁에 질려 있던 자신을 타박하며 자리에 앉았다.

"죄송해요. 갑자기 얹히는 느낌이 확 들어서."

"괜찮아. 그럴 수도 있지."

환하게 웃는 수호를 보며 아리 역시 미소를 지었다. 하지만 그 미소가 전처럼 자연스럽게 나오지 않았다. 다시 밥을 먹기 시작하니, 이제 머릿속은 다른 문제로 시끄러웠다. 어째서 현태는 저에게 아무런 말도 하지 않았을까.

왜, 아무런 이야기도 해주지 않은 걸까. 분명 이유는 있었겠지만, 알고 있으면서도 서운한 건 어쩔 수 없다. 시끌벅적한 식당의 소음이 점점 멀어지고 있었다. 지현태, 어째서. 똑같은 물음만이 아리의 머릿속을 맴돌고 있을 뿐이었다.

❁

점심시간을 훌쩍 넘기고 쉬는 시간이 찾아올 때까지 현태는 좀처럼 보이지 않았다. 오가는 보안직원들에게 물어보아도, 아직 팀장님이 오지 않았다는 답변만 들을 뿐이었다. 이젠 서운함을 떠나 걱정이 되기 시작했다. 혹시라도 무슨 일이 생긴 건 아닐지. 대체 밥은 먹고 다니는 건지.

머리를 휘저어대는 걱정이 꼭 노래 가사처럼 느껴졌다.

"언니."

등을 콕콕 찌르는 효영의 부름에 아리가 살짝 고개를 돌렸다.

"혹시 강 매니저님한테 원한 샀어요?"

원한이라는 말에 등골이 오싹해졌다. 점심시간에 보았던 수호의 검은 캔디가 눈앞을 스쳤다. 잠시 후, 식당에서 들었던 소리가 아리의 귓가에 맴돌았다. 쨍그랑, 날카로운 마찰음이 그녀의 눈앞을 어지럽게 만들었다.

"아니, 왜?"

떨림을 애써 숨기며 되물었다. 효영은 그런 아리와 저 멀리에 있던 수호를 번갈아 보며 어깨를 으쓱거렸다.

"그냥요. 자꾸 쳐다보는데 저게 걱정하는 눈빛인지, 가만 안 둘 거야! 하는 눈빛인지 도저히 감이 안 잡혀서요."

어깨를 으쓱거리는 효영의 모습에 아리가 어색하게 웃었다. 그럴 리가 없잖아. 그녀의 말을 부정하면서도 수호에게 시선이 향하는 건 어쩔 수 없었다. 평소에는 잘 보이지도 않더니, 어째서 이런 순간에만 시력이 이토록 뚜렷해지는 걸까. 저를 쳐다보는 수호와 눈이 마주쳤다는 것을 느낀 순간, 아리는 자기도 모르게 고개를 휙 돌려 버렸다.

그 누가 보더라도 오해할 만큼 격한 동작이었다. 물론 오해는 아닐 것이다. 그의 시선이 어찌나 소름 돋았는지, 온몸이 바짝 굳어버렸다.

"언니, 왜 그래요?"

"아, 아니야. 전산 좀 봐야겠다."

아리가 급하게 카운터를 향해 걸음을 옮겼다. 노트북 자판을 아무렇게나 두드리며 화면이 들어오기만을 기다렸다. 기다렸다는 듯 불이 밝혀진 화면을 보며 아리는 의미 없는 서치를 시작했다. 달칵, 달칵. 버튼을 누르는 소리가 유독 도드라졌다.

"언니."

그리고 다시 효영의 부름이 이어졌다. 혹시라도 수호가 저를 찾아온 것일까 싶어 고개도 들지 않았다.

아니, 들고 싶지 않았다.

"왜?"

"현태 오빠 왔는데."

누구보다 빠르게 고개를 들었다. 현태라는 이름 두 글자에 이토록 몸이 빠르게 반응한 건 처음이었다.

"뭐야, 사람이 왔는데 얼굴도 안 보여주려고 한 거야?"

현태의 얼굴을 보자마자 심장이 뛰기 시작했다. 쿵. 쿵. 얼굴까지 올라오는 심장박동 소리에 온몸으로 열기가 가득 차올랐다. 꽉 막혀 있던 혈관이 그제야 뻥 뚫리는 기분이었다.

"왔어?"

"별로 반갑지 않은 얼굴인데?"

"오빠, 그런 말 마세요. 언니 오빠랑 점심 먹으려고 종일 기다렸는데. 아까 오빠 없이 가는 뒷모습이 얼마나 쓸쓸하던지."

평소 같았다면 그러지 말라 큰소리라도 냈을 텐데.

"그래, 맞아. 엄청 기다렸는데……. 왜 이제 와?"

오늘 아리는 꼭 다른 사람 같았다. 말투와 표정뿐만 아니라 반응마저도 평소 같지 않았다. 효영만큼이나 놀란 현태 또한 아리의 반응에 놀라 눈이 동그래졌다.

물론 아리의 미세한 차이를 발견한 사람은 현태뿐이었지만.

"그러게. 나 왜 이제 왔지."

툭 터지는 한 마디에 엉킨 한숨이 아리의 마음에 푹 하고 꽂혀 버렸다. 아리 역시 알고 있었다. 현태가 제 상태를 알아챘다는 걸. 제 얼굴 어딘가에 어린 마음을 읽어냈다는 것을.

어쩜 이다지도 아는 것이 많은 걸까. 너와 나, 나와 너는.

"효영아, 잠깐 매장 좀 봐줄래?"

현태는 아리에게서 시선을 떼지도 않고 효영에게 부탁했다. 그녀는 곧 직원 통로 쪽을 슥 쳐다보더니 이내 고개를 끄덕였다.

"네. 수미 저기 오네요, 다녀오세요."

"고마워."

현태는 짤막하게 감사의 인사를 전한 뒤, 매장으로 걸음을 옮겼다. 그리고 아리에게 손을 내밀었다.

"가자."

아리는 자신에게 향한 현태의 손을 맞잡았다. 뜨거운 열기에 잔뜩 굳어 있는 가슴이 사르르 녹아내렸다. 두 사람은 손을 꼭 맞잡은 채 매장을 걸어 나섰다. 예전의 현태와 아리였다면 절대 있을 수 없는 일이 분명했다.

손을 잡고 걷기는커녕, 멀찍이 떨어져 서로의 그림자만 겨우 겹친 채 걸어갔겠지. 직원 통로에 다다랐을 때, 수호의 시선이 느껴졌지만 아리는 아랑곳 하지 않으려 노력했다. 현태의 손을 있는 힘껏 맞잡고 직원 통로를 지나쳤다.

두꺼운 철문이 열리고 닫혔다. 밝은 빛이 문틈으로 새어 들어오다 이내 눅눅한 어둠에 묻히고 말았다.

"어디서 이야기하려고?"

현태의 물음에 아리가 고개를 슥 돌려 창고를 쳐다보았다.

"저기로 가자, 휴게실은 듣는 귀가 너무 많아."

"저기는 없고?"

"창고잖아."

"너희만 쓰는 거 아니니까 하는 소리지."

아리는 현태의 의도를 단박에 파악할 수 있었다. 무언가를 말하기 위해 입을 달싹거리다, 숨을 내뱉으며 다시 꾹 참았다.

"흠, 어디가 좋을까."

주위를 두리번거리는 그의 눈동자가 빠르게 움직였다. 한참을 고민하던 현태가 아리의 손을 잡아끌었다.

"어쩔 수 없네."

"뭐가 어쩔 수 없어?"

"시간 없으니까 일단 가자."

방긋 웃는 얼굴 때문인지, 더는 현태에게 묻지 못했다. 그래, 조용히 고개를 끄덕이며 현태의 손을 꽉 맞잡을 뿐. 두 사람은 잰걸음으로 계단을 올랐다. 1층에 있는 직원용 주차장에 다다랐을 때, 아리가 어리둥절한 표정을 현태를 바라보았다.

하지만 현태는 말없이 차키의 버튼을 꾹 눌렀다. 곧 저 멀리에서 현태의 차가 반응했다. 나 여기 있어! 짤막한 소리를 내지르면서.

"차에서 이야기하자고?"

"듣는 사람 없고, 눈에 안 띄고. 딱인데?"

"듣는 사람 없는 건 좋은데, 눈에 띄지 않는 건 왜?"

그녀의 물음에 한참을 대답하지 않던 현태가 어깨를 으쓱거렸다.

"네가 눈에 띄는 거 싫어했잖아."

그랬던가, 잠시 제가 했던 이야기를 되짚어보는데 현태의 얼굴이 고스란히 두 눈에 들어왔다. 아리는 잽싸게 차를 향해 시선을 돌렸다. 그랬던 적이 있었다. 일부러 과하게 친구임을 드러내고, 남녀 사이의 일은 절대 없을 것처럼 굴던.

이런 상황을 생각지 못했던 것뿐이지만.

"그리고 네가 하려는 이야기. 단순한 이야기는 아닌 것 같아서."

현태의 말에 아리의 눈이 휘둥그레졌다.

"그걸 어떻게 알아?"
"네 얼굴만 봐도 알아. 새삼스럽게 그래?"
너스레를 떨던 현태가 조수석의 문을 열고, 아리를 향해 손짓했다.
"이리 와서 얼른 타."
"어디 가는 거 아니지?"
"저도 일하는 중입니다, 한 매니저님."
어깨를 으쓱거리는 현태의 모습에 아리가 피식 미소를 지었다. 그의 에스코트를 받으며 차에 올라탔다. 현태까지 차에 올라타고 나서야 주변의 소음이 가라앉았다.
"무슨 일인데?"
아리는 현태의 물음에 잠시 머뭇거렸다. 그를 향한 눈빛이 잠시 흔들리는가 싶었지만, 금세 곧은 빛을 되찾았다.
"너, 나 얼마나 좋아해?"
갑작스러운 질문이었기에, 현태가 놀란 것도 이상한 일이 아니었다. 잠시 눈을 깜빡거리던 그가 힘주어 말했다.
"그 크기를 가늠할 수 없을 정도로 좋아해. 많이."
"근데 근무처 옮기는 거, 왜 말 안 했어?"
온몸이 저 아래로 꺼지는 기분이었다. 귓가로 울리는 굉음이 그의 주변으로 빙빙 맴돌았다. 아직 아리의 물음은 채 끝나지도 않았는데, 도둑이 제 발 저린 꼴이었다.
"내가 그렇게 좋다며, 왜 나한테는 비밀로 했어?"
"비밀로 한 거 아니야."
"그럼?"
굳이 비밀로 한 건 아니었다. 언젠가 말을 하려 했지만, 그게 오늘이란 생각은 하지 않았을 뿐. 우선 수호의 이직과 제 이직이 절묘하게 맞아떨어지는 상황을 파악해야만 했다. 그래야 아리에게도 말을 할 수 있으리라 생각했다.

"미안해. 일부러 말 안 한 건 아냐. 나도 오늘 아침에 전달받았어. 진짜야. 보여줄 수도 있어."

"오늘 아침?"

"응. 오늘 아침에 공문이 내려왔어. 이직해야 한다는 건 각오하고 있었는데, 이렇게 갑자기 옮기게 될 줄은 나도 몰랐지. 그래서 본사에 다녀온 참이야."

아무런 말도 할 수 없었다. 아리는 현태의 말이 거짓말이라고 생각하진 않았다. 그저 다른 사람을 통해 현태의 이야기를 듣게 된 것이 영 서운했을 뿐. 한참 정적을 지키던 아리가 천천히 입을 열었다.

"……언제 가는데?"

"빠르면 두 달. 느리면 석 달 뒤에."

"그렇구나."

금세 풀이 죽어 고개를 숙인 아리의 모습에 현태가 손을 뻗었다. 작은 어깨를 부드럽게 감싸 안아주며, 제 품으로 끌어당겼다. 코끝으로 아리의 향이 물씬 풍기는 순간, 가슴이 쿵쾅거리며 뛰기 시작했다. 자연스러운 접촉이었음에도 팔이 딱딱하게 굳어버리는 느낌이 들었다.

"서운해?"

현태의 물음에 아니, 딱 잘라 대답하려던 아리가 입을 다물었다. 솔직하게 대답하지 않으면 언젠가 후회하게 될지도 모른다. 부모님에게 사랑한단 말을 제대로 전하지 못한, 그때의 나날을 후회하는 것처럼.

"응. 서운해. 네가 가는 것도 서운하고, 이제 같이 출퇴근하기 힘든 것도 서운하고. 제일 서운한 건."

아리가 몸을 떼고 현태를 바라보았다. 어쩐지 평소보다 더 감정에 휩쓸리는 기분이 들었다.

"네가 아니라, 다른 사람에게서 너의 이야기를 들었다는 거야. 적어도 나는…… 너에 관한 일이라면…… 가장 먼저……."

가장 먼저 알고 싶은 사람이라고, 누구보다 먼저 이야기를 들어야 할 사람이라고 말하려다 입을 꾹 다물었다.

"왜 가장 먼저 알고 싶은데?"

현태의 입에서 나온 물음이 제 속에서도 존재했기 때문이었다. 아리가 말을 잇지 못한 채 머뭇거리자, 현태가 그녀의 손을 꼭 붙잡았다. 숨이 탁 막히는 기분이었다. 말해야지, 말해야지 마음만 먹었던 그 말을 오늘에서야 할 수 있을 것 같았다.

"말해줘, 왜 먼저 알고 싶어?"

현태의 말이 끝나기 무섭게 창 너머로 바퀴와 땅이 마찰하는 소리가 들렸다. 뒤쪽에서 들려오는 마찰음은 점점 옆으로 다가오다, 이내 그들을 휙 지나쳐 다시 위로 올라갔다. 그렇게 스쳐 가는 소음에도 두 사람은 미동도 없이 서로를 쳐다보았다. 눈동자의 떨림도, 찰나의 숨소리도 좀처럼 그 침묵을 뚫지 못했다.

"한아리."

유일하게 현태의 목소리만이 침묵 사이로 비집고 들어갈 수 있었다.

그제야 숨이 트이는 기분이었다. 꽉 막혀 있던 가슴이 뻥, 커다란 소리를 내며 열리더니 제가 한 말이 머리를 스쳐 지나갔다.

"아리야."

그리고 현태의 부름이 다시 한 번 이어졌을 때, 아리의 얼굴이 그 어느 때보다도 더 붉게 달아올랐다.

"……하니까."

자기도 모르게 새어 나온 말이었다. 아무것도 아니라고 말을 하고 싶었지만, 그러기엔 이미 너무 늦어버린 것을 알고 있다.

"똑바로 말해줘."

숨을 들이마셨다. 현태의 끈덕진 물음에 자꾸만 목이 바짝바짝 마르는 기분이 들었다. 현태는 아리의 손을 꽉 붙들었다. 항상 잡고 있다고 생각했는데, 그게 아니었나 보다. 손바닥에 익은 느낌이 낯설게 느껴졌다.

그녀의 손에서 느껴지는 열기에 하마터면 손을 델 뻔했다. 쿵쿵. 쿵쿵. 손끝으로 느껴지는 아리의 심장박동 소리에 저도 모르게 숨이 가빠졌다.

"내가 너에게 특별하니까."

"그래, 맞아. 넌 나에게 특별해."

자신의 하루를, 혹은 한 달을. 아니 어쩌면 일 년을 좌지우지하던 사람이었다. 현태에게 있어 아리는 그런 존재였다.

특별한 사람.

"그리고 현태 너 역시…… 나에게 특별해."

가슴에 꽁꽁 뭉쳐 있던 무언가 톡, 터져 나오는 기분이 들었다. 저를 쳐다보는 현태의 눈이 커다래지는 걸 보자마자 아리는 다시 말을 이어갔다. 꼬리에 꼬리를 물고 터져 나오는 말이, 자신의 목소리가 어색한 건 처음이었다.

"처음엔 그냥…… 네 말 때문이라고 생각했거든. 그냥, 그런 거 있잖아. 넘어졌을 때는 모르는데, 누가 괜찮냐 물어보면 그제야 아픈 게 느껴지는 것처럼……. 네가…… 네가 그렇게 말을 해서 그것 때문에 나 역시 비슷한 감정이라 착각한다고 생각했어."

또박또박 말을 하면서도 머리는 엉망진창이었다. 아마 이 모든 말을 털어놓고 나면 현태와 보통의 사이로는 돌아갈 수 없을 것이다. 소꼽친구, 동창, 직장 동료. 세간에 흔히 둘러놓았던 단어로는 관계를 정의할 수 없을지도 모르지.

하지만 그래도 좋을 것 같았다.

괜찮을 것 같다. 괜찮을 것이다.

지현태니까. 다른 사람도 아닌, 지현태니까.

"그런데 아니었어?"

현태의 물음에 아리가 고개를 끄덕였다. 손끝으로 느껴지는 현태의 단단한 손이 아리에게 용기를 더해주었다.

"목소리만 들어도 귀가 화끈거려. 눈을 마주치면 종일 네 얼굴만 아른거리고, 손이 닿으면……."

닿으면? 꼭 현태가 저를 향해 물어본 것 같았다. 그의 목소리로는 들리지 않았지만, 어쩐지 눈빛이 그렇게 말을 한 것만 같았다.

"심장이 터질 것 같아."

괜히 코끝이 시큰거렸다. 이렇게 제 마음을 확신한다. 다시 생각하고, 고민에 고민을 거듭하던 제 마음이 이렇게 확신이 들고 말았다. 그 사실이 왜 이리도 감격스러운 건지 스스로 알 수가 없었다.

"나 너 좋아하나 봐."

밀고 나오는 아리의 한 마디에 현태의 눈동자가 흔들렸다.

"좋아해. 좋아해, 현태야."

이제 막, 말을 배워 말문이 트인 아이처럼 아리는 현태를 바라보며 같은 말을 반복했다.

"좋아……. 현태 네가 좋아……."

우는 듯한 아리의 목소리에 현태가 입술을 잘근 씹었다. 평소였다면 참을 법도 한데, 오늘은 좀처럼 참아낼 수 없었다. 잡고 있던 아리의 손목을 당겨 와락 끌어안았다. 좋아한다는 아리의 고백이 잠시 멈추었다. 그녀를 와락 끌어안은 현태의 두 팔에 잔잔한 떨림이 일었다.

"그만."

현태의 낮은 목소리에 아리가 다시 한 번 숨을 삼켰다.

"심장 터질 것 같아."

세상이 멈추었다. 현태의 한마디에, 귓가에서 느껴지는 따스한 숨결에. 아리는 숨조차 쉴 수 없게 되어버렸다. 쿵. 쿵쿵. 쿵쿵쿵. 조금씩 빠르게 뛰는 심장 소리만이 그녀의 귓가에 가득했다. 누구의 소리인지도 모를 미세한 심장박동 소리가 아리의 세상을 다시 움직이게 했다.

아리를 끌어안고 있던 현태의 팔에 힘이 들어갔다. 그녀의 작은 몸뚱이를 품으로 가득 끌어당긴 현태가 숨을 토하듯 아리에게 전했다.

"좋아해."

발끝부터 시작된 열기가 자글자글하게 끓어오르기 시작했다. 다리를 타고 올라 허리를 지났고, 허리를 지나 다시 가슴에서 머물렀다. 심장이 뛸 때마다 열기는 더욱 뜨겁게 달아올랐다. 결국, 목을 치고 올라가 얼굴에 퍼졌을 때.

"정말 오래 좋아했어, 아리야."

현태의 마지막 고백이 다가왔다. 그리고 그녀의 온몸으로 퍼져 나갔다.

누군가 그랬다. 물처럼 흘러들어와 물감처럼 퍼지는 게 사랑이라고. 어느 사이엔가 정신을 차리고 보니 그 사람의 색으로 잔뜩 물들어 버렸다면 그게 바로 사랑이라고. 지금 자신의 모습이 꼭 그랬다. 흘러들어온 것도 모르고, 어느새 현태의 색으로 잔뜩 물들어 있었다.

두 사람은 한참이나 말없이 서로를 끌어안고 있었다. 주차장에 차가 몇 대나 오갔지만, 그곳에 신경을 둘 여유는 없었다. 쿵쿵. 쿵쿵. 크게 울리는 심장 소리가 점차 귓가에서 멀어졌을 때, 아리는 그제야 조금씩 머리를 굴릴 수 있었다.

눈으로 보았을 때보다 현태의 품은 넓었다. 그리고 따뜻했다. 은은한 향수 냄새가 코 아래에 머물러 절로 미소가 그려졌다. 평소에는 잘 느끼지 못했던 섬세한 떨림까지도 유독 크게 다가왔다. 등을 꽉 끌어안고 있는 손바닥의 열기마저도 어색하게 느껴졌다.

"이직하는 거…… 말 안 해서 미안해."

현태의 품에서 떨어진 채, 그와 눈을 마주했다. 한참이나 그 눈동자를 쳐다보다 이내 고개를 도리도리 저어댔다.

"아니야. 괜찮아."

"어떻게 말해야 할지 몰랐어."

"응."

아리가 고개를 끄덕였다. 제 볼에 현태의 손이 맞닿자, 그녀 역시 손을 뻗어 그의 얼굴을 매만졌다.

"이해해. 괜찮아, 현태야."

"근데 이렇게 되니까 가기 싫다."

"이렇게 된 게 뭔데?"

현태가 살짝 미소를 지었다. 여전히 아리의 허리에서 거두지 않고 있던 손에 힘을 준 채, 제 쪽으로 살짝 잡아당겼다.

"한아리가 좋아한다고 고백하는 거?"

장난스러운 말투였다. 한쪽 입술이 조금 더 높이 말려 올라가, 아리를 놀리고 있음을 분명하게 말해주었다. 평소 같았더라면 농담도 잘한다, 그렇게 쉽게 넘겼을 텐데.

"그, 그게 뭐야."

오늘따라 이상했다. 그의 장난이, 장난 어린 한 마디가 심장을 꽉 조였다 풀기를 반복했다.

"이상한 소리 하고 있어."

아리는 그렇게 말하며 현태를 더욱 세게 밀어냈다. 하지만 그렇다 해서 밀려날 현태가 아니었다. 되레 허리를 더욱 세게 끌어안으며 얼굴을 들이밀었다.

"싫어. 왜 자꾸 밀어내?"

"들어가야지. 언제까지 이러고 있으려고?"

"할 말은 끝났어?"

일순간, 머리가 하얗게 비어버리는 기분이 들었다. 무엇을 말하기 위해 여기까지 오게 되었는지 잊고 말았다.

"이제 할 말 없어?"

"까먹었어."

"뭐야, 그게."

나도 몰라. 중얼거리던 아리가 급히 고개를 돌렸다.

"그러니까 빨리 들어가자. 너무 오래 비웠어."

"아직 안 돼."

"왜?"

그녀의 물음에 현태가 입술을 길게 말아 올렸다. 허리를 더욱 세게 끌어안으며 제 쪽으로 잡아당겼다. 그리고 천천히 얼굴을 살피기 시작했다. 비록 지금과 같은 감정이 담기지 않았지만, 매일 저와 마주하던 눈동자. 자신의 이름을 불러주던 입술.

하나, 하나 찬찬히 들여다보던 현태가 아리에게 얼굴을 가까이 들이밀었다.

"할 일이 남아서."

"그럼 하고 와. 나 먼저……."

"같이 할 일인데, 먼저 가?"

"같이 할 일?"

현태가 고개를 끄덕이자, 가슴 속에서 쿵! 커다란 소리가 들렸다. 돌이 떨어지는 소리 같기도 했고, 천둥이 치는 소리 같기도 했다. 분명 제 가슴 속에서 들린 소리인데 왜 이렇게 귀가 꽉 막히는 건지 알 수 없다. 눈앞이 빙글빙글 도는 것 같기도 했고, 어디 아픈가?

아침엔 멀쩡했는데.

"그 일, 지금 할 건데."

"그게 뭔데?"

"있어. 너도, 나도 좋은 일."

현태는 말이 끝나기 무섭게 그녀에게 제 입술을 포갰다. 너무나 순식간에 일어난 일이었기에, 아리는 순간적으로 눈을 감아야 한다는 생각조차 할 수 없었다. 하지만 현태의 살덩이가 제 입속을 휘젓고, 열기가 가득 채워졌을 때. 아리는 두 눈을 꼭 감아버렸다.

머리가 이상해질 것 같았다. 그의 입술이 전해주는 열기가, 살덩이로 느껴지는 이 오묘한 흥분감에. 당장에라도 몸이 녹아내려도 이상하지 않다.

두 사람의 입술이 잠시 떨어졌을 때, 거친 숨소리가 터져 나왔다. 아리의 손이 현태의 가슴팍을 살짝 밀어내려 했지만, 다시 입술이 포개어진 탓에 그녀의 손은 힘을 잃고 말았다. 입술과 입술이 맞닿는 소리가 차 안에 가득했다. 두 사람이 내뿜는 열기에 공기마저 살짝 달아올랐다.

"그, 그만."

아리가 먼저 입을 뗐다. 터질 것처럼 붉게 달아오른 얼굴로 현태를 바라보며 입술을 꾹 눌렀다.

"근무 시간이잖아."

현태는 눈을 게슴츠레 뜨며 아리의 뒷목을 주물거렸다.

"그럼 근무 시간 외에는 된다는 말입니까, 한 매니저님?"

"그게 왜 그렇게 돼?"

"근무 시간이라 그만해야 한다며? 그럼, 근무 시간 외에는 그만하지 않아도 된다는 거지?"

할 말이 없어서, 그저 숨을 꾹 참고 있을 뿐이었다. 입을 벙끗거리던 아리의 모습에 현태가 볼을 살살 어루만져 주었다.

"그럼 근무 시간 외를 기대해 보지, 뭐."

오만 감정이 겹친 아리의 얼굴이 터질 것처럼 붉게 달아올랐다.

동그래진 두 눈도, 잔뜩 긴장한 표정도. 무엇 하나 놓칠 수 없어 제 마음에, 머리에 담아놓고 있었다. 어쩜 이렇게 사랑스러울까. 그리고 이렇게 사랑스러운 여자에게, 왜 이제야 마음을 전하게 된 걸까.

"뭐, 뭐라는 거야. 나 먼저 간다!"

현태의 행동에 빈틈이 보이자, 아리는 쏜살같이 조수석을 빠져나갔다. 문을 여닫는 순간까지 그녀는 현태를 쳐다보지 않았다. 쾅! 문이 닫히는 소리가 들리고, 그녀의 발걸음 소리가 들렸다. 그리고 얼마 가지 않아 뒤를 돌아보는 아리의 모습이 보였다.

선팅이 되어 있으니, 아마 제 모습은 보이지 않을 것이다. 그 사실에 현태는 마음껏 긴장을 푼 채, 의자를 뒤로 젖혔다.

"아, 젠장."

얼굴을 매만지는 바짝 마른 현태의 손이 잔뜩 달아올라 있었다.

"너무 예쁘잖아. 진짜 미치겠네."

어떻게 매장으로 돌아온 건지 모르겠다. 알 수 없었다. 현태의 차에서 빠져나와 직원 통로를 걷고, 매장까지 오는 내내 머리가 꽁꽁 굳어

버린 기분이 들었다.

"좋아해."

끼이익- 문을 여는 소리가 들렸지만, 그보다 현태의 목소리가 더욱 컸다.

"정말 오래 좋아했어, 아리야."

또다시 그의 목소리를 떠올리자마자, 입안이 화끈해지기 시작했다. 꼭 뜨거운 걸 먹은 것처럼, 가만히 다물고 있어도 열기가 느껴졌다. 당장 찬물을 먹어야 식을 것 같았다. 아니, 찬물을 마셔도 식지 않을 것이다.

제 입안을 헤집던 살덩이의 감촉이 적나라하게 느껴진 순간, 아리가 그대로 털썩 주저앉고 말았다. 두 손으로 얼굴을 가린 뒤 몇 번이나 크게 한숨을 뱉었다.

"이게 뭐야, 정말."

지나가는 사람들이 그녀를 힐끗거리며 쳐다보았다. 직원과 손님 너나 할 것 없이 그녀를 쳐다보았지만, 아리에게 중요한 건 그들의 시선이 아니었다.

머리에서, 귓가에서. 그리고 이젠 입안에서도 떠나지 않는 현태의 잔상이 가장 중요했을 터였다.

"왜 이렇게 설레는 건데, 정말……."

종일 어떤 마음으로 일을 한 걸까. 겨우 정신을 차리고 나니 하루가 끝나 있었고, 어느새 매장의 정리까지 끝나 주차장에 나온 뒤였다. 내일은 백화점 전체 휴무니까, 오늘부터 푹 쉬어야겠다고 생각했다. 그래야 다시 찾아오는 근무 날, 넋이 빠진 채로 근무하지 않겠지.

"언니!"

우렁찬 효영의 목소리가 뒤에서 들리지 않았다면, 끝까지 움직이지 않았을지도 모르지.

"아, 응. 효영아."

"언니 오늘 종일 이상하네요."

정곡을 찔렸다. 스스로도 알고 있었다. 오늘 종일 이상하다는 것, 머리가 하얗게 변해 아무 생각이 들지 않는다는 것. 그걸 깨닫기 무섭게 입술이 화끈거렸다. 현태가 남겨놓은 열기가 아직도 사라지지 않았다.

"이상하기는."

얼버무리며 고개를 돌려 버렸다. 더 이상 이야기를 했다간 입술에서 불이 날지도 모른다 생각했다.

"흐응……. 뭐, 아무튼. 오늘 언니 뭐 해요? 어차피 내일 휴무인데, 오늘 한잔하러 갈래요? 수호 오빠가 쏜다는데."

"언니, 같이 가요!"

효영의 뒤에서 수미가 불쑥 튀어나왔다. 언니가 안 가면 심심해요, 재미없어요. 쉬지 않고 튀어나오는 볼멘소리에 아리가 난감하다는 듯 웃었다. 어떻게든 거절해야 하는데 생각하던 찰나, 효영과 수미의 뒤쪽에서 걸어오는 수호의 모습이 보였다.

"어? 아리도 가는 거야?"

굉장히 반가운 목소리였다. 활짝 웃는 그의 모습을 보며 아리는 다시 한 번 어색한 미소를 그렸다. 왜 그렇게 느끼는지 모르겠지만, 더는 수호의 미소에 온기가 남아 있지 않았다. 적어도 아리가 느끼기엔 그랬다. 자꾸만 점심시간에 보았던 검은 캔디가 겹쳐져 눈을 마주할 수가 없었다.

이러면 안 되는데. 캔디가 그 사람의 모든 건 아닐 텐데.

"같이 갈 거죠?"

쉴 새 없이 몰아치는 질문에 아리가 이도 저도 하지 못하고 있을 때, 누군가 아리의 곁으로 성큼 다가왔다.

"아니, 안 돼."

익숙한 목소리에 아리가 고개를 들어 올렸다.

"나랑 약속 있어."

현태였다. 깜짝 놀란 아리가 눈을 동그랗게 떴다. 너랑 내가? 하마터면 그렇게 물어보려다 입에 힘을 꾹 주었다. 괜한 이야기로 술자리에 끌려가고 싶지 않았다. 더더군다나 어깨를 끌어안고 있는 현태의 손이 싫지만은 않았고.

"그럼 같이 가자."

효영과 수미도 어떻게 할 수 없는 분위기에 수호가 끼어들었다.

"다 같이 가면 좋잖아. 안 그래?"

가까이 다가온 수호가 아리의 어깨를 끌어안고 있던 현태의 팔을 붙잡았다. 미소를 짓고 있었지만, 그 미소는 전처럼 다정하지 않았다. 현태는 아무런 말이 없었다. 그 어떤 곳에도 시선을 돌리지 않은 채, 제 앞에 수호를 빤히 쳐다보았다.

그리고 아리를 한 번 내려다보곤 곤란하다는 듯 말했다.

"아니요. 괜찮습니다. 아리는 저랑 약속이 있어서요."

손에 힘을 꽉 준 채 수호를 떼어냈다. 두 사람에게 있어 그 행동은 선전포고나 다름없었다.

이 이상으로 선을 넘어 다가오지 말라는, 수호에게 향하는 현태의 선전포고. 번뜩이는 눈빛뿐만 아니라, 그의 목소리와 행동에서도 그 강단은 묻어났다.

"그래? 아쉬워서 어쩌지."

말과 미소가 전혀 어우러지지 않았다. 살짝 엇나가는 표정을 보였지만, 그걸 발견한 건 아리와 현태뿐이었다.

"나중에 꼭, 같이 가자. 알았지?"

알겠다 대답하려던 찰나, 수호의 가슴 속 캔디가 다시 한 번 반짝거렸다. 아니, 그건 이미 캔디라 말할 수 없었다.

"조심히 가, 아리야."

손을 흔드는 수호에게 인사도 남길 수 없었다. 저를 빠르게 잡아끄는 현태의 손길 때문이기도 했고, 그의 가슴팍으로 보이는 캔디 때문이기도 했다. 입이 떨어지지 않았다.

현태는 아리가 조수석에 올라탈 때까지 자리를 떠나지 않았다. 운전석으로 돌아가는 걸음도 어쩐지 다급하게 느껴졌다. 평소와 다르다는 걸 깨달았다.

"왜 그래?"

아리가 어렵게 묻자, 현태가 창 너머로 옹기종기 모여 있는 사람들을 쳐다보았다. 텔레파시라도 통한 건지, 사람들과 이야기하던 수호가 고개를 돌려 두 사람을 바라보았다. 그 순간, 아리가 몸을 움찔거리며 고개를 돌렸다. 아주 빠른 동작이었다. 까맣게 선팅이 되어 있어 안쪽은 보이지 않을 텐데, 눈이 마주치면 어쩌나 겁이 났다.

"네가 이러니까."

"응?"

"네가 검은 캔디 볼 때랑……. 반응이 똑같았다고."

현태의 말에 아리의 눈이 휘둥그레졌다.

"내가…… 지금?"

"더 정확히 말하면, 강 매니저를 보는 네 눈이 그랬어. 네 반응이 그때랑 별반 다르지 않아."

"그때라면 언제?"

"강 매니저 구해줬을 때."

아리는 한동안 말을 이어갈 수 없었다. 부모님이 돌아가신 이후, 검게 물든 캔디만 보면 지레 겁을 먹었던 건 사실이었다. 검은 캔디를 가진 사람은 악의 그 이상의 감정을 품고 있었다. 육체적으로도, 감정적으로도 사람을 해치는 데에 별다른 망설임이 없었다.

캔디가 검게 변해 버린 이유가 그들에게 있어 가장 큰 상처였다. 또 다른 누군가의 캔디가 검게 그을리고, 산산조각이 날지라도. 그들에게는 자신들의 회복이 가장 급급할 것이 분명했다.

그래서 더욱 검은 캔디가 두려워졌다. 어떤 상처를 주고받을지 몰라서, 어떤 극단적인 결과가 나타날지 아리조차도 알 수 없어서. 그런 제 마음까지 꿰뚫고 있는 현태가 한편으론 신기하고, 또 한편으로는 고맙게 느껴지기도 했다.

유일하게 '괜찮지 않은' 한아리로 있어도 되니까.

"아니야?"

다시 한 번 되묻는 현태의 물음에 아리가 고개를 도리도리 저었다.

"맞아."

"왜 아니래."

현태가 중얼거렸다. 재차 창밖을 매섭게 노려보다, 차에 시동을 걸었다. 곧 그의 마음만큼이나 신경질적인 소리가 들렸다. 바퀴와 바닥의 마찰음이 유독 거칠었다. 그들을 태운 차는 빠르게 주차장을 벗어났다. 백화점을 빠져나가고, 긴 도로를 지나는 내내 현태는 아무런 말이 없었다. 묵묵히 운전에 집중하고 있었다.

평소에 자주 듣던 라디오도 틀지 않은 채.

"현태야."

"강 매니저 캔디는 언제부터 보인 거야?"

"오늘…… 오늘 갑자기 보였어."

그래서 저를 그토록 기다렸다고, 왜 이리 늦게 왔냐 물었던 거구나. 지레짐작하던 현태가 긴 숨을 토해냈다. 그래서 더욱 이상했다. 수호의 이직과 더불어 날아온 인사이동 공문. 그리고 그의 까만 캔디가 보이기 시작하는 아리. 조각들을 하나둘 맞춰 놓으면 답이 보일 것 같기도 한데.

"잠깐, 그럼 그 캔디 너 때문이야?"

가만히 생각해 보면 수호의 캔디가 보인다는 사실은 중요하지 않았다. 왜 그의 캔디가 검은색으로 빛나야 했는가, 그만큼 중요한 사실은 없다.

현태의 목소리에 화가 담겨 있었다. 아리는 아무런 대답도 하지 못한 채 입을 다물었다.

"아니면 나 때문이야?"

"정확하지 않아."

모른다는 아리의 말에 짜증이 터져 나왔다. 목을 벅벅 긁는 소리가 새어 나왔지만, 금세 바닥으로 내려앉았다. 이를 아득 갈며 운전을 하던 현태가 쯧, 혀를 찼다. 잔뜩 굳어 있던 얼굴이 살짝 풀리는 것 같기도 했고, 묘하게 미소가 그려지는 것 같기도 했다.

"다행이다."

"뭐가 다행이야?"

"너 때문에 그런 거라면, 진짜 이대로 너 데리고 도망이라도 갈까 싶었거든."

"그게 무슨 소리야, 나는 안 되는데 너는 돼?"

"어. 나는 괜찮아."

"네가 괜찮은 게 어디 있어!"

걱정 어린 아리의 목소리가 제법 좋은 건지, 현태의 입가에 미소가 그려졌다. 씨익 입술을 말아 올리던 그가 아리를 힐끗 쳐다보았다.

"당연한 거 아니야?"

"뭐가 당연해?"

"내가 더 힘 세."

"초등학생도 힘겨루기는 안 하거든?"

키득키득, 현태의 웃음소리가 들렸다. 덕분에 둘 사이에 서려 있던 긴장감이 사르르 녹아내렸다. 헛웃음을 터뜨리던 아리가 현태의 어깨를 세게 툭 내려쳤다.

"너도 안 괜찮아. 그러지 마."

"난 괜찮아."

현태가 제 팔뚝을 내려치던 아리의 손을 낚아챘다. 가느다란 손가락을 꽉 움켜쥐며 그녀의 여린 손가락 뼈대를 부드럽게 훑어 내렸다.

"여기 부적이 있거든."

"부적?"

기다렸다는 듯 아리의 손가락을 잡아당긴 현태가 그 위로 입술을 맞댔다. 쪽, 낯간지러운 소리가 유독 크게 들렸다.

"얼마나 효능이 좋은지 몰라."

다시 한 번, 쪽. 입술과 살갗이 맞닿는 소리가 크게 들렸다. 덕분에 아리의 얼굴은 당장에라도 터질 것처럼 붉게 달아올랐다. 잠시 잊고 있었던 입술의 열기가 그녀의 얼굴을 덮쳤다.

"지, 지금 어디 가는 거야?"

빠르게 손을 빼낸 아리가 어색하게 자세를 고쳐 잡았다. 허리를 뻣뻣하게 세운 채, 안전벨트를 꽉 붙들었다.

"우리 집 가는 길 아닌데?"

어리둥절한 아리의 목소리에 현태가 타닥, 타닥 운전대 위를 두드렸다.

"데이트 가는데?"

"데이트? 이 밤에?"

피로가 머리끝까지 올라온 지금 데이트는 무슨 데이트! 성질을 버럭 내려다 입을 꾹 다물었다. 괜히 피곤함을 부추기고 싶지도 않았고, 돌아오는 현태의 대답 때문이기도 했다.

"밤이니까 가는 거지. 밤에 봐야 멋있으니까."

"그러니까 어디로 가는데?"

"바다."

예상치 못했던 행선지에 아리의 눈이 휘둥그레졌다. 도대체 왜 갑자기 바다냐, 말도 안 하고 가는 게 어디 있냐. 아리의 수많은 잔소리가 쏟아졌지만, 현태는 그저 웃을 뿐이었다. 그의 손가락이 라디오를 틀자, 기다렸다는 듯 잔잔한 피아노 음악이 흘러나왔다. 라디오 DJ 목소리와 참 잘 어울린다는 생각이 들기 무섭게, 감미로운 노래 가사가 두 사람에게로 스며들었다.

[지난 연인이 떠오르는 노래예요. 신청곡 듣고 다음 사연으로 넘어갈게요. 밤에 듣기 딱 좋은 노래네요.]

감미로운 노래가 다섯 곡인가 더 흘러나오고, 휴게소를 두어 번 더 들렸다. 마침내 차가 멈추어서고, 하늘과 땅의 경계조차 분명하지 않은 어둠이 아리의 눈앞으로 펼쳐졌다.

"캄캄해."

"무서워?"

아리가 고개를 돌려 현태를 쳐다보았다. 창밖으로 펼쳐진 어둠에도 불구하고 그의 눈은 반짝반짝 빛나고 있었다. 두 사람은 제법 긴 시간 시선을 마주했다. 길고 긴 침묵 탓인지, 창문이 꽉 닫혔음에도 불구하고 창밖에서 철썩이는 파도 소리가 들렸다.

두 번. 그리고 세 번째 파도 소리가 들렸을 때, 아리가 현태의 이마에 꿀밤을 놓았다. 딱! 소리와 함께 현태가 눈을 크게 떴다.

"무서울 리가 있어?"

당황한 현태를 뒤로한 채, 아리가 잽싸게 안전벨트를 풀었다. 문을 열고 바깥으로 나가자마자 시원한 바람이 얼굴 위로 쏟아졌다.

"바다 냄새."

폐부로 깊숙이 냄새를 들이마시던 아리가 두 눈을 감았다. 파도가 오가는 소리를 귀에 담으며, 그 순간을 온전히 만끽했다.

"밤엔 추워."

아리에게 다가온 현태가 담요를 덮어주었다. 그리고 저보다 한참 작은 아리의 뒷모습을 하염없이 바라보았다. 언제나 닿기를 바랐던 그녀의 모습이 눈앞에 있었다. 항상 저 멀리 떨어져 있다고 생각했던 아리의 모습이.

"우리 저기 한 번……."

이제야 저에게 닿았다 생각하니 참을 수 없었다. 아리의 말이 끝나기도 전에, 제 품으로 와락 끌어안아 버렸다. 제 가슴팍과 아리의 등이 맞닿았다. 코 아래에서 느껴지는 아리의 달콤한 향기에 머리가 바짝 당겼다.

"잠깐만 이러고 있을게."

귓가에서 들리는 현태의 목소리에 심장이 쿵, 주저앉아 버렸다. 어색하게 제 무릎을 서성이던 손을 위로 올려 그의 팔을 꽉 붙잡았다. 귓가로 들리는 현태의 숨소리에 철썩거리는 파도 소리가 묻혔다.

"따뜻하다."

중얼거리는 아리의 목소리에 현태의 손이 움찔거렸다. 매번 듣던 목소리임에도 불구하고 색다르게 느껴졌다. 귓가에 닿는 음색이, 어깨 언저리로 떨어지는 목소리가 사라지지 않은 채 제자리를 맴돌았다.

왜 이제야 닿게 된 걸까. 물어보려던 입을 꾹 닫았다. 아리와 맞닿은 채, 제 마음을 전하는 것보다 중요한 건 없다. 그보다 더 행복한 것 역시 존재하지 않는다. 두 사람은 하염없이 바다를 쳐다보았다. 그리고 약속이라도 한 듯 몸을 떨어뜨려 눈을 마주했다. 별다른 이야기를 하지 않아도 알 수 있었다.

"배 안 고파? 우리 이제 밥 먹으러 갈까?"

현태의 말에 아리가 힘껏 고개를 끄덕였다. 언젠가 현태와 장난으로 그런 말을 한 적이 있었다. 말을 하지 않아도 눈만 보면 알 것 같으니, 할 말은 눈빛 교환으로 하자고. 그때의 우스갯소리가 지금의 현실이 되었다. 정말 눈만 마주쳐도 아는 사이라 생각하니 가슴이 두근거렸다.

아니, 이건 두근거림과 조금 남다른 감정이었다. 저 아래에서부터 머리끝까지 간질거림이 조금씩 올라오는 느낌.

"배고파. 맛있는 거 먹자."

"그래, 네가 먹고 싶은 거 먹자."

두 사람은 그 느낌을 이겨내지 못한 채 소리 내어 웃음을 터뜨렸다. 뭐가 그리 좋으냐는 현태의 물음에도 아리는 아무런 말을 하지 않았다. 어깨를 지나 머리를 감싸주는 그의 손길에 마음껏 설렘을 느낄 뿐.

두 사람은 다시 차에 올라타서 시내로 향했다. 이제 막 문을 닫으려는 식당도 있었고, 아직 불을 환히 밝힌 채 장사를 하는 곳도 있었다. 겨우 차를 대고 들어간 곳은, 물고기가 몇 마리 남지 않은 횟집이었다. 맛이 좋은 곳인지, 가게 안은 여전히 손님들이 가득했다.

겨우 자리를 잡고 음식을 시키고 나니 이제야 어딘가로 떠나왔다는 느낌이 강렬하게 다가왔다.

"그런데 왜 갑자기 바다에 왔어?"

출발할 때부터 묻고 싶던 이야기였다.

"그냥. 네가 답답해 보여서."

현태의 대답은 생각보다 짧고 명료했다. 물수건으로 손을 닦으며 웃던 그가 아리의 앞에 수저를 놔주었다.

"그리고 이게 내 꿈이었거든."

"이게?"

"좋아하는 사람이랑 밤바다 오는 거."

좋아하는 사람이라는 말에 왜 이렇게 머리가 아찔해지는지 모르겠다. 숨을 쉴 때마다 어딘가 모르게 불편했다. 가슴을 꽉 짓누르고 있는 돌덩이가 목에 걸려 넘어가지 않았다. 벌써 두 번째 듣는 이야기인데, 처음 듣는 기분이 들었다. 꼭 한 번도 연애를 해보지 못했던 사람처럼 두근거렸다. 심장은 분명 제 것인데, 좀처럼 맘대로 할 수가 없다.

"이 대답 아니야?"

"어?"

"그럼…… 음, 단둘만의 여행을 오고 싶어서? 이건가?"

고개를 갸웃거리며 묻는 현태의 모습에 아리가 시선을 피했다. 원래부터 이렇게 눈을 마주하는 게 힘들었을까. 현태의 눈을 마주하고,

아무렇지 않게 이야기를 하는 것. 머릿속으로 상상할 때에는 괜찮다 느꼈는데. 막상 현실로 다가오니 여간 힘든 게 아니었다.

"그것도 아니야?"

아리는 대답을 할 수 없었다. 다음 대답이 뭔지 궁금하기도 했지만, 또 한 번 들었다가는 심장이 터질지도 모른다.

"둘 중에 뭐든……."

"나랑 같이 와서 좋다고?"

현태의 답변에 깜짝 놀란 아리가 고개를 들어 올렸다.

"너 왜 이렇게 능글맞아?"

"원래 성격이야."

"아니야, 내가 알던 지현태는 안 그랬어."

"그땐 우리 친구였잖아."

현태의 질문을 곱씹던 아리가 다시 눈에 힘을 주었다. 무언가를 생각하던 아리의 얼굴이 천천히 일그러졌다.

"그럼 친구 아닌 누군가한테도 이렇게 했었어?"

날이 선 아리의 물음에 현태는 하마터면 웃음을 터뜨릴 뻔했다. 아리가 이런 마음으로, 이런 질문을 하는 날도 찾아오는구나 싶어서.

"그거 질투야?"

"어?"

"질투 아니야?"

아리의 몸이 꽁꽁 굳어버렸다. 어째서 현태는 제 마음을 이렇게도 정확하게 꿰뚫는 걸까. 그저 함께한 시간이 길다는 건, 명확한 이유가 되지 않는다.

"질투인지 아닌지 어떻게 알아?"

"알아."

"그러니까 어떻게 아는지 물어본 거잖아."

아리의 물음에 현태가 살며시 미소를 지었다. 그가 무어라 말을 하기 위해 입을 열었을 때, 주문한 메뉴가 하나둘 나오기 시작했다. 사장님과 알바생이 번갈아 가며 음식을 내왔다. 한 번, 그리고 두 번. 정확히 다섯 번 오가며 상을 푸짐하게 차렸다. 드디어 아무도 그들을 방해하지 못하는 시간이 찾아왔을 때, 현태가 다시 입을 열었다. 제법 진지한 표정 때문에, 아리는 그냥 물어본 거였다고 넘길 수도 없었다.

"네가 생각한 것보다 너를 더 오래 좋아했어."

코가 간질거렸다. 현태에게서 좋아한다는 말을 들을 때마다 아리는 온몸이 간질거려 참을 수 없었다.

"그리고 네가 생각하는 것보다 너를 더 오래 지켜봤고."

현태의 고백을 듣고 있노라면, 꼭 그의 알몸을 보고 있는 착각이 들었다. 그는 조금도 숨김이 없다. 가리는 것도, 숨기는 것도 없이 낱낱이 파헤쳐 보여준다. 이때를 기다리며 준비한 것 같은 말도 있었고, 원하는 말을 해주기 위해 차곡차곡 쌓아놓은 듯한 말도 있었다.

하지만 아리는 그게 싫지 않았다. 그게 현태의 진심이라는 것을 적나라하게 느낄 수 있어서, 절대 싫은 게 아니었다. 부끄럽다는 쪽이 더 정확하겠지.

"그래서 우리, 이제 무슨 사이야?"

머리까지 달아오르고 나면, 결국 이성은 날아가 버린다. 자기도 모르게 뱉은 말이었다. 깜짝 놀란 아리가 입술을 꾹 눌러보지만, 이미 터진 말을 주워 담기란 힘든 법.

"무슨 사이가 좋을까?"

젓가락을 집어 들다 만 현태가 손을 뻗었다. 아리의 손을 붙잡아 깍지를 꼈다. 현태의 손가락과 아리의 손가락이 교차하며 오묘한 열기를 공유했다. 쿵. 쿵. 자신의 심장 소리가 요란하게 들리기 시작했다. 심장이 귀로 올라왔다 해도 믿을 정도로 큰 소리가 났다.

"시도 때도 없이 손잡는 사이?"

곧 현태가 손을 천천히 빼며 그녀의 손등을 쓸어 올렸다. 살갗 위로 단단한 손끝이 지나가는 느낌에 아리는 온몸이 오싹해졌다.

"그게 아니면……."

"머, 먹자. 빨리 먹어."

말끝을 흐리며 고민하는 현태의 모습에 아리가 잽싸게 고개를 돌렸다. 그리고 상 위에 푸짐하게 차려진 음식을 쳐다보았다. 하지만 그 음식이 눈에 들어올 리 만무했다. 젓가락을 들고 뭘 먹을까 고민하는 척했지만, 정작 머릿속을 점령하고 있는 건 음식이 아니라 현태의 몸짓과 눈짓이었다.

"아, 맛있다."

하하, 어색하게 웃던 아리가 회 한 점을 입에 쏙 넣었다. 어색하게 웃는 그녀의 모습에 현태 역시도 피식 입꼬리를 말아 올렸다. 그래, 먹자. 현태가 고개를 끄덕이고 나서야 아리는 안도의 한숨을 쉴 수 있었다. 음식이 입으로 들어가는지 코로 들어가는지 알 수 없었지만.

"무슨 사이가 좋을까?"

아리는 자신이 끊어버린 질문에 대한 답을 계속해서 갈구했다.

"아, 이 말 하는 거 잊었네."

무엇을 집어 먹을까 고민하던 아리가 고개를 들어 현태를 보았다.

"무슨 말?"

"나, 다른 사람한테 이렇게 군 적 없어."

아리의 몸이 꽁꽁 굳었다. 머리의 회전이 조금씩 느려지기 시작하더니, 곧 얼굴이 확 달아올랐다. 현태의 말을 이제야 이해한 탓이었다.

"말했잖아. 생각보다 너 오래 좋아했다고."

"알았으니까 빨리 밥 먹어."

"그 시간 동안 누구한테 이렇게 굴었겠어."

시선을 어디에 두어야 할지, 어떤 말을 해야 할지. 또 어떤 행동을 취해야 할지 가늠이 가지 않았다. 흠흠, 목을 가다듬으며 젓가락질을 하던 아리의 손이 잘게 떨렸다.

"그리고 하나 더."

이야기가 아직 남아 있어? 아리의 눈동자가 크게 흔들렸다. 얼굴에 머무르고 있던 열기가 곧 아리의 손으로 빠르게 번졌다.

"이제 한아리 마음껏 예뻐할 수 있어서 기뻐."

아무래도 지현태가 뭘 잘못 먹었나 보다. 어렴풋이 그런 생각이 들었다.

❂

술잔이 부딪치는 소리와 함께 왁자지껄한 대화 소리가 이어졌다. 너나 할 것 없이 대화하다 웃음을 터뜨렸다. 이모, 소주 한 병 더요! 여기 안주 하나 더요! 잔뜩 신이 난 외침이 그들의 사이를 지나갔다.

하지만 딱 한 사람, 수호만이 그들의 분위기에서 동떨어져 있었다. 무언가를 골똘히 생각하기도 했고, 연거푸 한숨을 내뱉기도 했다. 피식거리며 혼자 웃음을 터뜨리다, 머리를 마구 헝클이며 술잔을 넘겼다. 벌써 한 시간째, 다른 사람들의 대화에 끼어들지 못했다. 무슨 이야기를 하는지, 어떤 이야기로 그리 재미있는지도 물어볼 수 없었다.

"아리는 저랑 약속이 있어서요."

자연스럽게 아리를 제 쪽으로 잡아당기던 현태가 떠올랐다. 이제 너는 안 돼, 선을 긋는 것 같은 현태의 모습이 머리를 가득 채웠다. 부추길 때는 언제고, 왜 다시 선을 긋는지, 도저히 알 수 없었다. 괜히 불안해지는 마음에 톡, 톡 손톱만 깨물었다.

"오빠, 왜 그래요?"

효영의 물음에도 웃을 수 없었다. 아무것도 아니라 고개를 도리도리 저어대며 술잔을 기울였다.

"그나저나 아까 지 팀장님이랑 아리 언니랑 봤어요?"

그때, 술이 조금 오른 듯한 수미의 목소리가 들렸다. 약속이라도 한 듯, 그들의 분위기가 서늘하게 변했다. 오가던 대화도 뚝 끊기고, 술잔이 부딪치는 소리도 들리지 않았다. 순식간에 찾아온 정적에 수호의 눈빛만이 매섭게 빛을 냈다.

"엄청 잘 어울리지 않아요? 진짜 둘이 왜 이제껏 친구로 지냈는지."

"수미, 수미야. 엄청 많이 마셨구나. 우리 수미, 언니랑 화장실 좀 가자. 응?"

"어, 안 가고 싶은데……."

고개를 도리도리 저어대며 다시 말을 이어가려는 수미의 행동에 효영이 수호의 눈치를 봤다. 어쩐지 지금 이 자리에서 두 사람의 이야기가 나오면 안 될 것 같았다. 그리고 그 느낌은 비단 효영의 것만은 아니었다.

효영은 억지로 수미를 끌고 화장실로 사라졌다. 덩그러니 남은 남자들은 곧 다른 화제로 이야기를 돌려 대화를 시작했다. 분위기는 다시 왁자지껄해졌지만, 수호는 좀처럼 맞장구를 칠 수도, 웃을 수도 없었다. 아드득, 이가 갈리는 소리가 들렸다.

"엄청 잘 어울리지 않아요?"

수미의 말을 곱씹으면 곱씹을수록, 자꾸 화가 났다. 왜인지 모르지만, 신경이 바짝 곤두서는 느낌이었다.

"현태…… 아리……."

그들의 이름을 중얼거리던 수호가 연거푸 한숨을 내뱉었다. 술잔을 기울이는 그의 눈이 어쩐지 물기로 잔뜩 젖어 있는 것처럼 보였다.

"못났다. 강수호. 진짜……."

못났다. 차마 다시 뱉지 못했던 말을 중얼거리던 그가 얼굴을 푹 숙였다. 아휴, 연거푸 터져 나오는 한숨에 그의 진심이 뒤엉켜 있었다. 못난 걸 알고 있음에도 다잡을 수 없는 저 자신이 한심했다.

쓸쓸한 밤이었다. 그토록 충만했던 행복이 모두 달아나 버린 것 같은, 쓸쓸하고도 애잔한 밤이 어느새 그의 곁에 머무르고 있었다.

술자리를 채 버티지 못한 수호는 어영부영 자리를 끝마친 뒤 택시에 올라탔다. 창밖으로 지나가는 네온사인의 빛이 수호의 눈을 아프게 만들었다. 왜 세상의 모든 것들은 이토록 반짝거리며 빛나는데, 저는 이런 빛을 발하지 못하는 걸까. 왜, 저에게만 없는 빛이 이곳에 존재하는 걸까.

"여기서 세워주세요."

"여기서 내리시면 좀 걸어야 할 텐데."

"괜찮습니다. 좀 걷고 싶어서요."

수호의 말에 택시기사는 고개를 끄덕이며 돈을 받았다.

"거스름돈은 됐습니다."

함박웃음이 번지는 택시기사의 얼굴을 보며, 수호 역시도 활짝 미소를 지어주었다.

탁! 택시의 문이 닫히는 소리가 미묘하게 갈라져 있던 수호의 정신을 꿰뚫었다. 알싸하게 올라오는 술기운이 단번에 날아가는 듯했다. 네온사인이 반짝거리는 거리를 지나, 가로등만이 어둠을 밝혀주는 주택가로 접어들었다.

〈집에 좀 들려, 아들. 너무 보고 싶다.〉

아침에 도착한 모친의 메시지를 그냥 거절할 수 없어 왔다만 발이 쉽게 떨어지지 않았다. 앞뒤로 펼쳐진 세상의 이미지가 왜 이리도 다르게 보이는 걸까. 하지만 이대로 멈추어 있는다 해서 달라질 게 없음은 저 역시 잘 알고 있었다.

"아리 보고 싶다."

자기도 모르게 나온 말에 헛웃음이 터졌다. 길게 터진 웃음에 술냄새가 잔뜩 배어 있었다.

"별소리를 다 하네."

발에 툭 차이는 돌멩이를 바라보다, 문득 현태의 모습이 떠올랐다.

"가만히 보면 참 똑똑한 척은 다 하는데 그다지 똑똑한 것 같지는 않네요."

그렇게 거침없는 이야기는 처음 들었다. 물론 제 아버지에게도 듣긴 했지만, 그건 보통 '다그침' 그 이상도 이하도 아니었으니까. 다그침이 아닌, 저를 위한 충고는 처음이었다. 친구들도 배부른 소리를 한다며 웃기나 했지.

"이제부터 숨 쉬면서 살면 됩니다."

자리에서 우뚝 멈춘 수호가 고개를 들어 하늘을 올려다보았다. 낮도 아닌데 하늘은 왜 이리도 맑은 걸까. 코가 시큰해질 정도로 말이다.
"나도 내 마음을 모르겠다."
중얼거리던 수호가 걸음을 재촉했다. 과일이라도 사가야 하나, 한숨이 뒤엉킨 그의 목소리가 골목으로 휙 사라졌다.

괜히 돌아왔다.
밥을 먹는 내내 수호의 머리에 떠나지 않는 이야기였다. 자신이 지금 밥을 뜨고 있는 건지, 국을 뜨고 있는 건지도 알 수 없었다. 반찬을 입에 넣으면서도 무슨 맛이 나는지 몰라 몇 번이나 그냥 삼키기 일쑤였다. 정적이 흐르는 시간이 계속되자, 참다못한 수호의 모친이 부친의 팔을 꼬집었다. 미간을 좁히던 부친이 흠흠, 목을 가다듬으며 수저를 내려놓았다. 그리고 수호를 보며 물었다.
"회사로 들어올 준비는 잘 되고 있냐."
모친은 한숨을 쉬었고, 수호는 젓가락질을 멈추었다. 전보다 더 묵직한 정적이 흘렀다.
"여보."
"준비하고 말고가 있나요."
부친을 저지하려던 모친의 말을 가로막은 건, 수호의 낮은 목소리였다. 식탁 위에 젓가락을 올려놓는 차가운 소리가 그들의 사이에 미묘한 균열을 만들었다.
"아버지께서 깔아주신 판 위에서 춤만 추면 되는데 따로 준비까지 필요할 리 없죠."

수호의 대답에 그의 부친이 입을 꾹 다물었다. 마음에 들지 않는 듯, 미간을 잔뜩 일그러뜨린 채 수호를 노려보고 있었다. 둘 사이에 낀 모친만이 이러지도 저러지도 못한 채 눈만 도르륵 도르륵 굴리고 있을 뿐.

"뭐, 굳이 말하자면 아주 잘 진행하고 있습니다. 현장 매니저 인수인계도 생각보다 더 잘 되고 있고, 본부장 일정 역시 메일로 중요 사항 보고받아 항시 체크 하는 중이고요. 지점별 상품 분포 상황, 주력 상품과 미흡한 상품 또한 착실히 자료 받아 분석 중이니 너무 걱정하지 않으셔도 됩니다."

부친은 여전히 마음에 들지 않는 표정이었다. 못마땅하단 표정으로 수호를 쳐다보던 그가 컵에 가득 담긴 물을 목구멍으로 넘겼다.

"오늘 네가 추천한 그 보안업체 사람들과 만났다."

"어때요? 믿을 만하던가요?"

부친에게 물어본 건, 수호가 아닌 그의 모친이었다. 걱정스레 묻는 그녀의 모습에 부친이 고개를 끄덕였다.

> "아직 저에게는 과한 자리라고 생각합니다. 제안해 주신 조건도 감사하지만, 아직 저는 제 자리에서 떠날 생각이 없습니다."

다른 사람이라면 덥석 물고도 남을 자리라고 생각했다. 회사는 앞으로도 계속 덩치를 키워 갈 테고, 보안은 상품의 판매와 마케팅 못지않게 중요한 맹점이 될 것이다. 그런 자리를 괜찮다 거절하는 모습이 제법 흥미롭게 다가왔다. 야망이 없는 사람은 아니라 생각했다.

되레 눈빛은 제 아들인 수호보다 더 낫다고 생각했으니까.

"본인은 전혀 생각이 없다는데, 어떻게 된 거냐."

못마땅한 목소리였다. 몇 번이고 들어 이젠 익숙한 부친의 음성이 새삼스럽지도 않았다. 이젠 밥을 먹고 싶은 욕심마저 뚝 끊어져 버렸다. 식욕이 사라진 상태에서 식탁에 앉아 있어야 의미가 없다.

"다시 이야기해 보겠습니다."

"네가 하지 못하겠다고 하면 강 실장 보낼 테니, 미리 말해라."

"할 수 있습니다."

제 능력조차 믿어주지 않는 부친이 야속해, 이를 악물고 대답했다. 하지만 부친의 표정은 조금도 나아질 생각을 하지 않았다. 여전히 인상을 찌푸린 채 수호를 쳐다볼 뿐이었다.

"제 사람 하나 끌고 가지도 못하는 놈이, 어떻게 내 사업을 물려받으려 하는지. 원."

절대 그런 생각이 없다고 말하려 했다. 차라리 제가 알아서 살 테니 신경을 꺼달라 말하려 입을 벙끗거렸을 때. 안 돼, 고개를 도리도리 저어대는 모친의 모습이 보였다. 목 끝까지 차오르는 무수히 많은 말들을 꾹꾹 눌러 삼켰다.

"먼저 일어나 보겠습니다."

반도 먹지 못한 밥을 앞에 둔 채, 수호는 자리에서 일어났다. 최대한 빠른 걸음으로 부엌에서 멀어지려 했는데, 뒤쪽으로 부친의 날 선 목소리가 날아왔다.

"뭐라도 제대로 해보란 말이야, 뭐라도! 뭣도 제대로 못 해보는 놈이 뭐 그리 불만이 많아!"

걸음이 우뚝 멈추었다. 부친의 말들이 날이 선 화살이 되어 가슴을 파고들었다. 아리와 현태의 말로 조금은 나아졌던 마음이 한순간에 와장창 부서져 내렸다. 지금 아리가 제 곁에 없어 다행이라 생각했다. 지금 제 캔디를 본다면 아리는 분명 놀랄지도 모른다.

새까맣게 타버리다 못해 아마 형체도 없이 산산조각이 나버렸을 테니까. 이런 캔디는 보여주고 싶지 않았다. 아니, 어차피 제 캔디는 볼 수 없으니 그런 걱정은 할 필요가 없을까. 아리 생각을 하니 아버지의 날이 선 목소리도 더는 귀에 들어오지 않았다.

아리의 웃는 얼굴이.

잔뜩 들떠 있는 아리의 목소리가.

오빠, 사랑스럽게 저를 부르던 아리가.

너무 보고 싶었다.

"수호야."

뒤쪽으로 모친의 목소리가 들렸다. 평소 같았더라면 그 부름에 걸음을 멈추어 뒤를 돌았을 것이다. 바쁜 일이 생각나 가는 거라고, 걱정하지 마시라는 말도 남겼을 텐데.

"수호야!"

오늘은 그러고 싶지 않았다. 도망치고 싶었다. 숨이 막히는 이곳에서, 그 누구도 저의 편이 되어주지 않는 이 지긋지긋한 곳에서.

"다음에 또 올게요, 어머니."

뒤도 돌아보지 않은 채 집에서 나섰다. 아무렇게나 신발을 구겨 신고 현관 밖으로 뛰쳐나갔다. 쾅! 문이 닫히는 소리가 살벌하게 들렸지만, 개의치 않았다. 그리고 눈앞에 있는 검은 대문을 빤히 바라보았다.

오래전에는 그리도 커 보이던 대문이, 이제는 그다지 커 보이지 않았다. 옛날과 같은 게 있다면, 손이 닿자마자 온몸이 얼어버릴 것 같은 냉기였다. 손을 뻗었다가 오므리고, 다시 손을 뻗었다 오므렸다. 그렇게 몇 번을 반복하다 대문과 손끝이 맞닿았다.

"수호야, 잠깐만!"

뒤쪽으로 모친의 목소리가 들리기 무섭게 손끝에 힘을 주었다. 밀기만 하면 되는 일이었는데, 제 팔을 붙잡는 모친의 손 때문에 결국 이도 저도 하지 못했다. 뒤를 돌아보니, 눈물이 그렁그렁한 모친의 얼굴이 보였다.

"왜 나오셨어요. 식사하시지."

"네가 이렇게 나갔는데 밥이 넘어가야지."

"죄송해요."

"아니야, 네가 죄송할 게 뭐 있어. 너희 아빠가 워낙 모난 사람이어야지."

모친은 그렇게 말하며 수호와 바닥을 몇 번이나 번갈아 쳐다보았다. 그리고 그의 두 손을 꽉 맞잡아주었다. 순식간에 대문에서 떨어진 손끝이 모친의 온기에 의해 사르르 녹아내리고 있었다. 손끝에 머물러 있던 냉기가 단숨에 사라졌다.

"너무 상처받지 말고. 알았지?"

"안 그래요. 아버지가 저런 거 한두 번인가요."

"밥 거르지 말고, 술도 조금만 마셔. 얼굴이 이게 뭐야. 다 상했네, 우리 아들."

우리 아들. 따뜻함이 듬뿍 묻어 있는 목소리에 가슴이 따끔거렸다. 어설프게 웃으며 알겠다 대답을 하면서도 코가 시큰거렸다.

"엄마가 한 번만 안아봐도 될까?"

모친의 한 마디에 수호가 먼저 손을 뻗었다. 자연스럽게 모친의 손에서 벗어난 그의 두 손이, 듬직한 두 팔이 모친을 품으로 끌어당겼다.

"당연하죠, 엄마."

"힘들면 언제든 전화해. 알았지? 아버지 눈치 보지 말고. 엄마랑 밥도 먹고, 쇼핑도 하고 그러자. 응?"

"눈치 안 봐요. 그냥 일이 좀 바빠서 그랬어요. 조만간 둘이 데이트 해요, 엄마."

수호의 말이 만족스러운 건지, 모친이 고개를 끄덕이며 미소를 지었다. 너른 등을 쓸어주는 손길이 퍽 다정했다. 우리 아들, 중얼거리는 목소리에 수호가 크게 숨을 내뱉었다. 부친이 갈기갈기 찢어놓은 마음이 이제야 조금 붙는 것 같았다.

❁

식사를 끝마친 두 사람은 하염없이 밤바다를 거닐었다. 이렇다 할 이야기는 하지 않았다. 그저 두 손을 꽉 잡고 어둠을 해치며 걸을 뿐. 모래사장 위로 무수히 많은 발자국이 찍혔다. 현태와 아리의 발자국이었다.

네가 내게 오던 발자국.

내가 네게 가던 발자국.

우리가 우리에게 얽히던 발자국.

그들은 제 뒤로 찍히는 발자국을 보며 그렇게 말했다. 종종 멈추어 발자국을 늘리는 것만으로도 즐거웠다.

"나, 궁금한 거 있어."

길쭉한 모래사장의 반절이 발자국으로 채워졌을 때, 아리가 걸음을 멈추어 현태를 바라보았다.

"뭔데?"

"내가 언제부터 좋았어?"

갑작스러운 질문에 현태가 얼어붙었다. 어두워서 잘 보이지 않았지만, 얼굴이 불그스름해졌을 것이라 생각했다. 맞잡고 있는 손이 뜨끈해진 걸 보면 분명하다.

"궁금해서 물어보는 거야. 내가 언제부터, 왜 좋았는지. 뭐, 네가 연애 안 하던 게 그것 때문인가 싶기도 하고……."

아리의 말을 잠자코 듣던 현태가 흠, 짧게 한숨을 내쉬었다. 그리고 잠시 주변을 둘러보다 모래사장의 조금 위쪽으로 걸음을 옮겼다. 다시 한 번 발자국이 이어졌다. 이번에는 서로에게 얽히지 않은 채 발자국이 찍혔다. 그리고 마침내 현태가 말한 곳에 다다랐을 때, 그가 웃옷을 벗어 모래 위에 깔아주었다.

"앉아."

"괜찮은데."

"너 모래 위에 앉는 게 싫어서 그래."

가끔 현태를 보면 왜 연애를 못 했을까 궁금해질 때가 있었다. 그 '가끔'이 바로 이런 순간이었다. 고개를 끄덕인 아리가 현태의 옷을 깔고 앉고, 그 옆으로 현태가 나란히 앉았다. 두 사람의 앞으로 검은 바다가 드넓게 펼쳐져 있었다.

"언제부터야?"

다시 한 번 들리는 아리의 질문에 현태가 흠흠, 헛기침을 뱉었다.

"고등학생."

"고등학생?"

그 시절의 지현태와 한아리를 떠올렸다. 운동부였던 현태는 암암리에 인기가 많은 존재였다. 외모도 외모였지만, 몸에 밴 배려심 때문인지 그를 좋아한다는 소문이 끊이지 않았다. 몇은 아리에게 와 현태의 이상형을 묻고는 했다. 그 몇 중에는 아리에게 무슨 사이냐 따지기도 했지만.

"너 고등학생 때 인기 많았잖아."

아리의 말에 현태가 의미심장한 눈으로 아리를 바라보았다. 픽 웃으며 바다를 향해 눈을 돌렸지만.

"알아, 인기 많았던 거."

그런데 왜 나를 좋아했어? 차마 던지지 못하는 말을 목으로 꾹꾹 눌러 삼켰다.

"네 친구 연지도 나한테 고백했는데."

"알아, 나하고 상담했는걸…… 혹시 너 그때도……."

시무룩하게 고개를 끄덕이던 아리의 표정이 금세 놀란 눈으로 바뀌었다. 현태를 쳐다보는 얼굴에 복잡 미묘한 감정이 고스란히 드러나 있었다.

"응, 그때도 나 너 좋아했어."

당연히 대답하는 현태의 말에 웃어야 할지 울어야 할지 알 수 없었다. 연지의 사랑이 이루어지지 못한 것은 안타까워해야 맞는데, 그때 이루어졌다면 지금 현태와 이런 사이가 될 수 있었을까 싶기도 하고.

하지만 제 마음을 밝힐 용기는 없어 그의 팔을 툭 쳤다. 흘기는 눈이 매섭게 반짝거렸다.

"나쁜 놈이네, 지현태."

"맞아. 나 나쁜 놈이야."

능청맞은 목소리로 긍정을 뜻하던 현태가 손을 뻗었다. 그리고 아리의 어깨를 제 쪽으로 바짝 잡아당겼다. 한순간에 아리의 얼굴과 현태의 얼굴이 가까이 맞닿았다.

"다른 의미로 나쁜 놈도 해보고 싶은데."

아리의 눈이 휘둥그레졌다. 손을 뻗어 현태의 입을 가린 뒤, 고개를 도리도리 저었다.

"안 돼."

"왜?"
"아직 내 질문 안 끝났어."
"얼마나 남았는데?"
안달이 난 목소리에 왜 이렇게 심장이 뛰는지 알 수 없었다. 주변으로 어둠이 가득했지만, 이상하게도 현태의 눈동자만큼은 또렷이 보였다.
"내가 왜 좋았어?"
"한아리라서. 예뻐서. 착해서. 씩씩해서. 욕심이 많아서. 거침없어서."
"뭐야, 그게."
"네가 좋은 이유는 너무 많은데, 좋아하게 된 이유는 없어."
현태의 손에 힘이 들어갔다. 어느새 그의 다른 손이 입을 가리고 있던 아리의 손목을 끌어 내리고 있었다.
"눈 뜨고 나니까 심장이 터질 것 같고, 어느 순간부터 네가 여자로 보이는데 어떡해. 언제부터였는지 생각도 안 나. 순식간에 찾아왔는데, 그 이유를 어떻게 찾아."
쏴아아- 파도가 몰아치는 소리가 다시 한 번 그들의 사이로 파고들었다. 둘은 미동도 하지 않은 채 서로를 바라보았다. 하늘에 떠 있는 별님이 그들의 눈동자에 스며들게 된 걸까. 어느새 짙은 어둠에 보이는 건 반짝거리는 두 사람의 눈동자뿐이었다.
"또 한 번 말해줘?"
정적을 깨뜨린 현태의 말에 아리가 눈을 크게 떴다.
"너라서 좋아."
쿵. 심장이 울렸다.
"정신 차릴 새도 없이 홀딱 반했어."

쿵. 쿵쿵. 쿵쿵. 이제 막 울리던 심장이 빠른 속도로 뛰기 시작했다.

"네가 듣기엔 이를 테지만, 나한텐 너무 늦은 말이야. 그러니까 말할 거야."

"뭔데?"

"사랑해."

설렘에 설렘이 더해지면, 숨을 쉴 수조차 없다고 했었나. 입술을 꾹 누른 아리가 입을 벙끗거렸다. 무어라 대답을 하고 싶은데, 목소리가 나오지 않았다.

"아리야, 사랑해."

현태의 고백을 듣기 무섭게 입에 담으려던 말조차 사르르 녹아내리고 말았다.

이젠 심장이 요동치는 건지, 멎은 건지도 알 수 없었다. 떨림의 크기를 가늠하려는 걸 포기한 채, 두 눈을 꼭 감았다. 동시에 현태의 입술이 아리의 입술 위로 포개어졌다. 입술과 입술 사이로 오가는 온기가 따뜻하다 못해 뜨겁게 느껴졌다.

뜨거운 입맞춤은 그 뒤로도 두 번이나 더 이어졌다. 숨이 차올라 입을 떼고 나면, 현태가 아리의 목덜미를 잡고 다시금 포개었다. 다시금 숨이 차올라 입을 떼니, 이번엔 아리가 숨을 고를 시간을 주었다. 숨이 가다듬어지고 나니 현태의 손이 아리를 잡아끌었다.

그렇게 세 번의 입맞춤을 하고 나서야 현태는 아리를 놔주었다. 어쩔 수 없이 놓아준 건지, 얼굴에는 섭섭함이 가득했다.

"이, 이 짐승."

"얼마나 참았는데, 이것도 약해."

"나, 나는 아직 마음의 준비도 안 됐거든!"

"그래서 키스만 하잖아."

원래 이렇게 능글맞았나. 괜한 의문이 들 정도였다. 어두운 구름 사이로 모습을 드러낸 달빛에 현태의 미소가 드러났다.

"뭐, 아직은 이걸로 괜찮아. 천천히 갈게. 천천히."

현태가 씨익 웃으며 아리의 볼을 꼬집었다. 그리고 먼저 몸을 일으켜 아리의 팔을 잡아당겼다.

"일어나. 이제 가야지."

"벌써?"

아쉬운 듯 말하는 아리의 모습에 현태가 픽 웃음을 그렸다. 저와 함께하는 시간을 좋아해 준단 사실이 만족스럽다. 이런 순간이 오기를 얼마나 꿈꿨는지, 아리는 알고 있을까.

"내일은 더 좋은 거 할 거니까, 오늘은 그만 가자."

"더 좋은 게 뭔데?"

현태의 손을 잡고 몸을 일으키던 아리가 물었다. 그에 잠시 고민하던 현태가 어깨를 으쓱거렸다. 아리의 손을 꽉 잡은 손이 따뜻했다. 조금씩 차가워지는 바닷바람에도 결코 식을 것 같지 않은 온기였다.

"뭐였으면 좋겠는데?"

"그게 무슨 질문이야?"

"네가 하고 싶은 거 하고 싶어서."

"이미 정해진 거 아니었어?"

으음, 잠시 고민하던 현태가 손을 더욱 세게 맞잡았다. 능글맞은 미소는 가시지 않은 채, 아리를 향해 있었다.

"그럼, 내가 뭘 해도 괜찮아?"

두 사람의 걸음이 우뚝 멈추었다. 아리와 현태의 눈이 한데 맞닿았다.

아리는 현태를 빤히 쳐다보았다. 아무것도 모른다는 듯, 눈을 크게 뜨고 그를 말똥말똥 쳐다보다 씨익 미소를 지었다. 그리고 두 팔을 뻗어 현태의 허리를 꽉 끌어안았다.

"뭘 할 건데?"

갑작스러운 아리의 행동에 놀란 건 현태 역시 마찬가지였다. 아리는 현태의 허리를 더욱 세게 끌어당겼다.

"있지, 현태야."

나긋나긋한 목소리에 침이 꿀꺽 넘어갔다. 머리가 번쩍 뜨이는 기분이었다. 아리는 천천히 숨을 들이마셨다. 그리고 뒤꿈치를 조금씩 올리며 현태의 귓가에 속삭였다.

"뭘 해도 괜찮은 건, 아직 일러. 꿈도 꾸지 마세요."

말을 끝마치기 무섭게 뒤꿈치를 내렸다. 그때, 현태는 온몸으로 전율이 오르고 내리는 것을 느꼈다. 한쪽 입술을 말아 올린 아리의 모습이 묘하게 자극적이었다. 길게 뻗은 눈꼬리가 매혹적으로 느껴진 건 처음이었다.

특정한 모습이 이토록 마음을 잡아끈 것도, 단연코 처음이라 말할 수 있었다.

"빨리 가자. 나 졸려."

아리는 금세 평소의 모습으로 돌아왔다. 조금 전의 모습은 온데간데없이 사라지고, 현태를 향해 손을 뻗었다. 빨리 가자, 그를 채근하는 목소리가 퍽 안달이 나 있었다. 얼떨떨했다. 아리의 손을 맞잡고 차에 들어가는 순간까지도 이게 꿈인지 생시인지 가늠이 가지 않았다.

한아리와 나는 연애를 하고 있구나. 이토록 강렬한 느낌이 들 것이라곤 상상도 못 했는데.

"안 올 거야?"

채근하는 아리의 목소리에 겨우 정신을 차릴 수 있었다. 잰걸음을 옮겨 차에 다가갔다. 고작 조수석과 운전석, 그 거리일 뿐인데도 애가 탔다. 만지고 싶어서, 닿고 싶어서, 가까이 있고 싶어서.

"가자."

욕망으로 가득 찬 한마디를 던진 후, 자연스럽게 운전석에 올라탔다. 가자, 던졌던 말이 무색해졌다. 두 사람은 차에 올라탄 뒤, 손을 맞잡고 한참이나 앉아 있었다. 삼십 분이 흘러서야 현태는 차를 출발시킬 수 있었다. 정적에 졸음을 이기지 못한 아리가 잠에 빠졌기 때문이었다.

뒷좌석에 던져 놓았던 담요를 아리에게 덮어주고, 최대한 느릿하게 차를 굴렸다. 도로는 텅 비어 있었다. 길이 꽉 막혀 집으로 가는 길이 더뎠으면 좋겠다는 생각을 깡그리 무시하듯. 그 누구도 존재하지 않는, 고요한 도로가 이어졌다. 아리가 좋아하는 노래를 틀어놓고 흥얼거리고 있을 때, 어디선가 작은 진동 소리가 들렸다.

"내 건가?"

중얼거리며 주머니에 손을 넣었지만, 자신의 핸드폰은 아무런 진동도 울리지 않았다.

"이상한데."

슬쩍 옆을 돌아보니, 담요 밖으로 빠져나온 아리의 손에 핸드폰이 쥐여 있었다.

〈수호 오빠.〉

보는 것만으로도 질투를 유발하는 이름이었다. 조금 더 짜증이 난 건, 늦은 시간 아무렇지 않게 전화를 하는 그의 태도였다.

현태는 고민했다. 사실 고민할 필요도 없는 문제라는 건 잘 알고 있었다. 자신이 아리의 전화를 받는다는 건, 어불성설. 절대 있어선 안 되는 일이라는 것 또한 알고 있다. 하지만 이대로 넘기고 싶지 않았다. 용기가 없어 전하지 못했다면, 끝까지 용기가 없는 사람이었으면 했다.

"미안해, 아리야."

들리지 않을 사과를 전한 뒤, 그녀의 손에 있는 핸드폰을 빼앗았다. 그리고 마침 보이는 졸음 쉼터로 들어가며 수호의 전화를 받았다.

[미안해. 오빠가 너무 늦은 시간에 전화했지.]

잔뜩 힘이 빠진 목소리에 괜한 짓을 했나 싶었지만, 늦은 밤인 걸 알면서도 전화를 했단 사실에 화가 났다.

"알긴 아시네요."

전화기 너머로 들리는 건, 수호의 숨소리뿐이었다. 잠자코 있던 현태가 천천히 입을 열었다. 어느새 주차는 완료되어 있었다.

"무슨 일이십니까? 이 야밤에."

[아리는?]

"자고 있습니다."

[자고 있다고?]

조금 격양된 목소리였다. 그에 기분이 확 상해 버렸다. 어째서 자고 있다는 말에 이토록 격하게 반응하는 걸까. 아무 사이도 아니면서.

"네. 자고 있어요."

[어딘데?]

현태가 코웃음을 쳤다. 숨을 천천히 들이마시며 최대한 마음을 가다듬으려 애썼다.

"어딘지 강수호 씨에게 꼭 말해야 합니까?"

다시 한 번 정적이 이어졌다. 강수호 씨라는 호칭에 놀란 것이리라. 현태는 그렇게 생각했다.

"서울은 아닙니다. 아리 데리고 바다에 왔거든요."

다시 서울로 돌아갈 생각이었지만, 그 또한 이야기하지 않기로 했다. 아리는 이제 저와 당당히 여행을 다니는 사이라는 걸 말해주고 싶었다. 그렇게 해서라도 아리에게서 멀리 떨어뜨려 놓고 싶었다. 수호는 어딘가 모르게 께름칙했다. 날이 가면 갈수록 그랬다. 아니, 더 정확히는 저와 아리가 가까워지면 가까워질수록, 수호에 대한 거부감은 날로 커져만 갔다.

[그래…….]

"간만에 전체 휴무니까 즐기는 편이 좋죠. 강수호 씨도, 저도. 그리고 한아리도."

현태의 말에 가시가 박혀 있었다. 그 때문인지 둘 사이에 대화가 사라졌다. 현태는 손을 뻗어 아리의 손을 꽉 맞잡았다. 어렵게 손에 잡힌 만큼, 다치지 않도록 지키고 싶었다. 그게 사람에 의해서든, 캔디를 보는 능력 때문이든.

어떤 이유에서든 아리가 다치는 건 용납할 수 없었다.

[그래. 그럼 모레 이야기하자. 너도 어서 쉬어.]

"네. 알겠습니다."

현태의 대답이 나오자마자 전화는 빠르게 끊어졌다. 차가운 신호음만이 나오는 휴대폰을 내려다보며 현태가 한숨을 푹 내쉬었다. 수호의 캔디가 검은색으로 변했다는 이야기를 들었을 때, 순간적으로 아리 때문일 것이란 생각을 했었다.

하지만 여러 번 생각을 거듭한 결과, 그 검은 캔디는 분명 아리 때문이 아닐 것이라 결론을 지었다. 그건 저 때문일 것이다. 아리만이 모르는 저와 수호와의 감정싸움에 그의 캔디가 그렇게 변해 버린 걸 테지. 곰곰이 생각하니 머리가 복잡해졌다. 그렇담 왜 갑자기 보이지 않던 캔디가 아리에게 보이게 된 걸까.

그리고 어째서 아리에게 검은 캔디가 보인 걸까. 아리가 캔디를 보던 것들을 생각하면, 자신이 앞에 있을 때 캔디가 까맣게 변하는 게 맞을 텐데. 물론 이대로 수호가 백화점을 떠난다면 문제야 없겠지만. 자신이 아리의 곁에 있을 수 없다는 게 가장 큰 오류라고 생각했다.

오후의 미팅에서 가고 싶지 않다는 의사를 밝히긴 했지만 받아들여질지도 미지수였으니까. 복잡한 마음에 연거푸 한숨을 내쉴 때, 잘자고 있던 아리가 부스스 눈꺼풀을 들어 올렸다.

"벌써 다 왔어?"

피곤에 잔뜩 물든 아리의 목소리에 현태가 피식 미소를 그렸다. 이런 와중에도 저를 웃게 하는 걸 보면, 한아리도 보통은 아니다.

"아니. 아직."

"그럼 여기 어디야?"

천천히 몸을 일으키려는 아리를 보니 괜히 장난기가 올라왔다. 일어나지 못하도록 두 팔로 어깨를 누른 뒤, 씨익 미소를 지었다.

"빨간 모자를 노리는 늑대의 소굴이지."

아리는 여전히 잠에서 덜 깬 모양이었다. 몽롱한 눈빛으로 현태를 올려다보다, 두 팔을 뻗어 그의 목을 와락 끌어안았다.

"으응, 싫어."

이어지는 콧소리에 자기도 모르게 앓는 소리가 나올 뻔했다. 장난을 쳐서 피를 본 건 오히려 제 쪽이었다. 아리는 그대로 잠들었지만, 현태는 한참이나 불편한 그 자세를 유지해야 했다.

참는 자에게 복이 있나니. 앓는 소리가 차를 가득 채웠다.

❁

끊어진 전화를 내려다보며, 수호는 입술을 짓눌렀다. 숨을 고르게 들이마시고 내뱉는 것조차 힘겹게 느껴졌다.

"하……."

거친 탄식이 새어 나왔다. 마른세수를 하고, 머리칼을 쓸어 올리기를 몇 번. 그래도 마음이 진정되지 않아 연거푸 한숨만 뱉었다.

"강수호 씨라."

자기가 뱉으면서도 씁쓸했다. 차라리 강 매니저님일 때가 나았다. 강수호 씨라는 그 부름이 이토록 매정하게 들릴 줄이야 누가 알았을까. 베란다에 멍하니 서 있던 수호가 거실의 장식장으로 다가갔다. 그리고 장식장 구석에 숨겨놓았던 담배를 꺼내 들었다. 언젠가부터 담배를 손에 쥐지 않았다. 매장에 들어오는 손님들이 담배 냄새가 난다며 킁킁거리던 이유 때문이었다.

"오랜만이네."

인사를 전한 뒤, 한 개비를 꺼내어 입술에 물었다. 아무렇게나 던져놓은 라이터를 찾아 불을 붙이곤, 매캐한 연기를 폐부로 깊숙이 밀어 넣었다. 너무 오랜만이라 그런 건지, 소파에 앉자마자 머리가 빙글빙글 돌았다. 매캐한 연기가 목을 타고 속을 잠식하는 그 순간이 생각보다 끔찍했다.

다시 입 바깥으로 연기를 내뱉는 순간, 케케묵은 냄새가 제 몸에 배는 기분이 들었다. 하지만 수호는 담배를 떼지 못했다. 적어도 담배를 태우는 순간에는 두 사람을 잊을 수 있었다. 다시 담배가 익숙해지면 그들의 생각을 연기에 실겠지만, 지금은 그러지 않아도 되니까.

그렇게 몇 번이나 연기를 빨아들였다 내뱉기를 반복했다. 익숙함은 생각보다 빠르게 찾아왔고, 뒤이어 현태와 아리의 얼굴이 수호의 머리에 겹쳤다.

"어쩌라고."

툭 던진 말에 웃음만 흘러나왔다.

"그래서, 뭐…… 뭐 어쩔 건데, 강수호."

순식간에 줄어든 담배를 재떨이에 비벼 끈 그가 두 손으로 얼굴을 가렸다. 짙게 새어 나오는 한숨이 꼭 짐승의 울음처럼 거칠었다.

"아니라잖아. 너는 아니라잖아."

저에게 속한 것은 대체 무얼까. 고민에 고민이 거듭되던 밤이었다. 이제 어떤 것을 받아들이고, 참아야 할지 도저히 알 수 없었다.

"잘생긴 사장님 아들이요?"

맨 처음, 아리를 마주했을 때 생각이 났다. 혹시 그때부터 머뭇거리지 않았다면 달라졌을까.

현태에게 큰소리를 쳤던 그때부터, 아리에게 조금 더 적극적이었다면. 오빠와 동생 사이로 시작하겠다는 알량한 자신감이 아니었다면.

"그래도 안 됐겠지."

어차피 답은 정해져 있었다. 그렇게 생각하니 속이 부글부글 끓었다.

"싫어."

누군가를 미워하는 것도, 그 누군가 아리와 현태가 된다는 것도.

"제발 내 손 좀 잡아줘."

아무도 없는 빈 허공에 손을 뻗는 기분이었다. 그나마 현태와 아리가 존재했다 생각했던 그곳은, 저를 위한 곳이 아니었다. 현태와 아리가 오래전부터 닿지 못했던. 알아보지 못하고 먼 길을 돌아왔던 장소였을 뿐.

"제발……."

중얼거리던 현태가 짙은 한숨을 토했다. 이미 끝자락에 달한 한계점을 억지로 끌어올리며 마음을 달랬다. 그렇다 해도 그들은 저에게 있어 쉴 곳이 될 것이다. 그렇게 생각하며 지독하게도 외로운 밤을 달래고, 또 달래었다.

❁

"양이 백여섯 마리…… 양이 백일곱 마리……."

침대 위에 누운 현태의 목소리였다. 그는 잠들지 못한 채 벌써 양을 삼백 마리는 족히 센 것 같았다. 중간에 한 번씩 까먹어 다시 세다 보니 어느새 백 마리가 되어버렸다.

'내가 왜 그랬지?'

현태는 눈을 질끈 감으며 조금 전의 일을 생각했다. 집 앞에서 들어가지 못한 채 우물쭈물하는 아리가 귀여웠다. 잘 가, 라는 인사를 전하지 못 하는 아리를 한참 쳐다보다 손을 뻗었다.

"나 커피도 안 줘?"

이미 늦은 새벽이었다. 커피를 마셨다간 백이면 백, 잠을 이루지 못할 테고, 그러면 내일의 데이트에 분명 지장을 줄 것이다. 알면서도 튀어나온 말이었다. 조금이라도 더 함께 있고 싶어서. 아리의 얼굴을 마주 보고, 눈을 마주치고, 손을 마주 잡고 싶은 욕심이었다.

집에 들어와 막상 커피를 마시려니 영 구미가 당기지 않았다. 그냥 콜라나 마실래, 냉장고를 열어 콜라를 벌컥벌컥 들이켰을 때. 뒤쪽으로 문제의 그 말이 터져 나왔다.

"나, 잠들 때까지만 있어주면 안 돼?"

고민은 필요 없었다. 찰나의 망설임도 그에게는 존재하지 않았다.

"그래. 그러지, 뭐."

그 대답이 화근이 될 줄이야 누가 알았을까. 지켜보면 될 줄 알았는데, 그게 끝이 아니었다.

아리가 자신을 시험하고 싶었던 건가. 그런 생각이 들 정도로 그녀는 현태에게 잔인했다. 처음엔 침대 옆에 가만히 앉아 있는 것으로 족하다 하더니.

"팔베개 받고 싶다."

거부할 수 없는 유혹으로 현태의 손을 꾹 눌렀다. 묘하게 길어지는 눈에 가슴이 뜨끔했다. 머리부터 발끝까지 서서히 침식당한다는 기분이 이런 거구나, 그런 생각을 했다. 결국은 아무런 말 없이 침대로 올라가 팔을 내어주었다. 그게 양을 삼백 마리나 세는 밤을 불러올 줄이야, 누가 알았을까.

"아리야."

현태의 부름에도 아리는 꼼짝하지 않았다. 새근거리는 숨소리에 귀가 시큰했다. 꿀꺽. 마른침을 삼켜보았지만, 이미 바짝 마른 타액이 목 너머로 넘어갈 리 만무했다. 좋은 향기가 코끝에 남아 괜히 온몸이 오싹했다. 살랑거리는 머리카락이 팔에 닿을 때마다 살갗이 녹아내리는 기분이었다.

속이 부글부글 끓다, 목까지 차올랐다. 억지로 삼켜보지만, 실체가 없는 욕망 덩어리를 억누르기란 쉽지 않다.

"나도 남잔데."

툭 던져보았지만, 돌아오는 건 없었다. 여전히 새근거리는 숨소리만이 현태에게 답을 전해줄 뿐이었다. 아아, 앓는 소리가 끊이지 않았다. 한쪽 손으로 얼굴을 비벼대며 마음을 가다듬었다.

"확 저질러 버려?"

눈을 부릅뜨고 옆을 돌아보았다. 아리는 곤히 잠들어 있었다. 긴 속눈썹이 파르르 떨렸다. 꼭 감고 있는 짙은 눈매가 현태의 시선을 잡아끌었다.

"나 저지른다?"

돌아오지 않는 대답을 기다리다, 맥이 탁 풀리고 말았다.

"잠든 너한테 뭐 하는 거야, 지금."

아휴. 한숨을 터뜨린 현태가 나머지 한쪽 손을 뻗어 아리를 품으로 꽉 끌어안았다.

"내일 봐. 잘 자."

다시 한 번 중얼거리며 아리의 등을 토닥여 주었다. 내일은 오늘보다 더 행복할 수 있기를. 그리고 또 그다음 날은 오늘보다 더 애틋해질 수 있기를 바라며. 중얼거리는 현태의 바람에 아리가 생긋 미소를 지었다. 꿈에서도 그의 소망을 들은 걸까. 아니면 지나던 바람이 그의 소망을 실어다 준 걸까.

어찌 되었든, 두 사람의 밤은 애틋하게 이어졌다. 꿈에서도 애정을 속삭이는 듯, 그들의 입꼬리는 올라가 떨어질 생각을 하지 않았다.

다음 날, 늦은 아침에서야 일어난 두 사람은 한참이나 어색한 기류에서 벗어나지 못했다. 그저 연인이라는 이름이 추가된 것뿐인데, 함께 잠에서 깨어난 이 순간이 이토록 어색할 줄이야 누가 알았을까.

밥을 먹자, 먼저 씻어라. 평소라면 툭툭 잘도 나왔을 말조차 어색했다. 자연스럽게 현태는 화장실로 들어갔고, 아리는 부엌으로 향했다. 밥을 먹고 아리가 씻고 나올 때까지도 두 사람은 말이 없었다. 꽤 오래 이어질 것 같던 정적을 깨뜨린 건, 발그레한 얼굴로 머리를 터는 아리였다.

"오늘 어디 가는 거야?"

모처럼의 휴일이라, 목적지 역시도 기대되는 모양이었다. 조금 들떠 있는 목소리에 현태가 잠시 말을 잇지 못했다. 곰곰이 생각하다 픽 웃으며 손을 뻗어 아리의 손을 맞잡았다.

"좋은 곳."

"그게 어딘데?"

"가보면 알아."

"말해주면 안 돼?"

"응. 안 돼."

단호한 대답에 아리가 입술을 삐죽였다. 그거 말해주면 뭐 덧나나. 투덜거리며 뒤를 돌았다.

머리 말리고 올게, 퉁명스러운 목소리에 현태가 몸을 벌떡 일으켰다.

"내가 말려줄게. 넌 화장해."

"싫어. 내가 할 거야."

아리는 뒤도 돌아보지 않은 채, 방으로 성큼성큼 들어갔다. 하지만 그대로 자리에 남을 현태가 아니었다. 그 역시 성큼성큼 걸음을 옮겨 아리의 뒤를 쫓아 작은 손에 쥐고 있는 드라이기를 보란 듯 빼앗았다.
"줘."
"어서 오세요, 고객님. 드라이만 하시는 거죠?"
"빨리 줘."
"시작합니다. 움직이시면 안 돼요."
현태는 연거푸 거절하는 그녀의 뒤에 서서 드라이를 시작했다. 전원을 넣자, 따뜻한 순풍이 아리의 머리칼을 어루만졌다. 이윽고 현태의 곧은 손가락이 그녀의 머리칼 안으로 들어가 살살 흔들었다.
아리는 거울 속에 비치는 현태의 모습을 한참이나 쳐다보았다. 그와 간간이 시선을 마주쳤지만, 침묵은 계속되었다.
"자, 다 됐다."
머리를 모두 말리고 나서야 침묵이 깨졌다. 하지만 뾰로통한 아리의 표정이 풀릴 리 만무했다. 현태는 아리의 기분을 풀어주거나, 달래주거나 하지 않았다. 그게 더 독이 될지도 모른다는 걸 잘 알고 있었다.
그의 시선이 그녀에게 꽂힌다. 그녀의 시선 역시 그에게 향했다. 굳이 말하지 않아도 오가는 이야기들에 둘의 눈이 길게 휘어졌다. 입으로 내뱉지 않아도 알 법한 느낌에 온몸이 간질거렸다. 이게 행복이구나, 목 끝까지 차오르는 말을 꾹꾹 삼켜내느라 여념이 없었다.
모든 준비를 끝마친 뒤, 두 사람은 한적한 도로를 달렸다. 창밖으로 스쳐 가는 나무들을 바라보며 아리가 한숨을 푹 쉬었다.
"오늘 맑다더니. 아닌가 봐."
나무 사이사이로 보이는 흐린 하늘에 기분마저 그와 비슷해지는 것 같았다. 비가 올 것 같아. 중얼거림과 동시에 입을 꾹 닫았다. 꼭 말처럼 이루어질 것 같아서.
"그러게. 천둥이라도 칠 것 같네."

현태의 목소리까지 습기에 꽉 찬 느낌이었다. 라디오에서 흘러나오는 노래는 또 왜 이리도 서글픈 건지. 아는 노래가 나와 흥얼거리던 아리가 밖을 유심히 바라보았다. 이상하리만치 익숙한 길이었다. 오래와 보지 않은 길이라지만, 결코 잊을 수 없는 곳이었으니까. 모르는 게 더 이상했다.

"현태야, 여기…… 여기 설마."

아리는 말을 잇지 못했지만, 현태는 아무런 말도 해주지 않았다. 묵묵히 핸들을 움직이며 운전을 계속할 뿐. 아리 역시도 아무런 말을 하지 않았다. 어디로 가는 건지, 왜 이곳으로 향하는 건지. 도저히 입이 떨어지지 않아 묻지 못했다. 바퀴는 계속해서 움직였다. 기나긴 침묵을 끝으로, 현태의 차는 그가 생각한 목적지에 도착했다.

미리별 납골당.

아리는 건물에 박힌 글자를 하나하나 훑었다. 차마 움직이지 않는 다리를 땅에 꼿꼿이 세운 채, 하염없이 저 앞을 바라보았다.

"왜 여기 왔냐 묻고 싶지?"

현태의 물음에 아리가 고개를 끄덕였다. 여전히 눈은 납골당의 이름에 향해 있었다.

"두 분께 인사드리고 싶었어."

현태가 아리의 손을 맞잡았다. 단단한 손바닥이 주는 안정감에 숨통이 탁 트이는 기분이 들었다.

"우리 아리, 이렇게 잘 컸다고. 예쁘고 똑똑하게 자라서 지현태가 휙 채간다고."

채간다고. 그 말에 아리가 피식 웃었다. 그게 뭐야, 작게 웅얼거리는 목소리에 현태가 손에 더욱 세게 힘을 주었다.

"가자. 온 지 오래됐잖아, 너."

어쩔 수 없이 현태의 손에 이끌리고 말았다. 납골당으로 걸어가며 그의 손을 더욱 세게 맞잡았다. 두 사람은 납골당에 들어가는 커다란 입구에서 꽃을 샀다. 계단을 오르고, 아리의 부모님이 안치된 곳을 향해 천천히 걸음을 옮겼다.

걷다 멈추고, 또 걷다 멈추기를 몇 번. 하지만 결국 아리의 앞에는 부모님의 활짝 웃는 사진이 있었다. 두 칸을 한 칸으로 만들어놓은 탓에 부모님의 유골함은 다정하게도 꼭 붙어 있었다. 살아생전의 모습과 어쩜 이리 닮았을까.

아리의 시선이 꼭 붙어 있는 유골함의 앞에 장식된 가족사진으로 향했다. 이제 손을 뻗어도 닿지 않을, 목 놓아 불러도 돌아오지 않을 그때의 행복이 담긴 사진. 결국은 평정심을 유지하던 마음이 잘게 흔들리고 말았다. 잘 쉬어지지 않는 숨을 폐부로 깊숙이 집어넣기 위해 얼마나 노력했는지 모른다.

"엄마."

오랜만에 불러보는 이름에 목이 바짝 당기는 느낌이 들었다. 꼭 자신의 목소리가 아닌 것처럼 낯설었다. 숨을 천천히 들이마시던 아리가 손을 뻗어 유리를 매만졌다.

"아빠."

그 또한 얼마나 오랜만에 불러본 건지 가늠이 가지 않았다. 좀처럼 녹아들지 않는 이름이 아리의 마음을 따끔거리게 했다.

"나……."

어떤 말을 해야 할지 몰라 머뭇거리던 찰나, 현태가 아리의 손목을 붙잡았다.

"저 왔어요. 잘 지내셨죠?"

넉살 좋은 현태의 인사에 아리가 고개를 돌렸다. 현태는 웃고 있었다. 눈을 길게 휘며 여느 때와 같이 활짝 웃고 있었지만, 그게 너무나도 씁쓸해 보였다.

"제가 아리 데려왔어요. 잘했죠? 나중에 잘했다고 칭찬해 주셔야 해요."

현태가 아리의 손을 더욱 세게 붙잡았다. 이윽고 현태가 허리를 곧게 펴고, 숨을 크게 들이마셨다.

"고등학생 때, 저한테 그러셨잖아요. 나는 내 딸 못 준다. 저 아직도 기억해요. 그때 아저씨 딸 안 좋아해요, 하고 넘겼는데 사실 거짓말이었어요."

갑작스러운 고백 아닌 고백에 아리가 놀라 그를 바라보았다. 하지만 현태는 망설이지 않고 다음 이야기를 이어갔다.

"저, 그때부터 아리 좋아하고 있었습니다. 지금도 아리 너무 좋아합니다. 아니, 사랑합니다!"

현태의 씩씩한 목소리가 납골당을 쩌렁쩌렁하게 울렸다.

"너무 걱정하지 마세요. 예전에도 그랬지만, 지금도 아리는 혼자 아닙니다. 기쁠 때, 힘들 때, 슬플 때. 잊지 않고 곁에 있어줄 테니까. 이제 우리 아리 혼자인데 어쩌나 걱정하지 마세요."

아리는 울음이 터져 나오려는 걸 있는 힘껏 참아냈다. 현태의 말에 코가 시큰거렸다. 고개를 숙여 눈에 힘을 주었지만, 눈시울이 뜨거워지는 건 멈추지 않았다. 곧 맞잡고 있던 손이 떨어지는 게 느껴졌다. 옆을 돌아보니, 현태가 허리를 곧게 세워 유골함을 쳐다보고 있었다.

한참 무언가 생각하던 그가 유골함을 향해 큰절했다. 두 번째 절을 하고 일어나며 크게 숨을 들이마셨다.

"예쁘게 낳아주시고, 예쁘게 키워주셔서 감사합니다. 아버님 어머님 걱정하지 않으시도록, 사랑해 주고 아껴주겠습니다. 이 말, 아버님

어머님에게 꼭 하고 싶어서 아리 데리고 왔습니다. 저, 잘했죠?"

아리는 꾹꾹 참고 있던 눈물을 터뜨리고 말았다. 너스레를 떨며 웃는 현태의 모습에 더 참지 못한 채 펑펑 터뜨리고 말았다. 다시금 맞닿은 현태의 손바닥이 유난히 따뜻하게 느껴졌다. 손을 타고 스며드는 현태의 온기가 몸을 덥혀주었다.

고맙다는 말은 채 뱉지도 못하고 엉엉 울음만 터뜨릴 뿐이었지만.

"나 이제 돌이킬 수도 없어. 여기까지 와서 약속했으니까."

나지막이 던지는 그 말에도 아무런 답을 주지 못했다.

"네 옆에 딱 붙어 있을게. 너도 내 옆에 딱 붙어 있어. 알았지? 왜 울어, 바보같이."

그렇게 말하는 현태의 목소리에도 물기가 묻어 있었다. 너도 그러잖아, 말을 하려다 꾹 삼켜 버렸다. 곧 현태가 두 손을 뻗어 아리를 꼭 끌어안아 주었다. 잘할게. 중얼거리는 목소리가 아리의 마음에 아로새겨졌다.

나도 잘할게. 전하지 못하는 속마음이 기쁨의 눈물에 배어 펑펑 흘러나왔다.

그날 밤, 비가 내렸다. 현태와 아리는 집으로 돌아와 맛있는 저녁을 먹었고, 영화를 봤다.

소파에 앉아, 서로에게 기대어 보는 영화는 생각보다 더 낭만적이었다. 현태의 어깨는 단단했고, 아리의 머리칼은 부드러웠다. 어느 하나 만족스럽지 않은 것이 없었다.

"오늘은 집에 들어가."

나지막이 들리는 아리의 목소리에 현태가 놀라 옆을 바라보았다. 아리는 여전히 TV에서 눈을 떼지 않고 있었다.

"왜 갑자기?"

"오늘은 혼자 있고 싶어서."

괜찮아. 혼자 있어도 나는 괜찮아. 그렇게 말을 하는 것 같아 아무런 말도 하지 못했다. 침묵을 유지한 채, 그 역시 TV로 시선을 돌렸다. 영화는 어느새 극의 중반부를 지나고 있었다. 이제 막 두 사람의 위기가 극에 달해가고 있는, 그야말로 클라이맥스인 셈이었다.

괜찮냐고 물어보려다 또 입을 다물었다. 왜 혼자 있고 싶은지 이유를 알고 있는데, 굳이 물어 볼 필요가 없다. 현태는 말없이 TV를 보았다. 그러다 제 옆에 아무렇게나 던져 놓은 핸드폰을 집어 들었다.

"아, 벌써 시간이 이렇게 됐네."

그리고 아무렇지 않은 듯 자리에서 일어났다. 기지개를 쭉 켜며 으차차! 괜한 기합을 넣었다.

"이제 가야겠다. 너도 영화 그만 보고 자. 내일 출근해야지."

아무런 말도 하지 않은 채 현태를 올려다보던 아리가 천천히 고개를 끄덕였다. 응, 알았어. 작은 목소리에 그가 피식 미소를 지었다.

"나, 네가 가라고 해서 가는 거 아니야. 그러니까 괜히 마음이 불편하니 마니 하지 마."

아, 짤막한 탄식이 터져 나왔다. 배려였다는 것을 깨닫게 되자마자 가슴이 뭉클해졌다. 이토록 저를 잘 아는 사람이 또 있을까. 그리고 이렇게 이해해 주는 사람이 또 어디 있을까. 아리는 고개를 끄덕였다. 걱정하지 말라 이야기를 하려 했는데, 어째서인지 목이 따끔거려 입이 잘 열리지 않았다.

몸을 일으켜 현태를 마중 나가는 순간까지도, 아리의 입은 꽉 닫혀 있었다.

"내일 데리러 올게."

며칠 전의 현태와 오늘의 현태는 다르다.

며칠 전의 제 마음과 지금의 마음 또한 달랐다.

그때 제 마음은 텅 비어 있었다. 채우지도 못하고, 채울 방법도 몰라 바닥이 드러나고 쩍쩍 갈라질 때까지 아무것도 할 수가 없었다. 가끔 그곳에 물을 부어주는 건 지금처럼 현태 한 사람뿐이었다. 간혹 누군가 물을 부어주러 오긴 했지만, 제 땅이 그 물을 흡수하지 못했다. 누군가의 물은 너무 달았고, 또 누군가의 물은 너무 부족했다. 어떤 물은 너무 뜨겁고, 어떤 물은 너무 많아 땅이 질퍽거렸다.

돌이켜보면 현태만이 적당한 물을 부어주었던 것 같다. 너무 넘치지도 않고, 마르지도 않을 정도의 물을.

"나, 가는데."

현태의 목소리에 정신이 번뜩 들었다. 신발장 앞에 멀뚱히 서 있던 그는 뒷짐을 진 채 아리를 보고 있었다. 응, 잘 가. 그 말을 할 상황은 아닌 것 같고.

"뭐야, 그냥 보내는 건가? 한아리 무드 없네."

"나 원래 무드 없어."

단박에 말뜻을 알아차릴 수 있었지만. 굳이 티를 내지 않았다. 새침한 척 그를 쳐다볼 뿐.

"그럼, 눈 감아."

안달이 난 사람이 찾아오는 법이지. 아리는 현태의 말에 모른 척 물었다.

"왜?"

"빨리."

알고 있었지만, 굳이 무얼 하려고 하는지 아는 척은 하지 않았다. 그래, 뭐. 어깨를 으쓱거리며 두 눈을 감았다. 현태는 두 손을 뻗어 아리의 목덜미를 조심히 그러쥐었다. 그리고 그녀가 예상했던 대로 입술을 포개었다. 살덩이가 얽히는 느낌이 들며, 뜨거운 입김이 오갔다. 그렇게 두 번, 그리고 세 번. 네 번째 움직임이 끝나기 무섭게 현태가 입을 뗐다.

얼굴이 붉게 달아오른 채 아리를 보던 그가 한 걸음 뒤로 물러났다.

"안 되겠다."

그 말의 뜻을 단박에 알아차리고 말았다. 아리 역시도 아무런 말을 하지 않은 채 입을 다물었다. 두 사람의 얼굴이 발갛게 익었다. 맛 좋은 사과처럼 혹은 사랑스러운 꽃 한 송이처럼.

"이제 갈게."

"응, 조심히 들어가. 가서 연락 꼭 하고."

여느 때와 같은 인사를 주고받았지만, 그 속에 엉킨 떨림만큼은 예전 같지 않았다. 둘은 한참이나 그렇게 눈을 마주했다. 겨우 시선을 떼고 현태가 문밖으로 나섰다. 쾅! 문이 닫히는 소리와 함께 아리의 발밑으로 정적이 드리웠다.

딸랑딸랑, 종소리가 모두 가실 때까지 아리는 좀처럼 움직일 수 없었다. 현태가 계단을 내려가는 소리가 들리지 않게 된 때에야 뒤를 돌아 거실로 걸어갈 수 있었다. 거실의 불을 끄고, 소파에 앉아 담요를 몸에 둘둘 말았다. 무슨 내용인지 이젠 알 수 없을 만큼 진행되어 버린 영화에 시선을 고정했다.

그제야 참았던 눈물이 목 끝에서 터져 나왔다. 시작은 미비한 울음소리였다. 예전처럼 참으려 하지 않으니 소리는 금세 잇새로 새어 나왔다. 숨을 헐떡이며 울음을 터뜨리는 건 그다지 오래 걸리지 않았다. 이제까지 울지 말아야 한다며 저를 옥죄던 버릇이 있어 그런지, 쉬운 건 아니었지만.

눈물이 흐르는 건지, 쏟아지는 건지도 모를 정도였다. 하지만 이전과 다른 건 마음이 아프기만 한 건 아니라는 점이었다. 잘 살게. 행복하게 살게. 보고 싶어. 수많은 말을 속으로 중얼거리며 울음을 터뜨렸다. 오늘이 지나면, 내일부터는 새로운 마음으로 하루를 시작하리라. 그렇게 마음먹었다. 혼자가 아닌, 둘일 테니까.

이제는 길을 잃은 아이처럼 혼자 멍하니 서서 울 일은 없을 테니까.

밤이 깊어가고 있었다. 달님의 위로가 아리의 마음을 어루만지는 밤. 그 곁에 떠 있는 별님들이 하나둘 땅으로 내려와 아리의 곁을 지켜주었다. 오늘이 지나면. 어느 노래 가사가 귓가에 자꾸만 맴돌았다.

아침이 찾아왔다. 언제 잠들었는지 기억이 나지 않았다. 알람이 시끄럽게 울려 눈을 뜨니, 자고 일어났구나. 어렴풋이 느껴질 뿐. 알람을 끄고 핸드폰을 보니 현태의 메시지가 와 있었다.

〈나 들어왔어.〉

잘 도착했구나.

〈너무 많이 울지 마. 눈 팅팅 붓는다. 못생겨져.〉

픽 웃음을 지었다. 그래도 예뻐할 거잖아. 들리지 않을 말을 속삭였다.

〈오늘 밤엔, 우리 아리 행복하게 해달라고 기도하고 자야지.〉

귀여운 이모티콘까지 곁들인 현태의 메시지에 마음이 따뜻해졌다.

〈나, 오늘은 일찍 갈 거야. 준비하고 있어.〉

오 분 전에 도착한 메시지였다. 아리는 자리에서 벌떡 일어나 제 몸을 두르고 있는 담요를 떨쳐 냈다. 핸드폰을 충전기에 꽂아 놓은 채, 화장실로 부랴부랴 달려갔다.

"뭐 이렇게 빨리 와?"

그렇게 말하며 입은 웃고 있었다. 좋지 않을 리가 없다. 부랴부랴 달려가 거울을 보니, 얼굴이 퉁퉁 부어 있었다.

"보면 한소리 하겠네."

투덜거리며 씨익 미소를 지어 보았다. 어제보다, 이틀 전보다 훨씬 좋아 보이는 제 모습에 어깨가 으쓱거렸다. 물이 떨어지는 소리와 함께 콧노래를 흥얼거렸다. 분명 좋은 날이 될 것이리라 믿는 아리의 입가에 미소가 번졌다.

현태는 정확히 삼십 분 만에 도착했다. 씻고 나와 보니 어느새 소파에 앉아 있었고, 어서 준비하라 채근하며 아리를 졸졸 쫓아다녔다. 머리를 말려주겠다 고집을 피우는 현태를 말릴 수 없었다. 아리는 알겠다 대답하며 제 머리를 맡겼다.

모든 준비를 끝마치고 현태의 차에 탄 건 평소보다 십 분이나 이른 시각이었다.

"평소에도 이렇게 오면 십 분은 더 드라이브할 수 있겠다."

"길 막혀서 어차피 십 분 채우는 거 아니고?"

"돌아서 가면 되지."

안 그래? 현태가 되묻자 아리가 미소를 지었다. 그래, 그러네. 고개를 끄덕이며 안전벨트를 맸다. 백화점으로 향하는 내내 두 사람은 아무런 말을 하지 않았다. 가끔 시선이 마주치는 것 외에는 이렇다 할 접점조차 없었다.

그 정적을 깨뜨린 건, 아리의 침착한 목소리였다.

"수호 오빠, 캔디가 왜 그렇게 까맣게 된 걸까."

현태는 아무런 말이 없었다. 왜 아침부터 그 사람 이야기냐 다짜고짜 따지려 했지만. 괜히 아리의 기분을 망치고 싶지 않았다.

"글쎄."

짤막한 그의 대답이 들렸다.

"가까이하지 말라는 건, 무리겠지."

"어떻게 그래. 바로 옆 매장인데."

"그렇겠지."

순식간에 분위기가 눅눅해졌다. 백화점에 도착하고, 주차장에 차를 댈 때까지 그 분위기는 이어졌다. 이미 백화점에 도착했지만, 그들은 차에서 내리지 않았다. 아직 오 분이라는 시간이 남아 차에서 멀뚱히 앉아 있을 뿐이었다.

"현태야."

정적을 깨뜨린 건, 아리의 목소리였다.

"혹시 내가 아까 한 말 때문에……."

"응. 질투 났어."

현태의 곧은 시선이 아리에게로 돌아왔다.

"뭐, 그래도 어쩔 수 없잖아. 다른 것도 아니고……."

두 사람은 말없이 손을 잡았다. 몇 대의 차가 더 들어오고, 보안팀 사람들의 목소리가 들릴 때까지 차에서 꼼짝하지 않았다.

"괜찮을 거야."

현태의 말에 아리가 고개를 끄덕였다. 알고 있다. 괜찮지 않을 이유는 조금도 없다.

"가자, 늦겠어."

아리가 현태의 팔을 잡아당겼다. 어서, 보채는 그 한 마디에 심통이 난 건지 현태가 고개를 도리도리 저었다.

"잊은 거 있어서 안 돼."

"잊은 거?"

현태는 때를 놓치지 않았다. 아리를 잡아 제 쪽으로 끌어당겼다.

두 사람의 입술이 포개어지고, 짤막한 입맞춤 소리와 함께 얼굴이 떨어졌다.
"이거."
"여, 여기 주차장이야!"
"뭐 어때?"
어깨를 으쓱거리는 그의 얼굴에 여유 만만한 미소가 그려져 있었다. 씨익 미소를 짓던 그가 아리의 볼을 살살 어루만졌다.
"이제 안 참겠다고 했잖아. 사실 지금도 많이 참고 있는 거야. 네가 몰라서 그렇지."
"아, 알았어. 그만해."
아리가 현태의 손을 밀쳤다. 그리고 잽싸게 안전벨트를 푸르고 조수석의 문을 열었다. 몸을 반쯤 내보내곤, 다시 현태를 돌아보았다. 어둑한 주차장임에도 불구하고, 불그스름하게 달아오른 아리의 얼굴이 선명했다.
"너만 참는 거 아니거든?"
흥, 콧방귀를 뀐 아리가 급하게 차에서 내렸다. 문이 닫히는 소리와 함께 현태의 웃음소리가 들렸지만, 그것까지 아리에게 전달될 리 만무했다.
아리가 차에서 내린 뒤, 현태는 두근거림이 심해져 좀처럼 차에서 벗어날 수 없었다. 몇 번이나 한숨을 내쉬며 마음을 가다듬었던 그때, 똑똑. 누군가 창문을 두드렸다. 아리인가 싶어 반가운 마음이 들었다.
"아리……."
아리의 이름이 쏙 들어가 버렸다. 그의 눈앞에 있는 건, 제일 반갑지 않은 사람의 모습이었다.
"좋은 아침입니다. 지 팀장님."

현태야, 그렇게 부르던 사람이 이제는 지 팀장이라는 존칭을 쓴다. 급격하게 멀어진 거리가 느껴졌지만, 그 또한 개의치 않았다. 이 또한 어쩔 수 없는 일일 것이다.

현태는 차에서 내려 문을 닫았다. 그리고 제 앞에 서 있는 수호와 눈을 마주했다.

"네. 좋은 아침입니다. 강 매니저님."

두 남자의 사이에 정적이 맴돌았다.

"저랑 이야기 좀 하시죠."

"아침부터 강 매니저님과 할 이야기는 없는데요."

딱 잘라 말하는 현태의 모습에 수호가 어렵게 숨을 들이켰다. 두 손을 삐딱하게 주머니에 찔러 넣은 그의 얼굴이 단단하게 굳어졌다.

"느떼 백화점 강 매니저로서 이야기 하자는 거 아닙니다."

순식간에 변한 분위기에 현태가 아랫입술을 씹었다.

"그럼 뭡니까?"

"그쪽 보안업체에 일을 의뢰한 M브랜드 본사 본부장으로서 이야기 하자는 겁니다. 지현태 팀장님."

"그런 건 적어도 일하는 시간 이외에 해야 하는 거 아닙니까?"

현태가 미간을 찌푸리며 시계를 내려다보았다. 조금 후면 업무가 시작된다. 수호도, 현태도 마찬가지였다. 하지만 수호는 아랑곳하지 않았다. 무덤덤하게 현태를 쳐다보며 어깨를 으쓱거렸다.

"글쎄요. 뭐가 문제 되는지 모르겠습니다. 이미 M브랜드 매장에는 새로운 매니저가 와 있고, 나는 본부장입니다. 그리고 지현태 씨는 그 보안업체 팀장이고요."

"예. 강 본부장님도 아시다시피 팀장이라서요. 팀원들 관리도 해야 하니."

"아, 그건 걱정하지 마세요. 내가 미리 이야기해 놓았으니까."

수호의 말에 어이없다는 듯 웃던 현태가 어휴! 굵직한 목소리를 터뜨렸다. 꾸역꾸역 짜증을 참는 것도 이젠 한계에 다다르고 있었다.

"강 본부장님."

"가시죠. 여기에서 할 이야기는 아니니까."

현태의 말을 딱 잘라 버린 수호가 잰걸음을 옮겼다. 점점 저에게서 멀어지는 수호의 뒷모습을 바라보던 현태가 하, 코웃음을 쳤다.

"뭐야, 대체."

바이올린 선율에 피아노의 청명한 음이 더해졌다. 카페의 안에는 듣기만 해도 마음이 편해지는 연주곡이 흘러나오고 있었다. 현태와 수호는 벌써 십 분째, 마주 앉아 커피만 홀짝이고 있었다. 이게 대체 무슨 일인지 눈치를 보는 건 현태 쪽이었다.

탁. 찻잔을 놓으며 현태가 고개를 들어 수호를 바라보았다.

"이제 말씀해 주시죠."

언제까지 기다릴 수 없었다. 이대로 시간을 축내는 건 아까운 짓이다. 제가 할 일이 없는 사람도 아니고. 그의 대답에 수호 역시 들고 있던 찻잔을 내려놓았다. 그리고 제 앞에 현태를 빤히 바라보았다.

"우리 회사, 보안팀 자리를 거절했다고 하던데. 맞습니까?"

"네. 맞습니다."

현태는 조금의 망설임도 없이 대답했다.

"그러면 안 되는 겁니까?"

재차 수호에게 물었다. 굳이 찾아와 거절했냐 묻는 건 분명 이유가 있으니 그런 것이겠지. 현태는 찻잔의 손잡이를 살살 매만졌다. 제 앞의 수호를 바라보며 머리를 굴리고, 또 굴렸다.

정말 저와 일을 하고 싶은 걸까. 만약 그게 진심이라면 재고해 볼 생각은 있었다. 하지만 지금의 수호는 전혀 그런 생각이 아닌 것 같았다. 다른 이유는 모르겠지만 적어도 저와 함께 일을 하고 싶다는 순수한 이유는 아닐 것이다.

제 직감이 그렇게 말해주고 있었다.

"안 되는 게 아니라, 이해가 안 가서 하는 말입니다."

수호는 피식 웃었다. 그리고 크게 숨을 들이마시며 제 옷깃을 정돈했다.

"대우가 나쁜 편은 아니라 생각합니다. 지금 이 느떼 백화점 보안팀 팀장으로서 받는 임금의 배는 말씀드렸을 테니까요. 우리 회사 보안팀 팀장과 느떼 백화점 보안팀 팀장은 다릅니다. 하는 일도, 직책이 주는 위치나 느낌도 다르리라 확신해요. 그런데 굳이 이곳에 남는단 이유는 뭡니까? 적어도 지 팀장에게 있어서 우리 회사로 가는 건, 좋은 기회가 될 것 같은데요."

할 말은 없었다. 그의 말이 맞다. 조건도, 위치도 최적의 환경이었다. 회사 사람들은 현태에게 출세했다며 야유 아닌 야유를 날리기도 했고, 몇은 정말 축하한다 등을 두드려 주었다. 하지만 그게 전부가 아니라는 걸 현태는 알고 있었다.

"본부장님 말이 틀린 건 아닙니다."

수호의 표정이 미묘하게 빛났다. 그럼 왜 거절하냐는 듯 쳐다보고 있었다.

"사실 어느 일을 하든, 힘든 건 마찬가지일 겁니다. 이 일을 계속하든, 다른 일을 계속하든 그 또한 마찬가지고요."

"무슨 말을 하고 싶은 겁니까?"

"마음이 불편하면 안 그래도 힘든 일이 더 힘들 거라는 겁니다. 적어도 마음 편하게 일을 하고 싶다는 말이기도 하고요."

두 사람의 사이로 정적이 흘렀다. 둘은 서로를 빤히 바라보며 귓가에 흐르는 선율에 집중했다. 두 사람, 세 사람. 다섯 사람이 테이블에서 일어나 카페를 떠날 때까지도 그들은 말없이 서로를 쳐다보았다.

"우리 회사에 오면, 마음이 불편해진단 말입니까?"

"마음에 걸리는 게 따로 있으니까요."

현태의 대답에 수호가 헛웃음을 터뜨렸다. 마음에 걸리는 것이 무언지 알고 있기에 더더욱 웃지 않을 수 없었다. 하, 크게 한숨을 내쉬던 그가 자세를 바로잡았다. 테이블 위로 올려놓은 두 손을 맞잡으며 한참이나 손가락을 만지작거렸다.

그러고 보니 정장을 입었네. 현태는 수호를 보며 쓸데없는 생각을 이어갔다. 회색 슈트가 참 잘 어울렸다. 넥타이도 퍽 잘 어울리는 편이고, 머리를 말끔하게 넘긴 것도 생각보다 멋들어졌다.

"물론 꼭 그것 때문에 이곳을 못 떠나는 건 아닙니다."

"그럼 뭡니까? 조건도 좋고, 대우도 좋다는 걸 인정하면서 대체 왜!"

"본부장님과의 공적인 인연은, 여기서 끝내고 싶은 겁니다."

단호하게 자른 현태의 말에 수호의 얼굴이 단단하게 굳어졌다.

이 이상 수호와 엮여선 안 되는구나 싶었던 건, 아리에게 까만 캔디의 이야기를 들은 직후였다. 그의 까만 캔디는 아리가 아닌 저를 향한 것일 테다. 아리에게 나쁜 감정이 향할 이유가 없다. 처음 아리를 만났을 때부터 꾸준히 호감을 표하던 사람이, 갑작스럽게 마음이 변할 리가 없었다. 애초에 캔디를 볼 수 있는 아리가 수호의 마음이 조각나는 행동을 하지 않았을 테고. 그렇다면 남는 건 저 하나뿐이었다.

"공적으로 얽히기에는 본부장님이 저에게 너무 많은 약점을 보였다고 생각합니다. 저도 사람인지라, 언젠가 그 약점으로 본부장님을 누르려고 할 겁니다."

"나를 눌러요?"

"네. 제가 생각하기에 제가 부당한 일을 당했을 때. 혹은 일이 마음대로 풀리지 않는다 생각할 때. 분명 그럴 거라 확신합니다. 본부장님도, 저도 사람이니까요."

수호는 묵묵히 현태의 이야기를 들었다. 사실 공적으로 잘 맞으리라 기대는 하지 않았다. 그저 아리에게서 떨어뜨려 놓고 싶은 제 개인적인 욕심이었다. 그렇게 조금이라도 떨어져 있으면 위안이 되니까. 제아무리 이어져 있다 해도, 만나지 못한다면 저와 같은 상황이 되니까.

이 얼마나 이기적인 생각인가.

"본부장님이 저에게 실수하든, 제가 본부장님에게 실수하든. 우린 우리가 알고 있는 모든 약점을 물고 늘어질 겁니다. 저는 그런 공적인 관계, 원하지 않습니다."

딱 부러지는 현태의 대답에 수호는 말문이 막혔다. 그저 아리가 마음에 걸려 가지 않는다고 말했다면 어떻게든 설득하려 들었을 것이다. 임금을 높이든, 직책을 변경하든. 온갖 수단을 동원해서. 하지만 아리가 이유가 아니라니 할 말이 없었다. 적어도 수호 역시 현태와 같은 생각이었다.

그와 저는 너무나 다르다. 그리고 현태에게 느끼는 이 감정은, 비단 질투만이 아니었다. 열등감도 분명 존재했다.

"그럼 제 생각은 전해진 것으로 알고, 이만 일어나겠습니다. 본사에는 제가 이야기할 테니, 본부장님은 아무 말 안 하셔도 됩니다."

현태가 자리에서 일어났다. 걸음을 옮겨 수호를 스쳐 가려 할 때, 낮은 목소리가 귀를 스쳤다.

"지 팀장님은 정말, 내 마음대로 안 되는 사람이네요."

현태가 걸음을 멈췄다. 그의 말을 잠자코 되새기고, 되새기며 생각하다 숨을 짧게 들이마셨다.

"원래 마음대로 되는 사람은 없습니다. 그 사람의 의지도, 마음도 제멋대로 해선 안 돼요."

수호의 미간이 좁아졌다. 알고 있다. 굳이 명시하지 않아도 아는 일이었다.

"그게 누군가에 대한 애정이라 할지라도요."

그리고 현태의 마지막 말에 머리를 얻어맞은 듯 얼얼했다. 이미 그는 카페를 벗어났지만, 수호는 한참이나 그 자리에 앉아 움직일 수 없었다. 아리의 애정을 자신이 어찌할 수 없으니 이만 접으라는 말로 들렸다. 인연이 아니니, 그만 욕심을 부리지 말라는 말처럼 들렸다.

딸랑, 카페의 종소리가 들렸다. 수호는 한참이나 그 자리에 앉아 식어가는 커피를 내려다보았다.

정말 제 욕심이었을까. 인연이 아니었기에, 그러한 욕심에도 아리의 마음은 저에게 오지 않았던 걸까. 현태의 말을 곱씹고, 곱씹던 수호가 핸드폰을 꺼내 들었다. 제 마음대로 되지 않을지라도, 마음은 전하고 싶었다. 인연이 아닐 것이란 생각을 부정하고 싶었을지도 모른다.

끝을 보더라도 타이밍이 좋지 않아서, 라는 생각으로 끝을 내고 싶었다.

〈아리야, 바쁘니?〉

시간이 그리 많이 지난 것도 아닌데. 왜 이리 오랜만이라는 생각이 들까. 아리가 알던 수호의 모습에서 너무 많이 벗어났다는 생각이 들었다. 그 때문에 아리가 멀어질지도 모른다는, 그런 생각도 했다.

〈아니요, 안 바빠요. 오빠 왜요?〉

답장은 그다지 빠른 편도, 느린 편도 아니었다. 하지만 한 가지는 확실히 알 수 있었다. 수많은 고민을 하고, 생각했다는 것. 핸드폰을 잡은 손이 딱딱하게 굳어지는 느낌이 들었다. 한참을 고민하고, 생각하던 수호가 크게 숨을 들이마셨다.

그리고 용기 내어 핸드폰을 두드렸다.

〈오늘 시간 있어? 할 말이 있는데.〉

답장은 바로 도착하지 않았다. 한참을 기다리고, 또 기다리며 온 신경을 연락에 집중했다. 커피가 차갑게 식고, 잔의 반 이상이 비워졌을 때. 그제야 아리의 답장이 도착했다.

〈오늘 끝나고는 안 될 것 같아요. 죄송해요, 오빠.〉

마음이 무너지는 소리가 들리기 무섭게 가슴이 답답했다.

"그게 누군가에 대한 애정이라 할지라도요."

현태의 말이 자꾸만 그의 머리에 박히고, 박혀 이젠 깊이 새겨지고 말았다.

가슴을 툭툭 두드려 보지만, 돌덩이는 가슴에 콱 박혀 내려갈 생각을 하지 않았다. 그의 숨에 아픈 마음이 잔뜩 새겨져 있었다. 콰지직. 무언가 부서지는 소리가 들렸지만, 수호에게는 들리지 않았다.

카페에서 흘러나오는 선율은 야속하리만치 부드러웠다. 그의 아픈 마음은 알지도 못한다는 듯, 바이올린 소리가 계속해서 흘러나오고 있었다.

❁

아리는 답장이 오지 않는 핸드폰을 들여다보았다. 일을 끝마치고 난 뒤에는, 현태의 부모님을 찾아갈 생각이었다. 딸처럼 보살펴 주셔서 감사하다는 말을 전하며—그분들은 새삼스럽다고 생각하시겠지만— 현태와의 관계가 어떻게 발전되었는지 알릴 생각이었다.

이유를 말할 걸 그랬나 싶다가도, 굳이 말할 필요가 없다는 결론이 났다. 한숨을 푹 쉬며 핸드폰을 들여다보다, 주머니에 쏙 넣어버렸다.

"무슨 일 있어요?"

옆으로 불쑥 다가온 효영의 물음에 아리가 깜짝 놀라 고개를 돌렸다.

"아니, 아니야."

"왜요? 현태 오빠랑 싸웠어요?"

"왜 싸워? 나랑 걔랑 싸울 일이 뭐가 있다고."

그건 그렇죠. 효영이 고개를 끄덕이며 아리의 옆에서 옷을 정리했다. 이번 시즌에는 뭐가 더 잘 나가네, 이걸 중점적으로 팔라네. 본사에서 전달해 준 이야기를 아리에게 하며 옷을 보여주었다. 마지막 상품까지 설명을 끝마쳤을 때, 효영이 무언가 생각났다는 듯 아리를 향해 몸을 돌렸다.

"맞아. 언니, 수호 오빠, 집이랑 사이 안 좋아요?"

갑작스러운 물음에 아리가 눈을 동그랗게 떴다.

"왜 갑자기?"

"좀 그런 장면을 본 것 같아서요."

"그런 장면?"

효영은 곧 주변을 살폈다. 수미에게 누군가 오는지 망이라도 보라 말하며, 아리에게 다가갔다. 그리고 아리의 뒤편에 있는 옷을 정리하는 척하며 입을 열었다.

"우리 이틀 전에 술 마셨잖아요? 한참 분위기 달아올라서 2차 가자, 하고 있는데 오빠가 이만 간다는 거예요."

이틀 전. 현태와 무작정 바다로 떠난 날을 말하는 거구나 싶었다. 응, 고개를 끄덕인 아리가 노트북을 보는 척하며 손가락을 움직였다.

"근데 오빠가 통화하는 거, 들었거든요. 아! 물론 일부러 그런 건 아니에요. 화장실 가다 우연히 들은 거고…… 뭐 거기서 어떻게 해야 할지 몰라서 듣게 된 거니까요."

"오빠가 통화를?"

"네. 엄마랑 통화하는 것 같았는데, 좀 이상했어요. 나중에 따로 밖에서 보면 안 되냐느니, 아버지가 또 무슨 말을 하실지 기대된다느니. 뭐 좀 오빠랑 안 어울리는 말을 하는 거예요."

아리가 고개를 끄덕였다. 수호의 모친이라면 아마 제가 들었던 의붓어머니를 말하는 것일 테다. 사이가 좋다고 하더니, 아버지보다 더 좋은 편이구나. 새삼 고개를 끄덕였다.

"그게 다야?"

"그 뒤로는 못 들었어요. 대충 눈치 보고 자리를 피했거든요."

그래. 아리가 대답을 하며 고개를 끄덕였다. 그리고 주머니에 넣었던 휴대폰을 꺼내 수호의 메시지를 읽고, 또 읽었다. 마음이 힘들어서, 기댈 곳이 없어서 다시 저를 찾은 건가 싶었다. 사실 그런 속 깊은 이야기를 하는 것이 제가 처음이었을 거란 생각이 없지 않아 들기도 했고.

가로막힌 길을 만난다는 건, 생각보다 끔찍하다. 그리고 벗어나는 것도 생각보다 힘들다.

고민에 고민을 거듭하던 아리가 효영에게 고맙단 말을 하며 핸드폰을 매만졌다. 조금 이야기를 들어주는 것이라면 괜찮겠지.

그 정도라면, 상관없겠지.

〈오빠, 오늘 괜찮을 것 같아요. 끝나고 봐요.〉

메시지를 보낸 뒤에도 아리는 몇 번이나 핸드폰을 확인했다. 잘한 거겠지. 괜찮은 거겠지. 수도 없이 많은 질문을 저 자신에게 던져야 했다. 하지만 이미 엎지른 물을 다시 주워 담을 수는 없는 법. 그 또한 알고 있었다.

〈그래. 끝나고 연락할게. 나 오늘은 매장에 없을 것 같아.〉

평소의 수호와는 조금 다른, 템포가 낮은 메시지를 한참이나 쳐다보았다. 무슨 일이 있는 거구나. 알아채기 무섭게 마음이 무거워졌다. 그 일을 제가 함께 짊어질 수 있는 문제인 걸까. 혹 주제넘게 나선 건 아닐까. 온갖 걱정이 밀려왔다.

"아리야."

그때, 현태의 목소리가 들렸다. 깜짝 놀란 아리가 고개를 들었다.

"무슨 생각을 하는데 몇 번을 불러도 몰라?"

"아……."

현태에게 말을 할까. 말까. 순간적인 고민이 머리를 스쳐 갔지만, 금세 사라지고 말았다. 괜히 말을 할 필요는 없겠지. 그러지 않아도 수호에 대한 적대감이 상당했으니까. 사실 별일이야 있을까 하는 마음이었다. 그저 이야기를 들어주는 것뿐인데.

정말 무슨 일이야 있겠어.

"아니, 그냥. 본사에서 생각하게 만들어서."

현태는 아리를 빤히 쳐다보았다. 그리고 픽 웃었다.

"혼내줘야겠네."

키득키득, 아리의 웃음소리가 들렸다. 곧 현태의 입가에 더더욱 잔잔한 미소가 걸렸다.

"오늘 저녁 약속 말인데."

현태의 말에 아리가 고개를 들었다. 안 된다고 말을 해야 하는데, 입이 떨어지지 않았다.

"안 될 것 같아."

그리고 이어지는 현태의 말에 맥이 탁 풀리고 말았다. 어떻게 약속을 취소해야 하나 고민하던 자신이 바보처럼 느껴졌다. 굳이 거짓말을 해 핑계를 대지 않아 다행이라 생각했지만. 그래도 알게 모르게 서운한 건 어쩔 수 없다.

대체 왜 서운한 건지.

"왜?"

"내가 본사를 좀 화나게 했거든."

"뭐? 어쩌다가? 뭘 했는데 본사에서 화를 내?"

"다녀와서. 다녀와서 이야기해 줄게."

"괜찮은 거야?"

걱정 어린 아리의 질문에 현태가 고개를 끄덕였다. 그럼, 걱정 없어. 이어지는 대답이 영 미덥지 못했지만. 자신이 해줄 수 있는 건 아무것도 없다는 걸 알고 있다. 또, 있다 해도 현태가 원하지 않을 것이다. 어릴 때부터 제 일은 제가 하길 바랐으니까.

"다녀와서 꼭 연락해."

"그럼. 그래야지."

"괜히 욱해서 그 사람들이랑 싸우지 말고."

"안 그래. 내가 애야?"

"애 같으니까 하는 말이야."

"아무렴 한아리만 할까."

현태의 말장난에 아리가 눈을 흘겼다.

"오늘 바로 집에 가?"

아리의 정곡을 찌르는 질문이었다. 꼭 알고 물어보는 것 같기도 하고, 떠보는 것 같기도 하고.

"왜?"

"그냥. 궁금해서."

잠시 망설였다. 어떻게 이야기를 해야 할까, 한참 고민하다 어깨를 으쓱거렸다.

"몰라. 아직 생각 안 해봤어."

그냥 그렇게 대답해 버렸다. 거짓말을 하는 건 미안하지만, 괜히 큰 소리가 나는 건 더 싫으니까. 그저 이야기를 들어주고, 헤어지는 그야말로 아주 간단한 상황이 될지도 모르는데. 괜히 일을 크게 키우는 건 싫었다.

"알았어. 이따 점심시간에 봐."

그리고 현태는 알겠다며 고개를 끄덕여 주었다. 어깨를 토닥여 주며 멀어지는 현태의 모습을 바라보며 아리가 생긋 미소를 지었다. 그리고 현태의 모습이 점이 되어 사라졌을 때, 크게 한숨을 터뜨렸다. 거짓말을 하는 건 정말 성미에 맞지 않는다.

당장 쫓아가 사실 이런저런 일 때문에 거짓말하게 됐다고 말을 할까 싶기도 했다. 만약 그게 수호의 일이 아니었다면, 그렇게 말을 했을지도 모르지.

오늘이 지나면, 그러니까 일이 잘 해결되고 나면 꼭 이야기해 줘야지. 그렇게 저를 달랬다. 빨리 일을 마치는 시간이 됐으면. 오늘 하루가 끝났으면. 유독 다른 날보다 더 간절히 바라고 있었다.

마지막 캔디.

마음을 전해요

시간은 무던히도 빠르게 지나갔다. 백화점 마감을 십 분 남겨둔 시간. 수호는 주차장 안 자신의 차에 앉아 있었다.

〈네, 오빠. 그럼 끝나고 봬요.〉

몇 번이나 아리의 메시지를 읽은 건지 모르겠다. 한참이나 글자를 내려다보던 수호가 손바닥으로 핸드폰을 폭 덮어버렸다. 잘하는 걸까. 자문자답을 위해 몇 번인가 물어봤지만, 답은 나오지 않았다. 어쩔 수 없잖아. 달콤한 유혹을 하던 악마의 목소리가 저를 달래줄 뿐.

팽팽한 줄다리기를 하는 기분이었다. 이대로 줄을 놓으면, 저 앞에서 환호하는 두 사람을 보아야 한다. 이겼다! 실존하지 않는 그들의 목소리가 귀를 울렸다. 모순이 있다면, 그들은 줄을 잡아당기고 있지 않았다. 있는 힘껏 줄을 잡아당기며 애를 쓰는 건 저 하나밖에 없다.

알고 있다. 그들은 저와 줄다리기 하는 것을 원하지 않을 것이다. 그저 혼자 줄을 만들어 있는 힘껏 당기고 있을 뿐. 아리와 현태를 갖고 싶어 안달이 난, 어린아이와 다를 게 없었다.

"미치겠네."

중얼거리던 수호가 핸들 위로 머리를 콕, 박았다. 눈을 감고 생각했다. 아리와 무슨 이야기를 해야 할지, 어떤 말로 먼저 운을 떼야 할지. 한참 머리를 굴려 생각하다 보니 십 분이 눈 깜짝할 사이에 지나갔다. 하나둘 직원들이 나오기 시작하자 가슴이 쿵쾅거리기 시작했다.

꿀꺽. 괜히 마른침이 목을 타고 넘어갔다.

아리는 언제 나올까. 그래도 매니저니까, 늦게 나오겠지? 얼마나 기다려야 할까? 수없는 고민을 이어가던 그즈음이었다.

똑똑. 노크 소리가 들렸다. 온몸이 뻣뻣하게 굳어버렸다. 몸을 일으켜야 하는데, 허리가 잘 펴지지 않았다.

"이상하다. 오빠, 오빠 자요?"

놀란 아리의 목소리가 들렸다. 일어나야 하는데, 타이밍을 제대로 못 잡은 것 같은 기분이 들었다.

"오빠, 오빠?"

똑똑. 똑똑. 당황한 모양이었다. 노크 소리가 조금 더 빨라졌다. 무릎 위 핸드폰이 진동을 일으켰다. 당황한 모습을 조금 더 보고 싶었는데. 아쉬움을 삼켜내며 무릎 위 핸드폰을 들었다.

"여보세요?"

[오빠, 잤어요?]

"응. 어디야?"

잠들어 있던 척, 최대한 낮은 목소리를 냈다.

[저 지금 차 앞이에요. 오빠 피곤하면 그냥 오늘은…….]

아리의 말이 채 끝나지도 않았는데, 수호가 고개를 번쩍 들어 그녀를 바라보았다.

"아냐. 괜찮아. 피곤했던 거 아냐, 그냥 지루해서 잠깐, 아주 잠깐 눈 붙였던 거지."

왜 당황한 걸까. 그냥 졸았다는 한마디면 되는데 구구절절 이야기할 필요는 없었을 텐데. 그런 수호의 마음을 아는 건지, 모르는 건지. 그게 뭐냐 말하던 아리가 실없는 웃음을 터뜨렸다.

수호에게는 그 모습조차 예뻐 보였지만.

찰칵. 잠겨 있던 문이 열리는 소리가 들렸다. 곧 전화가 끊겼고, 아리가 빠르게 조수석에 올라탔다.

"현태는?"

자연스럽게 현태의 이야기를 물었다. 저부터 아리와 현태의 관계를 당연히 정해두고 있으면서, 무얼 그리 질투하는 걸까.

"오늘 본사 간다고 먼저 퇴근했어요."

"아…… 그래? 그럼 나랑 만나는 거, 이야기했어?"

심술이었다. 자신이 물은 답에 아리가 답을 한 것뿐인데 괜히 심통이 났다.

"아니요. 걱정할 것 같아서 말 안 했어요."

"웬 걱정? 어차피 나도 아는 사인데."

어째서 걱정을 하냐 묻는 수호의 목소리에 살짝 화가 묻어 있었다. 그걸 눈치챈 아리가 긴장한 듯, 마른침을 삼켰다.

"그래도 단둘이 있는 시간은 걱정할 것 같아서요. 저야 그냥 오빠 이야기 들어주려고 만나는 거지만…… 현태한테는 아닐 수도 있으니까……."

대충 얼버무리며 수호의 캔디를 들여다봤다. 그 순간, 현태에게 말하고 오지 않은 사실을 매우 후회하고 말았다. 수호의 까만 캔디가 보였다. 이젠 형체조차 제대로 남아 있지 않은 캔디 조각들이 위태롭게 버티고 있었다. 아리의 시선을 느낀 수호가 제 가슴을 슬쩍 내려다보았다. 그리고 제 캔디를 상상해 보았다. 분명 빨간색은 아닐 것이다. 이토록 가슴이 무너지고 미어지는데, 영롱하고 예쁜 색일 리가 없지.

그러니 또 울화가 치밀었다. 이렇게 변하고 싶지 않았는데. 이런 비참한 감정, 느끼고 싶었던 게 아니었는데. 이를 꽉 깨물며 고개를 돌렸다. 직원들이 하나둘 빠져나가는 주차장을 쳐다보며 숨을 크게 들이마셨다.

"그럼 애초에 나를 만나러 나오면 안 되는 거 아니야?"

"네?"

놀란 아리가 급히 수호를 쳐다보았다. 빠지직, 빠지직. 캔디에 금이 가는 소리가 선명하게 들렸다. 앉자마자 맸던 안전벨트를 꽉 붙잡으며 숨을 가다듬었다. 그렇다면 현태에게 이야기한 뒤, 내일 다시 만나자. 그렇게 말을 해야겠다 생각했던 즈음이었다.

수호가 차에 시동을 걸었다. 엔진이 힘을 내는 소리에 아리가 깜짝 놀라 눈을 크게 떴다.

"오, 오빠."

"그렇게 숨길 정도로 미안하면, 나오지 말았어야지! 내가 걱정돼 나오는 순간에도 현태가 걱정하는 게 떠올랐다면, 아예 나와선 안 되는 거였어."

억지라는 걸 알고 있었다. 저를 위해 아리가 굳이 나왔다는 사실도 모르는 게 아니었다. 하지만 이토록 비참한 마음은 숨길 수 없었다. 그래, 그랬구나. 웃으면서 넘길 만큼 여유롭지도 않았다.

이렇게 만든 건 너야. 나를 이렇게 변하게 만든 건, 너와 지현태야.

그런 생각을 하니 속이 부글부글 끓었다. 화가 치밀어 오르는 걸 어떻게 해야 할지 도저히 알 수 없었다.

"그래, 현태까지 속이고 나온 거니까. 오늘 내 이야기 들어줘. 나, 너한테 할 이야기 너무 많아."

"오빠. 내일, 현태한테 말하고 다시 나올게요. 그러니까 화……."

화를 가라앉히라고 말을 하려 했지만, 잽싸게 출발하는 차의 엔진 소리에 먹히고 말았다. 수호는 그녀의 말이 떨어지기도 전에 급하게 차를 출발시켰다. 주차장의 바닥과 바퀴가 마찰하는 소리가 날카롭다. 운전도 평소와는 달랐다. 제 성격처럼 부드럽게 운전하던 수호의 모습은 이미 사라진 지 오래였다.

속력을 줄여 달라. 조금만 천천히 가자. 당연히 할 수 있는 말도 나오지 않았다. 잔뜩 겁을 먹은 채 안전벨트를 꽉 쥐었다. 슬쩍 수호에게로 고개를 돌렸다. 그 순간, 가슴이 쿵 떨어지는 소리가 들렸다. 입을 꽉 다문 그의 캔디가 보이지 않았다. 묵묵히 운전하는 그의 눈동자가 서슬 퍼런 빛을 발하고 있었다.

"오, 오빠. 어디 가요?"

"너, 현태랑 바다 다녀왔다며."

"어떻게 알았어요?"

"현태가 이야기해 주더라고. 둘이 바다에 갔다고."

둘이 통화를 했었나. 기억을 더듬어 보았지만, 딱히 생각나는 순간은 없었다. 자신이 잘 때 통화를 한 걸까.

"어제 너무 힘들었어. 내가 너무 못 견딜 것 같아서 너한테 전화했는데."

"저요? 저한테요?"

"현태가 받더라고. 너랑 둘이 바닷가 왔으니, 방해하지 말라고."

키득키득, 수호의 웃음소리가 들렸다. 그 순간. 아리는 무언가 일이 잘못되고 있다는 걸 깨달았다. 수호의 핀트가 비뚤어졌다는 것도. 현태 역시 이성적이게 대처하지 못했다는 것도. 이 상황이 어째서 이렇게까지 굴러왔는지는 알 수 없었지만.

"그래서 나도 가려고. 나도 너랑 바다에 가보고 싶었는데, 마침 잘 됐지, 뭐."

"오빠, 갑자기 이러는 게 어디 있어요. 그냥 이야기만 한다고 했잖아요."

"응. 그 이야기 하러 가는 거야. 미안해. 무섭기도 하고, 당황스럽기도 하겠지만. 나 오늘만 내 마음대로 할게. 딱 오늘만."

수호의 말에 아리는 아무런 대답을 할 수 없었다. 그저 그가 하고 싶은 대로 놔두자, 그런 마음은 아니었다. 두려워서. 무서워서. 수많은 이유가 그녀에게 쏟아졌다. 아리는 결국 아무것도 하지 못한 채, 안전벨트를 꽉 붙잡을 뿐이었다.

도로를 달리는 내내 온몸의 떨림이 멈추지 않았다. 수호의 행동이 좀처럼 이해가 가지 않았다. 왜 화를 내는 거지? 머리를 아무리 굴려보아도 답은 나오지 않았다. 차는 쥐죽은 듯 조용했지만, 창밖의 풍경은 무심히도 빠르게 지나가고 있었다. 길게 뻗은 나무들이 창을 긁어 그 소란스러움은 배가 되었다.

"오빠."

수호는 대답이 없었다. 그저 묵묵히 차를 운전할 뿐.

"오빠."

아리의 부름이 재차 들렸지만, 수호는 역시 대답하지 않았다.

"왜 갑자기 이러는 거예요?"

"이러는 게 뭔데?"

"할 말 있다고 했잖아요. 나는…… 나는 오빠가 고민이 있다고 생각했어요. 그래서 오빠 이야기 들어주러 나온 건데. 다짜고짜 화를 내지 않나, 바다를 가겠다고 하지 않나. 이상하잖아요."

여전히 두려움은 가시지 않았지만, 수호에게 제 의견을 피력하는 건 멈추지 않았다. 또박또박 말하는 그녀의 모습에 수호가 픽 웃었다. 그건 아리에게 향하는 비웃음이 아니었다. 아리의 말대로 제가 이상하기 때문에, 자신이 생각해도 이해할 수 없는 제 행동 때문이었다.

그래. 정말 왜 이럴까.

"현태한테 말 안 하고 온 게 그렇게 화낼 일이에요? 나 정말 모르겠어요, 오빠."

모르겠어요. 아리의 말이 수호의 마음으로 깊이 파고들었다.

"오빠."

"어릴 적부터 갖고 싶은 건 전부 가져 봤어. 하고 싶은 것도 전부 할 수 있었고, 내가 원하는 거라면 아버지는 내 앞에 모두 가져다주셨어."

입을 꾹 닫고 있던 수호가 말을 터뜨렸다. 사실 이야기하면서도 저를 이해할 수 없었다. 왜 갑자기 그런 이야기가 나올까.

"그게 당연하다 여기던 순간도 있었어. 새어머니 또한 나에게 그랬으니까. 그런데 어느 날 갑자기 내 인생이 변했어. 나는 내가 갖고 싶은 걸 가진 것도 아니고, 원하던 걸 이룬 것도 아니야."

들어주기로 했다. 그게 어떤 이야기이든 간에, 수호가 저에게 하려는 말과 별다르지 않을 것 같았기에. 아리는 안전벨트를 꽉 쥔 채 묵묵히 그의 말을 들었다. 여전히 그를 향한 시선은 두려움에 꽉 차 있었지만.

"아버지가 원하는 대로 살 것이라는 믿음 하에 행해진 것들이었어. 내가 가진 것들, 이룬 것들 전부. 그걸 깨달은 순간, 삶이 얼마나 무료했는지 몰라. 따지고 보면 내 인생은 아버지의 설계대로 짜 맞춰진 퍼즐 판이나 다름없으니까."

수호의 낮은 목소리에 아리가 입술을 꾹 짓눌렀다. 무언가 말을 뱉기 위해 숨을 들이마신 순간, 수호가 다시 말을 이어갔다.

"그 무료한 순간, 네가 나타났어. 너는 네 인생을 꾸려가는 데 조금도 망설임이 없었고, 네가 해야 할 것을 정확히 알고 있었어. 현태 또한 마찬가지였지. 유일하게 아버지가 맞춰진 대로 살지 말라, 이야기해 준 친구니까."

"그런데 왜!"

"그래서 갖고 싶었어. 너도, 현태도. 모두 내가 가질 수 있는 사람들이라고 생각했어. 내가 갖고 싶은 건, 모두 가질 것이란 편협한 생각은 버릴 수 없었거든. 옛날부터 지금까지 쭉."

불쌍한 사람. 그 말이 목을 타고 툭 터져 나올 뻔했다. 물론 지금의 행동이 옳다는 건 아니었다. 그 측은함 때문에 수호의 행동이 이해받을 수 있다는 것 또한 아니었다. 그런 생각으로 이 순간까지 치닫게 된 그가 불쌍하고, 측은했다. 끝에 달하지 않으면 깨닫지 못하는 그의 모습이 화날 만큼 답답했다.

"그래서 당연히 너 역시 내 것이 될 사람이라고 생각했나 봐. 현태와는 친구니까. 네가 항상 하는 말이었잖아? 현태는 너에게 있어 가족이라고. 친구 이상이 될 수 없다고."

"사람 마음이라는 게 그렇게 쉽게 되는 거 아니잖아요."

"그래. 그렇지. 어느 순간 사랑이라 깨달을 수도 있고, 현태의 그 오래된 마음에 동한 걸지도 모르지. 더 정확히 말하면 내가 늦은 걸지도 모르고."

수호의 마음을 몰랐던 건 아니었다. 매번 애정의 눈길을, 호감의 말을 전하는데 어떻게 모를 수 있을까. 저 또한 수호에게 그런 감정을 품었던 순간이 있었다. 아주 찰나였지만, 돌이켜 보면 그건 사랑은 아니었다. 호기심에서 시작된 호감이었는지도 모른다.

캔디가 보이지 않았으니까. 저와는 전혀 다른 삶을 살았음에도 불구하고, 외로움은 같았으니까. 그것을 빨리 전하지 못한 제 잘못도 있겠지.

"하지만 오빠."

"도착해서 이야기하자. 운전에 집중하고 싶어, 아리야."

아리의 말을 툭 끊어버린 수호가 매섭게 그녀를 힐끗거렸다. 그에 아리는 아무런 말도 할 수 없었다. 수호는 저에게 해를 입힐 생각이 없다. 그걸 알아챈 것만으로도 다행이라 생각해야 하는 걸까.

무심히도 빠르게 창밖의 풍경이 지나갔다. 수호의 눈치를 보던 아리가 슬그머니 핸드폰을 켰다. 최대한 그를 자극하지 않도록 조심하며 손가락을 바삐 움직였다.

〈현태야. 도와줘.〉

❁

"내가 말이야. 지 팀장 그렇게 안 봤거든?"

똑같은 소리를 몇 번이나 하는 걸까. 현태는 연거푸 한숨을 쉬었다. 본사에 불려와 벌써 다섯 번째 같은 이야기였다.

"거기가 어딘지 알아? M브랜드며, S브랜드며. 벌써 국내에 다섯 브랜드나 출시한 곳이야. 그런데 거길 안 가겠다고? 왜? 본사라잖아. 사옥 보안팀이라잖아. 아예 외부업체를 우리로 바꿔준다는데 왜 안 가겠다는 거야? 어째서?"

잔뜩 열을 내는 과장의 목소리에 현태가 크게 숨을 들이마셨다.

"좋은 제안인 건 확실합니다."

"그런데 왜?"

"회장님 아드님께서 본부장 자리에 앉는다죠?"

현태의 말에 과장이 말을 잃었다. 흠흠, 목을 가다듬으며 통유리로 된 문을 슬쩍 쳐다보았다. 어차피 방음이 되어 아무도 듣지 못할 텐데. 한참 바깥을 살피던 과장이 몸을 숙여 현태에게 말했다.

"그거, 지 팀장 말고 또 누가 알아?"

"아무도 모릅니다."

"그럼 입 다물고 있어. 어디로 새어 나갔다간 큰일 나."

"그 본부장이 될 사람이, 아니 아드님께서. 지금 느떼 백화점 매니저로 와 있는 것도 아시겠네요."

지 팀장의 말에 과장이 크게 한숨을 쉬며 의자에 기댔다. 당연히 아는 소리를 해, 말하지 않아도 알 것 같은 표정을 지으며 현태를 쳐다보았다.

"저와도 친분이 있다는 건, 들으셨습니까?"

현태의 말에 과장이 놀라 몸을 들썩였다. 그러니 더 이해할 수 없었다. 친분이 있다면 더 좋은 거 아닌가? 적어도 제 딴에서는 그런데.

"그런데 왜?"

"그 이유 때문입니다."

현태의 대답은 짧고 명료했다. 그리고 과장을 단박에 이해시키기에도 충분했다. 한참 눈을 끔뻑거리며 현태를 쳐다보던 과장이 아휴, 크게 한숨을 쉬었다. 한쪽 손으로 얼굴을 쓸어내리며 눈을 꽉 감았다가 떴다.

"이봐, 지 팀장. 내가 모르는 거 아니야. 그래. 친분이 있는 사이면 당연히 일하기 힘들어. 특히 우리 같은 상황에서는 말이 돌고 그 말을 들어야 하는 사람도, 지 팀장이고. 다 알아. 모르는 거 아닌데."

과장의 목소리가 바닥으로 기어들어 갔다. 현태 또한 과장의 입장을 모르는 게 아니었다. 난처하겠지. 회장 비서가 직접 찾아왔다고 들었다. 수행비서는 아니었지만, 비서실에서 왔다고 하니 회장의 지시는 확실하겠지. 미팅 때에는 더 가관이었다. 사장부터 시작해 부장, 과장 할 것 없이 줄줄이 소시지처럼 딸려 나갔다.

"지 팀장이라고 했나? 소문은 익히 들어 알고 있네. 여러 가지로 인재라고."

아니라고 대답했었다. 그 정도는 아니라 대답한 건데, 회장은 크게 웃음을 터뜨리며 마음에 드네, 마음에 들어. 그렇게 중얼거렸다.

"크게 될 사람은 자신을 낮추는 법이지. 어떤가. 우리 회사에서, 지 팀장의 떡잎을 크게 키워보는 것이."

사장과 부장, 과장은 난리가 났었다. 현태가 큰다는 것은 곧 회사가 커진다는 이야기가 될지도 몰랐다. 야단법석을 떨며 감사합니다, 지 팀장이 워낙 일을 잘해야지요. 평소에는 잘 해주지도 않던 칭찬이 우수수 쏟아졌다.

심지어 사장의 얼굴은 첫 입사 이후 처음 보는데 말이다.

"너 기억하지? 그 회사 회장이 너 데리고 오라고 했었어. 그래서 너랑 나랑 부장님, 사장님까지 넷이 미팅했어. 알지?"

"알죠. 그때 먹고 체했는데 모를 수가 없죠."

"그래, 인마. 그런데 네가 이렇게 파투를 내버리면 내 입장이……."

과장이 크게 한숨을 쉬었다. 이제 이 일을 어떻게 해야 하냐, 중얼거리는 목소리에 울음이 묻어 있었다. 그런 과장을 잠자코 쳐다보던 현태가 한숨을 크게 쉬었다.

"회장님께 직접 말씀드렸습니다."

"뭐?"

눈이 휘둥그레진 과장이 현태를 빤히 쳐다보았다.

"야, 그게 무슨 소리냐?"

"그때, 회장님께 직접 말씀드렸다고요."

현태를 제외한 모든 사람이 방에서 나가주었으면, 회장의 말에 밀물처럼 사람들이 방을 빠져나간 그때였다.

쪼르르, 술잔에 술이 채워지는 소리가 들렸다. 현태는 가득 채워지는 술잔 너머로 회장의 얼굴을 보았다. 수호를 많이 닮아 있다 생각했었다. 짙은 눈매도, 서글서글한 인상도. 더불어 눈동자에 숨기고 있는 정체 모를 야망까지도 전부, 수호를 떠올리게 하는 얼굴이었다.

"지 팀장이 와주기만 하면, 그 이후의 일은 내가 책임짐세. 나는 인재를 키우는 걸 아주 좋아하는 사람이야. 지 팀장 같은 사람이 우리 회사에 머무르기만 하는 건 말이 안 되지. 일단 우리 회사에 와주게. 몇 년만 고생하다 보면, 지 팀장 출세 자리는 내 꼭 약속하지."

누군가 들으면 혹할 수 있는 조건이었다. 회장의 말 또한 사탕발림이 아니라는 건 알 수 있었다. 하지만 구미가 확 당기지는 않았다.

"회장님의 제안 감사합니다. 정말 좋은 기회이고 놓치면 후회할 거라는 거, 저도 잘 알고 있습니다. 하지만 그 자리, 아직 저에게는 과한 자리라고 생각합니다. 제안해 주신 조건도 감사하지만, 아직 저는 제 자리에서 떠날 생각이 없습니다."

회장은 아무런 말을 하지 않았다. 그저 허허, 웃음을 터뜨리며 입안에 술을 털어 넣었을 뿐.

어째서 자신의 제안을 받아들이지 않냐. 왜 이렇게 욕심이 없냐. 드라마에서 볼 법한 이야기들은 한 번도 나오지 않았다.

현태의 이야기를 듣던 과장이 다시 몸을 들썩였다. 여전히 그의 얼굴에는 의아함이 가득했다.

"미쳤냐, 너?"

"네. 미쳤습니다. 그런데 이건 정말 아닙니다. 최 과장님. 회장님이 제 능력을 알아주시는 건 감사하지만, 이렇게 가고 싶진 않아요."

"야, 지 팀장."

"강 회장님께는 더 좋은 사람을 뽑아 추천하겠다 말씀드렸습니다."

"네가 그러면 인마, 나는 어떡하라고!"

과장의 우는소리에 현태가 웃었다. 이럴 거라 생각은 했었다. 과장이 나쁜 사람은 아니지만, 결국 사람이라는 건 제 앞가림을 먼저 생각하기 마련이다.

"부장님과 사장님껜 제가 말씀드릴 테니까, 너무 걱정하지 마세요."

현태의 말에도 과장은 우는소리를 냈다. 내가 너 때문에 못 산다. 중얼거리는 목소리에 현태가 픽 웃었다. 이제 부장을 만나고, 사장과도 면담해야 할 것이다. 벌써 목이 뻐근해졌다.

"모르겠다. 일단 네가 알아서 이야기해. 부장님은 직접 온다고 하셨고, 사장님 면담은 네가 사장실로 직접 가야 해."

과장은 얼굴도 들지 않은 채 이야기했다. 그럴 만도 하지. 현태는 고개를 끄덕이며 알겠다고 답해주었다. 과장은 한참이나 한 자세로

앉아 있더니, 이내 자리에서 벌떡 일어났다.

"아, 답답하다. 갈래? 나 흡연실 갈 건데."

"아니요. 커피나 한잔 뽑아다 주세요."

"넉살도 좋지."

구시렁거리던 과장이 터벅터벅 걸음을 옮겨 사무실을 빠져나갔다. 쾅! 문이 닫히는 소리와 함께 현태가 두 눈을 감았다. 얼굴을 뒤로 젖힌 채 탁한 숨소리를 뱉었다.

"내 아들놈 때문인가?"

회장의 목소리가 자꾸 귓가를 울렸다. 그게 아니다. 고개를 도리도리 저었지만, 아마 회장은 알아챘을지도 모른다. 수호 때문에 그 자리를 거절했다는 것을. 그래서 수호가 오늘 아침에 그런 이야기를 한 것일 테고. 왜 이렇게 일이 꼬이기만 하는 걸까. 가슴이 답답해졌다. 눅눅한 사무실의 공기가 현태의 목을 콱 붙들었다.

빨리 아리를 만나 나 힘들었어, 어리광을 부리고 싶다. 보고 싶다. 한아리. 입안에서 맴도는 그 말을 꾸역꾸역 목 너머로 넘기고 있었다. 그렇게 한참이나 눈을 감고 버텼다. 부장이 사무실에 들어오기 전까지 현태는 좀처럼 시간이 움직이지 않는다고 생각했다.

사무실에 들어온 부장은 생각보다 현태에게 호의적이었다. 갑작스러운 이동은 고름을 만들어낼 수 있다고 말하던 그는 현태의 결정에 따르겠다고 이야기했다. 다만 사장과 이야기를 잘 하길 바란다 말을 남겼을 뿐.

부장이 사무실을 나가고 얼마 지나지 않아, 사장의 호출이 있었다. 현태는 잔뜩 긴장한 마음을 안은 채 사장실로 향했다. 가는 길에 과장을 만났다. 힘내라, 어깨를 토닥거리는 손바닥에 위로를 받았다 하면, 그는 웃을지도 모른다.

사장실의 문을 열고 들어간 순간부터, 숨을 콱 막아버리는 오묘한 공기가 그를 감쌌다. 그렇게 사장실에서 머무른 시간만 한 시간이 훌쩍 넘었다.

"하…… 죽겠다."

현태가 사장실의 문을 닫고 나오며 한숨을 푹 쉬었다. 닫힌 문 앞에 한참 서 있던 그가 천천히 걸음을 옮겼다.

"유감이군. 지 팀장."

사장의 목소리는 제법 낮았다. 실망을 금치 못하겠다는 말투가 현태의 귀에 콕콕 내리박혔다. 하지만 그게 무섭다 해서 제 말을 되돌릴 생각은 없었다. 한 번 결심한 걸 되돌리는 성격은 아니었다.

더불어 그럴 이유조차 현태에게 존재하지도 않았고.

복도를 걷는 내내 사장의 목소리가 머리에서 떠나지 않았다. 그는 현태에게 좋은 기회를 놓치는 걸 알고 있냐 몇 번이나 물었다. 언젠가 후회하는 건 너무 늦을지도 모른다는 말을 하며 저를 노려보았다. 어서 이 제안을 승낙하겠다고 해! 이야기하는 것 같았지만.

정기적인 인사이동이 아닌 이상, 굳이 이 제안에 따를 필요가 없다고 생각했다. 애초에 이건 수호의 제안으로 생긴 스카우트였고, 아직 정식적으로 절차를 밟은 것도 아니었으니. 사장은 이미 백화점에 공문이 내려갔다고 말했지만, 현태는 적절한 사람이 없을 거라 받아쳤다.

"잘려도 할 말은 없겠네."

하, 크게 한숨을 터뜨렸다. 입가에 미소가 그려져 있었지만 웃는 게 웃는 것이 아니었음을 스스로가 더 잘 알고 있었다.

"야, 지 팀장!"

사장실을 나와 사무실에 가까워졌을 때, 저 앞에서 최 과장이 불쑥 나타났다.

"뭐래, 사장님이 뭐래?"

"죽을 건지, 살 건지 정하라던데요."

"뭐? 너 사표 쓰래?"

과장은 어떻게 그럴 수 있냐는 표정을 짓고 있었다. 사실 정말 그런 상황이라면 할 말은 없다. 그건 최 과장도, 현태도 모두 알고 있는 이야기였다. 다만 작은 회사에서부터 지금까지 함께해 왔던 걸 생각하면, 그래도 조금은 이해해 줄 수 있지 않나 하는 것뿐. 현태는 그런 과장을 빤히 쳐다보다 씨익 미소를 그렸다.

"제가 잘리는 건 싫으십니까?"

"뭐야, 똑바로 말해! 잘리는 거야, 아닌 거야?"

"뭐, 충분히 사유는 되지만 거기까지 가지는 않을 것 같습니다. 그쪽 회장님과도 이미 제가 이야기 끝낸 부분이고."

잠시 말을 잇지 못했다. 다시 한 번 만나 이야기를 해야 하는 걸까. 그렇담 누구에게 말을 해야 하는 걸까. 수호에게? 아니면, 수호의 부친에게?

"야, 뭐야. 그래서 어떻게 하겠다는 건데."

최 과장의 말에 그제야 정신을 차릴 수 있었다. 멋쩍게 웃던 그가 어깨를 으쓱거렸다.

"설마, 해고하시겠어요? 그래도 저 일 잘하는 사람인데. 안 그래요?"

"아, 뭐야. 정확한 것도 아니잖아, 인마."

최 과장은 저를 놀려먹는다느니, 얼마나 마음 졸이며 기다렸는지 아느냐는 둥 투덜거리기 시작했다. 그런 최 과장의 말을 들으며 현태가 피식 웃었다. 그리고 주머니 속 핸드폰을 꺼냈다. 아리에게 연락이 왔을까, 핸드폰 화면에 전원을 넣었다.

그리고 그 순간, 온 세상의 소리가 하얗게 바스러지는 듯했다. 최 과장의 볼멘소리도, 회사 내 잡다한 소음들도.

〈현태야, 도와줘.〉

아리의 메시지를 한참이나 눈에 담았다. 왜? 무슨 일인데 도와달라는 말을 했지?

현태의 눈이 그 바로 아래에 찍힌 지도로 향했다. 아리가 자신이 있는 위치를 급하게 찍어 보낸 모양이었다. 그녀가 있는 곳은 멀지 않은 서해였다. 이 밤에 왜 바다까지 간 걸까. 의문점은 꼬리에 꼬리를 물고 이어졌다.

"아리야."

아리의 이름을 부른 순간, 머릿속으로 수호의 모습이 스쳐 지나갔다. 확답할 수는 없었으나, 그가 아리를 데려갔다고 확신했다. 쿵. 가슴에서 무언가 떨어지는 소리가 들렸다.

"야, 지 팀장. 너 왜 그래?"

"미안해요. 과장님. 저 먼저 가볼게요."

"어? 야, 어디가! 우리 오랜만에 소주나 한잔!"

"나중에. 나중에 같이해요!"

최 과장의 부름은 현태의 귀에 들어오지 않았다. 쿵쿵. 불안하게 뛰는 가슴을 꼭 끌어안은 채, 급하게 걸음을 옮겼다. 긴 복도를 지나며 아리에게 전화를 걸었다. 하지만 몇 번의 신호음이 이어질 뿐, 아리는 전화를 받지 않았다. 전화를 받을 수 없다는 멘트만 현태에게 돌아왔을 뿐.

마음이 급해졌다. 정확히 다섯 번째 전화를 끊었을 때, 효영에게 전화를 돌렸다. 혹시나 하는 마음으로 번호를 받아놓길 참 잘했지. 몇 번의 신호음이 이어지고, 곧 효영의 목소리가 핸드폰 너머로 들렸다.

[웬일이에요, 오빠?]

"미안. 자고 있었어?"

[아니에요. 말씀하세요.]

"아리, 아리 못 봤어? 오늘 아리 퇴근할 때 어디 가는지, 들은 거 없어?"

현태의 급한 목소리에 핸드폰 너머로 정적이 찾아왔다. 잠시 당황한 듯했던 효영이 크게 숨을 들이마시는 소리가 들렸다. 제발, 제발 아무 일도 아니기를.

[아……. 언니한테 무슨 일 있어요?]

"빨리 말해!"

자기도 모르게 소리를 지르고 말았다. 알고 있는 것 같은 효영이 아무 말도 하지 않으니, 답답하기 그지없다. 잠시 말을 잇지 않던 효영이 기어들어 가는 목소리로 대답했다.

[언니 오늘…… 수호 오빠랑 약속 있다고 했는데……. 아, 근데 이거 말하지 말랬는데, 오빠. 오빠 듣고 있어요? 현태 오빠!]

❂

수호의 차는 어느새 바닷가에 도착했다. 콧속으로 스며들어 오는 비릿한 바다 비린내가 머리를 번뜩 뜨이게 했다. 차는 한적한 주차장에 멈추었다. 작은 계단을 두 번 내려가면 모래사장이 바로 보이는 곳이었다.

"걸을래?"

수호는 아리를 돌아보지도 않은 채 물었다. 그의 뒷모습을 지켜보던 아리가 고개를 돌려 저 아래를 내려다보았다. 파도가 제법 거칠게 철썩이고 있었다. 바다는 보글보글 올라오는 하얀 거품을 한입에 삼켜버렸다. 그렇게 쓸려가는 파도를 바라보며 아리가 숨을 가다듬었다.

"네. 그래요, 오빠."

찬바람을 맞으면 좀 나아지겠지. 아리는 그렇게 생각했다. 적어도 이렇게 차 안에 갇혀 답답함을 곱씹는 것보단 훨씬 나을 테고. 이윽고 잠금장치가 풀리는 소리가 들렸다. 달칵거리는 소리가 들리기 무섭게 아리가 차를 벗어났다.

여전히 핸드폰은 주머니에 넣어둔 상태였다. 언제 현태에게 연락이 올지 모르니까.

"밑으로 갈 거예요, 오빠?"

"응. 잠깐 먼저 계단으로 가 있을래?"

"왜요?"

아리의 물음에 수호가 머리 위로 담배를 들었다. 머쓱하게 웃는 그의 모습에 아리가 아, 짤막한 탄식을 내뱉었다. 알았어요. 아리는 고개를 끄덕이며 계단으로 향했다. 아리의 모습이 보이지 않게 되고 나서야 수호는 입술 사이에 담배를 물었다. 불을 붙이고 연기를 빨아들이고 나서야 머리가 정리되는 기분이었다.

'화내지 말자. 어차피 아리에게 화를 낸다고 달라질 문제도 아니잖아.'

오늘 이야기를 하는 것으로 크게 달라질 것이 없는 건 알고 있다. 하지만 오늘의 이야기로 사이가 틀어지고 싶지도 않았다. 이미 오는 길에 제 마음을 전했다고는 하지만 성에 차지 않았다. 일방적으로 그게 제 마음이라 던지는 것이 아닌, 이런 마음이라 넌지시 건네고 싶었다.

감정의 시발점과 그곳에서 부풀어 오른 감정의 크기를 말해줘야 했다. 사랑이 통해 맺어지는 문제가 아니었다. 아리를 향한 제 감정이 어떻게 남느냐, 어떤 기억으로 남아 있느냐에 대한 문제였다. 매우 이기적인 문제라는 건 알고 있었지만.

어째서인지 오늘은 충동을 멈출 수 없었다.

필터 끝까지 담배를 태운 수호가 꽁초를 바닥에 비벼 껐다. 문을 열어 차 속 재떨이에 꽁초를 버린 뒤, 계단 저 아래에 내려가 있는 아리를 바라보았다.

"좋아해."

입안에 담긴 말을 뱉었다. 하지만 그것도 잠시뿐. 금세 입안에서 맴돌다 목으로 꿀꺽 넘어가고 말았다.

혼자 계단을 내려온 아리는 철썩이는 파도를 보고 있었다. 한꺼번에 몰려왔다가 단박에 흩어지는 하얀 물거품들에 한숨이 탁 터져 나왔다. 주머니 속 핸드폰은 아직 울리지 않았다. 혹 자신이 느끼지 못한 걸까 싶었지만, 꺼내어 확인할 용기는 나지 않았다.

"너도, 현태도. 모두 내가 가질 수 있는 사람들이라고 생각했어."

수호의 말을 떠올리며 입술을 잘근 씹었다. 단순히 갖고 가지지 않고의 문제였던가? 의구심이 들었다. 수호를 이해하려 했던 마음이 조금씩, 아주 조금씩 변질되고 있었다.

"아리야."

뒤쪽에서 수호의 목소리가 들렸지만 아리는 돌아보지 않았다. 자갈을 밟는 소리가 들렸다. 곁으로 그가 멈추어 섰다는 것을 느낀 뒤에야 고개를 돌렸다.

"안 추워?"

"괜찮아요."

"그래도 이거 덮어. 밤이라 추워."

수호는 들고 온 담요 한 장을 아리의 어깨에 덮어주었다. 어깨를 토닥여 주던 그가 팔짱을 낀 채 바다를 바라보았다. 눈앞은 어둠으로 물들어 있었다. 까만 하늘이 그들의 눈앞에서 넘실거리며 춤을 추었다.

"저기, 가로등 있는 쪽으로 걷자."

그의 말에 아리가 고개를 돌렸다. 한쪽은 어둠이 깊게 내려앉아 있었고, 한쪽은 줄지어 서 있는 가로등 덕분에 시야가 어둡지 않았다. 아리는 고개를 끄덕이며 먼저 걸음을 옮겼다. 뒤쪽으로 따라가던 수호가 그녀의 곁에서 걸음을 옮겼다. 수호는 그 상황이 못 견디게 설렜다. 함께 발을 맞춘다는 것. 같은 길을 걷고, 침묵을 유지하며 서로의 숨소리를 듣는다는 것. 못 견디게 행복했다. 아리와 함께하는 이 시간이, 저에게 주어진 이 순간이.

"그래서, 여기까지 와서 하려던 말이 뭐예요?"

자신에게 허락된 행복은 아닌 걸까. 수호는 그렇게 생각했다. 귓가를 스쳐 가는 아리의 냉정한 목소리가 그런 생각을 하게 만들었다. 두 사람이 동시에 걸음을 멈추었다. 신발 바닥에 모래가 쓸리는 소리가 들리며 정적도 함께 찾아왔다.

"하려던 말……."

"네. 하려던 말이요. 이렇게 다짜고짜 끌고 올 정도면 정말 중요한 말이겠죠."

차에서 했던 말이 바다까지 오게 만든 이유일 거라는 생각은 했다. 알면서도 그 이유를 받아들이고 싶지 않았다. 마음을 전하는 건, 적어도 양쪽 모두에게 세심해야 할 일이라 생각했다. 전하는 사람도, 전해 받는 사람도 모두. 만약 그게 전부라 수호가 나름대로 억지를 부린 거라면, 저는 저 나름대로 심술을 부리고 싶었다. 그게 수호에게 어떤 영향을 미칠지는 생각도 못 하고.

수호는 생각했다. 가만히 멈추어 선 그곳에서, 아리와 함께하는 그 순간에서. 머릿속을 긁고, 뒤지며 제 이야기를 떠올렸다. 어떤 이야기를 하려고 했을까, 질문을 던진 순간 밀려오는 건 차 안에서 이야기를 하던 제 모습이었다. 목이 따끔거렸다. 잇새로 새어 나오는 작은 탄식에 열기가 잔뜩 묻어 있었다.

"오빠가 차 안에서 해주었던 이야기 생각하고, 또 생각해 봤어요. 나에게 있던 외로움이 오빠에게도 있어서 더 그런 마음이 생겼을 테죠. 그래서 더욱 이 상황을 이해할 수 없어요."

"이해할 수 없다고?"

일순간, 그들을 감싼 공기가 바뀌었다. 수호의 목소리와 눈빛이 삽시간에 바뀌는 것을 보면서 아리는 마른침을 꿀꺽 삼켰다.

"누군가를 좋아한다는 건, 그 사람의 마음이나 감정까지 배려해야 하는 거예요. 무작정 내가 좋다고 밀어붙여서 될 일이 아니잖아요."

수호는 대답이 없었다. 그저 평소보다 더 매서운 눈빛으로 아리를 쳐다볼 뿐이었다. 하지만 그녀는 조금도 굴하지 않았다.

"그런데 지금 오빠 모습을 봐요. 적어도 나를 배려한 사람은 아니잖아요. 오빠 마음을 고백하는 건 좋아요. 너무 고마운 일인데, 적어도 저를 배려했다면 이렇게까지 할 수 없어요."

수호는 아리의 목소리에 묻어 있는 깊은 실망감을 느낄 수 있었다. 투둑, 깊은 곳에서 무언가 끊어지는 소리가 들렸다.

"단지 오빠가 하려던 말이 저에 대한 배려 없이, 그 마음을 전하려고 했던 거라면. 더는 들을 필요 없을 것 같아요, 오빠."

간신히 잡고 있던 끈 하나가 힘없이 끊어져 바닥으로 떨어졌다. 그 과정이 얼마나 선명하게 느껴졌는지, 수호는 아무런 말도 하지 못한 채 아리를 쳐다보았다.

"그게 다야?"

아니길 바라고 있었다. 또 다른 이야기를 바라지는 않았지만, 적어도 더는 듣지 않겠다는 말을 위해 여기까지 온 게 아니었다. 아직 들려주고 싶은 이야기도, 전하고 싶은 것도 많은데.

"네. 그게 다예요."

아리는 단칼에 답을 했다. 고개를 끄덕이는 그녀의 모습에 수호가 입술을 콱 짓눌렀다. 그리고 그녀의 손목을 빠르게 낚아챘다.

"아니, 안 돼. 그게 다일 수 없어."

수호의 날카로운 목소리에 아리가 침을 꿀꺽 삼켰다. 파르르 떨리는 눈꺼풀이 그녀의 당혹감을 말해주고 있었다.

"오빠."

"그게 다여선 안 돼."

"그럼 대체 뭘 해야 하는데요."

하지만 그에 굴할 아리가 아니었다. 수호보다 더 날카로운 목소리로 물으며 미간을 좁혔다. 힘을 주어 손을 빼려 했지만, 쉽지 않았다. 수호는 아리가 도망가려 하면 할수록 제 손에 힘을 주었다. 두 사람의 날카로운 시선이 한데 부딪치며 서슬 퍼런 소리를 냈다.

"내가 물어볼게. 너에게 내 마음은 조금도 전해선 안 된다는 거야?"

수호의 표정이 일그러졌다. 붉으락푸르락한 얼굴빛에 아리가 입술을 꾹 눌렀다. 다시 한 번 손을 빼려 했지만, 역시나 움직일 수 없었다.

"이렇게 배려 없이 전하는 게 싫다는 거예요."

"그럼, 그럼 어떡해. 이래도 저래도 안 되면, 내 마음은 어떡해!"

쾅!

커다란 소리가 들렸다. 이건 아리에게만 들리는 소리였다. 캔디뿐만 이 아니라, 수호의 가슴이 와장창 무너져 내리고 있었다. 송송 뚫린 그의 가슴 구멍으로 빛 한줄기가 비추기 시작했다. 아리는 이런 광경을 처음 본 탓에 말이 나오지 않았다. 수호의 가슴을 불안한 눈빛으로 주시하고 있을 뿐.

"너와 가까워지기를 바라기만 했어. 그래서 기다렸어. 기다리다 보면 전할 수 있는 타이밍이 생길 거라고 믿었어. 그런데, 그런데!"

수호의 말이 툭 끊겼다. 동시에 파도가 몰아쳤다. 쏴아아- 큰 소리가 나며 두 사람 사이에 정적이 흘렀다.

"이렇게 됐잖아. 기다렸는데, 아무것도 안 됐잖아."

툭 흘러나오는 수호의 말에 아리가 입술을 꽉 씹었다. 그의 가슴에 하나둘 나 있던 구멍은 어느새 점점 커져 커다란 터널처럼 되어버렸다. 빛이 쏟아졌다. 하지만 그 빛에는 온기가 존재하지 않았다. 보는 것만으로도 가슴이 쩍, 얼어버릴 것 같은 냉기가 물씬 풍겼다.

"그럼 내가 선택할 수 있는 게 뭐뿐이겠어."

"오빠, 일단 우리 머리 좀 식히고."

"내가 당장 너한테 내 마음을 전하는 것 외엔, 뭘 할 수 있는데!"

이미 수호에게는 아리의 말이 들어오지 않는 모양이었다. 그녀의 손목을 꽉 쥔 수호가 있는 힘껏 소리를 질렀다. 그의 행동에 놀란 건 당연했다. 하지만 아리는 성급히 생각하지 않았다. 천천히 숨을 가다듬으며 머리를 정리했다.

그의 애정이 잘못되었다는 게 아니었다. 사람이 사람을 좋아하는 건 절대 잘잘못으로 따질 수 없다. 그저 잘못된 방식이라는 것을 알려주고 싶을 뿐.

"제 이야기 좀 들어줘요, 오빠."

마음을 가다듬은 아리의 목소리에 수호는 아무런 대답을 주지 않았다. 그저 묵묵히 그녀를 쳐다보고 있을 뿐.

"오빠가 나를 좋아하는 게, 그 마음을 전달하려는 게 잘못됐다는 게 아니에요. 단지 이 상황이, 나를 너무 배려하지 않는 이 상황이 화가 나는 거예요."

아리의 말에 수호가 손아귀 힘을 풀었다. 단번에 피가 통한 탓인지, 손바닥이 저릿했다.

수호는 한참이나 아리를 쳐다보았다. 무슨 생각을 하는 건지, 좀처럼 눈동자에 생기가 돌지 않아 불안했다. 그가 서슬 퍼런 시선을 던지다 크게 숨을 들이마셨다. 다시 손목을 힘주어 잡았지만, 방금처럼 저릿한 통증은 없었다.

"왜 너에게 내 캔디가 보이지 않았을까."

모든 것을 놓아버린 그의 표정에 아리는 뒷걸음질을 쳤다. 힘이 빠진 눈빛도, 목소리도 소름이 끼칠 정도였으니까. 현태야, 그의 이름을 몇 번이나 불렀다. 그러면 제 곁으로 날아올까 봐. 그렇게 자신의 옆에서 손을 잡아줄까 봐.

"네가 내 캔디를 봤다면, 우리는 조금 달라졌을까?"

"오빠. 그 이야기를 하는 게 아니잖아요."

"네가…… 네가 내 캔디를 봤다면!"

목청을 높인 수호의 눈에서 눈물이 뚝 떨어져 내렸다. 커다란 눈이 그렁그렁 울음을 머금었다. 고개를 푹 숙인 그의 입술에서 울음소리가 새어 나왔다. 동정하고 싶지는 않았다. 다만 자신이 알던 사람에서 벗어난 수호의 모습이 안타깝기만 할 뿐.

"그랬다면 조금 달라졌을지도 모르잖아. 그랬다면…… 우리는……."

"현태도…… 캔디를 보고 마음이 변한 건 아니었어요. 잘 알잖아요, 오빠."

아리가 딱 잘라 말했다. 수호의 눈동자가 흔들렸다. 아리를 향한 눈빛이, 표정이 서서히 굳어가고 있었다.

"그럼, 나에게도 가능성이 있었다는 거네?"

수호의 목소리가 좌절로 물들어 있었다. 아리는 겁이 났다. 아주 오랜만에 느껴보는 두려움이었다. 차라리 검은 캔디가 보이는 것이라면 그를 설득하려 애쓰기라도 했을 텐데. 아무것도 보이지 않는 건 생각보다 더 무서웠다. 아마도 구멍이 뻥 뚫려 빛이 쏟아지는 건, 그만큼 마음이 텅 비어버렸단 이야기겠지.

"결국…… 내가…… 내 가능성을 밀쳐 낸 거잖아."

힘없이 새어 나오는 수호의 말에 입술을 꽉 눌렀다. 더는 참을 수 없어 있는 힘껏 그의 팔을 뿌리쳤다. 그 때문인지 수호의 팔이 아주 쉽게 나가떨어졌다. 수호를 향한 아리의 눈동자가 묘하게 번들거렸다. 화가 난 건지, 울고 싶은 건지. 그녀의 얼굴이 잔뜩 일그러져 있었다.

"누군가에게 가능성이 있고 없고가 뭐 그리 중요해요! 오빠, 현태 일로 나한테 거짓말했잖아요. 그리고 나한테 진심이라고, 그 마음이 진짜라고 했으면서 제대로 다가올 생각조차 안 했잖아요!"

수호의 얼굴이 다시 한 번 좌절로 물들었다. 아리의 말이 틀리지 않았음을 상기한 순간. 온몸의 시간이 우뚝 멈추어 버린 기분이 들었다. 두 사람은 눈물이 그렁그렁한 표정으로 서로를 쳐다보았다.

"내 말, 틀렸어요?"

"아니. 맞아."

"오빠가…… 오빠가 싫다는 게 아니에요."

그게 더 큰 좌절로 다가올 것이라는 걸, 왜 모르는 걸까. 수호는 자기도 모르게 아리를 탓했다. 그런 대답을 원하는 게 아니었는데. 차라리 모질게 거절이라도 해주지. 나쁜 놈이라, 절대 앞에 나타나지 말라 못된 말로 선을 그어주지.

"이렇게 막무가내인 행동이 싫어요. 아무도 배려하지 않는…… 오롯이 오빠만을 위한 이 행동들이, 너무 싫은 거예요. 저는."

차마 수호의 얼굴을 보고 말을 할 수 없었다. 자기도 모르게 시선을 피하고 말았다. 말을 끝맺는 순간, 쓴 침이 올라왔다. 조금 더 부드럽게 말을 해도 좋았을까. 아니, 수호가 깨닫기 위해선 이 정도의 충격이 필요했겠지.

"내가……."

수호가 말을 잇지 못하자, 아리는 더더욱 시선을 마주할 수 없었다. 간간이 숨을 거칠게 들이켜는 소리라든가, 허탈한 웃음이 들렸다. 정적이 흘렀다. 여전히 아리는 수호를 쳐다보지 않았고, 수호는 아리를 부르지 않았다. 각자의 시간을 정적으로 채우고 있을 때 즈음, 수호가 손을 뻗어 아리의 손목을 붙잡았다.

"아리야."

너무 갑작스러운 행동이었기에 피하지도 못했다. 흠칫 놀라던 아리가 귀를 쫑긋거렸다.

"때려도 좋고. 신고해도 좋아. 평생 용서하지 않아도 돼."

"그게 무슨……."

무슨 말이냐 물으며 고개를 돌린 순간, 수호가 한쪽 손으로 아리의 얼굴을 붙잡았다. 두 사람의 입술이 한데 포개어졌다. 아리가 놀라 그를 막았지만, 수호는 멈추지 않았다. 그녀의 가느다란 손가락이 온 힘을 다해 그를 밀어내도 역부족이었다.

수호가 아리의 입술을 살짝 깨물었다. 그녀의 입속으로 비집고 들어가려는 방법이었다. 살짝 자극만 주기 위함이었는데, 아리가 있는 힘껏 그를 밀어버린 바람에 힘이 들어가고 말았다. 의도치 않게 아리의 입술을 있는 힘껏 깨물어 버렸다. 비릿한 피 냄새가 입속에서 물씬 느껴졌다.

그런 와중에도 아리는 굴하지 않고 있는 힘을 다해 수호를 밀어냈다. 주먹으로 있는 힘껏 내려치고, 발길질했다. 최후의 방법으로 그의 입술을 잘근 씹어버렸다.

갑작스러운 통증에 놀란 수호가 얼굴을 뗐다. 다시금 그녀에게 돌진하려 했을 때, 온몸이 꽁꽁 굳어 움직일 수 없었다.

첫 번째 이유는 아리의 손이 제 뺨을 스쳐 가며 날카로운 소리를 냈기 때문이었고.

"미쳤어요? 오빠 진짜 왜 이래요? 왜 사람이 이렇게 바닥을 보여줘야 해요? 정말 미친 거 맞죠?"

두 번째 이유는 눈물을 뚝뚝 흘리고 있는 아리의 눈에 원망이 묻어 있기 때문이었다. 이제 바닥만 남았던 제 신뢰가 온데간데없이 사라졌겠지.

"진짜 최악이네. 강수호 당신 정말 최악이야."

아리는 소매로 입술을 박박 닦아냈다. 눈물을 펑펑 흘리며 수호를 노려보았고, 몇 번이나 바닥에 침을 뱉었다. 하지만 수호가 정말 움직이지 못하는 이유는 딱 하나였다.

"아리…… 너 캔디……."

수호의 눈에 다시 아리의 캔디가 보였기 때문이었다. 지난번에는 보고 싶어도 볼 수 없었는데.

"왜, 왜 네 캔디가 보이지? 어째서?"

수호가 두 손으로 눈을 비볐다. 세게 감았다가 뜨며 몇 번이나 그녀의 가슴팍을 확인했다. 하지만 캔디는 사라지지 않은 채 그의 눈앞에 존재했다. 아리의 캔디는 까맣게 바스러지고 있었다. 서서히 검게 물들어가는 것도 모자라, 조각나 떨어지기 시작했다.

"캔디가 보이면 잘됐네요. 이제 보여요? 이제 속 시원해요? 지금 내 마음, 지금 내 캔디가 어떤지 봐요. 오빠가 원하는 게 이런 거였는지, 다시 한 번 보라고요!"

쏴아아- 파도가 몰아치는 소리가 들렸다. 수호는 가만히 아리를 쳐다보았다. 얼굴을, 캔디를. 그리고 다시 얼굴을. 마지막으로 다시 캔디를 쳐다보았을 때. 온 세상이 무너지는 소리가 들렸다. 이런 걸 원한 게 아니었다. 적어도 제 마음은 온전히 전한 뒤, 그녀의 이야기를 듣고 싶었다.

한 번쯤 아리의 캔디를 보고 싶었다. 저를 향해 어떤 마음일지 궁금했다. 그러고 나면 다가가는 게 조금 더 쉬운 일이라고 믿었는데.

"좋겠네요. 그렇게 보고 싶던 내 캔디를 봐서, 아주 좋겠어요."

아리의 눈에서 눈물이 툭툭 떨어지고 있었다. 원망으로 번진 그녀의 얼굴에 수호는 다가가지도, 멀어지지도 못했다.

아리야. 그녀의 이름을 부르려던 찰나였다. 급하게 차를 세우는 소리가 들렸다. 뒤이어 익숙한 목소리가 그녀의 이름을 외쳤다.

"한아리!"

수호와 아리가 동시에 한 곳을 바라보았다. 한 사람은 웃었고, 한 사람은 좌절했다.

"현태……."

"아리야, 한아리!"

현태는 아리를 보며 뛰어오고 있었다. 구두를 신은 채 모래밭을 뛰는 게 힘들 법도 한데, 조금도 지치지 않은 채 그녀를 향해 뛰어왔다. 아리가 그에게 손을 뻗었다. 그리고 있는 힘껏 달려 그의 품으로 뛰어 들었다.

수호는 그런 아리를 붙잡지 못했다. 간신히 손을 뻗긴 했지만, 그의 손끝은 닿지도 못한 채 공중에서 멈추었다.

"하, 하아…… 괜찮아?"

현태가 아리를 품에 꽉 끌어안으며 물었다. 얼굴을 확인하고 싶었지만, 아리는 좀처럼 얼굴을 들지 않았다. 물론 그 역시 아리의 상태를 억지로 확인하고 싶지 않았다. 왜 저에게 말도 하지 않고 여기까지 왔냐는 질타 또한 지금 당장 쏟을 게 아니었다.

가장 잘못한 건, 아리가 아닌 수호일 테니까.

"지금 뭐 하자는 거야, 강수호 당신?"

곧 현태가 고개를 들어 수호에게 소리쳤다. 아리의 몸이 바들바들 떨리고 있다는 게 가장 거슬렸다.

"할 말이 있다고 야밤에 다짜고짜 바다에 끌고 와? 장난쳐, 지금?"

현태의 목소리가 거칠어졌다. 버럭 소리를 지르는 그의 목소리가 목을 벅벅 긁었다. 하지만 수호는 아무런 말도 하지 않았다. 그저 현태와 아리를 빤히 바라보며 멍하니 시선을 고정하고 있을 뿐. 그런 수호의 모습에 화가 났다. 제 품에 안긴 아리의 어깨를 두어 번 토닥여 주다, 잠시 품에서 떨어뜨렸다. 그리고 성큼성큼 걸어 수호에게 가까이 다가갔다.

"무슨 짓 했어?"

현태의 얼굴이 일그러졌다. 한쪽 손으로 그의 멱살을 꽉 움켜쥔 채 날이 선 시선을 고정했다.

"대답해. 한아리한테 무슨 짓 했어."

잔뜩 성이 난 현태의 목소리에도 수호는 아무렇지 않아 보였다. 아니, 애초에 생각할 수 있는 상태가 아니었다. 넋이 나간 채 두 사람을 한참 쳐다보던 그가 천천히 눈을 굴려 현태를 뚫어지게 쳐다보았다.

"무슨 짓 하려고 데려온 거 아니야. 아리한테 내 마음 고백하러 온 거지."

수호의 목소리에는 힘이 없었다. 감정조차 담기지 않은 그의 말에 현태가 아드득, 이를 갈았다. 수호는 현태를 보며 픽 웃었다.

"현태 네가 그랬잖아. 언제 고백할 거냐고. 언제까지 그렇게 숨기고 있을 거냐고."

현태는 수호의 뻔뻔한 모습에 끓어오르는 화를 참지 못했다. 그의 멱살을 쥔 손에 힘을 잔뜩 쥔 채 이를 꽉 물었다.

"내가 당신에게 마음을 표현하라 한 건, 이딴 식으로 아리 겁주면서 표현하라는 이야기가 아니었어. 적어도 나는 당신이 사람 됨됨이는 된 줄 알았거든."

아리의 말이 수호에게 현실을 일깨워 주었다면. 현태의 말은 수호의 마음 깊숙이 박혀 빠지지 않았다.

"이렇게 바닥일 줄, 누가 알았을까. 잘 배우셨다는 부잣집 자제분께서 말이야."

현태의 말과 아리의 말이 같았다. 동시에 수호는 자신이 얻고자 했던 것들이 모두 손아귀에서 빠져나가는 느낌이 들었다. 현태의 캔디도 아리와 별다를 게 없었다. 조금 다른 게 있었다면, 그의 캔디는 시퍼런 칼날 같았다.

당장 날을 세워 제 심장을 푹 찌를 것만 같은. 아주 날이 잘 세워진 칼날.

"맘 같아선 당장 여기서 두들겨 패고 싶은데."

차라리 때려달라 말을 하려던 찰나, 현태가 그의 한쪽 얼굴로 주먹을 세게 내리꽂았다. 퍽! 둔탁한 소리와 함께 그가 모래사장 위로 나뒹굴었다.

"지금 당장 중요한 건 그게 아니라는 걸 알아서 가는 거야. 두들겨 맞고 싶으면, 다시 한 번 나타나 봐. 그땐 진짜 죽여 버릴 거니까."

현태가 이를 바득바득 갈며 말했다. 수호를 죽일 것처럼 쳐다보다, 이내 그에게서 등을 돌렸다. 아리를 향해 저벅저벅 걸어가던 찰나였다.

"차라리 때려! 차라리 흠씬 두들겨 패!"

그래야 제 마음이 편할 테니까. 끝까지 이기적이었지만, 그렇게 해서라도 마음이 편했으면 했다.

하지만 현태는 뒤돌아보지 않았다. 그저 멀뚱히 서서 그의 말을 듣다, 아리를 제 품으로 끌어안을 뿐. 그리고 두 사람은 천천히 그의 시야를 벗어났다. 어느새 재킷을 벗어 아리에게 덮어준 현태는 그녀가 어디론가 날아가기라도 할까 소중히 끌어안고 있었다.

"지현태!"

수호가 현태의 이름을 울부짖었지만, 그는 뒤돌아보지 않았다. 잠시 멈칫거리긴 했지만, 그뿐이었다. 수호에게 돌아온다거나, 뒤를 돌아본다거나 하는 경우는 없었다.

"제발 돌아와! 제발!"

욕설을 실컷 내뱉어줬으면. 나쁜 놈이라, 쓰레기라 말하며 저를 힐난해 줬으면. 차라리 자신이 그런 놈이라는 걸 자각시켜 줬으면. 온갖 바람이 속을 웅웅 울리고 있었지만, 현태와 아리는 돌아오지 않았다. 그들이 멀어지는 소리가 너무 선명했다. 차에 올라타고 문이 닫혔다. 이윽고 시동을 거는 소리가 들리자 수호가 고개를 들어 올렸다. 가지마, 목소리가 나오지 않아 잔뜩 힘을 줬다.

"제발."

가지 마.

어렵게 터져 나온 그의 한 마디에도 현태와 아리는 돌아오지 않았다. 되레 차가 출발하는 소리가 수호에게 바짝 다가왔을 뿐. 그는 차가 멀어져가는 소리를 들었다. 한참 멍하니 그 여음을 더듬던 그가 굵직하고 긴 탄식을 내뱉었다.

고개를 푹 숙인 채 모래를 쥐었지만, 제 손 틈 사이로 스르르 빠져나가고 있음을 깨닫고 쓴 침을 삼켰다. 꼭 제 현실 같았다. 갖고 싶어 발버둥 치면 칠수록 그들은 저에게서 멀어졌다. 그게 당연하다는 듯, 어쩔 수 없다는 듯. 빠르게 사라지고 말았다.

처음엔 그게 그들의 잘못이라 생각했다. 정확히 말하자면 아리에게 부딪쳤던 조금 전까지만 해도 그렇게 생각했었다. 저는 그들을 배려하고 기다렸는데, 그들이 자신에게 틈을 내어주지 않았다고. 얼마나 편협한 생각이었던가.

"누군가를 좋아한다는 건, 그 사람의 마음이나 감정까지 배려해야 하는 거예요. 무작정 내가 좋다고 밀어붙여서 될 일이 아니잖아요."

아리의 말이 떠올랐다. 왜, 어째서 이런 바보 같은 결과까지 달려온 걸까. 그 찰나의 감정을 이기지 못한 저 자신이 못나 보였다. 좋은 오빠, 좋은 형. 그렇게라도 남고 싶었던 제 본심은 본심이 아니었을까.

"으아아아악! 아아악!"

수호는 모래바닥을 꽉 움켜쥔 채 소리를 질렀다. 하지만 돌아오는 건 파도의 울음소리뿐. 그건 분명 그가 원하는 건 아니었다.

밤이 깊어가고 있었다. 점점 거칠어지는 파도 소리가 꼭 저를 힐난

하는 소리 같았다. 미안해, 미안해. 수호는 전하지 못하는 말을 입안으로 꾹꾹 집어삼키며 울음을 토했다.

두 번 다시 돌아오지 못할 날이, 자꾸만 눈앞으로 그려졌다.

❂

차는 고요했다. 간혹 바닥의 돌멩이를 밟아 덜컹거리는 소리를 빼면 말이다.

현태는 아리에게 묻고 싶은 게 많았다. 왜 여기까지 쫓아온 건지, 어째서 저에게 미리 말해주지 않았는지. 하지만 이 분위기에서 무조건 아리에게 질문을 쏟아붓는 건 잘못된 일이라고 생각했다. 적어도 이 문제의 원인은 수호였으니까.

마음을 가다듬으며 한숨을 크게 내뱉었다. 자기도 모르게 튀어나온 숨에 스스로 놀라고 말았다.

"고마워."

그때, 아리의 말이 튀어나왔다. 현태가 어깨에 덮어준 옷을 붙잡고 있는 손이 미세하게 떨리고 있었다.

"뭐가 고마워?"

대답할 수 없었다. 와줘서 고맙다고 하기에 저와 현태의 사이는 이미…….

"여자친구가 도와달라 지도까지 찍어 보냈는데, 당연한 거 아니야? 와야지. 그냥 무시할 수는 없잖아."

현태의 목소리가 제법 낮았기에, 아리는 위축될 수밖에 없었다. 응. 짧게 대답하며 고개를 끄덕이는 그녀의 모습에 현태가 안 되겠다 생각하며 핸들을 꺾었다. 차는 커다란 소리를 내며 갓길에 섰다. 인적이 드문 곳은 아니었지만, 시간이 시간인지라 차가 오는 모습은 보이지 않았다.

"나 좀 봐줘, 아리야."

현태의 애틋한 목소리가 들렸지만, 아리는 그를 마주 볼 자신이 없었다.

"너 다그치려는 거 아니야. 지금이 다그칠 상황도 아니고."

아리의 손 위로 현태의 손이 올라왔다. 자그마한 손을 따뜻하게 감싸주는 현태의 손이 제법 단단했다. 침묵을 지키던 현태가 입을 벙긋거리며 무언가 말을 하려 했다. 어렴풋이 비치는 가로등 불빛에 그녀의 얼굴이 반쯤 반짝거렸다. 눈가가 붉은 걸 보니 울기도 많이 운 모양이었다.

그걸 보니 또 속이 부글부글 끓었다. 저도 아리를 울릴까 항상 노심초사하는 판국에, 자기가 뭐라고 울려?

"지금 내 캔디 좀 봐봐."

"어?"

"내 캔디, 어떤지 보라고. 그럼 네가 잘 알 것 같아서."

현태의 말에 아리가 잠시 망설였다. 그의 가슴팍을 쳐다보던 아리의 눈이 흔들렸다. 눈을 세게 감았다 뜨기를 반복하고, 눈두덩을 꾹 눌렀다가 비비기도 했다. 아리의 행동은 현태가 보기에도 이상해 보였다.

"왜 그래?"

"아…… 안 보여. 왜 이러지?"

두려움에 흔들리는 아리의 목소리에 현태가 손을 뻗었다. 차갑게 식어버린 동그란 볼을 어루만지며 그녀를 달래기에 여념이 없었다.

"아냐, 아냐. 안 봐도 돼. 그러니까 괜히 그러지 마. 눈 상할라."

"그래도…… 안 보이니까 이상해."

괜찮다고 말을 하려고 했다. 이런 상황에 캔디를 보라고 말한 저가 나쁜 놈이라 탓하려고 입을 열었는데, 지나가는 차가 내뿜는 빛에 아리의 얼굴 전체가 밝게 드러났다. 곧 어둠에 가려져 있던 아리의 얼굴 반쪽까지 훤히 보였다. 눈물이 채 마르지 못한 눈동자, 끝이 붉게 달아오른 오뚝한 코.

뒤이어 터진 입꼬리가 현태의 눈에 들어왔다. 핏물이 맺혀 딱지가 내려앉은 모습에 현태가 미간을 잔뜩 찌푸렸다.

"입술…… 왜 그래?"

그의 말에 아리가 당황한 듯 입을 가렸다. 동시에 캔디가 보이지 않는 이유를 단박에 알아챌 수 있었다.

"왜 터졌어. 입술 왜 그래."

지난번에도 비슷한 상황으로 수호가 캔디를 볼 수 있지 않았던가. 금세 사라지기는 했지만.

"아리야."

말을 해야 할까, 다시 머리가 복잡해졌다. 괜한 이야기를 해 현태의 화를 더 돋우는 건 아닐까. 하지만 이대로 거짓말을 한다 해서 좋아질 것도 없을 텐데. 이도 저도 아닌 마음을 추스르고 있을 때, 현태가 미간을 좁히며 물었다.

"강수호 때문이야?"

쿵. 가슴속에서 무언가 떨어지는 소리가 들렸다. 이럴 때 캔디가 보이지 않는 건 매우 불편한 일이었다. 물론 보지 않아도 말투에서부터 느껴지는 것이 그의 감정이었지만. 캔디로 보면 조금 더 정확히 파악할 수 있을 텐데. 어째서 능력이 사라지고 만 걸까. 두 가지의 혼란이 한데 겹쳐 아리의 머리에 파고들었다.

"강수호 짓이지?"

현태의 목소리가 조금 더 거칠어졌을 때 즈음, 아리가 손을 뻗어 그의 손목을 붙잡았다. 아리는 한참을 고민했다. 하지만 결국 결과는 같았다. 아무 말도 하지 않는 건, 도움이 되지 않을 것이다. 어차피 능력이 없어진 이유를 이야기하려면, 꺼내야 할 일이었을 테니까.

아리는 조곤조곤 조금 전의 일을 설명했다. 아리의 이야기를 들으면 들을수록 변하는 현태의 표정은 가관이었다. 붉으락푸르락해진 얼굴로 아리를 쳐다보다 고개를 휙 돌려 오던 길을 바라보았다. 아드득, 이를 가는 소리가 들렸다.

"죽여 버릴 거야."

그의 낮은 목소리에 아리의 눈이 흔들렸다. 손을 뻗어 현태의 옷깃을 잡은 뒤, 고개를 도리도리 저었다.

"가자. 집에 가자."

"하지만 어떻게 그걸 그냥 놔둬! 다른 것도 아니고! 강제로!"

이어지는 말은 하고 싶지 않았다. 뱉고 나면 아리가 떠올리게 될 테니까. 그럼 자신은 속절없이 아리의 아픈 상황을 지켜봐야만 하니까. 숨을 꽉 참은 채 주먹을 쥐었다. 바들바들 떨리는 그의 손이 마음을 그대로 대변하고 있었다.

"나, 집에 가고 싶어."

현태에게 향하던 아리의 손이 차갑게 식어 있었다. 아직도 긴장이 사라지지 않은 듯했다.

"너무 무서웠고…… 너무 놀라서 아직도 이게 무슨 일인지 분간이 잘 안 돼. 빨리 집에 가서 쉬고 싶어. 현태야. 응?"

저를 향해 묻는 아리의 모습을 보니 휙 나가 있었던 머리가 제자리로 돌아온 기분이 들었다. 아리가 걱정되어 돌아서 버린 걸 왜 기억하지 못했을까. 고개를 끄덕이던 현태가 그녀의 손 위로 제 손을 얹었다.

"그래. 가자. 집에 가자."

화를 내는 건, 내일이어도 괜찮을 것이다. 오늘은 아리의 곁에서 머무르고 싶었다. 온기를 전하고, 마음을 끌어안아 주고 싶다.

"대신."

현태의 목소리가 아리의 숨을 잡아끌었다.

"다시는 혼자 이렇게 나오지 마. 얼마나 무서웠는데. 너 혹시라도 큰일 났을까 봐, 괜히 무슨 일 생긴 걸까 봐……."

현태의 말에 아리가 입술을 꾹 눌렀다. 팔을 뻗어 그에게 와락 안긴 채 고개를 끄덕였다.

"나, 두 분에게 약속했어. 아리 너 잘 보살피겠다고. 아껴주고, 보듬어주겠다고. 내가…… 내가 두 분 몫까지 잘 돌보겠다고 했는데."

줄줄 말을 이어가던 현태가 아리를 꼭 끌어안았다. 제 품에 꼭 맞는 아리의 체격에, 코끝으로 느껴지는 익숙한 향기에 금세 마음이 놓였다. 불안해졌던 것이 언제였냐는 듯, 말끔하게 사라졌다.

"나한테 미안해하지 않아도 돼. 네가 잘못한 건 없어. 다만……."

"응. 알아. 알아, 현태야. 그래도 미안해. 걱정시켜서…… 미안해."

제 가슴팍에서 느껴지는 아리의 목소리에 금세 마음이 놓였다. 그녀를 더더욱 제 품으로 끌어안으며 숨을 가다듬었다. 둘은 아무 말 없이 서로를 꼭 끌어안고 있었다. 괜찮아, 미안해. 끝나지 않는 말을 주고받으며 한숨에 한숨을 토했다.

어둠은 길었다. 끝도 없이 펼쳐진 길을 한참이나 달려 집에 도착한 뒤, 현태는 다짜고짜 아리를 방으로 밀어 넣었다. 쉬어야 하니까! 현태의 한마디 말에 아리는 얌전히 침대에 누워야만 했다. 그러곤 이윽고 제 곁에 앉는 현태를 바라보며 물었다.

"갈 거야?"

사실 현태는 이대로 아리의 집에서 나가, 수호를 불러내 흠씬 두들겨 패줄 생각이었다. 마음이 풀릴 때까지, 혹은 아침이 밝을 때까지. 그걸 눈치챈 건지, 그저 갈 것 같은 느낌에선지. 귀신같이 물어보는 아리의 모습에 현태가 픽 웃음을 그렸다.

"그럼, 안 가?"

"같이 있고 싶어."

아리가 현태의 손에 깍지를 꼈다. 손가락과 손가락이 얽히는 느낌이 오묘했다. 아리도, 현태도 아무 말 없이 서로를 바라보기만 했다. 그 아슬아슬한 분위기에서 먼저 입을 연 것은 현태였다.

"오늘 너한테는 아무 짓도 안 하고 싶은데. 지금 네가 한 말이 너무 위험 발언이야. 알아?"

부드럽게 말려 올라가는 현태의 입꼬리에. 길게 휘는 그의 눈꼬리에. 더불어 능글맞게 들리는 그 목소리에. 아리는 가슴이 쿵. 쿵. 떨어졌다. 집에 돌아오기 전까지만 해도 두려움에 온몸이 덜덜 떨렸었는데 그 감정은 어디로 갔는지 온데간데없이 사라졌다. 지금은 그저 현태에 대한 설렘만이 잔뜩 남아 있을 뿐이었다.

"잘 생각하고 대답해."

현태가 아리의 손가락 사이에 제 손가락을 끼워 넣었다. 뺄 듯 말 듯 애태우며 움직이는 탓에 아리의 심장이 더욱 빠르게 뛰었다. 현태는 능글맞게 웃고 있었다. 하지만 그 웃음이 어쩐지 싫지만은 않아 아리는 말을 잇지 않았다.

"진짜로, 같이 있고 싶어?"

어슴푸레한 빛에 현태의 눈이 보였다. 반짝반짝 빛나는 것이 꼭 하늘 위에 뜬 별 같았다. 아리는 그의 눈을 한참이나 쳐다보았다. 그리고 손을 잡아 제 쪽으로 끌어당겼다.

"응. 같이 있고 싶어."

쿵쿵. 쿵쿵.

심장이 난리가 났다. 아리를 쳐다보는 현태의 눈이 묘하게 떨리고 있었다. 같이 있고 싶다는 말이 이토록 가슴을 떨리게 하는 말이었던가.

"같이……. 있어줄 거야?"

가냘픈 아리의 목소리에 결국 모든 것을 놓아버렸다. 아리와 깍지를 끼고 있던 현태가 그녀의 곁으로 슬그머니 올라가자, 아리가 그를 향해 몸을 돌렸다. 손을 뻗어 그의 목을 끌어안았다.

"위험해, 너."

"알아. 나 원래 위험한 여자야. 모르고 만났나?"

아리의 우스갯소리에 현태가 코웃음을 쳤다. 그녀의 허리를 꽉 붙잡아 제 쪽으로 바짝 당긴 뒤, 초롱초롱 빛나는 아리의 눈을 하염없이 쳐다보았다. 하지만 아리의 눈동자는 현태의 얼굴에 꽂혀 있지 않았다. 캔디가 보이던 자리, 가슴팍을 응시하고 있었다.

"진짜 안 보여."

"캔디?"

"응. 안 보여……."

아리의 얼굴이 금세 시무룩해졌다. 아래로 축 내려가는 눈꼬리가 제법 울적해 보였다. 현태는 미소 지었다. 이런 그녀의 모습도 너무나 사랑스럽다.

"안 보이면 어때."

"십년도 넘게 나한테 있던 능력이잖아. 이렇게 갑자기 안 보이면…… 괜히 불안하단 말이야."

"뭐가 불안한데?"

"이를테면……."

현태의 목을 감싸 안고 있던 아리가 손을 빼내었다. 그리고 그의 가슴팍을 쿡 찔렀다.

"지금 네가 무슨 생각으로, 어떤 마음을 하고 있는지. 나 때문에 떨리는 건지, 지금 이 순간 행복해하고 있는 건지……."

말끝을 얼버무리는 아리의 모습에 현태가 짤막하게 숨을 뱉었다. 그녀의 말대로 이건 어쩔 수 없다. 일할 때도, 누군가와 처음 인연을 맺을 때도 아리는 늘 상대방의 캔디를 확인했다. 검은 캔디에 대한 두려움 때문이기도 했고, 혹 실수를 해 그 사람의 마음을 상하게 하는 건 아닐까 하는 걱정 때문이기도 했다.

하지만 그렇다 해서 그녀에게 좌절을 그대로 안고 가란 말을 하고 싶지 않았다. 현태는 제 가슴팍을 찌른 아리의 손가락을 꼭 붙잡았다.

"다른 건 모르겠는데, 내 마음은 굳이 캔디로 안 봐도 돼."

그리고 그녀의 손가락을 제 가슴팍 위로 잡아당겼다. 손가락 다섯 개를 모두 가슴팍 위에 묻어놓은 채, 움직이지 못하도록 꽉 붙잡았다.

"이렇게 뛰는데, 모른다고 하면 바보 아니야?"

그의 갑작스러운 행동에 놀라기는 했지만, 금세 현태의 말뜻을 알아챌 수 있게 되었다. 손바닥 아래에서 현태의 심장 소리가 느껴졌다. 쿵. 쿵쿵. 쿵쿵쿵. 제 심장 소리와 비슷했다. 손끝이 녹아내릴 것 같은 열기마저 더해졌다.

"내 이름 불러봐."

현태의 목소리는 그윽했다. 나지막이 들리는 그의 목소리에 아리가 입을 열었다.

"현태야."

그리고 그 순간, 쿵! 커다란 소리가 느껴졌다. 손끝으로, 피부로 와 닿는 현태의 변화에 아리가 숨을 삼켰다.

"한 번만 더."

"현태야."

두 번째 부름에 현태가 두 손을 뻗었다. 순식간에 제 품으로 그녀를 끌어당기자, 어렴풋이 아리의 향기가 났다.

"봐, 캔디가 없어도 잘 느껴지지?"

너무 행복하면 말이 나오지 않는 거구나. 아리는 그렇게 생각했다. 잇새로 새어 나오는 짧은 탄식이 현태의 귓가로 살랑살랑 날아갔다. 아리는 현태의 품에 안겨 고개를 끄덕였다. 응, 그러네. 속삭이는 목소리에 두 사람 모두 옅은 미소를 지었다.

그리고 약속이라도 한 듯 얼굴을 마주했다. 시선과 시선이 마주한 순간, 온 세상의 시간이 멈춘 듯했다. 굴러가는 초침 소리도, 바깥으로 어렴풋이 들리는 술 취한 누군가의 노래까지. 아무것도 들리지 않았다.

"눈 감아봐, 현태야."

오롯이 아리의 목소리만이 현태의 시간을 굴러가게 할 뿐. 현태는 기다렸다는 듯 아리의 말에 눈을 감았다. 눈을 감고 숨을 세 번 정도 내쉬었을 때. 두 사람의 입술이 포개어졌다. 폭신한 감촉 뒤로 몰캉한 살덩이가 밀려들어 오는 것이 느껴졌다.

두 사람은 기다렸다는 듯 서로를 옭아맸다. 끈적한 타액이 오가고 열기가 입안으로 꽉 차올랐다. 아리는 가쁜 숨을 내뱉으며 현태의 목을 끌어안았고, 현태는 그보다 더욱 가쁜 숨을 뱉으며 아리를 끌어안았다.

입술을 맞대고, 살덩이를 엉키며 숨이 차오르던 그 찰나. 아리가 살짝 입술을 뗐다.

"소독. 소독이야, 이거."

"자가 소독?"

"응."

눈이 반쯤 풀린 채, 고개를 끄덕이는 아리의 모습에 현태가 숨을 참았다. 욕망을 참아야 하나 참지 않아야 하나. 두 갈래 길이 현태의 머리에서 떠올랐다. 어느새 손은 아리의 상의 안쪽을 헤매고 있었다. 위로는 올라갈 생각을 못 하고, 배와 등만 하염없이 헤매는 중이었지만.

그런 현태의 마음을 아는 건지, 모르는 건지. 아리는 그의 목을 꽉 끌어안은 채, 깊숙이 입안을 파고들었다. 현태의 손이 아리의 허리 부근을 맴돌았다. 몇 번이나 손을 쥐었다가 피며 마음을 가다듬었다.

'남자잖아? 그냥 확 저질러 버려!'

한쪽에서는 망설이는 현태를 재촉했고.

'아니야. 오늘은 아무래도 날이 아닌 것 같아. 다른 날을 기다려 보자.'

또 한쪽에서는 그런 현태를 토닥였다.

"현태야."

아리의 부름에 현태는 간신히 시선을 맞추었다. 욕망과 이성이 싸우는 와중에 그녀의 목소리란 매우 위험한 유혹이었다.

"좋아해."

갑작스러운 공격이었다. 쿵! 굳건히 서 있던 무언가 무너지는 소리가 들렸다.

"좋아해. 아주 많이."

솔직한 감정을 전달하는 아리의 눈이 반짝거리며 빛나고 있었다. 언제부터 이 눈을 마주했을까. 한참 머리를 더듬었다. 어릴 적 친구일 때부터. 사춘기를 험난하게 거쳐 오던 중학생 때부터. 그리고 처음으로 아리에게 애정을 느끼던, 고등학생 때부터.

지현태의 역사에는 항상 한아리가 새겨져 있었다. 새삼스럽게 깨닫게 된 현태가 입술을 말아 올렸다. 그리고 그녀를 제 품으로 와락 끌어안았다.

"봐, 캔디가 보이지 않아도 되잖아."

"응. 보이지 않아도 되네. 보이지 않아도…… 알 수 있어."

중얼거리는 아리의 목소리에 현태가 두 팔에 힘을 주었다. 그래, 이렇게 된 거 오늘 저질러 버리는 거다. 어차피 마음도 통했겠다, 부모님에게도 말을 할 텐데. 망설일 게 뭐 있어.

"아리야."

나, 더는 못 참을 것 같아.

입에 맴돌던 말을 하기 위해 그녀를 제 품에서 살짝 떼어냈다. 하지만 결국 입안에서 맴돌던 말은 목을 타고 넘어가 가슴에서 사악 녹아내렸다.

"아……."

잠들었다. 흘리듯 새어 나오는 목소리가 어쩐지 불안하더니만. 이제껏 졸음을 참은 건지, 새근새근 소리를 내며 곤히 잠들어 있었다. 망연자실하게 아리를 쳐다보던 현태가 하, 깊은 한숨을 내쉬었다. 어쩔 수 없다는 듯, 아리를 한쪽 팔로 끌어안으며 등을 토닥였다.

"잘 자."

연거푸 짙은 탄식이 새어 나왔다.

"두 번째다, 너. 진짜 두고 봐."

두고 본다는 사람 치고 무서운 사람은 없다지만. 중얼거리던 현태가 천천히 눈을 감았다. 참 길고 긴 하루였다. 조만간 아리의 캔디 시력이 상실된 걸 축하하는, 그리고 잘 가라는 파티를 해야지. 그렇게 마음먹었다. 분위기 좋은 곳이 어디더라. 한참 고민하던 현태 역시도 깊은 잠에 빠져들었다.

❁

수호는 한참이나 바닷가를 떠나지 못했다. 모래사장에서 터덜터덜 걸어와 차에 앉았다. 차 안에 모래가 후두둑 떨어지는 소리가 들렸지만 개의치 않았다. 아니, 그럴 수 없었다. 그 무엇을 생각한다 해도 오늘은 머리에 확 떠오르지 않을 것이다. 깊이 그 문제에 매달리지도 못할 테고.

자꾸만 아리의 우는 모습이 머리를 맴돌았다. 당장 칼을 들이밀 것 같던 현태의 서슬 퍼런 눈빛도 지울 수 없었다. 아, 짤막한 탄식이 터져 나왔다. 이 얼마나 바보 같은 짓이던가. 이 얼마나, 한심한 사람이던가.

"진짜 등신 새끼……."

한숨을 푹 쉬던 수호가 핸들에 머리를 콱 박았다. 빠앙-! 커다란 소리가 한적한 도로를 메웠다. 파도는 클랙슨 소리에 반응해 더욱 강하게 철썩이고 있었다. 그만하라 외치는 소리 같기도 했지만, 그게 수호에게 전달될 리 만무했다.

"아리야."

어쩌면, 이제 다시 부르지 못할 이름을 입에 담았다.

"현태야."

마지막 한 마디를 뱉기 무섭게 눈물이 죽죽 흘러내렸다. 미안하다는 말이 너무 늦었다는 걸 수호 역시 잘 알고 있었다.

늦어버린 말조차 전하지 못한다는 것이 이토록 아픈 것일 줄이야, 누가 알았을까.

"미안해. 미안해……."

울음과 함께 터져 나오는 수호의 목소리가 그의 주변을 빙글빙글 맴돌았다. 하지만 그 어느 곳에도 나갈 구멍이 없어, 결국 차 바닥으로 툭툭 떨어지고 말았다.

❁

뜨거운 아침햇살은 어김없이 방 안을 비추었다. 쨍한 햇볕이 눈앞에 쏟아졌을 때, 아리의 눈이 살짝 찌푸려졌다. 어쩐지 몸이 답답했다. 이불을 아직 바꾸지 않았던가 싶어 천천히 눈을 떴을 때. 제 앞에 누워 있는 누군가의 모습에 온몸이 빳빳하게 굳었다.

저를 꽉 끌어안고 있는 현태의 가슴팍이 눈앞에 보였다. 그 순간, 묘한 패닉에 빠졌다. 이대로 밀어내자니 현태가 깨버릴 것 같고. 이대로 안겨 있자니 그건 그것대로 의식할 수밖에 없고. 이러지도 저러지도 못하던 찰나, 현태가 뒤척거리는 것이 느껴졌다.

"아리……."

자면서도 제 이름을 부르는 현태의 모습에 풋 웃음이 터져 나왔다.

"응, 나 여기 있어."

조용히 하려고 했는데 자기도 모르게 답을 해버리고 말았다. 그리고 그의 품으로 더욱 깊이 파고들었다.

"나…… 여기 있어."

아리의 중얼거림에 현태 역시 미소를 지었다. 그녀를 있는 힘껏 끌어안은 채, 다시금 꿈속을 헤매는 듯했다.

"여기 있을게, 현태야."

행복한 아침이었다. 하루의 시작 역시 행복해질 것이라 말하는, 아주 기분 좋은 순간을 아리는 만끽 하고 있었다.

간만에 악몽 없는 밤을 보냈다. 부모님이 돌아가시던 순간을 만나지도 않았고, 어둠 속에서 쫓아오는 목소리도 없었다. 평온하고, 평안한 꿈속을 거닐었다.

아침에 일어난 뒤, 두 사람은 서로를 가만히 바라보며 미소 지었다. 네가 내 곁에 있어서, 내가 네 곁에 있어서 참 다행이다. 소리 없는 안도의 한숨을 내쉬며 서로를 꼭 끌어안았다.

"출근하기 싫다."

아리의 입에서 튀어나온 말에 현태가 놀라 그녀를 슬쩍 내려다보았다. 천하의 한아리가 출근하기 싫다니.

"내가 지금 잘못 들은 거야? 네가 출근하는 게 싫다고?"

현태의 말에 아리가 피식 웃었다. 그가 놀랄 법도 했다. 이해할 수 있었다. 아리에게 있어 일은 삶이었다. 사람들과 부딪치고, 사람들과 섞이는 하루가 그녀에게는 쉼터 그 자체였다. 오히려 홀로 남아버리는 휴일에는 마음이 텅 비어 견딜 수 없었다. 어서 출근하길 바란 적이 한두 번이 아니었다. 아주 힘들 때를 제외하고는, 늘 그랬던 것 같다.

하지만 그때의 한아리와 지금의 한아리는 달랐다.

"응. 너랑 좀 더 있고 싶어."

현태가 있었다. 혼자라 느껴지지 않을 정도로 제 곁을 꽉 채워주는, 현태가 제 곁에 있으니까. 물론 이전에도 쉬는 날엔 되도록 함께 하려 했지만. 그때와 지금의 현태도 다르니까. 현태는 잠시 말이 없었다. 그는 눈을 가늘게 뜬 채 아리를 쳐다보았다.

"그렇게 예쁜 말을 하는 게 누구 입이지?"

"뭐야, 그게?"

"말해 봐. 예쁜 말을 하는 거, 누구 입인지."

제법 진지한 현태의 모습에 아리가 풋, 웃음을 터뜨렸다. 하지만 그게 뭐냐 그를 밀어내며 넘어가지 않았다. 아리와 현태는 닮은 구석이 아주 많다.

"글쎄요. 누구 입일까?"

아리는 허리를 끌어안고 있던 두 팔을 올려 현태의 목을 와락 끌어안았다. 저에게 가까이 잡아당기며 입술을 말아 올렸다.

"더 예쁜 말도 해줄 수 있는데."

현태의 입에서 자기도 모르게 아, 짧은 탄식이 새어 나왔다. 왜 이렇게 예쁜 걸까. 어째서 이렇게 사랑스러운 걸까.

"듣고 싶어?"

어쩌면 한아리에게는 지현태 조련 자격증이 있는 것일지도 모른다. 자기도 모르게 생긴 학원에서, 자기도 모르게 생긴 자격증을 딴 거지. 그러지 않고서야 저를 손에 놓고 쥐었다 폈다 할 수 없다. 그게 아니라면 한아리가 알고 보니 여우라든가.

"응. 듣고 싶어."

아리를 끌어안고 있는 현태의 손에 힘이 들어갔다. 두 사람은 꽤 오래 시선을 마주했다. 더는 참지 못한 현태가 입을 벙끗거렸을 때, 아리가 생글생글 미소를 지으며 그에게 말했다.

"가까이 와봐."

현태는 기다렸다는 듯 그녀에게 가까이 다가갔다. 어느새 입술이 부딪칠 듯 말 듯 가까워져 있었다.

"좋아해."

아리는 끌어안고 있는 현태의 떨림을 적나라하게 느낄 수 있었다.

"좋아해. 현태야."

현태의 너른 어깨가 움찔거렸다. 이 미세한 떨림조차 아리에게는 행복이었고, 설렘이었다. 제 한마디로 일희일비할 수 있는 남자가 또 어디 있을까.

"좋아……."

재차 속삭이려고 했을 때, 현태가 아리를 와락 끌어안았다. 있는 힘을 다한 건지, 그에게 안긴 가슴팍이 저릿하게 느껴질 정도였다.

"그만."

목소리조차 떨리고 있었다. 숨을 참는 듯 한참 말을 잇지 못하던 그가 아리의 정수리에 제 이마를 콩 박았다.

"그만해. 나 죽을 것 같아."

아리는 키득거리면서 어떻게 죽을 것 같냐 물어보려다 그만두기로 했다. 현태도 남자니까, 괜히 자극하는 건 옳지 않다. 사실 언젠가 찾아올 그와의 열띤 밤을 예상하지만 그게 지금일 필요는 없다. 적어도 어두운 밤에 현태와의 첫 관계를 맺고 싶었다.

아리는 얼굴을 비틀어 현태의 볼에 입맞춤을 남겼다. 그리고 몸을 벌떡 일으켜 어서 회사에 갈 준비나 하자며 현태를 채근했다.

"오늘은 뭐 입지……. 아! 현태, 너 옷은?"

옷장으로 걸어가던 아리가 뒤를 획 돌아 현태를 바라보았다. 그러고 보니 어제 자신이 잡아두는 바람에 집에 가지도 못했다. 덕분에 옷도 못 갈아입었고.

"괜찮아. 사무실에 여벌 있어."

"그래? 그럼 다행이네."

고개를 끄덕이는 아리의 모습에 현태가 피식 웃었다.

"나, 그 옷 좋아."

몸을 벌떡 일으킨 현태가 아리에 손에 들려 있는 옷을 잡았다.

"이거. 잘 어울려."

현태가 아리에게서 집어온 옷은 흰색의 V넥 골지 티였다. 아리의 하얀 얼굴에 잘 어울리는 색이었다. 한참 그 옷을 바라보던 아리가 전신 거울을 향해 몸을 돌렸다. 그리고 현태의 손을 제 앞으로 끌어와 옷을 가져다 대 보았다.

"그럼 오늘은 이거 입어야겠다."

여우. 한아리는 여우가 틀림없다. 그러지 않고서야 이렇게 예쁜 짓을 기가 막히게 잘 할 리가 없지.

저를 이렇게 홀리게 만든 한아리는, 분명 백 년 묵은 여우일 것이다.

"얼른 준비해. 가야지."

혼자만의 생각에 폭 빠지려던 찰나, 아리의 목소리 덕에 깨어날 수 있었다. 놀란 눈으로 거울을 쳐다보던 현태가 생긋 미소를 지었다. 알았어. 고개를 끄덕이던 그가 아리의 어깨를 두어 번 두드려 주었다. 마지막으로 꽉 잡아주는 손이 따뜻했다.

아리는 뒤돌아 방을 나서는 현태의 모습을 한참이나 쳐다보았다. 그리고 마침내 화장실 문이 닫혔을 때, 자리에 털썩 주저앉고 말았다.

"이게 뭐야."

가슴이 터질 것 같다.

"이런 거…… 난 몰라……."

이러다 숨이 막혀 죽을지도 모른다. 이제껏 아리에게 있어 연애란 서로의 생활을 꽉 채워주는 것뿐이었다. 행복하다 느끼는 것 역시, '행복'이라 말하는 단어 때문이었다. 이토록 가슴이 벌렁거릴 정도로 행복한 적은, 단 한 번도 없었다.

눈을 뜨니, 그는 나에게 사랑이었다. 라는 어느 구절이 떠오르는 아침이었다.

두 사람이 백화점에 도착한 건, 출근해야 하는 시간보다 오 분이나 늦은 뒤였다. 덕분에 열심히 하라는 인사 한 마디만 남긴 채 부랴부랴 서로의 자리로 돌아가야 했다.

"아쉽네. 손도 못 잡고 왔어."

중얼거리며 복도를 걷던 아리가 걸음을 우뚝 멈추었다.

"나 지금 뭐라고 한 거야?"

현태와 손도 채 잡지 못하고 온 것이 아쉬울 수도 있구나. 사랑이라는 건, 참 우습다. 평소였다면 느끼지 않았을 이 작은 감정까지도 아주 당연한 것이 되어버린다. 당연한 것이 되어버리면 습관이 되고, 습관이 되어버리고 나면 쉽게 지울 수 없다. 그게 행동의 습관이든, 언행의 습관이든, 지금처럼 감정의 습관이든 종류는 상관없다.

사랑은, 참으로 우습다.

"언니!"

그때, 뒤쪽에서 효영의 부름이 들렸다. 깜짝 놀란 아리가 뒤를 돌았다. 죄를 지은 사람처럼 왜 이렇게 깜짝 놀랐는지 본인도 알 수 없는 노릇이었다.

"아, 효영아."

"언니, 어제 수호 오빠 만나러 간 거 맞죠?"

어쩌면 사랑보다 더 우스운 건, 기억이 아닐까. 사라진 듯 자취를 감추고 있다가, 그림자라도 드리우면 언제 그랬냐는 듯 모습을 드러낸다. 나 찾았어? 가증스럽게 웃는 얼굴로 불쑥 나타나고는 한다. 좋은 기억이든, 나쁜 기억이든 상관없다. 그렇게 몇 년을 괴롭혀 온 것이 부모님의 기억이었다. 현태 덕분에 무게를 조금 덜 수 있었는데, 이젠 수호의 기억이 그 존재가 되어버렸다.

그곳이 텅 비어버리면 서운하다는 말을 하고 싶은 걸까.

"응, 어제 만났지."

더 슬픈 건, 아무렇지 않게 대답할 수 있다는 점이다. 얼굴이나 목소리에 티라도 난다면, 기억을 헤집는 말은 듣지 않아도 될 텐데.

"현태 오빠한테 이야기 안 했어요?"

"왜 갑자기 현태가 나와?"

"아니, 어젯밤에 현태 오빠한테 전화가 왔거든요."

입을 크게 찢어 하품하던 효영이 아리의 팔에 팔짱을 끼었다.

"저 얼마나 깜짝 놀랐게요."

"깜짝 놀라?"

"네. 현태 오빠가 그렇게 흐트러질 수도 있구나, 처음 알았어요. 목소리만 듣고도 알아챌 수 있을 정도?"

신기했다. 현태의 이야기만 듣고도 스멀스멀 차오르는 나쁜 기억이 움직임을 우뚝 멈추었다.

"뭐라고 했는데?"

이게 뭐라고 기대를 한담.

"언니 어디 간지 아냐고 물어봐서 무슨 일 있냐 물었는데, 빨리 말해! 빽 소리를 지르더라니까요."

말해서 미안해요, 언니. 뒤로 이어지는 효영의 말은 들리지 않았다. 온 세상의 소리가 단번에 차단되는 느낌이었다. 존재하는 것이라곤 오롯이 제 심장의 두근거림뿐. 쿵쿵. 쿵쿵. 미세한 떨림에 입술을 꾹 눌렀다. 금방이라도 미소가 새어 나올 것 같았다.

"그랬구나."

"언니 화난 거 아니죠? 진짜, 진짜 일부러 말한 거 아니에요."

"아냐, 오히려 말해줘서 고마운걸."

"응? 그건 또 무슨 말이에요?"

괜히 말했구나 싶었다. 아니라 잡아떼기 시작하자, 효영도 끈질기게 아리에게 붙었다. 무슨 일이냐 몇 번을 물으며 답을 캐기 위한 노력을 했다. 대충 얼버무리며 매장까지 왔을 때, 누군가 그녀의 매장 앞에서 서성이는 게 보였다. 일순간, 가슴이 왜 그리도 덜컹 떨어졌는지 모르겠다.

수호인가? 그 짧은 의문에 심장이 덜덜 떨며 반응했다.

"어? 태진 오빠!"

서성거리는 사람이 수호가 아니라는 사실에 마음이 놓였다. 휴, 자기도 모르게 안도의 한숨이 새어 나왔다.

"아, 효영 씨."

아리는 두 사람의 가슴팍을 다시 확인했다. 역시 캔디는 보이지 않는구나. 새삼스러운 되새김을 몇 번이나 목으로 넘겼다. 익숙해져야 하는데, 좀처럼 익숙해지지 않았다. 현태의 마음을 캔디로 보지 않아도 되는 것과 타인의 마음을 캔디로 보지 않아도 되는 건 차이가 컸다.

"어쩐 일이에요?"

"그게…… 아, 한 매니저님!"

태진이 큰 목소리로 아리를 불렀다. 상념에 빠져 있던 아리가 깜짝 놀라 고개를 들었다.

"아, 네?"

태진은 잰걸음으로 아리에게 다가왔다. 얼굴에 당혹감이 역력한 것이, 무언가에 제법 놀란 듯했다.

"무슨 일이세요, 아침부터?"

"그게 그러니까……."

한참 머뭇거리는 태진의 모습에 아리가 고개를 갸웃 기울였다. 한참 망설이던 태진이 난감한 표정으로 말했다.

"혹시, 수호 씨. 그러니까 본부장님이랑 연락이 닿으시나…… 해서요."

본부장. 거리감 있는 호칭이었다. 물론 이제 그의 이름조차 저 멀리 던져 놓았지만.

"아니요, 안 되는데."

무슨 일이냐 묻고 싶지도 않았다. 어제의 그 외침이, 그의 우악스러운 손길이 아직도 지워지지 않았으니까.

"왜요? 수호 오빠한테 무슨 일 있어요?"

효영이 궁금한 듯 물었지만, 태진도 아리도 아무 말을 하지 않았다. 오묘한 공기는 오래가지 않았다. 한숨을 푹 내쉰 태진 때문이었다.

"그렇구나. 하, 이걸 어쩌지."

"무슨 일인데요, 오빠?"

"그게……. 아니 오늘 아침에 갑자기 사표…… 사표를 내셨다고 해서요. 인수인계도 못 할 것 같다고 그러셔서. 회사에 물어봤더니, 아직 확인하고 있다는 말밖에……. 사실 어제 본부장님 차에 한 매니저님이 타는 걸 봐서, 혹시나 알고 계신 게 있나 했거든요."

아리가 입술을 꾹 눌렀다. 예전 같았다면 무슨 일이 있나 걱정부터 했을 것이다. 저도 연락을 해보겠다 나섰을 텐데. 지금은 그러고 싶지 않았다. 사정을 모르는 누군가는 저를 보며 냉정하다 할 테지만, 지금은 냉정한 사람이 되고 싶었다. 그래야만 했다.

아리가 맞잡은 손에 힘을 꽉 주었다. 벌써 등줄기에 식은땀이 죽 흘러내렸다. 자꾸만 어제 수호의 모습이 머리에서 떠나지 않았다. 현태의 생각으로 잠시 밀려 나갔던 기억이, 재빠르게 그녀의 머릿속으로 침투했다. 가증스럽게 저를 찾았냐 깔깔 웃으면서.

"모르겠어요. 저도 어제 잠깐 이야기하고 헤어졌거든요. 어떻게 된 일인지는…… 직접 여쭈어보시는 게 나을 것 같네요."

아리의 단호한 말에 태진은 미안하다며, 주머니에 들어 있던 핸드폰을 꺼내어 통화 버튼을 누르며 돌아섰다. 받지 않는 건지, 한숨을 푹 쉬며 다시 전화를 끊었다 거는 모습도 보였다. 아리는 태진의 모습이 사라질 때까지 가만히 보고 있다가, 이내 매장으로 걸음을 돌렸다.

"언니, 뭐예요? 무슨 일인데요?"

놀란 효영이 쫓아와 물었지만, 아리는 딱히 이렇다 이야기를 해주지 않았다. 굳이 알릴 필요도 없었고, 어제의 기억을 끄집어내 되새길 필요도 없으니까. 어깨를 으쓱거리며 웃었다. 그것만으로도 효영은 제 마음을 알아챌 것이다. 그만큼 둘 사이의 시간도 견고했으니까.

효영은 아리의 생각대로 더는 캐묻지 않았다. 그저 수호가 큰 사고를 친 모양이구나, 넘겨짚으며 고개를 끄덕일 뿐.

"수미 이 기지배는 음료수만 사서 온다며, 왜 이렇게 안 와?"

상황을 휙 바꾸는 것도 고단수였다. 허리에 두 손을 얹은 채 밖을 쳐다보는 효영의 모습에 아리가 옅게 웃음을 터뜨렸다. 생각지 않기로 했다. 지금 수호가 어디에서 무얼 하는지, 또 어떤 생각을 하느라 잠적한 것인지 궁금해할 필요가 없다. 되레 궁금해하고 걱정해야 하는 건 저에게 상처를 준 그 사람이겠지.

정말 무책임한 사람이구나, 새삼 그런 생각을 했다. 그러지 않고서야 이렇게 제 할 일을 모조리 내팽개친 채 사라질 수가 없다. 복잡한 아침이었다. 차를 타고 가는 걸 보았다는 태진의 말이 자꾸만 머리를 울려, 그 복잡함이 배가 되어가고 있었다.

"맞다. 아까 제가 슬쩍 봤는데, 본사 요청 엄청 많던데요? 이동도 여러모로 많고, 매출 실적 문제로도 말이 좀 많았어요."

효영의 말에 아리가 고개를 끄덕이며 노트북을 열었다.

"응. 언니가 확인해 볼게."

"정말, 자기들이 현장 나와서 해보지. 아니, 판매가 그렇게 쉬운 것도 아니고. 안 그래요, 언니?"

아리가 웃었다. 그러게나 말이야. 툭 거들며 노트북 화면으로 시선을 고정했을 때, 다시 효영이 입을 열었다. 일순간, 날카로운 소리가 들렸다. 무언가 날아와 가슴에 콕 박혀 버렸다.

"아니, 사람 마음이라도 볼 줄 알면 잘 팔 수 있겠다. 아휴, 어디서 그런 능력 뚝 안 떨어지나."

툴툴거리는 목소리였지만, 아리는 아무런 대답도 할 수 없었다. 웃지도 못한 채 노트북만 빤히 바라봤다. 무슨 이야기가 적혀 있는지, 어떤 지시사항이 내려왔는지 좀처럼 눈에 들어오지 않았다. 마우스를 꼭 잡았다. 두근두근. 빠르게 뛰는 심장 소리가 아리의 시야를 방해했다. 알고 있을 리가 없는데, 꼭 능력이 사라지기 전의 저를 말하고 있는 것 같았다.

괜히 마음이 따끔거렸다. 속이면 안 되는 걸 속이고 있는 기분이 들었다.

"그러게. 그럼 좋겠는데."

겨우 짜낸 대답이었다. 툭 던지고 나니 가슴 속이 시원하기는커녕, 더욱더 답답해졌다. 고구마를 먹은 것처럼 목이 갑갑했다.

"빨리 와! 너 지각했다고 나 팀장님한테 이를 거야."

효영의 목소리가 들리는 걸 보니 수미가 온 모양이었다. 다행이라 생각하며 다시 노트북 속 글자들을 보기 위해 애써 집중했다.

"죄송해요. 좀처럼 흘려들을 수 없는 이야기를 하고 있어서……."
종종걸음으로 매장에 뛰어오던 수미가 효영과 아리의 눈치를 보았다.
"이야기? 무슨 이야기?"
그에 먼저 반응을 보이는 건 당연히 효영 쪽이었다. 그녀 역시 아리와 똑같은 이야기에 신경이 쓰인 모양이었다. 아리의 눈치를 보며 묻는 게 딱 그런 모양새였다.
"그게…… 그러니까."
수미는 좀처럼 이야기하지 못했다. 두 사람의 눈치를 보느라 여념이 없었다. 답답한 건 아리 역시 마찬가지였다.
"매니저님 이야기였는데……."
머뭇거리는 수미의 대답에 아리가 입술을 꾹 눌렀다. 자신이 생각하고 고민하던 그 이야기가 맞는 것 같다는 생각을 했다.
"괜찮아. 말해봐."
수미는 그런 아리를 보며 한참 망설였다. 이야기해야 하나 고민하는 듯했지만, 그 또한 오래가지 않았다.
"매니저님, 어제 강 매니저님 차 타고 가셨어요? 수호 오빠요."
덜컹. 가슴이 내려앉는 소리가 들렸다. 역시 그 이야기가 확실하구나. 손바닥에 흥건히 맺힌 땀이 단박에 식어버렸다. 아리는 아무렇지 않은 척하며 고개를 끄덕였다. 응. 맞아. 그녀의 짧은 대답에 수미가 안절부절못하며 제 손을 꼭 붙잡았다.
"언니가…… 수호 오빠 본사로 발령 나니까 금세 좋다고 엉겨 붙는다 그러더라고요. 어제 둘이 데이트 가려는 거 봤다고……."
웃음도 나오지 않았다. 언제는 현태와 내숭을 떠느라 사귀지도 않는다 하더니, 이제는 수호와 엮는다. 소문이라는 건, 그토록 무섭고 당혹스러운 놈이었다. 한순간에 달려와 사람을 바보로 만든다. 때로는 파렴치한 사람으로 만들기도 하고, 때로는 괴로울 정도로 시름시름 앓게 만든다.

형체 없는 악마나 다름없다.

"아니, 어떤 사람들이 그런 말을 해? 어디야? 누구였어? 얼굴 봤어?"

되레 효영이 더 화가 나 난리를 쳤다. 어쩜 그런 말을 할 수 있냐는 둥, 무슨 말도 안 되는 말을 하냐는 둥. 이런저런 말들을 쏟아놓았다. 반면에 당사자인 아리는 덤덤해 보였다. 저에 관한 이야기를 듣는 게 한두 번도 아니고. 이제는 그러려니 하는 게 나을 정도였다.

휴, 한숨을 쉬던 아리가 고개를 도리도리 저었다.

"됐어. 신경 쓰지 마."

이제는 체념 단계에 이르렀다. 언젠가 소문은 사라지고, 관심 또한 가라앉기 마련이다. 차라리 그렇게 되길 기다리고 있었다. 불이 지피는 장작에 불쏘시개를 넣는 건 바보 같은 짓이다. 자신의 소문이 점점 더 커지는데 보탬이 될지도 모르지.

왜 언니가 가만히 있냐 효영의 볼멘소리가 이어졌지만, 아리는 아무런 대답도 하지 않았다. 때로는 침묵이 답이 될 때가 있다. 강한 부정이 때로 누군가에게는 강한 긍정으로 전해질 수도 있는 법이니까.

"언니!"

"괜찮아. 한두 번도 아니고."

"언니, 한두 번이 아니었을 땐 현태 오빠에 관한 이야기였잖아요. 그리고 그때에는 오빠랑 언니 있는 곳에서라도 이야기했지. 이건 차원이 달라요."

"그때도 우리 없을 때 이야기했을 거야. 내가 못 들은 것뿐이지."

아무렇지 않게 넘기고 싶었다. 그저 웃으며 그랬대? 가볍게 넘긴 뒤, 신경 쓰고 싶지 않았다. 수호의 일이니까. 다시 한 번 얽히게 되면 다시는 빠져나오지 못할 것 같았다. 수호라는 이름은 이제 아리에게 있어 두려움 그 이상도 이하도 아니었다.

"언니, 그래도!"

"어허, 매장 너무 시끄럽습니다. 오픈 준비 다 끝나셨습니까?"

효영의 볼멘소리가 점점 더 커질 때 즈음, 매장으로 익숙한 목소리가 날아 들어왔다. 놀란 세 사람이 고개를 돌렸을 때, 입구에는 현태가 서 있었다.

"오빠, 잘 왔어요!"

효영이 기다렸다는 듯 걸음을 옮겼다. 아리가 그녀를 말리기 위해 카운터에서 나왔지만, 이미 늦은 모양이었다.

"왜, 무슨 일 있어?"

놀라 묻는 현태의 물음에 효영이 미간을 잔뜩 찌푸렸다. 그리고 열을 내며 수미가 듣고 온 이야기를 줄줄이 쏟아냈다. 현태는 생각보다 침착하게 이야기를 들어주었다. 그랬구나, 응. 연신 답해주며 고개를 끄덕이는 그의 모습에 아리가 짧게 한숨을 쉬었다.

"진짜 잘못된 거 아니에요?"

효영이 씩씩거리는 데 반해 현태는 곰곰이 생각을 이어갔다. 그리고 세 사람을 번갈아 쳐다보며 어깨를 으쓱거렸다.

"너무 신경 쓰지 마. 그 사람들은 아리의 적극적인 이야기를 원하는 거니까."

현태의 대답에 효영이 눈을 크게 떴다.

"오빠, 그런 대답이 또 어디 있어요! 그래도 오빠 여자친구 아니에요?"

그녀의 말에 놀란 건 비단 아리와 현태뿐만이 아니었다. 수미도 놀라 눈을 크게 떴다. 진짜요? 깜짝 놀라 되묻는 목소리가 제법 컸다. 효영은 그런 세 사람을 당황스러운 눈빛으로 쳐다보았다.

"뭐야, 왜 놀래요? 내가 이 정도 눈치도 없을까 봐? 그리고 수미 너는 왜 놀래, 언니랑 이야기했잖아."

"아니…… 그랬으면 좋겠다는 말이지, 진짜일 줄은 몰랐어요. 언제부터예요? 예쁘다고, 막 매장에서 예쁘다고 했던 그때부터죠?"

아리는 아무런 표정을 짓지 않았고, 현태는 무엇이 좋은지 싱글벙글 연신 미소를 떨어뜨리지 못하고 있었다. 한참 침묵을 지키던 현태가 먼저 입을 열었다.

"그래. 맞아. 한 매니저님 내 여자친구 맞아."

"그러니까 오빠가!"

"그런데 여기서 내가 나서면 아리 입장만 더 곤란해지지 않을까?"

현태의 대답에 아리 또한 수긍했다. 나서는 건 현태가 아닌 저여야만 한다. 그 역시 저와 같은 생각을 하고 있으리라 생각했었다. 그리고 그 생각이 맞아떨어진 순간, 괜히 미소가 그려졌다.

"그리고 굳이 해명할 필요는 없다고 생각해. 아니면 된 거니까. 그런 소문에 일일이 신경 쓰면 골 아파서 일 못 해."

그의 말이 틀린 건 아니었다. 수미도, 효영도 아무 말을 하지 않은 채 입을 꾹 다물고 있었다. 반박할 말이 좀처럼 떠오르지 않았다. 현태는 그런 효영과 수미를 보며 생긋 미소를 짓다, 아리를 쳐다보았다. 두 사람이 눈을 마주한 순간, 묘한 순풍이 불어왔다.

지금까지의 이야기들을 모두 날려 버릴 법한, 부드럽고 향긋한 바람이었다.

"그러니까, 너무 걱정하지 마."

그리고 날 믿어.

입 밖으로 나오지 않은 그의 목소리가 들리는 듯했다. 아리는 고개를 끄덕였다. 언제나 믿고 있었다는 이야기를 하려다 눈빛을 전하는 것으로 대신하기로 했다.

"우리의 새로운 시작인데, 그게 망가지도록 놔두진 않을 테니까."

믿음직스럽다. 쿵쿵. 쿵쿵. 심장이 뛰는 것 역시 당연했다. 아리는 흐뭇하게 미소를 지으며 현태의 손을 꼭 붙잡았다.

그래, 나는 널 믿어.

그녀 역시 암묵적인 이야기를 전했다.

"이제 해결됐으니까, 어서 일하시죠. 오픈 시간이 얼마 남지 않았습니다."

하지만 효영은 아직 받아들이기 힘든 모양이었다. 투덜거리며 매장의 안으로 들어가는 그녀의 모습에 수미가 어쩔 줄 몰라 두 사람을 번갈아 보았다. 하지만 현태는 꿈쩍도 하지 않았다. 괜찮아, 다 잘 될 거야. 아리에게 입 모양으로 그런 말을 남긴 채 유유히 매장의 앞을 떠나갈 뿐이었다.

❁

핸드폰이 울렸다. 벌써 몇 번째 울리는 진동인지도 모르겠다. 그날 이후로 집에도 들어가지 않았다. 차를 끌고 오다 보이는 모텔에 들어왔다. 삼사일 머무르다 갈 거라 말을 한 뒤, 돈을 던져주었다. 그리고 방으로 들어와 한참이나 누워 있었다. 뜬눈으로 밤을 지새웠고, 밝게 뜨는 아침의 햇살도 두 눈으로 바라보았다.

일이든 무엇이든 전부 멈추고 싶었다. 조금이라도 저에게 쉴 틈이 필요하다 느낀 건, 처음이었다.

"넌…… 너무 서두르려 해."

이제는 얼굴도 기억나지 않는, 옛사랑이 했던 이야기가 이제야 이해되기 시작했다. 서두르는 사람. 틈이 없어 보이지 않는 게 아니라, 너무 빨라 보이지 않는 사람. 그게 자신이었다. 그래서 또 한 번, 사랑이라 말할 수 있는 여자를 놓쳤다. 제 책임으로, 자신의 잘못으로. 이걸 제대로 고치지 못하는 건 문제가 있다.

조금만이라도 쉬며 고치고 싶었다. 아니, 그보다 더 중요한 게 있을 텐데. 좀처럼 떠오르지 않는다.

"아리야……."

여전히 입술에 배어 있는 이름을 툭 던져 보았다. 보고 싶다. 하마터면 그 말을 툭 뱉을 뻔했다. 그러나 뱉는다 해서 들을 사람이 없기에, 속으로 꾹꾹 눌러 참을 수밖에 없었다. 아니, 애초에 해선 안 되는 이야기이기도 했고.

눅눅한 아침이 밝아오고 있었다. 햇살에 배어 있는 아리의 눈물이, 울음 섞인 외침이. 수호에게서 채 떨어지지 않은 채 따갑게 쏟아지고 있었다.

❁

점심시간이 다가올수록 아리는 괜히 마음이 초조해졌다. 한두 번이냐 말은 했지만, 지레 겁이 나는 건 어쩔 수 없었다. 효영과 수미가 돌아오지 않았으면 했다. 차라리 종일 저 혼자 바빠 밥을 먹을 시간도 없었으면 좋겠다.

이런 제가 바보 같았다. 그깟 소문쯤, 뭐 별거라고.

"한 매니저님."

익숙한 목소리에 덜컹 가슴이 내려앉았다. 고개를 들어 올리니, 생긋 미소를 짓고 있는 현태가 있었다.

"밥 먹으러 가야지."

"아직 애들이 안 와서."

"기다리지, 뭐."

현태는 그렇게 말하며 아리의 매장으로 들어왔다. 뒷짐을 진 채 매장을 죽 둘러보던 현태가 새로 들어온 남자 바람막이를 들며 눈을 크게 떴다.

"이거 예쁘다."

아리 역시도 옷으로 시선을 돌렸다. 검푸른 계열의 바람막이를 가만히 쳐다보다 현태에게 다가갔다.

"아빠 사다 드릴까?"

현태가 아리를 빤히 바라보다, 재차 옷으로 시선을 돌렸다.

"아빠?"

"응. 아빠 이런 색 잘 받으시잖아."

"뭐, 그렇긴 한데."

"그치? 하나 해드려야겠다."

기분이 묵직하게 가라앉아 있었던 건 까먹은 건지, 아리가 활짝 웃으며 카운터로 달려갔다. 싱글벙글한 얼굴로 옷을 결제하는 동안, 현태는 점점 얼굴이 부루퉁해졌다. 들고 있던 옷을 제 몸에 대보더니, 이내 콧방귀를 뀌며 옷걸이에 걸었다.

"말한 사람은 난데, 왜 아빠한테 옷이 가는 거지?"

"응?"

아리가 놀라 묻자, 현태가 스윽 시선을 돌렸다. 괜히 검푸른색 바람막이를 툭 치며 몸을 돌렸다. 알고 싶지 않아도 알 수밖에 없는 행동이었다. 아리는 웃으며 같은 모델의 다른 색상을 빠르게 결제 내역에 넣었다.

"현태 너는 그 색깔 말고, 조금 더 잘 받는 색으로 해주려고 한 거지. 아빠가 그 색상이 조금 더 잘 받으시잖아."

현태가 우뚝 멈추었다. 한참 꼿꼿하게 서 있던 그가 뒤를 돌아 아리와 눈을 마주했다. 그나마 심통이 좀 풀린 건지, 눈이 반짝거리고 있었다.

"현태 너는 밝은 회색으로 입자. 응?"

"그게 더 잘 받을까?"

마음에 들었구나 싶었다. 아리는 카운터에서 나가 검푸른색 옆에 걸려 있는 밝은 회색 바람막이를 꺼내 들었다. 그리고 현태의 몸에 가져다 대곤, 거울에 비춰보았다.

"봐. 이게 훨씬 잘 어울리지?"

그런 것 같기도 하고. 아닌 것 같기도 하고. 한참 거울을 쳐다보던 현태가 어깨를 으쓱거렸다. 뭐, 괜찮네. 고개를 끄덕이는 그의 얼굴이 활짝 피었다. 그의 모습을 지켜보던 아리가 티 나지 않도록 안도의 한숨을 쉬었다. 바람막이 두 벌을 계산한 지 얼마 되지 않아 효영과 수미가 매장으로 들어왔다.

"뭐야, 왜 자꾸 매장에서 연애해요?"

효영은 웃는 얼굴로 부루퉁한 목소리를 냈다. 그 뒤를 좇던 수미는 두 사람을 보며 연신 부럽다는 소리만 줄줄이 뱉고 있었다. 아리는 어색하게 웃으며 현태를 잡아끌었다. 어서 가자, 채근하며 자리를 떴다.

"언니."

그때, 효영이 아리의 옷깃을 붙잡았다.

"가서 무슨 말이 들려도……. 그냥 무시해요. 알았죠?"

효영의 말뜻을 단박에 알아채고 말았다. 한참 고민하던 아리가 고개를 끄덕였다. 그래, 알았어. 짧게 새어 나오는 답변에 효영이 한숨을 푹 쉬었다. 하지만 현태는 달랐다. 무엇이 문제냐는 듯 두 사람을 쳐다보다 아리를 잡아끌었다.

"가자, 빨리. 나 배고파."

다녀온다는 한마디 말을 남긴 채, 아리가 매장에서 멀어졌다. 멀어지는 두 사람의 모습을 지켜보던 효영과 수미가 한숨을 쉬었다.

부디 아무 일도 없이 무탈하게 지나갈 수 있기를, 바랄 뿐이었다.

"사람 진짜 많다."

식당의 입구에 멈춰선 아리가 입을 떡 벌렸다. 두 번째로 나온 것치곤 사람이 너무 많았다. 오늘따라 저와 사람들의 점심시간이 왜 이리 잘 들어맞는 건지. 한참 안쪽을 쳐다보던 아리가 고개를 돌려 현태를 바라보았다.

"나가서 먹을까?"

"그렇게 나간 사람도 꽤 있을걸?"

반박할 수 없었다. 기다리느니 나가서 먹자, 라는 생각을 하는 사람이 비단 저뿐만도 아닐 테고. 한참 고민하던 아리가 아휴 크게 한숨을 뱉었다.

"기다리자. 괜찮아. 금방 줄어들 거야."

그런 아리를 다독이는 건 역시 현태뿐이었다. 손을 꼭 잡아준 그가 저 앞을 바라보았다. 손을 뺄까. 그대로 잡고 있을까 고민이 되었다. 이대로 잡고 있자니 사람들의 시선이 신경 쓰이고, 놓자니 현태가 신경 쓰였다. 이도 저도 못 하는 사이, 누군가 그들의 어깨를 툭 두드렸다.

"어머, 두 사람 손잡은 거 봐!"

캐주얼 매장 내에서 제일 말이 많다 소문난, 유 매니저였다. 그에 바짝 긴장한 아리가 현태의 손을 놓으려 힘을 썼다. 하지만 현태가 그런 아리의 손을 놓아줄 리 만무했다. 오히려 더더욱 힘을 주어 아리의 손을 붙잡았다.

"뭐야, 둘이 그렇게 아니다, 아니다 하더니. 결국은 그렇고 그렇게 된 거야?"

유 매니저의 말에 아리가 입술을 꾹 눌렀다. 그 말이 틀린 건 아니다. 분명 연애를 하는 건 맞지만, 아마 유 매니저가 묻는 건 비단 '연애'만은 아닐 것이다.

"나는 어제 한 매니저가 강수호 씨 차 탔다고 해서…… 뭐 그렇고 그런지 오해했지."

유 매니저가 눈을 흘기며 웃었다. 곁에 서 있던 스포츠 매장 남자 매니저도 마찬가지였다. 어제 주차장에서 보았다는 말로 거들며 둘을 힐끗거렸다. 오히려 현태와 어떤 사이냐 묻는 쪽이 더 마음이 편했다. 둘이 매일 붙어 다니는데 아무 사이가 아니냐는 눈초리가 더욱 견딜 만했다.

"네. 맞습니다."

아리가 눈을 질끈 내리감았을 때, 무심한 듯 무심하지 않은 현태의 목소리가 툭 터져 나왔다. 아리의 손을 더더욱 꽉 붙잡으며 둘을 바라보았다. 그리고 꽉 마주 잡은 손을 들어 올렸다.

"유 매니저님 말대로 이렇고 이런 사이 됐습니다. 제가 한아리를 엄청 따라다녔거든요. 같은 차를 타고 가서 데이트면, 카풀 하는 사람들은 매일 같이 데이트를 하는 거겠네요."

두 사람은 말이 없었다. 그들 역시 카풀을 이용해 출퇴근하던 터라, 딱히 받아칠 말이 없는 것이리라 현태는 생각했다. 앞에 서 있던 사람들이 뒤를 힐끔거렸다. 뒤로 늘어진 사람들은 그들을 보려 발꿈치를 들었다.

줄이 조금 앞으로 당겨졌을 때, 현태가 아리를 잡아당겨 걸음을 옮겼다.

"다른 데에 가서도 소문 좀 내주세요. 지현태가 한아리 엄청 쫓아다녀서 결국 그렇고 그런 사이 됐다고요. 아, 덤으로 어제 일은 내가 강수호 씨에게 부탁한 거라는 말도 전해주시겠어요?"

"뭐, 뭐 그래. 그러지, 뭐."

두 사람은 고개를 끄덕였다. 그리고 잘 먹고 내려오라 말하며 그들의 앞에서 떠났다. 현태는 멀어지는 두 사람의 뒷모습을 보다 아리를 쳐다보았다. 얼굴이 붉게 달아오른 아리 역시 그들을 쳐다보다, 현태를 향해 고개를 돌렸다. 동그란 눈동자가 한데 마주했다.

"뭐, 뭐 하는 거야. 괜히 너 이상한 소문 돌면 어떡해."

"뭐 어때. 그러든가 말든가. 사람이 사람 만난다는데, 그것까지 신경 써야 할 필요 없잖아."

"그래도."

"남 연애사에 관심 가지는 게 더 이상한 거야. 남 이사 연애를 하든, 결혼하든. 하물며 네가 다른 남자 차를 타든. 대체 그게 무슨 상관인데?"

아리는 입술을 꾹 눌렀다. 완벽하게 저를 위한 사람이 있다는 건, 생각보다 행복한 일이었다. 저를 위해 화를 내주고, 저를 위해 울어주고 웃어주는 사람이 있다. 아무도 없다 생각했던 한아리에게도 그런 사람이 존재한다는 사실 하나만으로도 가슴이 벅차올랐다.

"그러니까 이제 당당히 다녀. 넌 내가 십 년 이상을 바라본 여자야."

"알았어."

"누가 또 그런 말 하면, 당당하게 말해. 지현태랑 결혼할 거라고."

"응……."

고개를 끄덕이던 아리가 깜짝 놀라 현태를 올려다보았다. 동그란 눈이 당황을 이야기하고 있었다.

"결혼?"

"그럼, 너는 나랑 결혼 안 하려고 했어?"

사실 결혼을 생각해 본 적은 없었다. 마음으로 지켜야 할 사람이 생긴다는 건. 그리고 책임져야 할 가정이 이루어진다는 건. 생각보다 무거운 일이라는 걸 알고 있었다. 홀로 남겨두고 떠나게 되는 상황이 걱정됐다. 만날 수 있음에도 끝이라는 글자를 새기는 이별보다는, 두 번 다시 만날 수 없는 이별이 더욱 아픈 법이니까.

너무 깊게 생각하고 있다는 걸 잘 알고 있었다. 하지만 그만큼 아리에게 있어 결혼이라는 건 어렵고, 무서운 이야기였다.

"뭐, 너무 이른 이야기이긴 하다. 미안해."

현태가 아리의 머리를 쓰다듬으며 말했다. 멋쩍게 웃는 모습에 괜히 미안해졌다. 미래의 이야기인지라 너무 깊게 파고들 필요가 없는데. 왜 이렇게 신경이 쓰이는지 모르겠다. 그런 아리의 마음을 알아챈 건지, 현태가 아리의 손을 꼭 잡아주었다. 줄줄이 빠지는 사람들을 따라 앞으로 걸어가던 두 사람이 다시금 우뚝 멈추었다.

"그래도 뭐."

툭 터져 나오는 현태의 물음에 아리가 살짝 위를 보았다. 저를 힐끗 돌아보는 현태의 찢어진 눈매에 쿵, 가슴이 떨리는 소리가 들렸다.

"이 정도면 시작으론 좋지?"

동그랗게 말려 올라가는 입꼬리가 매혹적이었다. 몰랐던 사실이 있었다면, 현태는 다른 여직원들의 말대로 매우 잘생긴 편에 속한다는 것이었다. 찢어진 눈매도, 날렵한 콧대도. 왜 이제껏 몰랐을까, 싶을 정도였으니까.

"응. 좋네."

"이제야 한아리랑 연애하는구나."

현태가 중얼거리며 손에 힘을 꽉 주었다. 그저 아무렇지 않게 뱉은 말일 뿐인데, 아리의 가슴이 지나치게 큰 소리를 내며 뛰었다. 연애라는 건, 생각보다 더 행복한 일이었다. 그리고 연애라는 건, 자신이 예상했던 것보다 더 가슴이 터질 것 같았다.

두근두근한 마음으로 서 있는데, 현태의 주머니에서 진동이 울렸다. 핸드폰을 꺼내 든 현태가 화면을 가만히 바라보았다. 아리를 돌아보며 손에 더욱 힘을 주었다.

"나 통화 좀."

"응. 괜찮아."

미안하다는 말이 눈에 쓰여 있었다. 현태는 조금 전보다 더 아리의 손을 세게 붙잡았다. 숨을 크게 들이마시던 그가 통화 버튼을 눌렀다.

"네. 지현태입니다."

생각보다 낮은 목소리에 아리가 그를 힐끗 쳐다보았다. 웬만한 전화에서는 이렇게 바짝 곤두선 목소리를 내지 않을 텐데. 그런 아리의 시선을 현태 역시 느끼고 있었다. 하지만 누구의 연락인지 말하고 싶지 않았다. 밝히는 것도 싫었다.

[현태야.]

수화기 너머로 들리는 목소리의 주인공이, 강수호였기 때문이었다.

"네. 말씀하세요."

[부탁…… 하나만 해도 될까.]

잔뜩 처진 수호의 목소리에 현태가 잠시 숨을 멈추었다. 고민에 고민을 이어가던 찰나 다시 입을 열었다.

"들어드릴 수 있는 거라면 들어드리죠."

[나 곧 한국 떠나려고.]

속이 부글부글 끓었다. 일은 모조리 벌여놓고, 이대로 떠난다고? 뭐, 그것도 나쁘지는 않다. 차라리 눈에 보이지 않는 게 더 나을지도 모른다. 그저 간단히 회피할 거라면, 왜 일을 저질렀나 싶을 뿐.

"그래서, 배웅이라도 해달라는 겁니까?"

수호는 말이 없었다. 이어지는 정적 속에서 피식 터지는 웃음소리가 들렸다.

[그러면 고맙지만, 그럴 필요는 없고.]

하, 깊은 한숨이 들렸다. 듣는 것만으로도 짜증이 잔뜩 올라오는, 아주 진득한 한숨이었다.

[아리한테 주고 싶은 게 있는데, 네가 대신 맡아주면 안 될까.]

자기도 모르게 아리의 손을 꽉 붙잡았다. 왠지 수호가 주는 것도 아리와 관련이 되어 있을 것 같았다. 싫다고 말하려 했는데, 어쩐지 입이 떨어지지 않았다. 일단 만나고 싶었다. 흠씬 두들겨 패고도 싶었고, 욕이라도 실컷 하고 싶었으니까. 한참 고민하던 현태가 다시 그에게 물었다.

"그게 뭔데 제가 맡습니까?"

수호는 다시 말을 잇지 않았다. 미미한 숨소리만이 연거푸 들릴 뿐, 한참 망설이던 수호가 입을 열었다. 망설이는 것이 수화기 너머로도 느껴졌다.

"할 말이 없다면."

[만나서 보면 안 될까? 혹시라도 내키지 않으면, 내 앞에서 없애 버려도 돼. 그러니까…….]

평소였다면 다른 꿍꿍이가 있는 게 아니냐 의심부터 했을 텐데. 오늘 수호의 목소리는 말이 아니었다. 거짓말이라 하기에 잔뜩 지친 것이 느껴졌다. 한참 고민하던 현태가 휴, 한숨을 내쉬었다. 다시 아리의 손을 꼭 잡으며 말했다.

"알았습니다. 약속 시각이랑 날짜 정해서 문자 넣어주세요."

수호는 알겠다는 짤막한 대답을 던진 뒤, 전화를 끊었다. 현태 역시 무어라 덧붙이지 않고 핸드폰의 종료 버튼을 빠르게 눌렀다. 주머니에 핸드폰을 집어넣으면서도 구겨진 얼굴이 펴지지 않았다.

"무슨 일 있어?"

아리의 조심스러운 물음에 현태가 뒤를 돌았다. 동그란 눈이 조금 일그러져 있었다. 걱정돼서, 그 마음이 고스란히 담긴 눈빛에 현태가 픽 웃어 보였다.

"아니, 없어."

"없는 게 아닌 것 같은데? 엄청 심각해 보였어."

말을 할까, 일순간 그런 생각을 했었다. 하지만 그 고민은 단 십 초도 되지 않아 사라졌다. 엄연히 아리는 피해자다. 가해자인 수호의 이야기를 굳이 꺼낼 필요는 없지.

"본사에서 자꾸 귀찮게 하니까. 너무 걱정하지 마. 별거 아니야."

현태는 웃으며 아리의 머리를 쓰다듬어 주었다. 걱정하지 마. 짧게 덧붙이는 현태의 말에 어쩔 수 없이 고개를 끄덕였지만, 어쩐지 내키지 않았다. 대화 내용으로 들었을 땐 본사에서 걸려온 전화는 아닌 것 같았는데. 캐묻고 싶었지만 참기로 했다.

나름대로 현태의 배려라고 생각하고 있었다. 아직은 몰라도 되는 이야기이기에 하지 않는 것이라고.

"그래, 알았어."

때로는 말하지 않는 것들이 독이 될 때가 있다. 괜한 의심을 낳고, 생각을 부풀린다. 물론 아리 자신의 마음이 그렇다는 건 아니었다. 그저 그 독이, 의심이, 생각이 제 안에서 자라지 않기를 바랄 뿐.

점심시간은 제법 평탄하게 지나갔다. 별일 없이 밥을 먹었고, 아무렇지 않게 이야기를 나누었다. 시시콜콜한 이야기들은 꺼내도, 꺼내도 끝나지 않았다. 추억이라는 물이 바닥을 보이지 않는 사이라는 건, 생각보다 더 행복한 것 같다. 아무리 퍼내고, 퍼내도 바닥이 보이지 않으니 말이다. 한 동이의 물에서 두 동이의 물이 더 나오고, 두 동이의 물을 뜨고 나면 그 속에서 세 바가지의 물이 더 나온다.

추억이라는 건, 기억을 파고 들어가 겹겹이 덧대어지는 것이니 이야깃거리 역시 마찬가지일 테지. 한참이나 추억을 나누느라 여념이 없던 찰나, 아리가 먼저 현태에게 물었다.

"그럼 너는 나 연애할 때, 질투 나거나 신경 쓰인 적 없었어?"

현태가 밥을 뜨다 말고 아리를 쳐다보았다.

"왜 갑자기?"

"그냥, 궁금해서."

아리의 말에 잠시 고민하던 현태가 머리를 긁적였다. 떠놓은 밥을 입안으로 넣고 꼭꼭 씹으며 아리를 빤히 쳐다보았다. 언제였더라, 한참 고민하던 그가 물과 함께 입속의 밥을 넘겨 버렸다. 어쩐지 입이 떨어지지 않았다. 그때를 다시 떠올리자니 가슴 한쪽이 지끈거리기 시작했다. 입에, 머리에 담을 때마다 턱뼈를 아릿하게 만드는 기억이 있다.

누구에게나 그럴 테지만.

"나 군대 가기 보름 전에. 네가 만난 놈이 있었어."

만난 놈. 극단적인 표현이었다. 현태의 개인적인 기분이 적나라하게 들어간 그의 말에 아리가 꿀꺽, 침을 삼켰다. 현태는 조금 남은 밥을 싹싹 긁어 숟가락 위에 얹었다. 숨을 크게 들이마시고 내뱉은 뒤, 숟가락을 입안으로 쏙 집어넣었다.

아리는 현태가 말하는 게 누구인지 얼추 알 것 같았다. 하지만 먼저 입에 담지는 않기로 했다. 괜한 이야기를 했다가, 더욱 괜한 상황을 만들고 싶지는 않았으니까.

"일단 나가자. 나가면서 이야기해 줄게."

아리는 고개를 끄덕이며 현태와 함께 자리에서 일어났다. 깨끗이 비워진 식판을 반납한 뒤, 기나긴 줄을 지나쳐 식당 밖으로 나갔다. 그리고 약속이라도 한 듯, 바로 위층의 휴게실로 올라갔다. 늦은 점심시간이라 그런지, 공중 정원에서 쉬는 직원들은 그리 많지 않았다.

아리와 현태는 비어 있는 의자로 가 앉았다. 숨을 크게 들이마실 때마다 상쾌한 공기가 콧속으로 밀고 들어왔다.

"이름이 뭐였더라. 조…… 조성현이었나. 성언이었나."

"성현. 성현 맞을 거야. 아마도."

아리는 순간 아차 싶어 입술을 안쪽으로 밀어 넣으며 꾹 짓눌렀다. 괜한 말을 했구나, 단박에 알아챌 수 있었다. 하지만 현태는 별다른 말을 하지 않았다. 그저 곁눈질로 아리를 한 번 슥 쳐다보다, 이내 짧게 한숨을 터뜨렸을 뿐.

"걔가 왜?"

화제를 바꾸고자 질문을 던졌는데, 바꿀 만한 화제는 아니었다는 걸 깨달았다. 바보, 중얼거리던 아리가 어색하게 웃었다.

"뭐, 얼굴도 그만하면 괜찮고. 키도 크고 옷도 잘 입고."

"칭찬인 거야?"

"칭찬이겠냐?"

어쩐지 심통이 난 것 같았다. 그런 현태의 모습이 조금은 신선하게 느껴졌다. 연애라는 단어가 이토록 사랑스럽게 느껴졌던 적이 있었나. 물론 누군가를 만나는 찰나에야 무얼 하든 사랑스럽고, 애틋하기 그지없을 테다. 지나고 난 뒤에 퇴색이 되어버려 사랑스러운 감정일지, 애틋했던 감정일지 모르는 게 되어버리는 것뿐. 질투라는 단어도 참으로 상투적인 뜻이지만. 그 또한 오가는 감정이 있기에 존재할 수 있는 단어이기도 하니까.

현태가 보여주는 질투 한 조각조차 아리에게는 사랑스럽기 그지없었다.

"나 군대 가기 이틀 전엔가, 친구들끼리 모인 날. 기억해?"

아리가 당황해 눈을 크게 떴다. 입을 살짝 벌린 채 고민하던 그녀가 하하, 어색하게 웃었다.

"안 나겠지. 안 왔으니까."

"안 갔어? 내가?"

"마음은 왔겠지."

길게 한숨을 뱉던 현태가 팔짱을 꼈다. 다리를 꼬고 아리를 슬쩍 쳐다보았다. 당황으로 물든 그녀의 표정을 보다 픽 웃음을 그렸다. 사실 당시에는 서운함에 눈물까지 핑 돌았었다. 다른 사람은 몰라도 한 아리가 저에게 그럴 줄 몰랐으니까. 물론 그때 아리를 향한 감정이 더는 친구의 마음이 아니었기에 서운함도 배가되었겠지만.

"여섯 시쯤인가. 너한테 전화가 왔어."

들뜬 마음으로 기다렸다. 어디야? 묻는 목소리도 듣고 싶었고, 잘 다녀오라 격려도 듣고 싶었다. 조금 더 욕심을 부리자면 한 번 꽉 안아보고 가는 것도 좋았을 테지만. 당시의 현태에게는 그조차 사치였고, 욕심이었다. 그냥 친구도 아닌, 소꿉친구였으니까. 긴 시간을 추억이라는 이름으로 쌓아놓은, 하나뿐인 소꿉친구.

"내가 뭐라고 했는데?"

"남자친구랑 싸워서 못 갈 것 같다고."

희망은 한순간에 무너졌다. 주변 친구들은 어쩔 수 없다며 그를 위로했지만, 그의 머릿속 역시도 어쩔 수 없다 저를 달랬지만, 정작 마음은 아니었다. 서운함에 서운함이 밀려와 자꾸만 속이 답답했다. 그날, 처음으로 술을 진탕 먹었던 것 같다. 집에 어떻게 왔는지도 기억이 나지 않을 정도였으니.

그리고 아리의 얼굴은 보지도 않은 채 훈련소에 들어갔다. 일을 나가지 않았다는 아리의 집에는 들르지도 않고, 그대로 훈련소로 직행하자며 부모님에게 부탁했다. 아리를 깨우고 싶지 않다는 명목이었지만, 사실 단단히 삐져 있었다. 다시 돌아오지 못하는 건 아니었지만, 당시에는 괜히 그런 기분마저 들었으니까. 물론 더욱 현태를 토라지게 만든 건, 단순히 송별회에 오지 않았다는 이유뿐만이 아니었다.

"적어도 그 순간에 첫 번째는 나라고 생각했으니까. 뭐, 자만이었지만."

그때에도, 지금에도 변하지 않는 생각이었다. 누군가 들으면 이기적이라 하겠지만. 적어도 저와 아리는 형제처럼 지내지 않았던가. 부모님이 순위를 따질 수 없는 0번의 순위라면, 아리는 현태에게 있어 첫 번째 순위였다. 무슨 일이 있어도, 어떠한 상황에서도 아리를 먼저 생각했다.

그래서 그때에는 아리 역시도 같을 거라 믿었던 자신을 탓했다.

"사실 군대 가는 게 별거 아니긴 한데. 그냥 그런 거 있잖아…….

그래도 인생에 있어서 가장 큰 사건인 그 순간을, 아리 너는 꼭 함께 배웅해 줄 거라 믿었거든."

현태가 손가락을 매만지다 아리를 향해 고개를 돌렸다. 그리고 씁쓸하게 웃어 보였다. 벌써 몇 년이나 지난 일인데도 불구하고 마음은 여전히 쓰렸다. 이렇게 보면 저도 퍽 속이 좁은 남자다. 이런 걸 여전히 간직하고 있는 걸 보면 말이다.

"아, 기억나. 기억난다."

현태의 이야기를 잠자코 듣던 아리가 손바닥을 짝 마주쳤다. 아주 당연하게 잊고 있던 이야기가 머릿속으로 밀려들어 오자마자 미안함이 배가 되었다. 아랫입술을 꾹 누르고 있던 아리가 고개를 푹 숙였다.

그랬었다. 현태의 송별회 때문에 성현과 크게 다툰 날이었다.

"그러니까 거길 왜 꼭 가야 하냐고. 걔네 부모님이 너한테 잘해준다고, 네가 진짜 걔 형제라도 되는 줄 알아?"

꼭 그곳에 가야 하냐 따졌었다. 그럼 너는 송별회니 휴가 기념이니 친구들과의 자리에 나가지 않냐 물었지만, 성현은 아리의 말을 무시했다. 저와 아리는 같지 않다는, 얼토당토않은 이유였다. 말이 안 된다며 대판 싸우다 결국 아리는 홀로 집으로 돌아갔다. 하지만 괜한 트집이 잡히는 게 싫어 현태에게 못 갈 것 같다고 말을 한 것뿐이고.

아주 나중에 들은 거지만, 제 딴에는 말끝마다 현태, 현태 붙이는 게 영 꼴사나워 그랬다고 했다. 헤어지기로 이야기를 끝낸 그날이었나, 웃으며 이야기했던 날이 더불어 떠올랐다.

"미안해."

"그러고 나서 그 새…… 아니, 그 자식 팔짱 끼고 면회 왔지. 너?"

피식 웃으며 묻는 현태의 목소리에 아리가 흠칫 놀랐다. 아, 그랬지. 참. 중얼거리며 하하 어색하게 웃어 보였다.

"엄마는 그때 어찌나 칭찬하는지. 사윗감이네, 정말 훤칠하네. 아리랑 너무 잘 어울리네. 그때 심통 난 아빠한테 고마울 정도였다니까."

엄마는 현태에게 성현과 잘 지내라 했다. 사람 일은 모르는 거라고, 아리와 잘되고 나면 현태와도 자주 만나게 될 거 아니냐고 말이다. 그때, 아빠가 버럭 화를 냈다.

"아직 오지도 않은 일로 호들갑은!"

그 호통이 현태는 너무나 고마웠다. 제가 하고 싶은 말이었다. 아직 모르는 미래를 그렇게 단정 짓지 말라 하고 싶었다. 그때를 떠올리던 현태가 키득거리며 머리를 긁었다.

"그나저나, 왜 헤어진 거야?"

아리가 깜짝 놀라 눈을 크게 떴다. 대답은 하지도 못한 채, 왜 헤어진 것이냐 묻는 현태의 눈을 빤히 바라보았다.

"응? 누구?"

"누구긴. 조성현인가 뭔가 걔. 나 제대하기 전에 헤어졌잖아. 뭐 그 이야기도 엄마한테 들어서 얼마나 서운했는지…… 모르겠지만."

그럴 수밖에 없지. 중얼거리던 현태가 머리를 긁적였다. 아리는 한참 망설이다 톡톡, 두드리고 있는 제 두 손가락을 내려다보았다. 음, 한참 고민하던 아리가 숨을 크게 들이마시고 내뱉으며 현태를 향해 싱긋 웃어 보였다.

"성현이 캔디가 점점 까맣게 변해가더라고. 너랑 내 사이를 질투하다, 의심하게 되고. 의심하게 되니 싸우는데, 화해하고 나면 잠깐 빨갛게 변했다가 다시 까맣게 물들어. 혼자 자책하며 파랗게 얼어버릴 때도 있고."

어렵게 뱉는 아리의 말에 현태가 귀를 기울였다. 뜬금없는 생각이었지만, 아리가 캔디를 볼 수 없다는 것이 다행인 듯했다. 아니, 다행일 수밖에 없었다. 지난 옛이야기로도 이토록 질투하는 저의 모습을 아리가 알아챌 필요는 없으니까. 얼마나 속이 좁아 보일까.

"그게 싫었어. 좋은 사람이 나로 인해 힘들어지는 게, 견딜 수 없었어. 그래서…… 헤어졌지, 뭐. 내가 만나던 사람이랑 헤어질 이유가 따로 있나?"

아무렇지 않은 척 웃으며 말하지만, 그 속에 담긴 아픔이 얼마나 컸을지 알고 있었다. 매번 제 능력을 탓하며 울었다. 더는 보고 싶지 않다 가슴을 치던 날도 현태는 아리와 함께 있었다. 누군가의 마음이 보이기에 더욱 조심스러워지는 것도, 망설이게 되는 것도 많아진다는 걸. 아리를 통해 알게 되었다.

현태는 아리의 손을 꽉 붙잡았다.

"됐어."

"뭐가?"

손에 더욱 힘을 주었다. 숨을 크게 들이마시며 아리에게 제 온기를 있는 힘껏 전했다.

"이제 됐다고. 캔디가 보이지 않는 것도 있지만, 적어도 나는 그런 이유로 너 안 보내. 못 보내. 그러니까, 이제 그런 이유 반복하지 않아도 돼. 한아리."

아리는 현태의 말에 잠시 멍하니 그를 쳐다보았다. 하지만 그것도 잠시일 뿐. 금세 고개를 끄덕이며 희미하게 웃었다.

"맞아. 이제 적어도 그런 이유로 헤어지진 않을 테니까. 싸워도 그런 이유로 싸우진 않겠다. 그지?"

아리는 되레 발랄하게 받아쳤다. 제 손을 꽉 붙들어주는 현태에게 더욱 힘을 실어주었다. 앞으로 나는, 그리고 너는 서로의 곁을 지키게 될 것이라 마음을 전했다.

"잘 알고 있네."

현태는 그런 아리를 보며 흐뭇하게 웃었다. 제 어깨에 기대는 아리의 무게에 마음이 묵직해졌다. 지킬 약속이 생기고, 약속으로 맺어진 사람이 존재한다는 건 생각보다 더 벅찬 일이었다. 삶의 이유가 가슴 속에 새겨지고, 제 마음의 무게에 책임감이 더해진다. 하지만 현태는 이 묵직한 느낌이, 무게가 싫지만은 않았다. 조금 더 느낀다 해도 상관없을 것 같았다.

"사랑한다는 말은, 조금 더 지나서 해줄게."

현태는 묵묵히 아리의 말을 듣고 있었다. 크게 숨을 들이마시고 내뱉으며 그녀의 손을 꼭 붙들었다.

"내가 이 마음의 무게에 익숙해지면. 우리의 관계가 조금 더 단단해지고 나면. 그때, 그렇게 이야기할래. 사랑한다고."

"그래. 그때 이야기해 줘. 사랑한다고."

툭 던진 마지막 말에 여음이 남아 있었다. 현태도, 아리도 마찬가지였다. 한겨울의 찬바람이 코앞으로 바짝 다가온 기분이었다. 불어오는 바람에 살갗이 시린 걸 보아, 금세 하얀 눈이 내리는 계절이 찾아올 것이다.

두 사람은 그 속에 묻힌 서로를 떠올렸다. 하얀 눈처럼 새하얀 미소를 짓는 모습을 생각하며 짧게 숨을 뱉었다.

내리쬐는 햇볕이 마음을 더욱 풍만하게 만들어주는, 행복이 충만한 오후였다.

현태는 아리를 매장에 데려다준 뒤, 빠르게 직원 통로로 빠졌다. 그리고 몇 번이나 진동이 울리던 주머니 속 핸드폰을 꺼내 들었다.

〈오늘 밤 10시. 괜찮을까?〉

수호였다. 핸드폰을 있는 힘껏 쥐고는 한숨을 길게 뱉었다. 한참 고민했다. 그를 만나러 가는 게 옳은 걸까. 애초에 그를 만나 아리에게 그 무언가를 전해주어도 괜찮을까. 아리에게 사실대로 말할 용기는 나지 않았다. 괜한 이야기로 전날의 상처를 들쑤시는 건 아닐까 걱정도 됐고.

하지만 손가락은 그의 생각에 따라주지 않는다. 정신을 차리고 나니, 어느새 알겠다는 메시지를 보낸 뒤였다.

"미치겠네."

현태가 머리를 쓸어 넘겼다. 길게 터져 나오는 거친 탄식이 그의 목을 벅벅 긁었다. 답답한 속이 꽉 메이는 기분이 들었다. 눈을 꽉 내리감았다가 떴을 때, 뒤쪽에서 누군가 어깨를 툭 두드렸다. 깜짝 놀란 현태가 고개를 돌리자, 효영이 오묘한 미소를 지으며 서 있었다.

"왜 그렇게 놀래요? 뭐, 숨기는 거 있나 봐?"

당황한 현태의 모습에 효영이 어깨너머로 그의 손 부근을 힐끗거렸다. 무엇이 있나 보려는 눈빛이었기에, 현태는 잽싸게 핸드폰을 주머니에 넣었다. 효영에게 들켰다간, 아리의 귀에 들어가는 건 시간문제였으니까. 흠흠, 목을 가다듬던 그가 효영의 이마를 툭 밀었다.

"아무것도 아니야. 그나저나, 왜?"

"제가 묻고 싶네요. 오빠 왜 여기 있어요?"

"여기가 어딘데?"

"오빠가 보세요."

효영의 말에 고개를 갸웃거리던 그가 고개를 돌렸다. 이윽고 아, 짤막한 탄식을 뱉었다. 그가 서 있는 곳은 그들이 사용하는 창고 앞이었다.

"문을 딱 막고 있으면…… 어, 설마 언니 부르려고 했는데 내가 오고 이런 거 아니죠? 내가 막 눈치 없이 언니 제가 갈게요, 이거 한 거 아니죠?"

효영이 놀란 척 너스레를 떨자, 현태가 픽 웃어 보였다. 고개를 절레절레 저어대며 문에서 살짝 떨어졌다.

"아니야, 그런 거."

"뭐, 그럼 다행이지만요. 아, 맞다."

무언가 생각났다는 듯, 효영이 손바닥을 짝! 마주쳤다. 그리고 음흉한 미소를 지으며 현태를 쳐다보았다. 가늘어지는 눈에 웃음이 담겨 있었는데, 현태는 괜히 그걸 보며 침을 꿀꺽 삼켰다. 왜, 갑자기 왜 이래. 새어 나오는 목소리가 왠지 모르게 겁에 질려 있었다.

"오빠 아까 점심시간에 엄청 멋있었다면서요?"

수호의 메시지를 본 건 아니구나 싶어 괜스레 안도의 한숨을 쉬었다. 가슴을 쓸어내리며 하하, 어색하게 웃음을 던졌다.

"멋있긴, 뭐가."

"에이, 뭐가라뇨. 지현태가 한아리 엄청 쫓아다녀서 결국 그렇고 그런 사이 됐다고요. 막 그랬다던데?"

효영은 묵직한 목소리로 현태의 흉내를 냈다. 팔꿈치를 들어 그의 옆구리를 툭 치며, 다시 한 번 묘한 웃음을 던졌다.

"뭐, 거짓말한 것도 아닌데."

"그러니까요! 왜 진작 안 그랬대? 왜 이제야 그랬대, 둘이서?"

"친구였으니까."

현태의 말에 효영이 에이, 볼멘소리를 냈다.

"친구 사이 다 죽었죠? 누가 봐도 오빠는 언니 좋아했고, 누가 봐도 언니는 자기 마음 몰랐어요. 둘만 몰랐다니까?"

"둘만 몰랐다고?"

"그럼요. 오빠는 어찌나 극진히 언니를 챙기는지 난 처음 들어왔을 때 둘이 사귀는 거라 착각했으니까요. 언니는 또 적당해요? 아니지. 언니도 더하면 더했지 덜하진 않아요. 귀찮다고 말하면서도 툭하면 오빠랑 어디 가야지, 뭐 해야지 계획 세웠잖아요. 둘이."

안 그래요? 되묻는 효영의 말에 현태가 고개를 끄덕였다. 그랬던 것 같다. 물론 아리의 능력 때문에 제가 더 불안해 쉬는 날은 맞춰라, 쉬는 날 무얼 하자 먼저 말을 한 것이지만. 정말 싫었다면 굳이 따르지 않았겠지. 초등학생도 아니고, 이미 다 큰 성인이 굳이 제 말을 따를 필요가 없으니까.

물론 효영의 생각과는 조금 달랐다. 아리에게 있어 저는 가족이었고, 유일하게 모든 사실을 아는 친구였으니까. 더욱 편한 마음으로 함께 할 수 있었던 거다. 그래, 효영이 모르는 무언가가 있으니까.

"아무튼, 나는 둘이 잘된 거 찬성. 완전 찬성."

효영이 두 손을 들었다. 그리고 짝짝 손뼉 친 뒤 생긋 미소를 지었다.

"그러니까 오빠, 좋은 남자 있으면. 알죠?"

새끼손가락을 들어 올린 효영이 눈을 찡긋거렸다. 나도 외롭다고요, 마지막 말을 덧붙이는 그녀의 목소리가 울적하게 들렸다. 현태는 고개를 끄덕이며 효영의 어깨를 툭툭 두드려 주었다.

"알았으니까, 얼른 일해. 나도 가봐야겠다."

마침 현태를 찾는 무전이 들렸다. 보안실로 복귀하라는 내용이었다. 효영을 등진 채 걸음을 옮겼던 그 찰나였다. 창고의 문을 여는 소리와 함께 효영의 목소리가 그의 발목을 붙잡았다.

"맞아. 오빠, 수호 오빠요. 무슨 일 있어요?"

우뚝 자리에 멈추고 말았다. 그 이름을 듣고 싶지 않은 건, 이상한 일은 아닐 것이다. 잠시 머뭇거리던 그가 고개를 돌려 어깨를 으쓱거렸다.

"잘 모르겠는데. 왜?"

"아니, 그냥……. 뭐. 궁금해서요."

무슨 일이 있으니 그럴 테지만. 굳이 묻지 않았다. 저로서도 수호의 이야기는 입에 담고 싶지 않았으니까. 어깨를 으쓱거리던 그가 고개를 절레절레 저었다.

"나도 잘 모르겠다."

"그럼 됐어요. 들어가요, 오빠!"

"그래."

짧은 인사를 나눈 뒤, 현태는 엘리베이터의 버튼을 눌렀다. 그리고 다시 주머니 속 핸드폰을 꺼내어 메시지를 읽었다.

〈지난번 왔던 bar로 오면 돼. 주소는 따로 보내줄게. 고마워, 현태야.〉

강수호다운 메시지였다. 좋은 사람이고 나쁜 사람이고는 중요하지 않았다. 그저 아리에게 상처를 입힌 사람이라는 것 외엔, 아무런 생각이 들지 않았다. 속이 답답했다. 어떤 이야기를 해야 할지 벌써부터 머리가 복잡해졌다. 시간이 조금만 느릿하게 흐르기를, 간절히 바랐다.

하루 일과가 모두 끝난 뒤, 현태는 아리를 집까지 태워다 주었다. 아무리 약속이 잡혀 있다 한들, 이건 당연히 거쳐야 하는 통과의례였다.

"오늘 약속 있어? 되게 서두르네."

현관까지 데려다주는 현태를 보며 아리가 말했다. 힐긋 쳐다보는 눈에 묘한 의구심이 담겨 있었다.

"응. 약속 있어."

"약속? 누구랑?"

선뜻 대답할 수 없었다. 아리는 현관을 열지도 않은 채 현태를 바라보고 있었다. 답을 기다리는 것이리라. 누군가를 만난다, 는 이야기를 듣기 위해서. 한참 망설이던 현태가 현관문의 비밀번호를 눌렀다. 영롱한 기계음과 함께 문이 열렸고, 아리를 안으로 밀어 넣었다.

"누군데?"

"모르는 사람 문 열어주지 말고. 문단속 잘 하고. 창문도 다 잠그고 자고."

"뭐야, 이상해 너?"

"이상할 거 없어. 다녀와서 이야기해 줄게. 나, 믿지?"

아리는 그런 현태를 한참이나 쳐다보았다. 굳이 믿냐 믿지 않느냐의 물음을 던지는 게 영 이상했지만. 현태의 입에서 그런 말이 나오는 것이 흔한 일이 아니었기에, 고개를 끄덕였다.

"응. 믿어."

툭 던진 말에 현태가 싱긋 웃었다. 얼른 자, 짤막한 대답과 함께 그녀의 머리를 마구 쓰다듬어 주었다.

"들어가서 연락해."

"당연한 이야기를."

걱정 어린 아리의 말에 현태가 고개를 끄덕이며 환하게 미소를 지었다. 하지만 아리는 영 불안함을 떨치지 못한 표정을 짓고 있었다. 곧 문이 닫혔다. 그 좁은 틈새에서도 아리의 시선이 느껴졌다. 그 느낌이 왜 이리도 간지러운지 알 수 없었다. 좁아지는 문틈처럼 저와 아리의 사이도 조금씩 좁아지고 있다는 걸 느끼기 때문일까.

이토록 애가 타고, 이토록 간지러운 게 연애라면. 그리고 사랑이라면. 저들은 아마 너무나 늦게 이 틈을 발견한 것일지도 모른다.

그래, 효영의 말마따나 모르고 있던 건 저와 아리, 둘뿐이었는지도.

그렇기에 더욱 소중히 하고 싶었다. 더더욱 바람 한 줄기에도 상처받지 않도록 감싸주어야 한다. 지켜준다는 것이 꼭 제 안에 가두는 것은 아니라지만. 적어도 날이 서 있는 바람은 자신이 대신 막아주고 싶었다. 아리에 대한 마음을 되새기고, 또 되새기며 닫힌 문을 빤히 바라보았다. 그리고 그때, 주머니 속 핸드폰이 진동을 일으켰다.

〈약속 늦겠어요, 지 팀장님.〉

아리였다. 피식 웃음을 그리던 그가 고개를 끄덕이며 문을 똑똑 두드렸다. 그리고 숨을 크게 들이마시며 중얼거렸다.

"내일 아침에 봐, 잘 자고."

내 꿈을 꾸라는 간지러운 말은 차마 할 수 없었다. 건너편으로 느껴지는 아리의 온기를 느끼려 한참이나 문에 손을 대고 있었다. 그리고 천천히 뒤를 돌았다. 내일 보자. 다음을 기약하는 말이 이토록 두근거리는 말일 줄이야 누가 알았을까. 자기도 모르게 몇 번이나 되새겼다.

내일 보자, 내일. 내일. 설레는 한 마디가 현태의 입에 새겨져 떠날 줄을 몰랐다. 싱글벙글한 얼굴로 아래에 내려온 현태는 차에 올라탔다. 그리고 수호가 보내준 주소를 가만히 쳐다보았다. 가야 하나 말아야 하나의 고민은 아니었다. 전해주느냐 마느냐의 고민일 뿐.

"일단 가보자."

중얼거리며 차에 시동을 걸었다. 차를 굴려 동네를 반쯤 벗어났을 때, 핸드폰이 울렸다. 아리였다. 그 이름 두 글자에도 웃음이 비죽 새어 나왔다. 전화를 받으며 흠흠, 목을 가다듬었다.

"왜 안 자고."

[그냥, 좀 이상해서.]

"뭐가?"

[그런 게 있어. 여자의 감.]

"이야, 대단한데? 어디 가면 자랑해야겠다. 내 여자친구 감이 딱 들어맞는다고."

[어디 가는지 물어봐도 돼?]

불안한 걸까. 아니면 무언가를 느낀 걸까. 그 모든 걸 떠나 정확한 게 있다면 저 역시 아리를 속이고 있다는 것이었다. 하지만 선의의 거짓말은 필요하다. 수호를 만나러 간다는 걸 아리가 알아버린다면. 아마 제가 집에 들어갈 때까지 잠을 이루지 못하겠지.

속이는 건 싫었지만. 이번만큼은 사실을 말해선 안 될 것 같았다.

"본사 팀장님이 간만에 술 한잔하자고 하셔서. 아까 호출 왔거든. 이번에 일 걷어찬 문제로 좀 말이 많나 봐. 나는 술 안 마실 거니까, 걱정하지 말고."

아리는 아무런 말이 없었다. 정적을 지키다, 곧 한숨을 크게 쉬었다. 수긍한 걸까. 수긍한 척하는 걸까.

[알았어. 술 마시면 안 돼. 차도 가져가잖아.]

아마 자신이 떠나고 없는 빈 골목을 쳐다보며 이야기하고 있을 것이다. 텅 비어버린 가로등 아래를 바라보며, 저를 그리고 있을 테지. 눈에 훤한 그녀의 모습에 목이 따끔거렸다. 당장 돌아가 꽉 끌어안고 싶다. 사랑스러워 못 견디겠다는 게 이런 거구나.

"응. 걱정하지 마."

[운전 조심히 하구.]

"네. 아무렴요."

[들어가기 전에 꼭, 연락해.]

"네. 사모님."

느끼해, 키득거리는 아리의 웃음소리에 그나마 마음이 놓였다. 거짓말해서 미안해. 목 끝까지 차오른 그 말을 꾸역꾸역 속으로 밀어 넣은 뒤, 잘 자라는 말을 전했다. 툭- 끊어진 전화가 차갑게 느껴졌다. 아리의 온기가 전해지지 않는 전화가 꼭 죽어버린 것만 같았다.

수호를 비겁하다 했었던가. 아니, 어쩌면 비겁한 사람은 저일지도 모른다. 그러니 아리에게 거짓말을 하고도 그녀의 말로 위안을 받겠지. 온기를 느끼고 싶어 굳이 사실을 말하지 않고, 그것으로 믿음을 사는 것만큼 비겁한 게 또 어디 있을까.

"못난 놈."

툭 던진 말이 제 가슴에 푹 박혔다. 아리에게만큼은 좋은 사람이 되고 싶었는데 스스로 그 기회를 박탈한 것 같아 어쩐지 마음이 좋지 않았다. 아리가 없어 제 숨마저 차갑게 식어버린 것 같다. 째깍째깍. 손목에 찬 자그마한 시계에서 초침 소리가 들리는 것 같았다. 그 자그마한 소리가 제 귀에까지 전달될 리가 없는데.

화려한 네온 불빛을 지나는 현태의 차가 번쩍거렸다. 하얀 차 위로 오색의 불빛이 떨어진다. 가게에 가까워지면 가까워질수록 마음이 답답해졌다. 수호가 말해준 bar의 간판을 마주하기 무섭게 얼굴이 구겨졌다. 주차한 뒤, 엘리베이터에 올라탈 때까지도 답답함은 가시질 않았다. 연거푸 한숨을 내쉬던 그때. 차가운 기계음과 함께 엘리베이터가 멈추었다.

[12층입니다.]

신기한 일이었다. 도착이라는 말과 동시에 머리가 사악- 식어버렸다. 이제껏 고민하고 있던 것도, 자꾸만 마음을 좀먹고 있던 것들도 한꺼번에 내려가 속이 텅 비어버리고 말았다.

문이 열리고, 저 앞으로 적당한 밝기를 가진 bar의 내부가 보였다. 현태는 종종걸음으로 그 안으로 들어섰다.

"어서 오세요. 혼자 오셨어요?"

한눈에 보기에도 인상이 좋아 보이는 남자가 현태를 마중 나왔다.

"강수호 씨 만나러 왔습니다."

남자는 고개를 끄덕이며 그를 안내했다. 그때와 마찬가지로 수호는 안쪽의 방에 있었다. 바닥과 구두굽이 마찰하는 소리가 들렸다. 또각거리는 소리와 음악이 한데 뒤엉켜 되레 그의 머리를 차분하게 만들어주었다. 하지만 마음만큼은 그릉그릉 울음을 터뜨리고 있었다.

현태는 그 상태가 딱 좋다고 생각했다. 해야 할 말과 들어야 할 말이 정확한 것과 화가 나는 건 별개의 이야기이니까.

"저기……."

걸음을 우뚝 멈춘 남자가 현태를 돌아보았다.

"예?"

"혹시 수호 무슨 일 있습니까?"

당황스럽다. 친구라는 사람이 모르는 일을 제가 어찌 알고 있다는 말인가. 한참 어안이 벙벙한 표정으로 쳐다보던 현태가 어깨를 으쓱거렸다.

"글쎄요. 잘 모르겠네요."

"아, 네……. 뭐, 원래 걱정이 많은 녀석이긴 했는데. 오늘은 좀 뭐랄까…… 평소보다 더 쫓기는 것 같다고 할까요. 아무튼, 좀 이상해서요. 괜한 걸 물었네요. 죄송합니다."

"아니, 괜찮습니다."

현태는 짧게 대답했다. 알더라도 굳이 줄줄이 뱉을 말도, 사과해야 할 말도 아니라 생각했다. 단칼에 자르는 현태의 말에 민망한 건지, 남자가 어색하게 웃었다. 그리고 다시 이쪽이라며 그를 안내했다.

무릎까지 내려온 붉은 발을 지나니, 그곳에는 술잔을 채워놓은 수호가 있었다.

"왔어?"

목소리로나, 눈빛으로나 술에 취한 것 같지는 않았다. 저를 쳐다보는 눈빛이 올곧은 걸 보아, 맨정신임이 분명했다.

"또 술입니까."

현태는 수호와 대각선으로 마주하는 자리에 앉아 그의 술잔을 힐끗 쳐다보았다.

"안 마십니까?"

"같이 마시고 싶어서 기다렸지."

"운전해야 합니다."

"대리 부르면 되잖아."

간단한 답이었다. 하지만 술을 입에 댈 생각은 없었다. 어쨌거나 아리에게 사실을 밝힐 때는 술에 오른 상태가 아니고 싶었다. 더불어 이제는 수호와 술을 나누어 마실, 그런 사이도 아니고.

"됐습니다. 하려던 말이나 하세요. 강수호 씨는 몰라도, 저는 내일 출근입니다."

현태는 주머니에 손을 찔러 넣은 채, 의자에 몸을 깊숙이 묻었다. 한숨을 푹 내쉬는 그의 모습에 수호가 씁쓸하게 웃음을 그렸다. 한참 망설이던 수호가 희석된 술을 입안으로 툭 털어 넣었다. 제법 독한 술을 마신 모양이다. 그저 톡 털어 넣은 것 하나만으로도 냄새가 이리 진동하는 걸 보면.

"나 엄청 때리고 싶겠다."

"네. 잘 아시네요."

평소라면 웃었겠지만, 오늘은 그럴 수 없었다. 현태도, 수호도 마찬가지였다. 가벼운 웃음으로 상황을 무마시키기에는 현태의 실망감이 너무나 컸다.

수호 역시 마찬가지였다. 제가 무엇을 잘못했는지 알고 있기에, 더더욱 현태에게 미소를 지을 수 없었다. 그들의 감정에 있어 시발점은 같았다. 한아리, 딱 세 글자를 머리에 적고 나니 수호도 현태도 머릿속이 차갑게 식어버리는 것을 느꼈다.

웃을 수 없다. 그 한 가지 사실만으로도 그들의 사이는 이미 저만치 멀어져 있었다.

"반성은 하셨습니까?"

툭 던진 현태의 말에 수호가 그를 쳐다보았다.

"반성하고 저를 부른 건지, 아무 생각 없이 부른 건지 묻는 겁니다."

진지한 표정과 목소리에 수호가 힘없이 한숨을 쉬었다. 그리고 얼음이 담겨 있는 샷 잔에 술을 채웠다. 그는 한참이나 말이 없었다. 얼음에 술을 희석하는 손동작마저 느릿했다. 무언가 생각하는 듯, 골똘히 테이블을 지켜보고 있던 그가 고개를 돌려 현태를 바라보았다.

"반성했다는 말도, 웃기지 않을까?"

묵직한 정적이 흘렀다. 어디에선가 기계음이 들리고, 누군가 화장실 물을 내리는 소리마저 전해졌다. 아주 깊고, 묵직한 정적 속에서 수호가 먼저 입을 열었다.

"내가 정말 잘못했다는 건 알아. 아니, 잘못이라 말하는 것도 모자라지. 정말…… 정말 천벌받을 짓 했어. 알아."

"근데 도망치는 겁니까?"

현태의 목소리는 차갑기 그지없었다. 얼음장을 목에 숨겨둔 걸까.

그런 게 아니라면 어투와 음색이 그토록 차가울 리 없을 텐데. 하지만 그 또한 자신에게서 비롯된 것임을 알고 있기에 수호는 묵묵히 고개를 숙였다. 현태가 이 정도로 저를 대해주는 건, 되레 고맙다고 해야 할 것이다.

적어도 인간 취급을 받지 못하리라 생각하고 있었으니까.

"내가 무릎 꿇고 사죄해야 하는 건 맞는데……. 내 얼굴을 보면 아리가 더 힘들어할 것 같아서. 그렇잖아. 내 얼굴 보면 또 그날을 떠올려야 하고……."

수호는 말을 잇지 못했다. 제 손가락을 톡톡 두드리던 그가 울먹이는 숨을 터뜨렸다.

"용서해 달라고 하는 건, 상대방에게 강압적으로 날 이해해 달라는 말이나 마찬가지잖아. 그러고 싶진 않다. 내 잘못은 내 잘못이야. 굳이 아리에게 용서해 달라 하고 싶지 않아. 사과라는 것도, 상대방이 원할 때 하는 건데 아리가 그걸 원한다 생각하지는 않거든."

그의 말이 옳다. 적어도 아리는 수호의 사과를 받고 싶지는 않을 것이다. 오히려 얼굴을 보고 싶지 않을 정도로 그에게 진절머리가 났다면 모를까. 현태가 고개를 끄덕이자, 수호의 입이 다시금 움직였다.

"그리고 사실."

끝맺음 될 이야기는 아닌 것 같은데, 수호는 별말을 하지 않았다. 한참 망설이다 이내 힘겹게 입을 열었다.

"나, 다시 캔디가 보여."

그에 놀란 현태가 미간을 좁히며 그에게 시선을 고정했다. 그전까지는 술병에, 고급스러운 벨벳 소파에. 그리고 전면 창가 너머로 보이는 네온사인을 쳐다보고 있었는데. 수호의 갑작스러운 선언 아닌 선언에 눈이 돌아갔다. 지금 뭐라고 한 거지?

"믿을 수는 없을 거야. 그런데 나 정말 캔디가 보여. 이전에 보이던 때보다 더 선명하게……."

하, 깊은 한숨이 들렸다. 현태 역시도 마음이 갑갑한 건 마찬가지였다. 한참 어이가 없는 눈빛으로 그를 쳐다보다 머리를 쓸어 올렸다. 그리고 소파에 깊숙이 몸을 묻었다.

"그래서 현태 너랑 이야기하는 것도 조금 무섭네. 지금 네 캔디, 엄청 시퍼렇거든. 꼭 꽝꽝 얼어버린 얼음처럼."

맞게 봤다는 말은 굳이 하지 않았다. 말로 하지 않아도 눈으로 보고 있을 테니까. 한참 그를 쳐다보던 현태가 손을 깍지 낀 채, 손등을 두드렸다.

"한아리 캔디가 어떤지, 보는 게 두렵습니까?"

"응. 두려워. 무서워."

단박에 터져 나온 수호의 말에 현태가 픽 웃어 보였다. 그럴 수도 있다. 저는 이제껏 한 번도 보이지 않아 모르겠지만.

"그렇군요."

새삼스러운 일이지만 누군가의 마음이 보인다는 건, 생각보다 그리 유쾌한 일은 아닐 것이다. 지금 수호의 행동만 보아도 알 것 같다. 한참 말을 하지 않고 있던 그가 자세를 고쳐 앉았다. 다시금 술잔을 쥐는 수호를 빤히 쳐다보며 넌지시 말을 뱉었다.

"벌받는 겁니다."

현태의 목소리는 제법 담담했다. 아주 당연한 일이 아니냐는 듯 묻는 그 어투에 수호는 픽 웃고 말았다.

"그럴 수도 있겠다."

"그럴 수도 있는 게 아니라, 진짜 벌받는 겁니다."

"왜 그렇게 생각하는데?"

"사람의 마음이 보인다는 게, 꼭 좋은 게 아니라는 건 잘 아실 거라고 믿습니다. 한 번 경험도 있었고, 지금도…… 뭐 그리 유쾌해 보이지는 않으니까요."

정곡을 찔린 건지, 수호의 눈동자가 흔들렸다. 급하게 술을 털어 넣는 그의 얼굴이 하얗게 질려 있었다.

"내가…… 아리를 욕심내서 벌받는 거야?"

"아니요. 그건 아닐 겁니다."

"그럼 뭔데?"

수호의 물음에 현태가 난감하다는 듯 미간을 좁혔다. 한참 머리를 굴려 생각하던 그가, 숨을 들이마시고 다시 천천히 뱉었다.

"모르죠. 그저 강수호 씨가 아리에게 한 짓이 나쁜 짓이니, 그런 것이라 지레짐작한 겁니다."

수호가 앓는 소리를 냈다. 테이블 위에 기대며 머리를 쥐어뜯었다. 괴롭다. 지나가는 사람들의 캔디를 볼 때마다 머리가 핑글핑글 돌아가는 기분이었다. 나쁜 마음을 먹은 사람의 캔디를 볼 때면 영 눈이 떨어지지 않았다. 시선이 자꾸만 그곳으로 향했다. 사랑을 나누는 사람들, 질투하는 사람들. 그리고 짝사랑을 하는 사람들과 슬퍼하고 아파하는 사람들.

수많은 캔디를 보며 감정의 굴레에 갇혔다. 제가 어떤 생각을 하고 행동해야 하는지 알 수 없어 답답했다. 아리도 이렇게 살았던 걸까. 그 긴 시간을 티 내지 않고, 그리고 이러한 능력으로 부모님을 구하지 못한 저 자신을 탓하며, 그 긴 시간을 보냈을까.

"달게 받으세요. 강수호 씨가 할 수 있는 건, 잘못을 뉘우치든 뉘우치지 못하든 아리에게 잘못한 거 잊지 않는 겁니다. 그리고 그 능력, 허튼 곳에 쓰지 않는 거고요."

수호가 고개를 끄덕였다. 응, 짤막하게 터져 나오는 그의 대답에 자잘한 한숨이 뒤엉켜 있었다.

"그래서 저는 왜 부른 겁니까? 빨리 끝냅시다. 피곤해서요."

목소리가 잔뜩 가라앉아 있었다. 사실 일도 일이지만, 지금 수호와 이렇게 마주 앉아 있는 것만으로도 진이 쭉 빠지는 기분이었다. 좋아하지 않는 사람과 만남은 절대 유쾌하지 않은 법이니까. 수호는 그런 현태를 바라보다, 제 옆에서 봉투 하나를 꺼내 들었다.

봉투를 현태에게 건네며 숨을 크게 집어삼켰다.

"아리에게 전해줄 수 있어? 지금 안 읽어도 돼. 나중에…… 아주 나중에 내키면, 그때 읽어달라고 말해줘. 꼬부랑 할머니가 되어 읽어도 좋아. 영원히 읽지 않고 무덤으로 가져가도 좋아. 아니, 찢어버려도 돼. 그냥…… 그냥 그렇게만 전해줘, 현태야. 미안해."

현태는 수호가 건네는 봉투를 한참이나 내려다보았다. 이걸 아리에게 전해주어도 괜찮은 걸까 생각하고, 또 생각하다 탄식을 뱉었다.

"전해달라는 게, 편지였습니까?"

현태의 물음에 수호는 적잖이 놀란 모양이었다. 눈을 동그랗게 뜬 채 현태를 바라보다 이내 테이블 위로 시선을 피했다.

"소용없을 겁니다."

"알아."

"아는데도 전해달라고요? 강수호 씨 사과가 아리에게 어떤 영향을 끼치는지 알면서도?"

수호는 말이 없었다. 사실 미안한 마음을 전하고 싶다는 것이 그저 개인적인 욕심일 뿐이라는 걸 잘 알고 있었다. 그래서 더더욱 전해야 할지 말아야 할지 고민이 많았다. 괜히 아리의 나쁜 기억을 들춰내는 건 아닌지. 괜히 더 힘들게 만들어 아리의 속을 후벼 파는 건 아닐지.

온갖 생각에 걱정이 그를 덮쳤지만, 그렇다 해서 할 수 있는 것을 포기하고 싶지 않았다.

물론 이 모든 것들이 아주 이기적인 일이라는 걸 알고 있었다. 제 욕심에서 비롯된, 아주 이기적이고 나쁜 일.

"미안해."

자신의 사과가 어딜 향해야 하는지 알면서도 수호는 현태에게 그 말을 토해냈다. 눈을 꽉 감은 그의 속눈썹이 파르르 떨리고 있었다. 현태는 그런 수호의 모습을 한참이나 쳐다보다 봉투를 들었다. 반듯하게 접힌 봉투를 빤히 쳐다보다, 제 품으로 슥 집어넣었다.

"일단 받아놓기는 하겠습니다."

현태의 말에 수호가 놀라 눈을 크게 떴다. 정말? 들리지 않는 목소리가 귓가에 아른거렸다.

"다만 이걸 전하고 전하지 않고의 결정은 제가 합니다. 그 전까지 한아리는 이 봉투의 존재 여부도 모를 겁니다."

전해준다는 것만으로도 기뻐해야 하는 게 맞을 텐데. 수호는 좀처럼 환하게 웃을 수 없었다. 현태의 말을 서운하게 생각하는 제가 참 나쁜 사람 같았다.

"이게 전부라면, 저는 이만 돌아가도 될까요."

현태의 딱딱한 말에 수호가 고개를 끄덕였다. 달그락, 얼음이 녹는 소리와 함께 둘 사이로 흐르는 오묘한 정적은 끝이 나는 듯했다. 두 사람은 한참이나 말이 없었다. 일어나 보겠다는 현태도 여전히 자리에 앉아 수호를 쳐다보고 있었고, 수호는 술잔을 잡은 채 홀짝이지 않았다.

한참 말이 없던 현태가 몸을 일으켰다. 그리고 큰 소리로 한숨을 뱉었다.

"캔디가 보인다니 지금 제 캔디가 어떤지도 보이시겠네요."

수호는 말이 없었다. 현태는 그런 수호를 내려다보다, 문 쪽으로 몸을 틀었다. 묵직한 걸음이 이어졌다. 한 걸음, 그리고 두 걸음. 마침내 세 걸음째 다다랐을 때 그가 멈춰 서더니 입을 열었다.

"이번 일로 강수호 씨에게 실망한 건, 한아리뿐만이 아닐 겁니다."

그의 말이 날카로운 비수가 되어 수호의 심장을 내리 찔렀다. 푹─ 깊숙이 꽂히는 소리가 자그마한 방 안을 크게 울리는 듯했다. 수호의 눈이 휘둥그레졌다. 천천히 고개를 들어 현태를 바라보는 그의 눈동자가 혼란으로 뒤덮였다.

"강수호 씨를 좋은 사람이라 생각한 사람이 한아리뿐만이 아니란 말입니다. 굳이 말을 하지 않은 것뿐이지."

툭 던지는 현태의 말에 수호가 입술을 꾹 눌렀다. 술잔을 잡고 있던 손에 힘이 들어갔지만, 입이 열릴 생각은 없어 보였다. 바들바들 떨리는 그의 속눈썹 아래로 그렁그렁 물기가 차올랐다.

"잘 지내셨으면 좋겠습니다. 한아리에게 잘못한 것을 꼭 끌어안고 가는 것과 잘 지내는 건 별개의 일이니까요."

현태는 그 말을 끝으로 방을 나섰다. 잘 있으라는 한 마디 말이 주는 정적은 생각보다 깊었다. 잘 지내라는 단어가 이토록 아픈 거구나, 수호는 새삼스럽게 깨달았다. 문이 닫히는 소리와 함께 꾹 참고 있던 무언가 무너졌다. 속눈썹 아래로 그렁그렁 맺혀 있기만 했던 물기가 이내 볼을 타고 죽 흘러내렸다.

콱 씹은 아랫입술에서 피가 배어 나왔다. 참고 있던 흐느낌이 잇새로 툭, 툭 터져 나오고 있었다. 미안하다는 말이 흐느낌이 되어 흘러갔다. 잘못을 곱씹는 그의 입술이 바들바들 떨렸다. 잘 지내, 너도. 전하지 못할 말을 몇 번이나 되새기며 눈을 질끈 내리감았다.

건물에서 나온 현태는 도망치듯 차에 올라탔다. 한적한 도로를 달리며 손톱을 톡톡 물어뜯었다. 무언가를 숨기고 사는 건 누구보다 자신 있는 일이었다. 특기라면 굳이 특기라 말할 수 있을 정도로.

이 상황을 숨겨야 하는 걸까. 괜스레 고민이 되었다.

어릴 적엔 진득한 어둠만이 모든 것을 가려주리라 믿었다. 그래서 꼭 혼이 날 만한 사고를 치고 나면 온 집 안의 불을 꺼놓았다. 그러면 모든 것이 보이지 않으리라 생각했다. 불이 들어오고 잘못이 드러나고 나면, 다시 어둠을 책망했다. 왜 어둠은 제 잘못을 그리 감추어주지 못할까 생각하며 더욱 깊은 어둠을 상상했다. 그 속에 잘못을 숨기듯, 아리에게 수호의 편지를 감추는 것 또한 그리 어려운 일은 아니었다. 이대로 어딘가에 내려 박박 찢어 버리기만 하면 되는 일이었으니까.

다만 그게 옳은 행동일지 판가름이 서지 않는 것뿐이었다. 편지를 주고 주지 않고의 결정은 제가 한다지만, 편지의 폐기 여부는 아리의 선택에 달린 일일 테니까.

머리가 복잡한 만큼 마음도 복잡했다. 어느새 현태의 차는 집 주차장에 다다랐다. 차를 주차하고 시동을 끄는 순간까지도 복잡한 머리는 가라앉지 않았다.

〈나 집에 왔어.〉

하지만 그 와중에도 잊지 않고 아리에게 연락을 남겼다. 걱정하고 있을 테니까. 역시나 연락은 없었다. 곤히 잠든 모습을 상상하다 풋, 웃음이 터져 나왔다. 가슴이 간질거렸다. 사랑이란 참 이토록 사람을 바보처럼 만드는 기이한 감정이다. 웃을 수 없는 상황임에도 떠올리는 것 하나만으로도 금세 미소가 번지니 말이다.

“현태 너는 참 감정이 없다. 연애하는데, 너무 뻣뻣하잖아.”

언젠가 비밀연애를 하던 그 누군가 했던 이야기였다. 그때에는 누군가의 말대로 자신이 감정이 없는 사람인 줄 알았다. 그래서 두근거림도, 떨림도 느껴지지 않는 것이리라 생각했다. 수줍게 건넨 좋아한다는 말 한마디도, 사랑에 젖은 눈동자도 그에게는 큰 자극이 되지 못했으니까. 하지만 아리에 대한 마음을 깨닫고 나니 자신이 감정이 없는 사람은 아니란 걸 알게 되었다. 일깨워 줄 사람이 따로 있었을 뿐이지, 감정이 있고 없고의 문제는 아니었다.

집으로 올라가는 내내 아리를 생각했다. 아마 잠드는 순간까지도 그럴 테다. 그러다 품속의 봉투가 떠올랐다. 다시금 가슴이 꽉 막혔다. 부디 아침이 밝아오면 제 머리가 정리될 수 있기를. 봉투의 방향을 정할 수 있는 순간이 어서 찾아오기를. 간절히 바랄 뿐이었다.

아침이 밝았다. 새들은 시끄럽게 지저귀고, 햇볕은 눈부시게 따가웠다. 하지만 현태는 좀처럼 아침의 상쾌함을 즐길 수 없었다. 왜 그러냐 묻는 부모님에게도 아무런 말을 할 수 없었다. 아리를 친딸처럼 생각하는 그들에게 무어라 말을 할 수 있을까.

아침도 먹는 둥 마는 둥 입에 대충 욱여넣은 채 집에서 떠났다. 운전석에 앉아 자신의 윗옷 주머니에 있는 봉투를 꺼내 들었다.

“지금 안 읽어도 돼. 나중에…… 아주 나중에 내키면, 그때 읽어달라고 말해줘.”

수호의 간절한 목소리가 떠올라 더욱 짜증이 치밀었다. 정말 미안하다면 아리가 진정이 될 때까지, 혹은 문제에 덤덤해질 수 있을 때까지 기다려야 옳다. 적어도 지금 아리는 그가 잘못하고 잘못하지 않고의 문제가 아니라, 그날의 충격을 잊느냐 잊지 못하느냐의 문제에 서 있을 테니까. 봉투의 하얀 면을 보고 싶지 않아 신경질적으로 차 서랍에 넣어버렸다. 쾅! 커다란 소리와 함께 씩씩거리는 거친 숨이 터져 나왔다.

"하, 미치겠네."

툭 던진 말이 차 안의 공기를 차갑게 만들었다. 출발은 해야 하는데, 좀처럼 발이 움직이지 않았다.

그때, 핸드폰이 부르르 떨리는 소리가 들렸다.

〈언제 와? 나 준비 끝났는데.〉

아리였다. 참 일찍 준비했네. 중얼거리던 그가 톡톡 손가락을 움직였다.

〈곧 가. 조금만 기다려.〉

참 이상하다. 좀 전까지 움직일 생각을 하지 않던 다리가 움직이기 시작했다. 시동을 걸기 무섭게 차를 몰아 주차장을 빠져나갔다. 아침은 눈부셨다. 저들에게 어떤 문제가 있었는지 생각해 주지도 않겠다는 듯, 찬란하게 빛나고 있었다.

그렇기에 아침은 생각하기 충분한 시간이었다. 밤의 정적은 사람을 너무나 깊게 만들어 버린다. 당장 중요하지 않은 고민까지 하게 되고, 그러다 보면 고민에 갇히게 되니까. 반면에 아침은 그렇지 않다. 필요한 고민만을 할 수 있게 만들어준다. 정해진 시간이 있고, 다가오는 일이 있어 더욱 그런 것일지도 모르지. 아니, 애초에 하루를 끝마치는 정신과 시작하는 정신의 차이일지도 모르지만.

복잡한 머리를 꽉 붙들며 아리의 집 앞에 도착했다. 몇 번이나 숨을 가다듬으며 핸드폰의 통화 버튼을 눌렀다.

[왔어?]

두어 번의 연결음 끝에 들린 아리의 목소리가 현태를 웃게 했다. 역시 하루의 시작에는 아리가 있어야만 한다.

"응. 내려와."

[응!]

짤막한 대답과 함께 전화가 뚝 끊겼다. 그저 도착했음을 알리고, 반가운 아리의 목소리를 들은 것뿐인데 입가에 미소가 만개했다. 이제야 온몸으로 피가 도는 기분이 들었다. 숨이 탁 트임과 동시에 마음이 편안해졌다. 라디오에서 흘러나오는 노래를 따라 부르는 여유마저 생겼다.

얼마 지나지 않아 쿵쿵! 계단을 내려오는 시끌벅적한 소리가 들렸다. 잠시 눈을 감고 있던 현태가 창밖을 슬쩍 바라보았다. 곧 내려오겠구나 싶었던 찰나, 아리의 모습이 문밖으로 쏙 튀어나왔다. 아리는 잽싸게 조수석으로 올라탔다. 습관처럼 안전벨트를 맨 뒤, 현태를 빤히 쳐다보았다.

"왜?"

왜냐 물으면서도 속으로는 두근거림이 끊이지 않았다. 저를 빤히 바라보는 눈이 얼마나 예쁜지, 보석이 박혀 있는가 싶었다.

"그냥, 좋아서."

가슴이 간질거리다, 목이 따끔해졌다. 좋다는 말이 가져다주는 설렘이 과했다.

"나도."

이런 말을 할 줄 아는 사람이었구나. 새삼 깨달을 수 있었다. 이렇게 웃을 수도 있고, 이렇게 설렐 수도 있구나.

"잘 잤어?"

머리를 귀 뒤로 넘겨주며 묻는 현태의 목소리에 아리가 고개를 끄덕였다.

"현태 너는, 괜찮아? 어제 일찍 들어간 것도 아니던데."

"괜찮아. 술 안 마셨으니까."

"오, 정말? 잘했네, 우리 현태. 착하다."

아리의 부드러운 손이 현태의 머리를 쓰다듬어 주었다. 전달되는 온기에 자꾸만 입가가 뻐근해졌다. 거짓말을 하고 있다는 걸 의식한 이후부터 감정이 좀처럼 주체 되지 않았다. 어떻게 해야 할지 한참 고민하던 현태가 아리의 손을 붙잡았다.

"아리야."

현태의 부름에 아리가 눈을 크게 떴다. 어서 말을 해보라는 표정이었다. 그러니 되레 힘들어졌다. 어디서부터 어떻게 이야기를 해야 할까. 아니, 해야 하는 게 옳은 걸까. 속 안에서 현태와 현태가 싸우고 있었다.

"왜?"

"아냐, 그냥. 보고 싶었다고."

실없는 소리를 해버렸다. 그렇다 해서 진실이 아닌 건 아니었지만, 실없는 소리는 맞다. 얼버무리는 현태의 말에 아리의 얼굴이 불그스름하게 물들었다. 뭐야, 중얼거리는 그녀의 입술마저 얼굴처럼 붉게 달아올라 있었다.

"가자, 늦겠다."

선택은 할 수 없었다. 잽싸게 차를 출발시키면서도 짙은 한숨은 그의 입에서 떨어지지 않았다. 대체 어떻게 해야 할까. 떠나지 않는 고민이 그의 머리를 휘저어대고 있었다. 부질없는 고민이 연속되는 아침이었다. 어디에선가 현태를 보며 꺄르르, 웃음을 터뜨리는 소리가 들리는 것 같았다.

❁

별것 없는 하루가 지나갔다. 아리는 어느 날과 똑같이 고객을 맞이했고, 현태는 인사이동이란 말은 없었다는 것처럼 백화점을 돌아다녔다. 여전히 머릿속은 복잡했지만, 일할 때는 생각하지 않아도 되니 괜찮았다. 아리를 볼 때마다 다시금 머리가 복잡해지기는 했지만, 그 또한 상관없었다.

금세 고민이 가시리라는 것 정도는 알고 있었으니까.

그렇게 또다시 며칠이 흘렀다. 별다를 것 없이 하루를 보내고 끝마쳤다. 아리를 데려다주고 난 뒤에는 묵직한 고독이 그를 덮쳤다. 수호의 편지 한 통이 현태에게 준 것은 제법 커다란 산봉우리였다.

아무 일도 아닌 척, 그렇게 하루를 보낸 것만 일주일이었다. 아리가 왜 그러냐 간간이 물어보았지만, 현태는 아무런 답도 주지 않았다. 아직 말할 수 없어서. 그게 가장 큰 이유였다. 꼬박 일주일 하고도 하루가 지난 날, 참다못한 아리가 현태의 핸드폰에 메시지를 남겼다.

〈지현태 씨, 오늘 끝나고 맥주 한잔하시죠?〉

메시지에서 아리의 선전포고가 느껴졌다. 꿀꺽. 침을 삼킨 현태가 핸드폰의 화면을 하염없이 쓰다듬었다. 말을 해야 할까 싶었지만, 사실 그 또한 쉽지 않다. 어디서부터 어떻게 어떤 말을 해야 할까. 머리가 복잡해졌다.

쉬는 날을 하루 앞둔 오후는 느리게 가는 게 당연한데, 이상하리만치 빠르게 하루가 흘러갔다. 눈을 감았다가 뜨니 퇴근 시간이 코앞이었다.

"팀장님, 왜 이렇게 불안해하세요?"

같이 일하던 직원이 건넨 말에 현태가 깜짝 놀라 눈을 크게 떴다.

"내가?"

"네. 아까부터 안절부절못하셨잖아요. 무슨 일 있습니까?"

현태는 누군가 알아챌 정도로 걱정을 티 냈다는 사실에 놀랐다. 되도록 바깥으로 드러나지 않게 감추는 게 저의 특기라면 특기였는데. 하하, 어색하게 웃던 그가 고개를 도리도리 저었다. 아무것도 아니라 답하는 현태의 말에 직원은 고개를 끄덕이며 자리를 떠났다. 고생하셨다고 인사하는 말이 그의 귀에는 꼭 사형선고처럼 들렸다.

아리를 기다리는 시간은 길었다. 그리고 아주 고단했다. 하루가 끝나기 전까지는 그렇게도 시간이 잘 흘러가더니, 아리를 기다리는 시간은 왜 이리도 느리게 움직이는 걸까. 홀로 남아버린 사무실 안에서 현태는 연거푸 한숨을 뱉었다. 그냥 확 저질러 버릴까, 말을 하는 게 편할까 싶던 그때. 똑똑. 창문을 두드리는 소리가 들렸다.

깜짝 놀란 현태가 고개를 들어 창밖을 바라보았다. 그곳에는 어서 나오라 손짓하는 아리가 있었다.

"왜 안 나와 있고?"

문을 열자마자 들리는 아리의 물음에 현태가 눈을 크게 떴다. 그러게, 왜 사무실에 있었을까. 속으로 중얼거리는 제 모습이 왜 이리도 우스운지.

"아, 그냥. 정리할 게 좀 있었어."

"그래?"

못 믿는 눈치였다. 그럴 만도 하다. 무언가 속이고 있다 믿고 있으니 더더욱 그러겠지. 끙, 앓는 소리를 내던 현태가 어색하게 웃었다.

"어디로 먹으러 갈까?"
"한 군데밖에 더 있어?"
아리는 퉁명스럽게 말하며 현태의 차로 걸어갔다. 그 뒷모습을 바라보는 현태만이 이러지도 못하고 저러지도 못하고 그저 죽을 맛이었다. 두 사람이 차에 올라타고, 그 차가 백화점을 빠져나갈 때까지 정적은 이어졌다. 현태에게는 가시방석 같은 정적이었다.
퇴근 시간이 겹친 모양인지, 도로에는 차들이 수두룩했다. 옴짝달싹도 못 하고 갇혀 있느라 더 진땀을 빼고 있을 때, 아리가 크게 한숨을 뱉었다.
"너 요즘 왜 그래?"
툭 던진 말이 현태의 가슴을 따끔거리게 했다. 도둑이 제 발 저린다더니, 자기도 모르게 화들짝 놀란 현태가 괜히 핸들을 툭툭 두드렸다.
"뭘? 내가 왜?"
"네가 왜?"
아리의 날카로운 물음에 현태가 꿀꺽 침을 삼켰다.
"불러도 대답은 늦지, 한참 생각하고 있어서 말 안 걸면 끝까지 나 보지도 않지. 내가 불러도 모르고 지나간 적 꽤 되는 거 모르지?"
총알처럼 쏘고 지나가는 아리의 말에 현태의 눈이 파르르 떨렸다. 그 정도로 제가 심각했나 싶었다. 자신의 모습을 자신이 볼 수 없으니 얼마나 심각하게 다녔는지 알 수가 있나. 미안하다는 말을 하려던 찰나, 거짓말처럼 신호가 바뀌었다. 타이밍이 참 좋지 않다. 어떤 이야기부터 해야 할지 도저히 알 수 없었다.
"무슨 일 있어?"
이어지는 아리의 물음에 다시 한 번 가슴이 따끔거렸다. 없다고 말을 하자니 서랍 속 편지가 마음에 걸렸고, 있다고 말을 하자니 어디서부터 이야기해야 할지 모르겠고. 한참 고민하던 현태가 숨을 크게 들이마셨다. 그리고 핸들을 톡톡 두드리며 입을 달싹였다.

"만약에, 아리야."

하라는 대답은 하지 않고 엉뚱한 말로 운을 떼니 그야말로 당황스럽기 그지없었다. 아리는 어안이 벙벙한 표정으로 현태를 바라보았다. 제가 묻는 말에 답이나 하라 면박을 줄까 하다 고개를 도리도리 저었다. 그런다 해서 달라질 것도 없고.

휴, 한숨을 푹 내쉬던 아리가 창밖으로 시선을 옮겼다. 마음이 답답했다. 요 며칠 행동이 이상해 무슨 일이 있는가 걱정을 했는데, 전혀 다른 답을 주는 모습이라니. 확 들이받아 싸워 버릴까, 그런 생각마저 들었다.

"응. 말해."

아리는 현태를 쳐다보지도 않았다. 저를 외면하는데도 현태는 아무런 말을 할 수 없었다. 왜 저를 쳐다보지 않냐는 말도, 눈을 좀 마주쳐 달라는 말도.

"네가 정말 실망한 사람이 있어. 두 번 다시 얼굴 보고 싶지도 않고, 생각하고 싶지도 않았는데. 그 사람이 네 친구를 부른 거야."

이렇게 설명하는 게 맞나 싶었다. 가슴이 답답해 연거푸 한숨을 내쉬었다. 핸들을 쥐고 있는 손에 땀이 흥건했다. 한참 바깥을 쳐다보던 아리가 미간을 좁힌 채 현태를 바라보았다.

"왜 친구 이야기를 들면서 해? 네 이야기 아니야?"

눈치가 백 단이었다. 제 말로는 캔디로 매출이 늘었다고 말하지만, 사실 알고 보면 모두 아리의 눈치 덕분이었다. 손님을 응대하는 데 도가 튼 것도 있고. 그러니 아무리 이야기를 빙빙 돌려도 금세 탄로 나는 게 당연했다. 그냥 대놓고 말을 할 걸 그랬나 싶었다.

"그냥 말해. 돌려서 말하는 게 더 싫어."

차가운 목소리에 현태가 입가에 힘을 주었다. 한참 마음을 다잡던 그가 천천히 입을 열었다.

"강수호 씨 만났었어."

차 안으로 정적이 흘렀다. 그저 침묵을 지키던 상황과 매우 다르다는 걸 현태는 알고 있었다. 바깥은 여전히 재빠르게 움직이는데, 자신이 앉아 있는 차 안만 우뚝 멈춘 기분이었다. 핸들을 쥔 손이 뻣뻣하게 굳어가고 있었다.

"미안, 속이려던 거 아니야."

자기도 모르게 말을 덧붙이고 말았다. 속이려는 건 아니라는 말이 왜 이리도 초라하게 느껴지는 건지 알 수 없었다. 현태는 숨을 삼켰다. 핸들을 조심스럽게 움켜쥐며 앞으로 펼쳐질 일을 떠올려 보았다. 아리는 화를 낼까, 아니 못 들은 척 넘길까. 그게 아니라면 그래, 무미건조한 답으로 묵묵히 생각에 잠길지도 모른다.

차라리 다짜고짜 따지며 왜 만났냐 무슨 이야기를 했냐 물으면 좋으련만.

아리는 현태의 말을 몇 번이나 곱씹으며 손가락에 힘을 주었다. 차갑게 식어버리는 손끝이 바짝 당겼다. 피가 통하지 않는 것 같았다. 현태와의 정적을 지키고 있던 아리가 숨을 천천히 들이마셨다.

"만나서?"

듣고 싶었다. 이제는 그의 이름도 듣고 싶지 않지만, 현태와 어떤 이야기를 나누었는지 궁금했다. 애초에 어떤 생각으로 현태를 불렀는지 알고 싶었고. 단지 그뿐이었다. 수호의 근황이 궁금하다거나, 그가 반성하고 있는지 궁금한 게 아니었다.

"조수석 서랍 열어봐."

아리의 시선이 서랍으로 향했다. 꼭 돌덩이처럼 단단하게 굳어 있는 기분이 들었다. 열어야 할까. 말아야 할까. 되지도 않는 고민이 이어졌다. 하지만 궁금증은 고민을 이기고야 말았다. 조심스럽게 서랍을 열자, 그 안에는 하얀 봉투 한 장이 놓여 있었다. 얼마나 잡고 고민을 한 건지 종이가 구깃구깃해졌다.

"강수호 씨가 너한테 전해달라고 한 거야."

"이걸 나한테?"

"지금 당장 보란 소리 아니래. 나중에 내킬 때 읽으래. 꼬부랑 할머니가 되어서 읽어도 좋고, 아예 읽지 않아도 좋다고 하더라."

어느새 저 앞으로 목적지가 보였다. 둘이 자주 가던 맥주 가게였다. 테라스에도 앉을 자리가 있기에, 여름이건 가을이건 앉아 목을 축이기 딱 좋은 가게였다. 아리는 거의 다 도착한 가게의 간판을 슬쩍 쳐다보았다. 다시금 서랍 속 봉투를 쳐다보았을 때, 가슴이 답답해졌다.

현태의 잘못은 아닐 테다. 처분해야 하는 사람이 저라고 생각해 가져와 말을 한 것일 테지. 현태에게 왜 이런 걸 가져왔냐 나무랄 일은 아니었다. 나무라야 한다면, 이렇게까지 제 잘못을 덜려는 수호를 나무라야 할 테지.

"미안해. 내가 너무 내 멋대로 행동했나 봐."

아리가 고개를 저었다. 아니야, 짧게 새어 나오는 목소리에 한숨이 엉켜 있었다.

"됐어. 네가 사과할 일은 아니잖아."

시선은 봉투에서 떨어지지 않았다. 머리가 복잡했다. 활짝 열린 서랍 안의 봉투가 유난히 하얗게 보였다.

"우리 다른 데 가자."

아리의 말에 현태가 고개를 슬쩍 돌렸다.

"어디?"

"바람 쐬고 싶어."

현태는 고개를 끄덕였다. 우회해 주차장으로 들어가려던 경로를 직진으로 변경했다. 차는 여전히 꽉 막힌 도로에 갇혀 있었다. 바깥으로 경적이 줄기차게 들렸다. 라디오에서는 기타를 퉁기는 재즈 음악이 흘러나오고 있었지만, 두 사람은 여전히 침묵을 지키는 중이었다.

차는 한참을 달려 두 사람을 익숙한 강가로 안내했다. 가끔 아리가 힘들 때마다 현태와 즐겨 찾던 어느 한강 둔치 부근이었다. 하지만 두 사람은 차에서 내리지 않았다. 시동이 꺼져 정적이 맴도는 차 안에서 묵묵히 바깥의 야경을 지켜만 보고 있을 뿐.

"만약에."

툭 던진 아리의 말에 현태가 고개를 돌려 그녀를 쳐다보았다. 분위기는 금세 묵직해졌다. 한참 입을 다물고 있던 아리가 어렵게 운을 뗐다.

"만약에 네가 나라면, 어떤 결정을 내릴 거야?"

고민할 필요도 없었다. 현태의 시선은 활짝 열린 서랍의 봉투에 가 있었다.

"버릴 거야."

아리가 고개를 끄덕였다. 그러겠지. 중얼거리는 그녀의 목소리가 어쩐지 힘이 없었다.

"그래도 내용은 읽고 싶겠지. 내가 너라면."

"왜? 용서하고 싶어서?"

아리가 고개를 돌려 현태를 바라보았다. 혼란이 담긴 눈동자가 여실히 드러나 있었다.

"용서는 아니고."

한참 시선을 마주한 두 사람의 사이로 사람들의 소음이 섞여 들어왔다. 하지만 정적은 깨지지 않았다. 주변의 소음까지 차단하던 침묵이 깨진 건, 현태의 말 때문이었다.

"얼마나 제 잘못을 알고 있는지 궁금하잖아. 용서는 별개의 문제야. 잘못한 걸 얼마나 알고 있기에 이런 연락을 해? 정도의 괘씸한 마음이라고 하면 되려나."

아리는 현태의 말을 잠자코 되새겼다. 용서는 별개의 문제다. 잘못한 것을 얼마나 알고 있는지에 대한 문제일 뿐. 한참이나 그 사실을 되뇌던 그녀가 무릎 위 손에 힘을 꽉 주었다.

"너한테 강수호 용서하라고 안 해. 아니, 오히려 내가 더 용납 못 해. 용서를 받고 받지 않고의 문제가 아니니까. 그 편지, 읽지 않고 버려도 돼. 그렇게 한다고 해서 손가락질할 사람 아무도 없어. 설령 누가 손가락질한다 해도, 넌 꿋꿋해도 돼."

곧 현태가 가지런히 모으고 있는 아리의 손을 붙잡았다. 하얀 살갗에서 느껴지는 온기가 그의 마음을 데워주고 있었다.

"내가 있으니까. 그러니 넌 걱정하지 말고 네 소신껏 해."

아리는 한참이나 말이 없었다. 소신껏 하라는 현태의 말을 몇 번이나 곱씹으며 그는 자신의 편이라는 생각을 연신 머릿속으로 밀어 넣었다. 몇 분이나 지난 걸까. 라디오에서 흘러나오는 재즈 음악이 세 곡쯤 끝났을 때. 아리는 숨을 크게 들이마셨다. 서랍 속 봉투를 조심스레 집어 들고 현태를 향해 흔들었다.

"내가 가져갈게, 이거."

의외의 대답이었다. 당장 찢어 버린다는 말을 기대했기 때문일까. 보기 싫다는 말을 생각했기 때문일까. 어느 쪽이든 편지에 대해선 생각지 않을 거라 믿었기 때문이겠지만.

"괜찮겠어?"

"안 괜찮다고 피하기만 하는 건, 성미에 안 맞으니까."

아리의 엷은 미소에 현태 역시도 웃어 보였다. 어떤 과정이든 아리의 선택에 맡긴다 했으니, 잠자코 지켜보는 게 자신의 마지막 역할일 것이다. 애초에 그런 마음으로 편지를 받아 오기도 했고.

탁– 서랍을 닫는 소리에 현태는 더 이상의 생각은 접어두기로 했다. 자신이 당장 해야 할 일은 아리에게 든든한 버팀목이 되어주는 것이었다. 어떤 감정을 토해내더라도, 어떤 바람이 불더라도 절대 흔들리지 않게 잡아줄 수 있는 그런 버팀목.

"내려서 좀 걸을까?"

현태의 말에 아리가 고개를 끄덕였다. 봉투를 가방에 조심히 넣은 뒤, 차에서 내렸다. 둘은 문을 닫은 채 한참이나 저 앞을 바라보았다. 눈앞으로 야경이 어른거렸다. 물결 위로 하나둘 피어난 불빛의 꽃이 까만 밤의 정적을 장식했다.

"예쁘다."

나지막이 터져 나오는 아리의 말에 현태가 고개를 끄덕였다.

이후로도 두 사람은 한참 말을 하지 않았다. 불빛의 꽃이 어른거리는 강가를 가만히 쳐다보며 정적을 지키고 있을 뿐.

"우리 스물다섯 살 때."

현태의 낮은 목소리가 정적을 두드렸다. 빗방울이 창문을 두드리듯, 조심스럽지만 소란한 목소리였다.

"무작정 자전거 끌고 나온 날이 있었어."

언제였더라. 입 밖으로 터뜨리지 않으려던 말을 나지막이 중얼거렸다. 현태는 그런 아리를 쳐다보며 피식 웃었다. 추억을 되새긴다는 건, 제법 기분 좋은 일이었다. 누군가와 나눌 추억이 많다는 것 자체가 저에게 있어 재산이라는 걸 알고 있으니까.

한때는 아리와의 이런 관계가 싫었다. 추억만을 나눌 수 있는 관계. 그 이상으로 발전했다 틀어진 순간 추억마저 물거품이 되는 관계. 차라리 아무것도 없는, 수호와 같이 0에서 시작하는 관계라면 얼마나 좋을까. 그렇게 바라고 생각하던 순간이 그에게도 있었다.

"분명 엄청 힘들어 보였거든. 당장 숨이 터질 것 같고, 이대로 가다간 쓰러질 것 같고. 보는 내가 더 아슬아슬했으니까."

"내가?"

"그럼, 나겠어?"

머리를 더듬어 곰곰이 생각해 보았다. 그랬던 적이 있었나 싶었던 찰나, 한순간의 장면이 그녀의 머리를 스쳐 지나갔다.

울고 싶은 마음을 억지로 꾹꾹 참던 날이었다. 목 끝까지 밀려오는 울음을 몇 번이나 집어삼키고, 있는 힘껏 페달을 밟았던 날. 그러지 않으면 가슴이 펑 터져 버릴 것 같았다. 눈을 따끈하게 만드는 물기에 숨이 콱 막혔다. 페달을 밟아 땀이라도 내지 않으면 안 될 것 같은, 그런 날이었다.

"아리 너는 좀, 뭐랄까……."

망설이듯 제 눈치를 보던 누군가 떠올랐다. 난감해하는 표정이 아직도 눈에 선했다.

"무서워. 꼭 내 감정을 모두 읽는 사람처럼."

친구였나, 그게 아니면 소개팅으로 만났던 사람이었나. 기억은 나지 않았다. 그저 선명한 파편이 존재한다면, 잔뜩 긴장한 채 이야기하던 목소리였다. 그마저도 희미해져 머릿속에서 잔상만이 남았었지만. 그날의 기억을 현태가 읊기 무섭게 선명하게 되살아났다.

"그때도 이렇게, 야경을 보고 있었어. 너도, 나도."

"응. 기억나."

애써 현태와 보았던 야경으로 기억을 덮으려고 했다. 하지만 그 찰나에 보았던 것들이 기억나지 않았다. 찬란한 불빛을 보았던가. 그게 아니라면 바람에 흩날리는 제 눈물을 보았던가.

희미해지는 기억을 뚜렷하게 재생시키기 위해 머리에 힘을 주었다. 제발, 제발. 간절한 마음으로 빌어보지만.

그날에 남은 잔여물이 떠오르지 않았다. 차라리 창피한 기억이라도 있으면 좋으련만.

"무슨 일이냐 묻고 싶었는데, 네가 먼저 그러더라고. 누군가의 마음 같은 거. 보고 싶지 않다고. 절대 알고 싶지도 않았다고. 당장 울 것 같은 목소리라 얼마나 놀랐는지."

눈앞이 흐려지는 기분이었다. 옆을 돌아보니, 그날의 아리가 보였다. 현태의 말처럼 울 것 같은 표정을 지은 채 주먹을 꽉 쥐고 있었다.

"그런 네가 너무 싫다고 말했어. 너는."

현태의 말에 가슴을 푹- 찔린 기분이 들었다. 치부를 들켜 버린 것처럼 가슴이 뜨끔거렸다. 침묵을 지키던 아리가 저 멀리 비치는 야경을 바라보았다. 수면 위로 비치는 불빛의 꽃들이 일렁거리고 있었다. 그때의 제 마음처럼, 어디로 가야 할지 갈피를 잡지 못하는 것처럼.

"지금 상황이랑 많이 안 어울리는 말이지만."

두 사람의 눈이 마주했다. 참 이상하지. 어둠이 절대적인 순간에서도 서로의 눈은 이리도 또렷이 들어오니 말이다. 그 속에 담긴 마음마저도 알 것 같은 건.

사랑이기 때문일까.

"그런 너라서 좋았어."

쿵. 가슴이 떨어지는 소리가 들렸다. 그게 사랑이야, 누군가 귓가에 속삭였다.

"마음을 보는 게 당연하다 생각하지 않는 너라서 좋았어."

슬그머니 미소를 그리는 현태의 눈빛에 아리가 입술을 꽉 눌렀다. 이게 사랑이구나. 누군가의 속삭임에 금세 수긍하고 말았다.

"네 능력이 이 세상의 전부라 생각하지 않는 네가, 나는 너무 좋았어."

숨이 막혔다. 조건 없는 사랑이라는 건, 부모와 자식 간에만 존재하는 것이리라 생각했다. 이유를 불문하고 마음을 준다는 것 역시 꿈에서나 나오는 이야기라 믿고 있었다. 저에게는 절대 인연이 없는 이야기라고 생각했다. 누군가의 마음이 보이고, 그 마음을 알아챌 수 있는 저로서는 꿈도 꾸지 못한다 말했다.

한데, 제 앞에 존재했다. 그런 사람이. 그런 사랑이.

"누가 너에게 손가락질해도 난 널 믿어. 그 누가 널 미워한다 해도 나만큼은 널 사랑해."

현태가 손을 뻗자, 아리는 자연스레 그의 손을 맞잡았다. 아무도 존재하지 않는 듯 착각이 일었다. 다리를 지나는 차들의 경적도, 그들의 앞을 지나가는 사람들의 이야기 소리도. 그 어떤 소리조차 그들의 귀에 닿지 않았다.

"진짜 상황이랑 안 맞네."

조금 더 예쁜 말을 해주고 싶었는데, 어떤 말을 해야 할지 좀처럼 갈피를 잡을 수 없었다. 상황에 맞지 않는단 말을 뱉고도 머릿속으로는 단어를 조합 중이었다. 어떤 말이 가장 잘 어울릴까. 어둠에서도 반짝거리며 빛나는, 그 불빛과도 같은 너에게. 나는 어떤 말을 전하고, 어떤 마음으로 대해야 할까.

이미 답은 정해져 있다. 그저 입 밖으로 내뱉기가 너무나 어려운 것뿐. 입에 힘이 들어갔다. 뱉을 듯 뱉지 않을 듯 한참이나 망설이던 그녀가 현태의 손을 꼭 붙잡았다.

"사랑해."

아리의 고백에 현태의 눈이 동그래졌다. 불그스름하게 물드는 그의 두 볼이 어두운 밤에서도 훤히 보였다.

"나도 사랑해. 현태야."

맞잡은 손에 느껴지는 열기가 뜨겁다. 활짝 웃는 현태의 모습에 아리 역시도 입꼬리를 말아 올렸다. 나도, 사랑해. 이 얼마나 낯간지러운 단어던가. 하지만 그에 비해 입가에 남는 시간은 제법 길었다. 입술 바깥부터 서서히 물들던 그 말은 입안으로 천천히 스며들어 갔다.

입꼬리에 걸려 떨어질 듯 말 듯 애태우다, 목 너머로 스르르 흘러가 버렸다. 불그스름하게 물들어 있을 뿐이었던 심장이 어느새 타오르는 불꽃의 색으로 변해 버렸다. 짤막하게 뱉는 숨소리마저 달뜬 열기를 안고 있다. 이런 변화가 어색했다. 사랑한다는 말을 뱉기까지, 뱉은 후에도 이처럼 열기에 시달린 적이 있었던가.

현태는 아리를 한참이나 쳐다보았다. 그리고 못 기다리겠다는 듯 그녀의 팔을 잡아끌어 제 안으로 밀어 넣었다. 한순간에 그의 품에 안긴 탓인지, 숨이 단박에 멈추었다. 쿵쿵. 쿵쿵. 미세하게 뛰기 시작하는 심장 소리가 귓가에 전달되었다.

불규칙한 뜀박질이, 볼에서 느껴지는 그의 열기가, 아리의 달뜬 마음을 더욱 부채질했다.

"반칙이야."

아리를 품에 안은 현태의 목소리가 떨리고 있었다. 등에 닿은 손바닥이 곧 녹아내릴 것처럼 뜨겁다. 이토록 제 모든 것에 반응하는 지현태가, 사랑스럽기 그지없었다. 아리 역시 두 팔을 죽 뻗어 현태를 와락 끌어안았다. 기다란 손가락이 현태의 등을 토닥였다.

"갑자기 이렇게 고백하는 게 어디 있어."

앓는 듯 터져 나오던 짙은 숨소리가 아리의 귓가에 맴돌았다.

"그래도 고마워."

현태가 숨을 크게 들이마셨다. 아리를 부드럽게 끌어안으며 어깨에 얼굴을 묻었다.

"사실 언제 말해주나, 기다렸거든. 아주 조금."

선선한 바람이 불어와 얼굴을 스쳐 지나갔다. 겨울이 불쑥 다가왔음을 느낄 수 있었다. 하지만 마음만큼은 다가오지도 않은 봄에 머무른 채였다. 옆으로 펼쳐진 불빛의 꽃들이 그들을 향해 어른거렸다. 밤의 정적이 두 사람의 사이를 가득 메워주었다.

사랑해. 서로의 품에 얼굴을 묻은 채 몇 번이나 속삭였다. 사랑의 고백이 꿈처럼 달콤했던, 어느 밤이었다.

두 사람은 아리의 집으로 돌아왔다. 빛 한 점 없는 방에서 둘은 약속이라도 한 듯 침묵을 지키고 있었다. 앉아 있는 침대마저도 비현실적으로 느껴졌다. 쿵쿵. 쿵쿵. 미세하게 들리는 심장 소리에 숨이 막혔다. 들이마시고 내뱉는 숨조차 제 것이 아닌 양 어색했다.

제일 먼저 시선을 뗀 건 현태 쪽이었다. 그의 긴 속눈썹이 떨리고 있었다. 잔뜩 긴장한 건지, 아리와 맞잡고 있던 손끝이 차갑다.

"나 너무 떨려."

툭 던진 현태의 말에 아리가 눈을 크게 떴다. 곧 한숨과 비슷한 웃음을 터뜨리며 그의 어깨를 툭 두드렸다.

"그게 뭐야."

"어쩔 수 없잖아. 내가 저번에 말했지? 난 생각보다 더 오래 너 좋아했다고. 이런 상황이 생길 줄 누가 알았겠어."

아아, 앓는 소리가 새어 나왔다. 아리는 그런 현태를 사랑스럽게 쳐다보며 손을 뻗었다. 길지도, 짧지도 않은 머리칼을 정돈하며 머릿속으로 할 말들을 정리했다. 떠오르는 단어를 모으고, 해주고 싶은 마음을 모은다. 그러다 보면 입에서 뱉는 말이 생기기 마련인데 오늘따라 쉽지 않았다. 어슴푸레한 달빛에 비치는 현태가 사랑스럽다. 저로 인해 이토록 고민하는 현태가, 너무나 사랑스러워 어쩔 줄을 몰랐다.

"정말 괜찮아?"

다시금 묻는 현태의 말에 아리가 고개를 끄덕였다. 응, 짤막한 그녀의 대답에 현태의 손에 힘이 들어갔다. 보드라운 볼을 어루만지는 손이 따뜻했다.

"그렇게…… 묻는 거 아니래."

나지막이 새어 나오는 아리의 말에 현태가 끙, 앓는 소리를 뱉었다. 저만큼이나 볼을 붉히는 모습에 참았던 무언가 펑 터지고 말았다. 현태는 아리의 목덜미를 붙잡은 채 저에게로 끌어당겼다. 입술과 입술이 포개어졌다. 따뜻한 마찰이었다. 그의 나머지 손이 아리의 허리를 잡아당겼다.

두 살덩이가 뜨겁게 엉켜 들었다. 서로의 열기를 전해가며 있는 힘껏 서로의 타액을 전했다. 아리는 현태의 목을 잔뜩 끌어안고 있었고, 현태는 그런 아리의 허리를 꽉 붙잡은 채였다.

방 안에 맴도는 건, 입맞춤만으로도 잔뜩 달아오른 공기뿐이었다.

간간이 들리는 숨소리가 그들의 귀를 자극했다.

"현태, 현……."

잠시 입이 떼어낸 아리가 그를 불렀지만, 현태는 그 틈조차 내어주지 않았다. 아니, 그럴 여유조차 없었다. 다시금 아리를 제 쪽으로 끌어당긴 채 살덩이를 비집어 넣었다. 나지막이 흘러나오는 비음이 그의 귓가를 자극했다. 현태의 채근에 못 이긴 아리가 침대 위로 풀썩 쓰러졌다.

그 순간, 두 사람이 입술을 뗀 채 서로를 바라보았다. 아리를 내려다보는 현태와 현태를 올려다보는 아리의 눈빛이 촉촉이 젖어 있었다. 두 사람은 서로의 존재를 확인이라도 하듯, 한참이나 시선을 마주했다. 마침내 눈동자에 서로의 모습을 모조리 담았을 때, 현태가 먼저 아리의 입술에 제 입술을 포개었다.

뜨거운 숨이 오갔다. 살덩이가 뒤엉키는 순간 그들의 손 역시도 빠르게 움직였다. 몸을 가리고 있던 옷자락이 벗겨져 내려갔고, 어느새 뽀얀 살갗만이 고스란히 드러났다.

휘영청 뜬 달님만이 그들의 모습을 지켜보는 밤이었다.

"부끄러워."

툭 던진 아리의 말에 현태가 픽 웃었다. 그녀의 머리를 쓸어 올리며 이마에 입맞춤을 남겼다.

"나도 그래."

"거짓말."

"진짠데?"

못 믿는 거야? 놀란 듯 반문하는 현태에 아리는 못 이기겠다는 듯 웃음을 터뜨렸다. 살갗과 살갗이 닿는 느낌이 이다지도 좋은 것이었나, 싶었다. 시선의 반 이상을 어둠이 잡아먹고 나니, 가장 예민해지는 건 그와 맞닿아 있는 살갗이었다. 서서히 올라오는 열기도, 살갗 아래로 느껴지는 두근거림도 모두 아리에게는 크나큰 자극이 되었다.

그건 현태 또한 마찬가지였다. 이어지는 입맞춤에도 머리가 쭈뼛거리며 섰다. 그런 수줍음을 감추기 위함인지, 둘은 서툴게 서로의 몸을 어루만졌다. 손끝이 살갗에 닿는 순간, 떨림은 열기에 녹아버려 온데간데없이 사라지고 만다. 포개어진 입술 사이로 오가는 열기에 머리가 아득해졌다.

작은 방 안은 거친 숨소리와 젖은 땀 냄새로 가득했다. 하지만 그들은 행복했다. 함께라는 단어에 가슴이 녹아내리는, 달님의 미소가 그들의 위로 잔잔히 쏟아지던 순간이었다.

두 번이나 침대를 벗어나려 했지만, 현태는 이대로 끝낼 수 없다며 아리를 붙잡았다. 결국은 현태가 먼저 잠들 때까지 기다릴 수밖에 없었다. 정신을 차리고 나니 어느덧 시간은 새벽 3시.

아리는 멍하니 앉아 어둠에 물든 창밖을 쳐다보았다. 은은한 가로등 불빛이 눈을 찔렀다. 이유는 알 수 없지만, 수호의 눈빛이 머리를 스쳤다. 그는 꼭 이런 밤과 어울리는 사람이었다. 마음을 차분하게 만들어주지만, 그만큼 묵직한 외로움을 지닌 사람.

물론 그렇다 해서 저에게 한 일을 용서한다거나, 그를 동정하고 싶지는 않았다. 그저 그런 사람이었구나, 떠올리는 것뿐. 한참 사색에 젖어 있을 때쯤, 수호가 남겼다는 편지가 생각났다. 사실 조금 더 지난 뒤에 읽어보려 했다. 무슨 이야기를 썼는지, 어떤 말로 채워져 있는지 궁금하지 않다면 거짓일 테지만.

하지만 지금은 아직 때가 아니라고 생각했었다. 그래, 어두운 밤하늘을 바라보며 수호를 떠올리기 전까지는. 아주 나중에 편지를 읽어

보리라 결심했었는데, 자기도 모르게 몸을 일으켰다. 현태가 잠들어 있는 침대를 조심스레 빠져나가 제 가방이 놓인 구석으로 향했다.

가방의 안쪽에는 하얀 봉투가 잠들어 있었다. 봉투를 집어 들려던 순간, 아리가 뒤를 돌아 현태를 바라보았다. 등을 진 채 잠든 그의 모습을 한참 쳐다보았다. 적어도 현태에게 말은 하고 싶었는데, 좀처럼 그를 깨울 용기가 나지 않았다. 제 일이니 자신이 해결하고 싶은 마음이 컸기 때문일까.

아리는 봉투를 들어 다시금 침대로 돌아갔다. 비스듬히 몸을 기댄 아리가 봉투를 매만졌다. 열어볼까, 말까. 한참을 고민했지만, 손에 들어온 걸 그냥 무시할 수는 없다.

어렵게 마음을 먹고 봉투를 열었다. 그곳에서 나온 건, 봉투만큼이나 하얀 편지지였다.

- 아리에게.

수호의 글씨체는 정갈했다. 평소 그의 성격만큼 온화하고, 부드럽다. 만약 그날 수호의 모습을 보지 못했다면 그 성격과 똑 닮은 글씨체라며 웃었겠지만. 지금은 그럴 수 없었다. 물론 그때 일을 보지 못했다면, 이런 편지를 받을 일도 없었겠지만.

- 이 편지 한 통이 너에게 어떤 기분을 안겨줄지 너무나 잘 알고 있어.

첫 줄을 읽은 아리가 숨을 꾹 눌러 삼켰다. 알고 있음에도 불구하고 저에게 이런 편지를 남겼다는 건. 갑자기 화가 치밀어 오를 것 같았다. 간신히 마음을 가다듬으며 편지를 죽 읽어 내렸다.

—너에게 빛이 되고 싶었어. 네가 그토록 찾는 안식처가 되고 싶었고, 너에게 있어 찬란한 사람이 되고 싶었어.

하지만 난 너에게 안식처가 되어주기는커녕 도리어 너를 괴롭게 만들었어. 빛으로 이끌고 가기는커녕 어둠에 가둬 버린 기분이야. 어쩌면 나 때문에 너는 누구도 의지할 수 없을지도 모른다고 생각하니 잠이 오질 않아.

아리가 고개를 돌려 창밖을 쳐다보았다. 비라도 쏟아져 내린다면 이 답답함이 좀 가시지 않을까. 몇 번이나 깊은 한숨을 내쉬었지만 달라지는 건 없었다. 누군가 제 목을 콱 붙잡고 있는 기분이었다. 목 너머로 꿀꺽 내려가지 않는 건, 아마 채 지워내지 못한 수호에 대한 정일 테다.

—매일 밤 악몽을 꿔. 내 손으로 너를 땅에 가두어 버리는 꿈. 나는 그런 너에게 내 마음을 받으라며 윽박지르고, 소리를 질러.

매일 너는 내 꿈속에서 죽어가. 물 하나 없는 꽃병에서 시들어가는 꽃 한 송이처럼, 힘없이 떨어지고 말아.

괴로워하길 바랐던 제 저주 아닌 저주가 통한 걸까. 기뻐해야 할 텐데 왜 이리도 마음이 묵직한 건지 알 수 없었다. 한참 편지를 들고 있던 아리가 숨을 깊게 들이마셨다. 읽어야 할까, 머리를 지배하고 있던 그 고민은 사라진 지 오래였다. 읽어야 한다. 그를 용서하는 건 아니라지만, 저도 마음이 편해지기 위해선 그에 관한 것들은 모조리 이 편지에 담아야 했다.

처음부터 없던 사람이 될 수는 없겠지만, 적어도 좋은 사람으로 미화시키고 싶지 않았다. 나쁜 사람으로 남는 것 역시 길게 보면 썩 좋은 이야기는 아닐 테니. 그는 저에게 있어 그 어떠한 존재도 될 수 없었다. 좋은 사람도, 나쁜 사람도 아닌 아무것도 아닌 사람 그 이상도 이하도 아니어야 했다.

-나는 꽃을 시들게 하고 싶지 않았어. 양분을 듬뿍 주고, 햇빛을 내려주지는 못해도 꽃잎을 피울 수 있는 땅이 되어주고 싶었어. 그뿐이야. 물론 이 모든 게 너에게는 변명으로 들리겠지. 알아. 변명일 거야. 나는 변명밖에 하지 못하는 겁쟁이야. 비겁한 놈이야.

한참 쳐다보다 눈을 꾹 감았다. 제 귓가에 들리던 현태의 애절한 목소리를 몇 번이나 떠올리고 나서야 다시 편지에 집중할 수 있었다.

-이런 변명이라도 너에게 해야 했어. 적어도 내가 얼마나 비겁한 놈인지는 스스로 깨달아야 했으니까. 그걸 위해 몇 번이나 그날로 돌아갔으니까. 물론 그건 너 역시 그렇 테지만…….

몇 번이나 돌아갔다고. 그래서 제 앞에서 소리를 지르고 화를 내는 수호의 뺨을 때리고, 발을 걷어찼다고. 아니 몇 번이나 돌아가 그 차를 올라타지 않고, 할 말이 있다는 수호의 말을 무시했다고. 그렇게 이야기해 주고 싶었다. 당장 전화를 걸어 이게 무슨 짓이냐 고래고래 소리를 지르고 싶었지만 이어지는 말에 손에 힘이 들어갔다.

-그날 이후, 나에게는 한 가지 변화가 생겼어. 내 눈에도 너와 같은 것이 보여. 누군가의 마음이 보인다는 건, 생각보다 유쾌하지 않은 일이더라.

나 때문에 상처를 받으면 어쩌나 전전긍긍하게 되고. 상대방의 기분을 한껏 살피며 나를 숨기게 되더라.

너는 그 긴 시간을 어떻게 지냈을까. 그런 너에게 나는 무어라 한 걸까. 어째서 내 마음을 알아주지 않느냐 윽박지를 걸까.

후회에 후회를 덧씌우고 있어. 내 눈에 보이는 것들은 나에게 또 다른 세상을 보여주는 대신 내 마음에 짐을 얹어주었어.

너는 어떻게 견뎠을까. 난 얼마 되지 않은 이 순간에도 이토록 힘든데.

수호에게 제 능력이 옮겨갔다고밖에 느껴지지 않았다. 왜? 어째서? 저는 누군가에게 옮겨 받은 게 아니었다. 어느 날 갑자기 캔디가 보이기 시작했다. 아주 갑작스러운 능력이었다. 아주 어릴 적이라 어떤 생각을 한 뒤에 생겼는지조차 기억이 나지 않았다.

이게 누군가에게 옮겨갈 수 있는 능력이었던가. 어찌 되었든 능력에 대해 왈가왈부할 필요는 없었다. 궁금증을 가지는 것도 딱 여기까지였다. 더는 저의 이야기가 아니니까. 이기적이라 할지 모르지만, 수호에게는 그래도 괜찮을 것 같았다.

-너에게 나 너무 힘들다고 투정 부리고 싶던 것 아니야. 그저 이러한 순간을 살아가는 것이 생각보다 힘들고. 이 힘든 순간을 웃으며 버틴 네가 너무나 대단하고.

그런 너에게 상처를 준 내가, 죽일 만큼 밉다는 말을 하고 싶었어.

부디 내가 준 상처는 잊길 바라. 널 아껴주는 사람 곁에서 평생 행복했으면 좋겠다. 나는 너에게 준 상처 평생 곱씹으며 살아갈게. 누군가의 마음을 쉽게 단정 짓지 않고 반성하며 지낼게.

행복해져야 해. 넘치는 사랑 받을 수 있을 거야. 너라면 가능해.

편지를 반으로 접었다. 마지막으로 보이는 한 줄의 안부를 곱씹으며 조용히 편지지를 원래대로 접어놓았다.

-너무 고마웠어. 고마운 너에게 상처를 주어 다시 한 번 미안하다. 부디 찬란한 나날을 지내길 바라며.

오빠 역시 그러길 바란다는, 그 흔한 생각조차 하지 않았다. 이상하게도 그의 편지 한 통에 마음이 가벼워졌다. 그를 미워하는 게 옳을까, 쓸데없는 고민으로 복잡했던 머릿속도 한 번에 비워졌다. 모르는 사람이다. 그저 그뿐으로 남기면 될 일이었다. 숨을 천천히 들이마시던 그녀가 봉투를 또 한 번 반으로 접었다.

"됐어."

중얼거리던 그녀의 목소리가 방 안을 부드럽게 흘러갔다.

"이제, 됐어. 아리야."

아리는 잡고 있던 봉투를 침대의 구석으로 떨어뜨렸다. 언젠가 이 집을 나서게 된다면 그때 발견하리라. 침대를 움직이지 않는 이상 봉투는 저에게 발견되지 않을 것이다. 아리의 침대 프레임은 사방이 막혀 있는 최상의 조건이었으니까.

숨을 깊게 들이마신 아리가 눈을 감았다. 그리고 이불로 파고 들어가 현태의 허리를 꼭 끌어안았다. 코끝으로 느껴지는 현태의 살 냄새에 싱긋 미소를 그렸다.

"현태야."

꼭 아리의 목소리에 반응이라도 하듯, 두 손이 다가왔다. 작은 몸뚱이를 꼭 끌어안는 그의 손이 따뜻했다.

"이제 끝났어."

끝이라는 단어가 생소했다. 입에 남지 않는 단어를 몇 번이나 곱씹던 아리가 현태의 품으로 더욱 깊이 파고들었다.

"미워하지는 않을 거야."

현태는 대답이 없었지만, 아리는 그가 깊이 잠들지 않았다는 것 정도는 알 수 있었다. 숨소리가 미묘하게 달랐으니까. 하지만 그는 왜 일어나 있느냐 묻지 않는다. 가끔 현태가 이렇게 제 이야기를 귀담아 들어주고 그래, 조용히 끄덕여 줄 때마다 얼마나 행복한지 가늠할 수 없었다.

"용서하는 거랑 별개의 문제니까. 나는…… 이대로 끝났다는 사실만으로도 만족할래."

그게 누군가의 관계일지라도.

아리의 말에 현태 역시 입꼬리를 말아 올렸다. 그녀를 끌어안고 있는 두 손에 단단하게 힘이 들어갔다. 둘은 기도했다. 내일은 오늘보다 더 행복할 수 있기를 바라며, 그리고 또 그 내일은 조금 더 서로를 생각하길 바라며.

현태에게 한참이나 중얼거리던 아리 역시 단잠에 빠지기 위해 눈을 감았다. 새근거리는 현태의 숨소리가 왜 이리 다정하게 들리는지 알 수 없었다. 언젠가 엄마가 이야기했었다. 눈에 보이는 캔디로 누군가의 마음을 단정 짓지는 말자고. 눈에 보이지 않는 캔디가 있더라도, 특별하게 보이는 캔디가 있더라도. 그에 현혹되어 마음을 휘둘리지 말자고.

"적어도 진심이라는 건, 눈에 보이지 않는 법이니까."

웃으며 말하던 엄마가 떠올랐다. 오늘 꿈에서 만나면 꼭 말해줘야지. 중얼거리던 아리가 기분 좋은 미소를 그렸다.

엄마 말이 맞았어. 그 말을 꼭 해준 뒤 돌아오리라 결심한 채 밤의 다리를 건넜다. 밝아오는 아침을 떠올리며 깊은 잠에 빠지려 노력했다.

❁

두 사람은 그렇게 울긋불긋한 가을을 지나, 하얀 눈이 내리는 겨울을 맞이했다. 그리고 다시 찬란한 봄을 지났고, 무더운 여름의 태양을 만끽했다. 그리고 마침내 그들이 연인으로서 시작한 가을이 돌아왔다. 첫 번째 기념일이었지만, 둘은 생각보다 담담했다.

"언니, 이번에 뭐 하기로 했어요?"

오히려 안달이 난 건 막내에서 벗어난 수미와,

"맞아요. 누나 뭐 하는지 물어보라고 효영 누나가 난리예요."

새로운 막내로 자리 잡은 윤수였다. 효영은 삼 개월 전, 본사에 그 실적을 인정받아 다른 지점의 매니저가 되었다. 모두가 연락하는 친한 사이였는데 저 몰래 그런 걸 물어볼 줄이야. 아리가 피식 웃으며 손사래를 쳤다.

"됐어. 뭘 해? 친구로 지낸 것만 몇 년인데."

"언니! 다르죠! 연인이잖아요, 연인!"

어쩌면 효영보다 수미가 더한 쪽일지도 모른다 생각했다. 그게 아니라면 효영에게 곧이곧대로 배운 것일지도 모르고. 한참 수미를 쳐다보던 아리가 고개를 도리도리 저어댔다.

"됐네요. 그냥 같이 있는 것만으로도 족해."

"와, 설마!"

윤수가 호들갑을 떨며 손바닥을 마주쳤다. 그 소리에 깜짝 놀란 아리가 눈을 크게 떴다.

"프러포즈?"

딱 네 글자밖에 되지 않는 그 소리에 매장으로 미묘한 공기가 흘렀다. 수미는 그게 맞을 거라는 눈빛을 보내며 고개를 끄덕였고, 윤수는 제가 정답이라도 맞췄다는 듯 입을 크게 찢었다. 하지만 아리는 그에 응하지 않았다. 아휴, 한숨을 내쉬며 고개를 도리도리 저을 뿐.

"농담할 시간 있으면 가서 창고나 좀 정리하세요, 현윤수 씨. 내일 신상품 옵니다."

"언니, 그러지 말고 한 번 자세히 생각해 보세요! 프러포즈 맞는 것 같은데?"

한술 더 뜨는 수미의 목소리에 아리가 들여다보고 있던 노트북에서 시선을 뗐다. 그리고 미간을 좁히며 둘을 번갈아 쳐다보았다.

"너희 자꾸 그러면 내일 끝나서까지 창고 정리한다?"

수미와 윤수의 입이 꾹 다물어졌다. 이젠 제법 능률이 생겨 며칠을 쪼개가며 정리를 할 수 있었지만, 아리가 마음만 먹는다면 종일 남아 정리를 시키는 것쯤이야 어렵지 않았다. 그걸 알고 있기에 수미와 윤수는 아무런 반발도 하지 않았다. 웬만해선 시키지 않는 일이니, 마음만 먹으면 언제든 시킬 수 있겠지.

"누, 누나. 저는 잠깐 창고에."

"아, 그럼 저는 잠깐 이벤트관에 다녀올게요. 아르바이트하는 친구 힘들겠다. 하하!"

두 사람이 어색한 웃음을 터뜨리며 자리를 떠났다. 아리는 그런 두 사람을 한참이나 쳐다보다 피식 미소를 그렸다.

말은 그렇게 했다지만 실행으로 옮길 생각은 없었다. 그저 아주 조금 겁을 주는 것뿐이지.

아리는 한숨을 푹 내쉬었다. 그리고 다시 노트북에 시선을 옮겼다. 시간은 어느덧 오후 5시 반. 퇴근을 세 시간 앞두고 있었다.

"프러포즈라……."

라디오에서 흘러나오는 노래가 흥겨웠다. 모르는 노래인데도 고개가 까닥이는 걸 보면, 흥미로운 노래가 확실했다.

"아리야."

노래만이 비집고 들어오던 귓속으로 현태의 목소리가 순식간에 침범했다. 깜짝 놀란 아리가 옆을 돌아보았다. 차가 꽉 막혀 옴짝달싹도 못 하던 현태가 아리를 보며 눈을 깜빡거리고 있었다.

"무슨 생각을 그렇게 해?"

"어? 뭐가?"

"뭐가 라니, 내가 몇 번 불렀는지 모르지?"

현태는 변한 것이 하나 없었다. 장난기 어린 미소를 지으며 다시금 시선을 앞으로 돌렸다.

"다섯 번이나 불렀는데 몰랐단 말이야?"

현태가 아리의 손을 잡아당겨 조심스레 붙잡았다. 그의 손바닥은 작년보다 좀 더 단단해져 있었다. 아주 조금 더 어른이 됐기 때문일까. 그게 아니면 취미로 시작한 운동에 재미가 붙었기 때문일 테다.

별것 아닌 일에도 고민이 많아졌다. 괜히 꼬리가 붙어 이런저런 생각을 하게 됐다. 그리고 마지막 종착지는 현태와 저의 미래였다. 우리의 내일은, 연인 그 이상일 수는 없는 걸까. 우습고도 어려운 그 질문을 몇 번이나 저에게 던졌다.

"무슨 일 있어?"

하지만 현태의 목소리는 언제나 아리를 편안하게 만든다. 말하지 말아야지 생각했던 것조차 어서 말을 해라 움직이게 만드니까. 한참 고민하던 아리가 저 역시 현태의 손을 맞잡았다.

"애들이 이상한 말 하잖아."

"애들? 수미랑 윤수?"

아리가 고개를 끄덕이자, 현태가 흥미진진한 표정으로 그녀를 쳐다보았다.

"뭐라는데?"

아리는 한참 고민했다. 이야기해야 해, 말아야 해. 입술을 꾹 누른 채 생각하다 제 쪽의 창가로 고개를 돌려 버렸다. 이야기하는 건 어렵지 않지만 어쩐지 민망해졌다. 프러포즈라는 말이 나온 이유도 따지고 보면 1주년, 그 낯간지러운 날 때문이 아니던가.

한참 고민하던 아리가 숨을 크게 들이마셨다. 비웃지는 않겠지 싶어 입을 열었다.

"우리…… 가을에 무슨 날인지…… 알지?"

어렵게 던진 아리의 물음에 현태가 눈을 크게 뜨고 그녀를 쳐다보았다. 아직 차가 움직이지 않아 다행이지, 그러지 않았더라면 사고라도 났을 상황이었다.

"뭐, 모르길 바라고 묻는 거야?"

"설마 그러겠어?"

창피한 마음에 욱, 터져 나오고 말았다. 이러려고 한 게 아닌데. 속으로 후회의 말을 곱씹어 보지만, 이미 뱉은 뒤엔 늦었다는 걸 알고 있다. 하지만 현태는 그런 아리에게 화를 내지 않았다. 익숙하다는 듯, 고개를 끄덕이며 그녀의 손등을 톡톡 두드려 주었다. 힘을 주어 잡아주는 그의 손이 따뜻했다.

"왜 모르겠습니까. 한아리 씨랑 연애한 지 1주년 되는 날인데요."

연애라는 건, 사람을 참 바보로 만드는 일인 것 같다. 좀 전까지 민망함으로 잔뜩 예민해져 있던 신경이 금세 가라앉고 말았다. 그런 아리의 모습을 쳐다보던 현태가 숨을 짧게 들이마셨다. 그리고 다시 아리의 손을 힘주어 잡았다.

"뭐, 애들이 1주년에 뭐 하냐고 물어봐?"

"어떻게 알았어?"

설마 뭐라고 말을 흘린 게 아닐까 싶었다. 그러니 애들이 그런 반응을 하겠지. 하지만 현태는 말이 없었다. 그저 사람 좋은 미소를 지으며 뚫리는 도로를 천천히 헤쳐 나갈 뿐.

"뭐라고 말했을지 훤하다만. 일단 가자. 가서 이야기해."

뜬금없는 현태의 말에 아리가 눈을 크게 떴다. 중간이 뚝 떨어져 나간 듯한 이 대화는 뭐지?

"그게 무슨 말이야? 하나도 못 알아듣겠어."

"응. 못 알아들어도 좋아. 근데, 여기서 산통 깨기는 싫으니까. 알았지?"

하지만 현태는 끝까지 아리에게 함구했다. 가보면 안다는 의미심장한 말을 남긴 채, 묵묵히 길을 달렸다. 아리 역시 그게 뭐냐 몇 번이나 캐물었지만 돌아오는 게 없어 결국 포기하고 말았다. 그의 차 안에서 묵묵히 종착점을 기다릴 뿐.

아리를 태운 차는 어느 화려한 호텔의 앞에 도착했다. 한눈에 보아도 화려하고, 비싸 보이는 곳이었다.

"여기가 어디야?"

"호텔."

"그러니까 왜 여길 왔어?"

"내일 쉬니까?"

주차하며 거리낌 없이 대답하는 현태의 모습에 아리가 눈을 껌뻑였다. 대체 이게 무슨 소리냐는 듯 쳐다보다, 헛웃음을 켰다. 돌아가자

말을 하려다 즐기기로 했다. 가끔 이런 사치는 즐길 줄 알아야지, 그런 생각을 하며 차에서 내렸다.

화려한 로비를 지나 엘리베이터에 탈 때까지도 현태는 싱글벙글 미소만을 그릴 뿐이었다.

“방 키는? 안 받아?”

“갖고 있어.”

“왜?”

“묻는 것도 많다.”

현태는 더 이상의 물음은 받지 않겠다는 듯, 그녀의 머리를 쓰다듬었다. 그러니 이제 물어볼 수 없었다. 왜 갑자기 호텔이냐는 물음도, 방 키는 대체 어디에 두었냐는 물음도. 엘리베이터 앞으로 깔린 복도는 화려하기 그지없었다. 방이 몇 개 없는 걸 보아, 제법 비싼 방이 모인 층이 틀림없었다. 한 번쯤은 좋지만, 부담스러운 건 어쩔 수 없다.

두 사람의 방은 복도의 가장 끝에 있었다. 마침내 방 앞에 다다랐을 때, 현태가 아리의 손을 꼭 붙잡았다.

“울지 않기.”

“응?”

씨익 미소를 지어주던 현태가 주머니 속에서 키를 꺼냈다. 그리고 문의 잠금장치를 풀었다. 손잡이를 돌려 문을 활짝 열어낸 순간, 아리는 눈앞에 펼쳐진 광경에 할 말을 잃고 말았다.

문의 입구부터 침실로 가는 길까지 LED로 만들어진 티라이트로 장식되어 있었다. 따라가라는 현태의 눈짓에 아리가 천천히 걸음을 옮겼다.

거실로 보이는 곳곳마다 풍선이며 티라이트며 할 것 없이 방을 장식하고 있었다. 군데군데 아리가 좋아하는 인형과 과자가 놓여 있어 보는 내내 웃음이 끊이지 않았다. 그리고 마침내 닫혀 있던 침실의 미닫이문을 열었을 때, 자기도 모르게 고여 있던 눈물이 툭 터져 흘렀다.

침실에는 붉은색의 보석들이 사방에 흩뿌려져 있었다. 딱 보아도 장난감인 것이 티가 났지만, 은은한 불빛에 반사되어 예쁜 빛을 발하고 있었다. 가슴이 울렁거렸다. 언젠가 그 보석을 보았던 기억이 있다. 그리 길지는 않았지만, 그것은 분명.

"내 마음이야. 네가 나에게서 보았던, 빨간 캔디."

뒤쪽에서 다가온 현태의 말에 아리가 고개를 끄덕였다. 확실했다. 제 두 눈으로 보았던 현태의 캔디였다. 빨갛게 물들어 조금의 의심도 할 수 없던, 그래. 보석 같은 그의 캔디. 이게 뭐냐 물어보려던 찰나, 현태가 아리의 허리를 끌어안은 채 저에게로 돌렸다. 그리고 그녀의 손을 들어 네 번째 손가락에 입술을 맞댔다.

"아직 울기엔 이르지."

현태는 그렇게 말하며 품에서 반지 케이스를 꺼냈다. 그 속에서 꺼낸 작은 다이아 반지를 아리의 손가락에 끼워주었다.

"그냥 연애만 하려니까, 불안해 죽을 것 같아."

"그게 뭐야."

울음이 뒤엉킨 아리의 앙탈에 현태가 씨익 웃었다. 그리고 아리의 손가락을 힘주어 잡았다.

"연애는 하되, 한아리 남편이 되고 싶다고. 내가."

아리의 입술이 실룩거렸다. 울 것 같은 표정을 숨기기 위해 애써 고개를 숙였지만, 그 모습이 보이지 않을 리 만무했다. 현태는 그런 아리의 고개를 억지로 들어 올렸다. 그리고 다시금 품속에서 무언가를 꺼냈다.

"선물 하나 더 있어. 이것까지 받고, 그 뒤에 결정해."

"또 있다고?"

"그럼. 누구 마음을 잡아야 하는데, 이 정도는 해드려야지."

말이 끝나기 무섭게 현태가 꺼낸 건, 붉은 보석이 박혀 있는 예쁜 목걸이였다. 보석은 울퉁불퉁하니 가공되지 않은 듯한 모양을 지니고 있었다. 하지만 그 무엇보다 예쁘게 빛나고 있었다. 꼭 아리가 언젠가 보았던 현태의 캔디처럼.

"심장을 꺼내서 줄 순 없으니까, 이렇게라도 내 마음을 줄게."

목걸이를 걸어주는 현태의 목소리가 너무 달콤해서. 제 목에 걸린 현태의 마음과 손에 끼워준 징표가 너무 사랑스러워서. 아리는 도통 입을 뗄 수 없었다.

"결혼하자, 아리야."

이어지는 말에 참고 있던 눈물이 왈칵 터져 나오고 말았다. 목 끝을 따갑게 만드는 건, 아마 현태의 말에서 비롯된 감동이었을 것이다.

"내 아내가 되어줘. 그리고 너의 남편이 될 수 있게 허락해 줘."

현태가 한쪽 무릎을 꿇은 채 아리의 손을 붙잡았다. 응? 되묻는 목소리에 결국 참지 못하고 현태를 와락 끌어안아 버렸다.

"당연하지. 나 아니면 누가 너 데려가. 그리고 나 아니면……."

"누구도 내 캔디가 어떻게 생겼는지, 알 수가 없지."

현태의 마지막 중얼거림에 아리가 고개를 끄덕였다. 엉엉 새어 나오는 울음소리가 은은한 티라이트의 불빛을 흔들었다. 행복의 끝에 다다른 기분이었다. 내일의 행복을, 또 그 내일의 행복을 쓰기 위해 아리는 현태의 캔디를 마음 깊이 간직하기로 했다.

캔디를 볼 수 없게 된 날을 기억한다. 그때 물밀 듯 밀려온 좌절은 오랫동안 잊지 못할 것이다. 하지만 아리는 늦게나마 깨달았다. 캔디에 연연할 필요가 없었다는 것과, 눈에 보이는 것이 전부가 아니라는 것을.

누군가의 마음이 눈에 보이지 않는다고 좌절할 필요는 없다. 불쑥 다가온 행복이 보이지 않는다고 슬퍼할 필요도 없다. 어느 순간, 눈을 뜨고 깨닫게 될 테니까.

또 다른 시작이 될 종착점에서 아리의 캔디는 그 어느 때보다도 더 붉게 빛나고 있었다.

〈完〉

작가 후기

안녕하세요, 김선정입니다.

언제나 그렇듯 마지막 인사는 쓸쓸하고 개운하네요.

녹음이 찬란했던 여름 〈내 마음에 캔디〉의 마무리를 지었는데, 하얀 겨울이 찾아오고 나서야 작가 후기를 제대로 쓰게 됐습니다. 첫 시작도 이렇게 추운 겨울이었는데, 온전한 책으로 나오는 것도 겨울이네요.

사실 너무 이르게 쓴 글이 아닌가 많은 생각이 들었습니다. 사람의 마음은 눈에 보이지 않는다. 아주 간단하지만, 섬세한 표현이 필요했던 이야기인지라 조금 더 자신이 성숙해지고 난 뒤에 쓰려고 했었거든요. 좋은 기회가 닿아 시작했지만, 아쉬운 점이 많은 것도 여전합니다.

하지만 지금 느끼는 아쉬움조차 이 글이기 때문에 느낄 수 있는 것이리라 생각하며, 미련을 잔뜩 담은 후기로 마무리하려고 합니다. 아주 나중에, 아이들의 이야기가 번뜩 떠오르면 외전을 몇 편 공개할 수 있겠지요.

이 글을 마지막까지 달려주신 독자님들의 마음 역시 작중에 나오는 붉은 캔디처럼 반짝반짝 빛나고 있으리라 믿어 의심치 않습니다. 일곱 번째 만남을 함께해 주신 독자님들도, 저와 처음 만나신 독자님들 모두요. 이번 이야기도 함께 달려주셔서 감사합니다.

눈에 보이는 것만 사랑이 아닌, 마음으로 느끼는 것이 사랑이라는 말을 남기고 싶었는데. 전달되었을지 모르겠네요.

끝으로 이야기의 첫 시작부터 끝까지 지치지 않도록 함께 달려주신 담당자님.

현태의 모티브가 되어준, 언제나 힘을 실어주는 내 크리스마스 선물.

언제나 곁에서 힘을 실어준 사랑하는 가족들과 동료 작가님들께 감사의 인사를 전합니다.

〈내 마음에 캔디〉와 행복하고 따뜻한 겨울이 되시기를 바라며.

저는 다음 이야기에서 여러분들과 만날 준비를 하고 있겠습니다.

– 김선정 드림.